W0309177

Kathrin Gerlof

Das ist eine Geschichte

aufbau

Kathrin Gerlof

Das ist eine Geschichte

Roman

aufbau

Das ist eine Geschichte, deren Fortgang, Zeiten, Orte, Personen und deren Handlungen etc. frei erfunden sind. Den Anstoß, diesen Roman zu schreiben, haben verschiedene reale Ereignisse gegeben.

Die Beschreibung der Ermordung der Volksmarinesoldaten am 11. März 1919 in der Französischen Straße ist an den Text »Neunundzwanzig rote Matrosen« von Dieter Noll angelehnt, der im März 1954 in der kulturpolitischen Zeitschrift »Aufbau« des Aufbau-Verlages veröffentlicht wurde.

FSC
www.fsc.org
MIX
Papier aus verantwortungsvollen Quellen
FSC® C083411

ISBN 978-3-351-03563-1

Aufbau ist eine Marke
der Aufbau Verlag GmbH & Co. KG

1. Auflage 2014
© Aufbau Verlag GmbH & Co. KG, Berlin 2014
Einbandgestaltung hißmann, heilmann, Hamburg
Druck und Binden CPI – Clausen & Bosse, Leck
Printed in Germany

www.aufbau-verlag.de

Salomon-Weinreb-Straße 19

Martin Leber hörte Rigolettos Klagen.

»Teurer Engel! Ach, sieh meinen Jammer. Rede, rede, geliebte Tochter!«

Rede, flüsterte Martin Leber und sehnte sich nach einer Zigarette. Niemals rauchen im Wohnzimmer. Nie.

Ich rauche ja auch gar nicht, dachte Martin Leber und sehnte sich noch mehr nach einer Zigarette.

Gilda bittet ihren Vater um Vergebung.

»Ach, lass mich schweigen! Vergib uns beiden. Segne, segne deine Tochter.«

Selbst wenn er achtundvierzig Stunden das Fenster aufließe. Martina würde die Zigarette riechen.

Rigoletto leugnet das Offensichtliche.

»Oh mein Kind! Wenn du stirbst, wie verlassen wär ich hier! Ach, lass lieber mich sterben mit dir!«

Schreckliche Reime, dachte Martin Leber, und trotzdem richteten sich auf seinen Unterarmen die blonden Härchen auf. Sie blieben aufrecht, bis der Satz »Ha! jener Fluch des Alten!« verklungen war. Martin Leber beschwor das Bild des besinnungslos niedersinkenden Rigoletto herauf. Und das der toten Tochter, die sich für einen Taugenichts geopfert hat.

Ende, sagte er und ging zum Plattenspieler. Er wischte die Schallplatte sorgfältig mit einem Tuch ab, steckte sie in die Hülle und malte in die obere rechte Ecke der Hülle einen Strich. Dann zählte er alle Striche zusammen und kam auf einhundertzwei. Die Platte würde bald nicht mehr zu gebrauchen sein, so oft, wie er sie gehört hatte.

Wann habe ich bloß mit diesem Unsinn angefangen, auf den Schallplatten zu vermerken, wie oft ich sie höre? Eine überflüssige Frage, deren Antwort Martin Leber ziemlich genau kannte. Er hatte mit dieser Angewohnheit begonnen, als er mit den Recherchen anfing. Mit den Nachforschungen über Salomon Weinreb und dessen ganzer Mischpoke. Es war ihm plötzlich angemessen erschienen, die gleiche Akribie, mit der er die Suche nach der Geschichte dieser Weinrebs vorantrieb, auch in anderen Dingen walten zu lassen. Und gleichzeitig wollte er Martina ein wenig näher kommen. Die nichts mehr tun und anfassen konnte, ohne in endlose Wiederholungsschleifen zu verfallen. Die auf stetig gleichen Abläufen beharrte, als hätte sich bei ihr ein später Autismus eingestellt.

Er hatte geforscht, und sie hatte geputzt. In gewisser Weise hatte die Erbengemeinschaft dafür gesorgt, dass sie einander wieder annäherten. Inzwischen waren drei Ordner gefüllt mit all dem Kram über die Weinrebs und die Weizmanns und die Häuser hier in der Nachbarschaft. Über das Gut, die Eisenbahn, über die Parzellierung und den Verkauf. Ordentlich beschriftet und abgeheftet. Und offensichtlich hatte er in all diesen Wochen, Monaten, inzwischen Jahren am häufigsten »Rigoletto« aufgelegt. Einhundertzweimal, sechstausendachtzehn Minuten, vierkommaeinssiebenneun Tage.

Vor einigen Wochen hatte Martin Leber zu den Ordnern, die in seinem Regal standen, eine Datei im Computer angelegt, in der noch einmal akribisch verzeichnet war, was er inzwischen alles zu wissen glaubte. Es war ihm geradezu frivol vorgekommen, der Datei den Namen »Zeitstrahl_ein_Versuch« zu geben. Als käme es auf diesen Versuch an. Immerhin hatte ihm diese Arbeit die Angst vor dem Computer genommen, dem er nicht traute. Wo sind die Sachen, wenn ich den Computer ausschalte, fragte sich Martin Leber manchmal. Eine lächerliche Frage, aber sie beschäftigte ihn. Wenn er nachts hin und wieder durchs Haus lief, weil er nicht schlafen konnte, sah er die drei Ordner im Arbeitszimmer. Ihre weißen Rücken wurden durch die Straßenlaterne angeleuchtet und erhielten sogar einen besonderen Glanz durch das weiche gelbe Licht. Der Computer hingegen war nicht mehr als ein hässliches Möbelstück, das auf und unter seinem Schreibtisch thronte und in dem angeblich alles gespeichert war, was man ihm anvertraut hatte. Jedes Mal, wenn er den Computer anschaltete, erwartete Martin Leber eine Meldung, die ihm sagte, dass all das verschwunden war, was er aufgeschrieben hatte. Also druckte er den Zeitstrahl aus, wenn er etwas an der Datei geändert hatte. Inzwischen gab es siebzehn ausgedruckte Versionen. Eine Verschwendung von Material und Platz, eine Idiotie, die zu all den anderen Idiotien passte, auf die er im Laufe der Recherchen gekommen war.

Eine der siebzehn ausgedruckten Versionen enthielt einen Epilog. Es war der stümperhafte Versuch gewesen, sich eine Vorstellung von Salomon Weinreb zu machen, die über den Zeitstrahl hinausging. Eine Fleischundblutvorstellung. So etwas hatte er schon als Kind gemacht. Er hatte erforscht, wer den Straßen zu ihrem Namen verholfen hatte. In seinem Zimmer hatte auf dem Schreibtisch eine Holzkiste gestanden, in der alle Karteikarten steckten, auf denen er mit winziger Handschrift Kurzbiographien der Personen notiert hatte, die ihm in Warenberg oder anderswo als Namen von Straßen oder Plätzen oder Schulen begegnet waren. Und am Ende der Kurzbiographien hatte er sich meist an einer Beschreibung des Namensgebers versucht. Ernst Thälmann zum Beispiel hatte nach dieser Beschreibung ausgesehen wie Günther Simon, der Thälmann in dem DEFA-Film »Ernst Thälmann, Sohn seiner Klasse« ein Gesicht gegeben hatte. Woher sollte Martin Leber, ein Grundschüler noch, auch wissen, dass Thälmann und Günther Simon zwei völlig verschiedene Personen waren?

Salomon Weinreb. Der Straßenname war noch jung. Und gegen den Widerstand vieler im Ort durchgesetzt worden. Vorauseilenden Gehorsam und Anbiederei hatten die Leute den Verordneten unterstellt, die mehrheitlich für die Umbenennung der Wilhelm-Külz-Straße in Salomon-Weinreb-Straße stimmten. Da gab es die Erben schon, und ihre Ansprüche auf Entschädigung und Rückübertragung waren bekannt. Von Wilhelm Külz hatte Martin Leber nicht nur ein Bild, sogar eine Briefmarke mit dem Konterfei des Liberaldemokraten gehörte zu seiner Sammlung. Auf der sah Wilhelm Külz wie ein gütiger, aber strenger Lehrer aus. Mit einem schön gestutzten Bart und Ohren so groß, wie sie das Alter werden lässt. Als wäre das ganze Gewebe müde geworden und strebte der Erde zu. Des gleichen Vornamens wegen hatte Martin Leber damals in seinem Briefmarkenalbum Wilhelm Külz neben Wilhelm Pieck drapiert. Zwei gütig dreinblickende nette alte Männer mit großen Ohren.

Martin Leber hatte kein Bild von Salomon Weinreb gefunden und sich auch nicht getraut, jemanden von der Erbengemeinschaft zu fragen. Also hatte er sich selbst ein Bild gemacht. Und hatte es in seine Zeitstrahldatei geschrieben, um es in der nächsten Version wieder zu löschen. Ihm war aufgefallen, dass die Beschreibung Salomon Weinrebs offensichtlich stark vom jungen Ferdinand Lassalle inspiriert war. Er hatte Weinreb nur dicker gemacht. Bismarcks Altersstatur und Lassalles Jugendgesicht, so in etwa. Völlig albern. Ein fester, aber ordentlich dominanter Bauch, lockiges Haar, Schnurrbart und Koteletten, die Wangen glatt rasiert, große Ohren, die ein wenig abstehen. Als gehörten die zu einem wichtigen Mann dazu. Die großen Ohren. Eine Mischung aus russischem Dichter, aufgeklärtem Intellektuellen und jovialem Großvater. Die ganze Person zusammengestümpert und erklaut.

Als Weinreb nach Warenberg kam, war er fast fünfzig Jahre alt und Lassalle bereits seit acht Jahren tot. Aber es hatte Martin Leber geholfen, sich eine Vorstellung von dem Mann zu machen. Das nahm dem dieses Monströse, das ihm angedichtet wurde. Doch hilfreich war es nur für kurze Zeit. Dann wurde aus Salomon Weinreb wieder ein Schemen, eine Abstraktion mit Rückübertragungsansprüchen und Wiedergutmachungsforderungen im Gepäck.

In der vergangenen Woche hatte Martin Leber sich ein Buch besorgt. Über die Geschichte der Juden in Preußen im neunzehnten Jahrhundert. Er hatte gehofft, dort etwas über die Weinrebs zu finden. In dem Buch kamen die Weinrebs nicht vor. Stattdessen hatte Martin Leber erfahren, dass achtzehnachtundvierzig die Wachstumsrate der jüdischen Bevölkerung um zehn Prozent über dem Durchschnitt gelegen hatte. Das allein sagte nichts. Oder doch. Es sagte etwas. Sie hatten mehr Kinder bekommen in dieser Zeit. 257 000 Juden im Jahr achtzehnsechzehn und 400 000 im Jahr achtzehnachtundvierzig. Lebten auf dem Boden des Kaiserreiches. Das gab es noch nicht, später erst, aber den Boden gab es schon, das Gebiet. All das hatte Martin Leber aus einer seriösen Quelle erfahren. Er las nur in seriösen Quellen nach, bevor er etwas behauptete oder gar glaubte. Umso peinlicher war ihm sein Beschreibungsversuch einer historisch verbürgten Person. Er war Lehrer. Ein Lehrer, wie er im Buche stehen sollte. Gut aussehend, aber nicht aufregend, groß, aber nicht zu groß, offen, aber nicht anbiedernd. Manch eine Schülerin der Sekundarstufe II schien sogar ein wenig verliebt in ihn zu sein. Das lag vielleicht an seinen geradezu obszön blauen Augen und den mädchenhaft langen Wimpern. Inzwischen hatte sich Martin Leber eine Brille mit Fensterglas zugelegt. Die milderte den Eindruck dieser blauen Signalscheinwerfer ein wenig, und das passte ihm hin und wieder gut.

Also mehr Kinder, nicht weniger hatten die Juden damals bekommen. Das hatte Martin Leber irgendwie beruhigt. Er hatte sich bestätigt gefühlt, ohne dass er sagen konnte, worin. In Berlin hatte sich die Zahl der Juden in den Jahren achtzehnzweiundfünfzig bis achtzehneinundsiebzig verdreifacht. Es muss ihnen ganz gut gegangen sein in diesen Jahren. Vergleichsweise gut. Vielleicht war es diese Schlussfolgerung, die er so beruhigend fand. Weinreb hatte ja auch achtzehnzweiundsiebzig das Gut erworben. Mitten in dieser guten Zeit.

Später hatte Martin Leber in einem anderen Buch gelesen, es hätte nur an der Zuwanderung gelegen. Die Juden hätten in dieser Zeit weniger Kinder bekommen, aber es seien mehr von ihnen zugewandert. Daher die steigende Zahl. Auch das schien ihm eine beruhigende Information zu sein. Wenn mehr zugewandert waren, erhofften sie sich hier offensichtlich ein gutes Leben.

In vielen Städten verdoppelte sich in diesen Jahrzehnten die Zahl der Juden. Und sie hatten Karriere gemacht. Aus Hausierern und Trödlern waren Großhändler geworden. Das konnte man alles nachlesen.

Martin Leber hätte aus dem Stand einen dreistündigen Vortrag über all diese jüdischen Tellerwäschergeschichten halten können. Aber auch das war nicht wichtig. Manchmal, wenn sie sich bei Hedwig Gottwald trafen, um über die nächsten Schritte zu diskutieren, konnte er mit seinem ganzen angelesenen Wissen glänzen. Und wahlweise waren die Leute angetan, wenn ihnen dieses Wissen ein vermeintliches Argument lieferte, oder verärgert, wenn es ihnen nicht in den Kram passte. Martin Leber hatte sich angewöhnt, seine kleinen Vorträge, die er während dieser abendlichen Runden hielt, zuvor mit einer Dramaturgie zu versehen. Nicht zu viele gute und nicht übermäßig viel schlechte Nachrichten. Lauter Für und Wider. So ließ sich das ertragen. Und Hedwig machte sowieso aus Scheiße Gold, wenn es sein musste. Sie drehte und wendete die Dinge so lange, bis sie irgendwie passten. Sie gehörte noch zu jener Generation, der das in Fleisch und Blut übergegangen war. Ihm fiel es ein wenig schwerer. Anders gesagt, ihm widerstrebte es, sich solch unlauterer Methoden zu bedienen. Deshalb hatte er die Beschreibung Salomon Weinrebs auch wieder gelöscht. Sie war mit Hilfe unlauterer Methoden entstanden. Seine Schüler forderte er hin und wieder auf zu fabulieren. Um sie bei Laune zu halten. Aber sich selbst konnte er solcherart Geschichtsschreibung nicht gestatten.

Eigentlich haben wir alle unlautere Methoden im Gepäck, dachte Martin Leber und ging erneut zum Plattenspieler. Warum nicht noch einmal Rigoletto. Den Schluss konnte man gar nicht oft genug hören.

Ihn hatte die Sache gepackt. Die Neugier sozusagen. Als es anfing mit den ersten Verhandlungen, hatte er wissen wollen, wer diese Leute gewesen waren, die ihn und die ganze Nachbarschaft in solche Turbulenzen stürzten. Ihnen im Wortsinn den Boden unter den Füßen entzogen. Plötzlich war er mittendrin. Mit allem, was er besaß. Und das war nicht viel. Mittendrin. Ihm wurde noch heute ganz schwindelig, wenn er daran dachte.

»Ich schwanke nicht länger, die Liebe gebietet.« Welch eine dumme, sentimentale Kuh diese Gilda doch war. Aber keine hat aus der Dummkuh so gut eine leidende Göttin gemacht wie die Callas. Und italienisch klang alles sowieso wunderschön. Ob es diese Aufnahme noch auf Platte geben würde, wenn seine abgenutzt und nicht mehr zu gebrauchen war?

Martin Leber drehte den Ton lauter und stellte sich wieder ans Fenster. Die Grafs hatten Festbeleuchtung an, das Haus sah aus wie der klägliche Versuch einer Angebernummer. Alle Häuser hier sahen so aus. Manchmal fragte er sich, warum sie eigentlich so an diesen Hütten hingen. Als gäbe es nichts anderes auf der Welt. Dabei stand sie ihnen doch seit neunundachtzig offen, die Welt. Fast sieben Jahre, in denen sie hätten reisen und sich einen neuen Platz zum Leben suchen können. Nicht die Grafs, die konnten das vorher schon tun und haben sich ausgerechnet für Warenberg entschieden. Lächerlich eigentlich. Aber er und die meisten anderen im Ort. Was hatte sie nur gehalten bis jetzt, dass sie immer noch hier waren und sich die Köpfe heißredeten, weil ihnen jemand das Recht streitig machte, ruhigen Gewissens hier zu sein? Da waren die Gefängnistüren aufgegangen, und sie alle waren in ihren Zellen geblieben, weil sie es sich schön gemacht hatten.

Sah gar nicht mehr aus wie eine Zelle, plötzlich. Sie waren in die Baumärkte gestürmt und hatten die leer gekauft, um sich gut einzurichten. Genauso gut wie die im Westen.

Die Grafs kannten das alles schon. Sie kamen aus dem Westen und hatten große Pläne. Es wäre einfacher, das Haus abzureißen und neu zu bauen, anstatt diese Pläne umzusetzen. Aber ein Freund von denen war Architekt, und der hatte eine Zeichnung davon gemacht, wie es aussehen könnte, das Haus. Ein auftrumpfender Traum vom Anderssein. Damit brächten die Grafs einen ganz neuen Ton in die Siedlung. Den vom Andersseinwollen. Bisher hatten sie sich alle bemüht, ein wenig unterscheidbar, niemals aber anders zu sein. Das bewahrte den Frieden und die Zuversicht. Sie lebten schon so lange hier. Die meisten jedenfalls. Das schafft Vertrauen und Gelassenheit. Wenn niemand ausreißt. Wenn alle sich an die ungeschriebenen Gesetze halten. Wer ein bisschen reicher wurde, steckte das Geld in die Einrichtung, kaufte eine Küche von Poggenpohl und eine Ledergarnitur fürs Wohnzimmer. Zwei hatten sich einen Kamin gebaut, drei einen Wintergarten. Neue Türen und Fenster hatten sie fast alle.

Gleich nach der Wende hatte einmal in der Woche ein großes Auto auf dem Marktplatz gestanden, das ein kleines Beratungs- und Verkaufsbüro beherbergte. Hinter dem Schreibtisch saß ein Mann und erklärte den Leuten stundenlang die Vorteile neuer Fenster und Türen. Redete über das gestiegene Sicherheitsbedürfnis in dieser neuen Zeit, über Versicherungspolicen, die nicht mehr griffen, bliebe man bei der guten alten Holztür und den einmalverglasten Fenstern, über marodierende Diebesbanden, die sich bald breitmachen würden im angeschlossenen Territorium, um ihre Beutezüge zu veranstalten. Abgerüstete Russen, rachedurstige Polen, rumänische Banden. Widerständig ist kaum jemand geblieben. Irgendwann hatte Martin Leber die Geschichte von den marodierenden Türverkäufern in einem Roman gelesen. Die Episode war hängengeblieben, weil sie ihm so vertraute Bilder bescherte. Und weil es genauso abgelaufen war, hier in Warenberg.

Martin und Martina Leber waren die Ersten gewesen, die angefangen hatten, trotz aller Unsicherheiten eine Menge Geld in das Haus zu stecken. Gleich nach der Wende hatten sie damit begonnen. Das Geld hatte sich zwar beim Umtausch halbiert, doch es genügte für ein innen fast neues Haus. Und mit dem Außen musste man halt warten. Bis die ganze Geschichte geklärt war.

Manchmal schaute sich Martin Leber die Fotoalben seiner Eltern an, die auch schon hier in diesem Haus gewohnt hatten. VdN, alle beide. Eine Abkürzung, bei der man die Stimme etwas senkte und einen ernsten Blick aufsetzte. VdN, weißt du?

Verfolgte des Naziregimes hatten es ein wenig besser. In vielem jedenfalls. Seine Eltern durften in dieses Haus ziehen. Anfang der Sechziger. Sie kauften es von einem Mann, der es in den Dreißigern gebaut hatte, in jener Zeit, als das Land parzelliert wurde. Zerstückelt, um verkauft zu werden. Martha und Fritz Leber kauften das Haus, aber nicht den Boden. Den hätten sie nicht bekommen.

Es gab von fast jedem Gartenfest, das seine Eltern veranstaltet hatten, ein ganzes Fotoalbum. Immer im August fand dieses Fest statt. Ein Treffen der Widerständigen, die stetig älter und gebrechlicher wurden. Einmal zählten sie auf einem dieser Feste die Jahre zusammen, die sie in Konzentrationslagern verbracht hatten. Und kamen auf eine beachtliche Zahl.

Aber nun sind wir alle hier, hatte sein Vater gesagt, als die Anzahl der Jahre feststand. Und wir leben noch.

Darauf hatten sie Wodka getrunken und ein russisches Soldatenlied gesungen.

Seinen Eltern hätte die ganze Geschichte das Herz gebrochen. Dachte er manchmal. Und doch hätte er gern gewusst, wie sie sich verhalten hätten. Ob sie mit Hedwig Gottwald und gegen die Erben gekämpft oder eine namenlose Schuld auf sich genommen hätten. Sie waren beide fürchterliche Moralapostel gewesen. Das und ihre politische Verbohrtheit hatten ihm eine schwierige Kindheit beschert. Sehr schwierig. Die erste Westschallplatte, die er nach Hause brachte, musste er auf ihre Anordnung hin sofort wieder zurückbringen. Sein Freund hatte sich erst halbtot gelacht und ihn dann bedauert. Wie kann man nur so blöd sein, hatte er gefragt, und Martin Leber hatte sich für seine Eltern geschämt. Die am 7. Oktober aus jedem Fenster eine Fahne hängten. Abwechselnd die rote und die Staatsfahne. So wie bei ihnen hatte es hier nirgendwo ausgesehen am 7. Oktober. Immerhin hatten seine Eltern nicht zu jenen gehört, die einfach die Fahne gewechselt hatten und nun statt Hakenkreuz Hammer und Zirkel im Ährenkranz flaggten. Trotzdem waren sie ihm in ihrer Unerbittlichkeit, mit der sie an den ersten sozialistischen Staat auf deutschem Boden glaubten, auf die Nerven gegangen.

Aber er war in dem Haus geblieben. Hatte mit Martina erst oben in den beiden Zimmern gewohnt und dann das ganze Haus in Beschlag genommen, als die Eltern gemeinsam in ein Altersheim gingen. Um Platz zu machen für die jungen Leute, wie sie sagten. Hatte versprochen, das Haus in Schuss zu halten, und es im Rahmen seiner Möglichkeiten auch getan. Wenn man allerdings mit der Ansage groß geworden war, dass es kaum etwas Verwerflicheres als Diebstahl von Volkseigentum gab, war man im Instandhalten eines Hauses arg eingeschränkt gewesen. Wie anders als durch Diebstahl von Volkseigentum konnte man an all die Dinge kommen, die notwendig waren, um ein Haus instand zu halten?

Nach der Wende wollte er dann loslegen. Warte ab, ob irgendein Wessi kommt und Anspruch auf Grund und Boden erhebt, hatten die meisten gesagt. Und niemand dachte zu der Zeit daran, dass es nicht der Wessi sein würde, der etwas wollen könnte, sondern eine jüdische Erbengemeinschaft.

Das war ein Witz. In gewisser Weise. Man schaute monatelang argwöhnisch auf jedes Auto, das ein Nummernschild aus den alten Bundesländern hatte. War solch ein Wagen langsam durch die Straßen gefahren, standen die Leute hinter den Gardinen. Sie wussten bei jedem Nummernschild sofort, woher der Wessi kam. Celle, flüsterten sie, Dortmund, Saarbrücken. Sie schauten im Atlas nach, wo das lag, und versuchten sich ein Bild zu machen. Konnte es sein, dass von dorther das Unglück kam, mit der Forderung nach Rückgabe auf den Lippen, mit Vorstellungen von Entschädigung, die nie jemand würde bezahlen können in dieser piefigen kleinen Siedlung? Im Nachbarort, gerade mal vier Kilometer entfernt, lagen inzwischen auf zwei von drei Häusern Restitutionsansprüche. Dort brannte Tag und Nacht die Luft. Die Leute wurden verrückt. Einige jedenfalls. Martin Leber war wenige Wochen zuvor zu Besuch bei Freunden gewesen, die dort lebten. Die alte und neue Besitzerin ihres Hauses war über neunzig und hatte erklärt, sie wolle sich das Kaufangebot überlegen. Mehr als vierzigtausend können wir nicht, hatte der Freund gesagt, ein ehemaliger Kollege, der inzwischen im Ruhestand war. Wenn die Alte darauf nicht eingeht, ziehen wir hier fort. Zumindest muss ich nun nicht mehr am Fenster stehen und Angst vor jedem fremden Auto haben. Ich kam mir ja selbst schon völlig bescheuert vor, ein gelangweilter Rentner, der ständig am Fenster steht und sich hinter der Gardine versteckt.

Martina fand Gardinen spießig. Martin auch. Stattdessen wurden Vorhänge gekauft und aufgehängt. Ich hätte wissen müssen, dass wir so enden, hatte Martin Leber damals gedacht. Mit Vorhängen, die aus schweren, dunkel glänzenden Stoffen bestehen und deren Faltenwurf so exakt ist, dass jeder einzelne Vorhang aussieht, als sei er aus Stein gemeißelt.

Die Vorhänge flossen seit dem Tag, an dem sie angebracht worden waren – wenn man bei Steinvorhängen davon reden konnte –, noch einen halben Meter über den Boden. Staubfänger, die alle drei Monate gewaschen und gebügelt werden mussten.

Martin Leber wusste nicht, was mit seiner Frau passiert war. Sie hatte aus dem Haus einen glänzenden staubfreien Sarg gemacht. Alles stand an seinem Platz, nichts durfte verrückt werden. Außer meiner Frau, wenn ich mir diesen blöden Witz erlauben darf, dachte Martin Leber und starrte weiter auf das Haus der Grafs, obwohl es nichts zu sehen gab. Unvorstellbar, dass es Martina gelingen konnte, auch mit zwei Kindern ein Haus so aussehen zu lassen, als sei es eine Möbelausstellung. In den Kinderzimmern hatte das nicht geklappt. An denen scheiterte dann auch Martina Leber. Aber ihren Mann hatte sie dressiert, das ist wohl wahr. Martin Leber lief längst an den Teppichkanten entlang, damit der Perser, der kein Perser war, nicht zu sehr abgenutzt wurde. Wenn er den Geschirrspüler ausräumte, stellte er die benutzten Gläser in den hinteren Teil des Küchenschrankes und rückte die Gläser von hinten nach vorn. Das Gleiche machte er mit Tellern und Tassen. So wurde alles gleichmäßig abgenutzt und konnte später einmal im Dutzend nachgekauft werden.

Die Kinder waren widerständig geblieben. Aber auch sie hatten es schon bald nicht mehr gewagt, im Wohnzimmer irgendetwas liegen zu lassen. Das lag vielleicht daran, dass sie auch keine Kinder mehr waren, sondern inzwischen erwachsen. Noch nicht erwachsen genug, um ihr eigenes Leben führen zu können. Dafür reichte das Geld nicht. Aber es war nur eine Frage der Zeit, bis sie das Haus verlassen würden. Franka würde als Erste gehen. Nicht weil sie älter, sondern weil sie auf der Suche war. Nach einem Mann, einem Leben, einer Idee für sich, die möglichst wenig mit den Ideen zu tun hatte, die ihre Eltern bislang für sie entwickelt hatten. Studium, Auslandsaufenthalt, Arbeit, Kinder irgendwann, aber nicht jetzt, mitten in der Ausbildung. Franka kam nur noch an den Wochenenden her, zum Schlafen und Wäschewaschen. Bei wem sie in der Woche schlief, wusste Martin Leber nicht.

Und Georg? Der würde vielleicht hierbleiben. Hing an seiner Mutter, als sollte sie auf immer und ewig die wichtigste Frau in seinem Leben bleiben.

Vielleicht liegt es daran, dass meine Frau zu Hause ist, dachte Martin Leber. Den ganzen Tag ist sie zu Hause. Das ist doch eine uralte Geschichte, die man niemandem erzählen sollte. Es macht mich krank, Teil einer uralten Geschichte zu sein. Martin Leber hörte dem Flehen der schönen Maddalena zu und dachte an sein Elend:

»Ich liebe ihn. Er liebt mich. Oh Bruder, den darfst du nicht töten!«

Schlimm, wenn der eigene Bruder ein Auftragsmörder ist. Martin Leber war trotzdem auf Seiten von Sparafucile. Der tat nur seinen Job. Herzog erstechen, im Fluss versenken, Geld kassieren.

Ausgerechnet ich wohne auf Grund und lebe auf Boden, der einmal jüdisches Eigentum gewesen ist. Das ist ein Treppenwitz. Ich bin froh, dass meine Eltern nicht mehr leben.

Martin Leber ging in sein Arbeitszimmer. Das einzige Zimmer, das Martina nicht betreten und nicht putzen durfte. Es wäre eine Katastrophe, sie hier reinzulassen. Auf dem Schreibtisch lag ein kleiner Stapel Papiere, die er noch nicht an die richtigen Stellen in seinen Ordnern einsortiert hatte.

Es reicht entgegen anderer Auffassungen nicht aus, dass nur die Überzeugung des Richters von der Wahrheit einer vermuteten Tatsache nach der Art eines Prima-facie-Beweises erschüttert wird, mithin nur ein anderer Hergang des Geschehens plausibel dargestellt werden kann. Denn mit einem solchen anderen Hergang rechnet die gesetzliche Vermutung von vornherein.

Wie lange hatte er gebraucht, um diese verschwurbelte Sprache zu verstehen. Diese gedrechselten, aber doch so schwerfälligen Sätze, bei denen er immer an Karl Valentin denken musste. Wie der am Klavier sitzt und wieder und wieder die gleiche Abfolge von Tönen spielt. Wie komm ich hier raus?

Am Anfang hatte er sich ständig Fragen gestellt, an denen man verzweifeln konnte. Die ihn nachts wach hielten, tags ablenkten und glauben ließen, auch er würde nun langsam, aber stetig verrückt werden. Wie seine Frau. Nachdem er sich zwei Tage lang mit der Frage rumgeschlagen hatte, ob man Tatsachen vermuten könne, wie es in diesem Gerichtsbeschluss hieß. Ob eine Tatsache an sich nicht faktisch sei. In der Welt. Ob es nicht geradezu unmöglich wäre, sie nur zu vermuten.

Wenn man sich nur meine Frau anschaut, mein Leben mit meiner Frau. Alles faktisch. Kein Raum für Vermutungen. Hatte er gedacht und sich wieder und wieder im Kreis gedreht. Bis er sich das erste Mal in seinem erwachsenen Leben betrunken hatte. Dann war Ruhe im Kopf.

Lassalle nun wirklich nicht. Bis zu meinem dreißigsten Lebensjahr sah ich aus wie ein Student. Schmal, staksig, mit langen, dünnen Fingern, die ich nie zur Ruhe bringen konnte. Immer klopften, kneteten, malten, fummelten sie rum, die Finger. Als führten sie ein Eigenleben. Ich hatte große graublaue Augen. Kulleraugen geradezu. Herzensbrecher seien das, behauptete meine Mutter gern. Alles an mir war dünn, sogar die Ohren waren es. Die Sonne konnte durch meine Ohrmuscheln scheinen, wenn sie flach stand und ich ihr den Rücken zuwandte. Dann brachte die Sonne meine Ohren zum Glühen, und ich sah aus wie ein kleiner Junge, der am Mustopf genascht hatte.

Er hat aus seinem Aussehen Kapital geschlagen, der schlaue Jude. So harmlos, wie mein Bruder aussah, mochte ihm kaum jemand einen scharfen Verstand unterstellen. Aber den hatte er. Ich hatte die Ideen und er genügend Wissen und Ausdauer, sie umzusetzen. Schon als Kind. Später hat uns das zu Wohlstand gebracht. Wenn es darum ging, andere von einer Idee zu überzeugen, war Salomon unschlagbar. Er konnte reden, dass den Leuten ganz wirr im Kopf wurde. Sie vergaßen schlichtweg ihre Einwände, ihr Widerstand wurde gebrochen, wenn Salomon ihnen in immer neuen Varianten die gleiche Idee erklärte. Am Ende waren sie der Meinung, es sei eigentlich ihr Einfall gewesen und Salomon Weinreb hätte ihnen nur noch ein paar Argumente geliefert, den Einfall in die Tat umzusetzen. Vielleicht hatte er das von unserem Vater geerbt, diesen natürlichen Charme.

Denn unserem Vater war es gelungen, nach dem Emanzipationsedikt achtzehnzwölf die preußische Staatsbürgerschaft zu erlangen. Obwohl es ihm an Geld für Stempel und Expeditionsgebühren fehlte. Er habe es, hat er uns später erzählt, nur durch wohlgesetzte Worte geschafft. Unsere Familie war arm, wir lebten vom Bettelbrot unserer Glaubensbrüder. Doch die Eltern waren der deutschen Sprache mächtig, und auch uns haben sie deutsch lesen und schreiben gelehrt. Alle Eltern wollen doch, dass es ihren Kindern besser geht. Und Bildung war unser Zugang zu jener Welt, die uns Juden auch damals nicht litt. Und so ist es immer geblieben. Deshalb verstehe ich Salomons Nachsicht nicht und nicht die seiner Nachfahren. Wir haben den Menschen nichts vergessen. Meine Nachfahren sehen keinen Grund zu verzeihen. Sie tragen meinen Namen nicht mehr. So ist das, wenn einem kein Sohn folgt, aber Weizmann ist auch ein guter Name.

Mir genügte diese Salomon-Weinreb-Straße nicht. Es ist nur eine kleine Straße, der man nicht mal richtig folgen kann, weil sie nach einem leichten Anstieg plötzlich eine Kehrtwende macht, als hätte sie es sich anders überlegt. Die Hauptstraße sollten sie nach uns benennen. Weinreb-Weizmann-Straße. Warum nicht? Wir haben diesen Ort geprägt, und am Ende haben sie uns dafür an den Kragen wollen. Ach, im Gegensatz zu meinem Bruder bin ich meine Wut nie losgeworden. Selbst als Toter nicht. Sie hat die Angst abgelöst, die ich im Leben immer gehabt habe. Um uns. Um uns Juden.

Salomon ging das Lernen leicht von der Hand, ich hatte meine Mühen. Wir lebten mit drei Sprachen, und Salomon sprach jede, als sei es die eine und einzige für ihn. Hebräisch, um die Thora zu studieren, Jiddisch im Alltag und Deutsch, um sich den Nichtjuden verständlich zu machen. Und unser Vater erwarb uns, um nicht weiter vom Bettelbrot leben zu müssen, mit großen Mühen eine Existenz, indem er sich als Kohlenhändler betätigte. Sein stattlicher Bart, der sich vom Kinn bis zu beiden Schläfen hochzog, die Wangen frei ließ und die schmalen Lippen ebenso, war morgens weiß und abends schwarz. Und manchmal, wenn er Salomon ansah, fing er an zu seufzen und hörte damit nicht auf. Dieses schmale Jüngelchen wird nie Kohlenhändler sein können, klagte er. Du musst lernen, Salomon, lernen. Advokat werden oder dergleichen. Aber woher das Geld nehmen?

Ja, unser Vater, der machte sich Sorgen. Dabei war ich zäh. Doch wer mochte mir das glauben? Mich machte mein Körper oft verlegen, es fehlte ihm an Fleisch und Muskeln. Von Bartwuchs konnte kaum die Rede sein, sosehr ich mich auch mühte und heimlich Mittelchen auf die Wangen strich, denen Wunderkraft nachgesagt wurde und die mir Schatten der Männlichkeit auf die Wangen malen sollten. Ich war und blieb ein Jüngelchen mit gutem Verstand. Das wohl. Mit bestem Verstand sogar, als sei dies Gottes Entschuldigung für den etwas misslungenen Entwurf meines Körpers gewesen.

Erst ab dem fünften Lebensjahrzehnt kam ein wenig Fleisch auf die Knochen. Aber nie genug, um als Autoritätsperson nur der Statur wegen zu gelten. Als wir das Gut kauften und anfingen, Landwirtschaft zu betreiben, mochte mir kein Mensch glauben, ich verstünde etwas davon. Eher sahen sie mich als Mann des Wortes. Was ich ja auch war. Ich beherrschte jede Überredungskunst und konnte verhandeln. Da hat mein Bruder recht. Zumal mich kaum jemand ernst nahm. Was will der Milchbart mir sagen, werden viele gedacht haben, wenn ich ihnen eine Geschäftsidee unterbreitet habe. Lassalle und Bismarck. Das ist witzig. Wirklich.

Tote reden nicht. Ich weiß. Aber ich muss mir auch keinen Reim darauf machen, wie wir in diese Geschichte hier geraten sind, mein Bruder Hermann und ich. Lässt man solche wie uns zu Wort kommen, ist dies meist ein Winkelzug. Faulheit, könnte man meinen. Oder Frechheit. Da versucht jemand eine Nähe zu vermitteln, die nicht vorhanden ist. Verständnis für etwas zu behaupten, was nicht zu verstehen ist. Tote sind tot. Wer etwas anderes sagt, bewegt sich auf dünnem Eis.

Aber wir Juden eignen uns gut für solche Experimente. Weil so viele von uns tot sind. Was man uns nicht alles erzählen lassen kann, ohne dass wir widersprechen könnten. Jetzt also wir. Aus gutem Grund? Schlechter Absicht?

Darüber habe ich nicht zu befinden, und es ist mir, ehrlich gesagt, erst einmal gleichgültig. Obwohl ich mich zu Lebzeiten nicht gern hab vereinnahmen lassen. Und ich muss mir das hier gut überlegen. Ob ich wahrhaftig möchte, dass sich jemand meiner Geschichte bedient. Eine Schickse, unter uns gesagt. Ich weiß nicht, ob mir das gefällt. Meinem Bruder jedenfalls behagt es ganz und gar nicht.

Was heißt behagt? Ich bin wütend, da hat Salomon völlig recht. Es wäre besser gewesen, sie hätten uns damals und immer leben lassen, wie wir leben wollen, anstatt uns zu Leiden zu verdammen, aus denen dann später Romane gemacht werden. Mir ist egal, ob sie eine Schickse ist oder nicht. Sie soll die Finger von uns lassen. Salomon war zu Lebzeiten ein wenig eitel. Und jetzt, als Toter, ist er das noch immer.

Stimmt. Mir gefällt es vielleicht doch ein wenig, dieser ganzen Geschichte meinen eigenen Stempel aufzudrücken. Hermann fand mich nicht nur ein wenig, sondern fürchterlich eitel. Umso schlimmer für mich, dass mein Körper dieser Eitelkeit nicht genügte. Ich denke, man kann das hier erst einmal laufen lassen. Es ficht mich nicht allzu sehr an, für etwas herzuhalten, was sich vielleicht anders nicht erzählen lässt.

Tote haben keine Wut im Bauch.

Da spricht Salomon nicht in meinem Namen. Ich kann und will das nicht so stehen lassen. Die Wut sollte uns nie verlassen.

Ich jedenfalls habe sie nie verloren.

Ich lasse mich nicht in diese Geschichte reinziehen, weil ich wütend bin. Obwohl mir scheint, dass alle sich verrannt haben. Auch meine Nachfahren. Was wollen sie an diesem Ort, in diesem Land, mit diesen Leuten? Fast fünfzig Jahre nachdem die uns verjagt oder umgebracht haben? Warum bleiben sie nicht, wohin es sie getrieben hat? Jeder Erinnerung an früher so fern wie möglich. Warum kämpfen sie um die Chance auf eine bessere Vergangenheit?

Das ist Unsinn. Nicht unsere Nachfahren kämpfen um eine bessere Vergangenheit, sondern all diese Leute, die unseren Nachfahren erklären wollen, dass die kein Recht haben, etwas zurückzuverlangen. Die wollen eine bessere Vergangenheit. Anständige Vorfahren, eine gute Geschichte, die man gern erzählt.

Selbst wenn mein Bruder es nicht glaubt. Ich denke, wir werden schnell wieder aus dieser Geschichte verschwinden. Wir sind nur Mittel zum Zweck, und es gibt andere, die erzählen können. Konrad vielleicht, mein Ururenkel. Der müht sich, es allen recht zu machen. Ein sinnloses Unterfangen und für jemanden, der diese ganze Geschichte lesen soll, wahrscheinlich fürchterlich verwirrend. Aber gut, das ist alles nicht mein Problem. Soll die Schickse ihr Glück mit uns beiden versuchen. Ich werde verschwinden, wann es mir passt. Und sie allein lassen mit der Geschichte. Wie Hermann. Da bin ich mir sicher.

Salomon-Weinreb-Straße 20

Ich kann hier jederzeit wieder weg, dachte Ute Graf und haute wütend in die Tastatur. Nichts ging ihr heute von der Hand, dabei musste sie sich wirklich konzentrieren, um dieses Konzept fertig zu schreiben. Ich kann überall neu anfangen. Das sagte sie auch ihrem Mann immer wieder, wenn der anfing, Unsinn zu reden. Wir können hier jederzeit unsere Zelte abbrechen, sagte sie, und meist gab sie ihm nach diesem Satz einen Kuss, damit er es wirklich glaubte. Ihr Mann machte sich Sorgen. Das müsste er nicht tun, man war ja nicht darauf angewiesen, hier zu leben. Schön wäre es, auf jeden Fall, aber wenn das nicht mit dem Hauskauf klappt, finden sie etwas anderes. Sie hatten bisher immer etwas gefunden, was zu ihnen passte. Aber noch nie war es so gut gewesen wie hier in Warenberg. Vielleicht noch die Dachgeschosswohnung im Stadtzentrum. Anfang der Neunziger. Die kam der Erfüllung vieler Wünsche am nächsten. Zwei kleine Balkone, eine Terrasse, zweihundert Quadratmeter Wohnfläche, ein Raum, u-förmig geschnitten, glatte einhundertsechzig Quadratmeter groß. Das hatte Klasse und war trotzdem geeignet, sich wohl zu fühlen.

Ute Graf hatte diese Wohnung geliebt und viel Geld in die Einrichtung gesteckt. Sie hatte mit luftig blickdichten Vorhängen, die an einer gewagten Drahtseilkonstruktion hingen, in dem großen Raum einen Schlafraum abgeteilt. Das Doppelbett, so groß wie ein halbes Fußballfeld, die Bettwäsche, seidig und teuer. Eine Stereoanlage und, die Krönung vom Ganzen, eine Minibar. Das war so ziemlich das Dekadenteste, was Ute Graf jemals in ihrem Leben getan hatte. Diese Minibar in einem nur durch Vorhänge abgeteilten Schlafzimmer, in der es sogar ein kleines Eisfach gab und die mit Piccoloflaschen und Tannenzäpfle-Bier gefüllt war. Nie wieder hatte sich Ute Graf getraut, dermaßen auf den Putz zu hauen. Doch die ersten Jahre der neuen Zeit waren genau dafür gut. Sie hatten größenwahnsinnig gemacht und eine mit vielen fürchterlichen Wünschen gefüllte Leere entstehen lassen. Ute Graf war durch die Möbelläden gelaufen, um passende Schränke zu finden für eine Dachgeschosswohnung, die fast nur aus Schrägen und Fenstern bestand. Aber sie war in dieser Wohnung nicht zur Ruhe gekommen.

Nichts von all den gekauften Dingen hatte sich hier in dem Haus in Warenberg wiederverwenden lassen. Weder das Bett noch die Schränke, die Küche und auch nicht die Bücherregale. Einzig die Vorhänge mit filigranem Muster hatten einen Platz gefunden. Im oberen Schlafzimmer hingen sie an den Fenstern, und wenn Ute Graf sie im Sommer zuzog, zeichnete die Morgensonne bizarre Muster auf Fußboden und Bett. Als Ute Graf das erste Mal bei Morgensonne aufgewacht war, hatte es ihr fast den Atem geraubt, das Lichtspiel in ihrem Schlafzimmer zu sehen. Das Muster des Stoffs spiegelte sich sogar auf Philipps Gesicht, und das hatte ausgesehen, als zerflösse es oder verwandelte sich in ein seltsames Wesen. Halb Tier, halb Pflanze. Das war so ein Moment.

Ute Graf vermisste die Dachgeschosswohnung schon lange nicht mehr, aber es gefiel ihr, dass wenigstens die Vorhänge im Schlafzimmer noch von den fetten Jahren kündeten, die sie beide gehabt hatten. Und dieses Lichtspiel überzeugte sie einmal mehr davon, dass sie angekommen war.

Die Auftragslage war in diesen ersten Jahren nach der Wende gut gewesen. Gut genug für Dachgeschosswohnungen, Minibars und Sonderanfertigungen von Möbeln. Diese ganzen Ostbetriebe, die versucht hatten, den Kopf über Wasser zu halten und Marktwirtschaft zu lernen. Manch einer hatte es auch geschafft und einige mit Hilfe von Ute Graf. Sie war keine Abzockerin, bei Weitem nicht. Sie hatte ihre Aufgabe immer darin gesehen, den Betrieben, aus denen kapitalistische Unternehmen werden sollten, zu einer Chance zu verhelfen. Sie hatte ihre Hosenanzüge im Schrank gelassen und war in Jeans gestiegen, um den Leuten keine Angst zu machen. Dann hatte sie festgestellt, dass Hosenanzüge doch besser waren. Die Geschäftsführer, die kurz vorher noch volkseigene Betriebe geleitet hatten, wollten, dass sie die kompetente, alles wissende Beraterin aus dem Westen gab. Dass sie mit Worten um sich schmiss, die man im Osten noch nie gehört hatte. Die Männer, es waren immer Männer, ließen sich Begriffe wie Change-Management und Businessplan auf der Zunge zergehen wie Verheißungen, die ihnen zum Erfolg verhelfen würden. Nicht so die Belegschaften. Die hassten eine wie Ute Graf. Denen erschien sie wie der leibhaftige Teufel in Gestalt einer gut aussehenden langbeinigen Blondine. Die wussten nicht, dass in ihr eine Flower-Power-Revolutionärin steckte, die noch wenige Jahre zuvor bunte Wallekleider getragen und Perlen in die blonden Zöpfe geflochten hatte. Die Flugblätter verteilt und an den Werktoren des Kapitals versucht hatte, Arbeiter davon zu überzeugen, dass sie streiken müssten.

Ihr kam es in diesen ersten Jahren nach der Wende selbst ausgesprochen seltsam vor, einmal so gewesen zu sein. Schon während des Studiums, das sie noch als Feldstudie betrachtet hatte, um zu begreifen, wie Kapitalismus funktioniert, war ihr hin und wieder der Gedanke gekommen, dass sie das Zeug hatte, später einmal richtig Geld zu verdienen. Dass in ihr eher eine BWLerin steckte als eine Revolutionärin. Aber diesen Gedanken schob sie ganz weit hinten in eine Schublade. Eine Schublade in ihrem Kopf, die sie nicht zu öffnen gedachte. Sie wollte zusammen mit Philipp die Welt verändern. Eine BWL-Studentin und ein angehender Sozialarbeiter. Tolles Paar. Niemand außer ihr hatte darauf gewettet, dass sie beide zusammenbleiben. Im Gegensatz zu Philipp hatten wahrscheinlich die meisten Kommilitonen in Ute Graf schon die hosenanzugtragende Erfolgsfrau erkannt. Und in Philipp den ewig scheiternden Gutmenschen. Aber sie waren zusammengeblieben, und Philipp hatte sich einverstanden erklärt, Ute Graf machen zu lassen. Er würde immer und ewig versuchen, Menschen zu retten, und sie würde sich um den ganzen großen Rest kümmern. Geld, Wohnungen, jetzt vielleicht ein Haus in Warenberg, Pläne für die Zukunft, Designermöbel statt IKEA, Seidenvorhänge statt Nesselstoff, Geschirr aus der Königlichen Porzellanmanufaktur, Mülleimer von Manufactum.

Ute Graf taten Leute wie Ilse Bock, die ein paar Häuser weiter wohnte, leid. Die sich zu allen Problemen, die das Leben bereithielt, auch noch Sorgen darum machten, ob es richtig sei, sich gegen diese Rückübertragung zur Wehr zu setzen. Natürlich war es richtig. Was denn sonst?

Wir hängen nicht an dieser Scholle, dachte Ute Graf oft. Es gefiel ihr in Warenberg, die Siedlung war schön. Man spürte, dass hier etwas gewachsen war, eine Struktur hatte, ein Leben sozusagen. Sie hasste diese Neubausiedlungen, die alle wie eine Filmkulisse aussahen. Warenberg dagegen war wirklich ein Kleinod. Ein bisschen langweilig, aber ein Kleinod. Als sie sich vor zwei Jahren das Haus angeschaut hatte, war ihr klar, dass sie es versuchen wollte.

Es war kein schönes Haus, aber eines mit Potenzial. Dermaßen ruhig, für so etwas zahlte man anderswo schon jetzt Unsummen. Und der Platz am oberen Ende des Wendehammers war ideal. Das Wort Wendehammer hatte sie erst hier gelernt.

In ihrem Garten, also in dem Garten, der zu dem Haus gehörte, in dem sie mit ihrem Mann wohnte, stand ein Quittenbaum, der mindestens siebzig Jahre alt war. Sagte der Nachbar. Ein Mann, der früher als Gärtner gearbeitet hatte. Er sagte, er sei dabei gewesen, als Fritz Oberländer den Baum gepflanzt habe. Und da sei er gerade mal sechs Jahre alt gewesen. Ein siebzig Jahre alter Quittenbaum, der immer noch Früchte trug, stand also im Garten von Ute und Philipp Graf. Ihr war noch nie ein Quittengelee gelungen, weiß der Himmel, warum. Sie machte alles nach Buch, genau nach Buch, und das Gelee wurde jedes Mal zu flüssig. Jetzt verschenkte sie die Quitten in der Nachbarschaft. Das sorgte für gute Beziehungen. Ilse Bock zum Beispiel machte hervorragendes Quittengelee. Sie gab Ute Graf immer ein paar Gläser, als Dankeschön sozusagen für die Früchte. Und das Gelee war ausgezeichnet.

Ute Graf hatte Ilse Bock gefragt, ob sie nicht mal zuschauen könne, wenn die das Gelee machte. War der Frau nicht so recht, sie hatte ein bisschen rumgedruckst, es dauere ja so lange, ein Gelee zu machen, und langweilig sei es auch, aber ganz einfach, sie könne es aufschreiben, das Rezept. Ute Graf hatte verstanden und nicht drauf gedrängt, bei Ilse Bock in der Küche zu sitzen und ihr dabei zuzuschauen, wie sie aus den Quitten ein Gelee machte. So wichtig war es ihr auch wieder nicht. Und die drei, vier Gläser, die sie jedes Jahr bekam, genügten auch völlig.

Wir sind überhaupt keine Gelee-Esser, mein Mann und ich, sagte Ute Graf manchmal, wenn sie anderen davon erzählte. Wenn Besuch kommt, stelle ich dem das Gelee hin, und die meisten sind dann begeistert.

All das schaffte kleine Bindungen. An die Siedlung, an die Nachbarschaft. Trotzdem blieb Ute Graf dabei, dass man jederzeit wieder wegziehen könnte, käme es hart auf hart. Wenn die Weinrebs und Weizmanns vor Gericht gewönnen. Zum Beispiel. Der Vermieter des Hauses, in dem Ute und Philipp Graf wohnten, hatte gesagt, wenn die Weinrebs gewinnen, dann verkaufe er das Haus. Er würde auf jeden Fall verkaufen. Auch wenn sie nicht gewinnen, die Erben. Und das könnte er ja erst, wenn diese ganze Angelegenheit irgendwann einmal endgültig entschieden sei. Aber wenn er zahlen müsse an die Weinrebs, hatte der Vermieter gesagt, dann schaute er halt auch, dass er für Haus und Grundstück den höchsten Preis rausschlage. Damit für ihn etwas übrig bleibt. Ute Graf konnte das verstehen, aber sie hatte nach diesem Gespräch auch zu ihrem Mann gesagt: Wir zahlen nicht den höchsten Preis an unseren Vermieter. Das wäre ja dann so, als zahlten wir an diese Erbengemeinschaft, mit deren Ansprüchen wir nun wirklich gar nichts zu tun haben. Ute Graf war fuchsteufelswild geworden, als ihr Mann ansetzte, ihr zu widersprechen.

Philipp hatte irgendwann angefangen, ihr alle naselang erklären zu wollen, was Kollektivschuld sei. Er las geradezu ostentativ vor ihren Augen ein Buch über die Unfähigkeit zu trauern. Du meine Güte, hatte Ute Graf eines

Abends gesagt, als sie ihren Mann mit diesem Buch im Sessel sitzen sah. Ich fühle mich wie früher, als wir uns ständig belehren und schulen lassen mussten, obwohl wir eigentlich nur die Gesellschaft verändern wollten.

Sie wusste im gleichen Moment, dass sie Schwachsinn von sich gab. Nur die Gesellschaft verändern wollen. Das war natürlich ein großes Anliegen, man wollte alles und alles auf einmal, und sie hatte sich damals bereitwillig die Abende um die Ohren geschlagen, um was über Trotzki, die permanente Revolution und weiß der Himmel was zu lernen. Jetzt aber versuchte ihr eigener Mann, sie zu verunsichern, indem er ihr erklärte, man hätte eine Verantwortung gegenüber diesen Weinrebs und gegenüber den Weizmanns auch. Zum Verwechseln ähnlich diese Namen, schon allein das machte Ute Graf fuchsteufelswild.

Haben wir etwa in der DDR gelebt? Ich bitte dich, hatte sie zu ihrem Mann gesagt, lass mal die Kirche im Dorf. Selbst wenn das alles so stimmt, wie die Erben es behaupten, ist es nicht unsere Verantwortung, ihnen Genugtuung für vergangenes Unrecht zu geben. Dieses Rad dreht doch niemand mehr zurück, hatte sie gesagt und war bei jedem Satz etwas lauter geworden. Und weil sie es hasste, lauter zu werden. Sie bekam dann immer eine ganz schrille Stimme, die ihr selbst in den Ohren weh tat. Deshalb hatte sie ihren Mann gefragt: Willst du mit mir vögeln? Und das hatte Philipp Graf ausreichend abgelenkt. Beim Vögeln hatte Ute Graf gedacht: Jetzt ficken wir uns den Juden aus dem Kopf. Das war kein guter Gedanke.

Salomon Weinreb

So bin ich ins Spiel gekommen und in dieses Buch geraten. Wolff wollte das Gehöft loswerden. Der Acker ringsum hatte gute Ernten gegeben. Jedes Jahr. Aber Acker ist nicht Stadt. Acker macht aus Leuten Bauern. Das ganze Getue verpufft, wenn man Bauer ist. Wolff war ein Großmaul, ich mochte ihn nicht sonderlich. Seine gespreizte Art zu reden, diese Angewohnheit, beim Reden immer ein wenig Luft durch die Nase entweichen zu lassen, als brauche jedes Wort mindestens zwei Wege, um den Kopf zu fliehen. Vielleicht war ich auch nur neidisch auf seinen Bart, der üppig spross und ihn älter und weiser erscheinen ließ.

Wolff hatte den Acker Tannenhof genannt. Vorher hieß der einfach nur Martenshof. Marten war der Bauer, dem das Stück Land, von dem ich hier rede, gehörte, bevor Wolff es erwarb. Ein bodenständiger Mann, dieser Marten, dem ein Kind nach dem anderen starb. Dann blieb die Frau im Kindbett liegen und wurde nicht wieder. Marten hatte es noch mit der Schwester der Frau versucht, doch die brachte nur Scherereien und keine Kinder. Deren hätte es aber bedurft, um den Hof weiter zu bewirtschaften. Marten wurde ein Sonderling. Das haben mir die Leute erzählt. Wolff wusste davon nichts. Der redete nicht mit den Menschen im Dorf. Die waren dem zu dumm, vermute ich. Wie gesagt, ich mochte ihn nicht, er war ein Großmaul.

Mir haben die Leute erzählt, der Marten sei nachts durchs Dorf geschlichen und habe mit Blut Pestzeichen an die Häuserwände gemalt. Rote Kreuze, denen man die Schrecken vergangener Zeiten ansah. Ich glaubte das nicht, und fragte man richtig nach, kamen die Leute auch mit Ausflüchten. Vielleicht sei es ja kein Tierblut gewesen und möglicherweise auch nicht das Pestzeichen. Ich denke, Marten war einfach nur ein bisschen verrückt geworden von all dem Kummer. So viele tote Kinder, da wird man verrückt. Ich weiß das. In meiner Familie, wenn ich mal die große und ganze nehme, gibt es reichlich tote Kinder.

Marten ist für die Geschichte, die ich erzählen möchte, überhaupt nicht wichtig. Kein bisschen. Ein verrückter, verzweifelter Bauer, der für sich entschieden hatte, das Land zu verlassen, in die Stadt zu gehen und dort seine toten Kinder zu vergessen. Ich kann nur hoffen, dass es ihm gelungen ist. Die Stadt heilt tatsächlich einige Wunden, das kann ich bestätigen. Mir ging es in der Stadt immer gut. Tatsächlich. Von meinen Nachfahren sind viele in die Welt gegangen. Nicht freiwillig, darüber wird noch zu reden sein. Aber wenn sie gehen mussten, dann in große Städte. Nie wieder haben sie es auf dem Land versucht mit ihrem Glück. Obwohl ich mir nicht ganz sicher bin. Es muss Nachfahren von mir geben, die in Australien leben und dort Pferde oder Schafe oder Rinder züchten. Aber das liegt denen nicht im Blut. Dessen bin ich gewiss.

Weizmanns, meine Linie, sind nach Australien gegangen. Zumindest ein Teil von ihnen. Weit genug fort, finde ich. Und Australien ist nicht schlecht. Konservativ, aber das waren wir in gewisser Weise auch. Salomon weniger. Und unter seinen Nachfahren muss es ein paar ganz revolutionäre gegeben haben. Die neunzehnneunzehn für die Räterepu-

blik gekämpft haben. Wobei ich mir jetzt nicht sicher bin, ob ich da nicht was durcheinanderbringe. Aber es muss jemanden gegeben haben bei den Soldatenräten oder Kieler Matrosen. Salomon war so fürchterlich fortschrittsgläubig. Ich nicht. Ich habe nie darauf vertraut, dass der Fortschritt auch uns Juden meint. Ich wollte, dass wir uns rückversichern. Deshalb das Gut und die Landwirtschaft.

Wir haben auch auf dem Land versucht, die Stadt näher zu holen. Vielleicht, weil sie unsereinen besser beschützen konnte. Die Stadt bot Verstecke und lange ein ausreichendes Maß an Gleichgültigkeit. Auf dem Land waren wir wie Wild auf offenem Feld. Für jedermann sichtbar. Und ziemlich allein. Da hieß es nicht, die Juden sind unser Unglück, da hieß es, der Jude ist unser Unglück. Und der stand für alle Juden der Welt und hatte Namen, Adresse, Hof und Kinder, war Teil des ganzen dörflichen Geredes, dem niemand entkam.

Ach, ich weiß nicht. Darüber haben wir schon zu Lebzeiten gestritten. Ich fand es sicherer auf dem Land. Es hat uns ernährt, und wir haben einigen Leuten zu Lohn und Brot verholfen. Die meisten haben uns deshalb zumindest geduldet. Mehr war sowieso nie zu erwarten. Als gelitten, geduldet zu sein. Das scheint mir heute nicht anders. Wenn sich alle einig werden in Warenberg und niemand von etwas lassen muss, von dem er meint, es gehöre ihm, werden unsere Nachfahren geduldet sein. Die Zeiten sind gut und die Menschen zivilisierter geworden. Sie mögen uns auf eine höflichere Art und Weise nicht. Damit kann man sicher leben. Es sei denn, man hat noch immer diese Wut im Bauch.

Dass meine Erben – oder besser, die Erben meiner Erben – nun Martenshof zurückhaben wollen, aus dem später Tannenhof wurde und dann Gut Tannenhof, heißt nicht, dass sie plötzlich auf dem Land leben möchten. Sie werden fast alle bleiben, wo sie sind. In ihren großen Städten, verstreut in alle Winde, wie man so schön sagt. Einige aber wollen sich tatsächlich in Tannenhof niederlassen, das heute nicht mehr Tannenhof, sondern Warenberg heißt. Zumindest der Ort. Das Gut hat seinen Namen behalten.

Dorthin zurückzukehren gehört sich nicht. Für uns ist es ein Ort der Niederlage und Demütigung. Daran ändern auch die guten Erinnerungen der ersten Jahre nichts. Ich kann nicht verstehen, dass man sich dort wieder niederlassen möchte. Da muss man nicht einmal melodramatisch werden, um sein Unverständnis zu begründen. Die Jahre ab dreiunddreißig haben die ganzen Jahrzehnte davor ausgelöscht. Eine Idylle, die sowieso immer auf tönernen Füßen stand. Ein fragiles Glück, dem wir vertraut hatten, ohne uns ganz darauf zu verlassen.

Am 29. September dreiunddreißig war ich schon fünfunddreißig Jahre tot. Für meinen Enkelsohn, der Gut Tannenhof bewirtschaftete, spielte dieses Datum eine große Rolle. Für all meine Kinder und die Kinder meines Bruders. Für deren Kinder und die, die nach ihnen kamen, war das so. Obwohl sich die wenigsten von ihnen in der Landwirtschaft betätigt hatten. Um das Gut hatte sich nach mir nur mein Sohn Heinrich gekümmert und dann sein Sohn Gregor. So lange, bis er begann, in der Stadt sein Geld zu verdienen. Dreiunddreißig wollte Gregor anfangen, seinen Sohn Richard für die Arbeit auf dem Gut zu begeistern. Da war der gerade mal fünfzehn. Ein bisschen früh für Ackerbau und Viehzucht, finde ich. Aber es ging Gregor wohl eher darum, seinen Sohn mit dem geschäftlichen Teil des Ganzen vertraut zu machen.

Mich hatte Heinrichs Interesse für Vieh und Getreide immer verwundert. Er war ein wunderbarer Sohn. Ein draller Springinsfeld, aus dem später ein breitschultriger kräftiger Mann wurde. Meine Kulleraugen, Elinors Nase und Haare, die pragmatische Art seines Großvaters mütterlicherseits, Dinge zu erledigen und Probleme zu lösen. Schon als Junge klebte Heinrich an den Stiefeln des Gutsverwalters. Legte sich ein kleines Beet an und versuchte, darauf große Kartoffeln wachsen zu lassen.

Ich will eine neue reine Kartoffelrasse züchten, Vater, hat er einmal zu mir gesagt. Da war der Bengel dreizehn, und uns gehörte das Gut gerade erst ein Jahr. Seine Kartoffelrasse werde widerständig gegen alle Schädlinge sein, aber man müsse aufpassen, dass sich gutes nicht mit schwachem Saatgut vermische. So redete der Junge damals. Sah aus wie sechzehn, mit seinem für sein Alter etwas zu groß geratenen Körper, den immer schmutzigen Händen, die doppelt so breit waren wie meine. Hätte ich in die Zukunft schauen können, hätte ich ihm eine runtergehauen für die widerständige und reine Rasse. So kam mir das alles nur wie die Angeberei eines Dreizehnjährigen vor, der seinen Vater beeindrucken wollte. Aber ich konnte ihm nicht böse sein. Er war unser einziges Kind. Wir hatten schon nicht mehr geglaubt, dass es klappt. Meine Frau war dreiunddreißig und ich siebenunddreißig Jahre alt, als Heinrich geboren wurde. Davor nur Fehlgeburten. Elinor ist immer kleiner und trauriger geworden in diesen Jahren. Das ist Gottes Strafe, hat sie manchmal zu mir gesagt. Salomon, es ist bestimmt Gottes Strafe. Aber wofür? Wir mühen uns doch, gute Menschen zu sein.

Meine Frau. Elinor. Keine Schönheit, aber eine leuchtende Gestalt. Ihre Nase etwas zu groß, die Augen ein wenig zu weit auseinanderstehend, die Stirn ein bisschen zu hoch, das Kinn eine winzige Spur zu energisch, die Haare nicht zu bändigen, ein üppiger Oberkörper auf zu schmalem Becken und zu dünnen Beinen. Nichts passte an Elinor wirklich zusammen. Sie hatte von allem zu wenig oder zu viel. Aber der Gesamteindruck war so, dass niemand sie vergaß. Elinor war besonders. Und sie hatte mich erwählt, den weichen, etwas zu schwatzhaften, schmalfingrigen Salomon Weinreb.

Mein Bruder hatte zwei Töchter in die Welt gesetzt, Sarah und Esther. Und mein Bruder konnte es nicht lassen, vor sich herzutragen, dass er ein Jude ist. Sarah und Esther zur damaligen Zeit, in der so viele Juden ihren Kindern die deutschesten aller deutschen Namen gaben. Heinrich eben. Nur zum Beispiel. Der Ausdruck einer trügerischen Gewissheit, die uns später teuer zu stehen kam.

Darüber haben wir uns auch manchmal gestritten. Ich wollte nicht, dass wir so tun, als seien wir gar keine Juden. Uns hinter deutschen Namen verstecken. Wenn sich ein Neger weiß anmalt, bleibt er doch in den Augen der anderen ein Neger, habe ich zu Salomon gesagt, wenn er mir zu erklären versuchte, dass Sarah und Esther es allein ihres Namens wegen einmal schwerer haben würden. Welch ein Irrglaube, habe ich ihn einmal angeschrien. Wir hatten beide viel Wein getrunken, es war der Geburtstag von Esther, glaube ich.

Die anderen werden immer ein Gespür für unsere Rasse haben, sie werden uns riechen, wenn es ihnen passt, egal, welche Namen wir tragen. Wir sind das auserwählte Volk. Auserwählt, von allen und überall erkannt zu werden. Ob wir es wollen oder nicht. Das habe ich damals geschrien, wahrscheinlich mit schwerer Zunge und lauter, als gut für uns alle war. Aber Salomon glaubte, uns seien die Zeiten wohlgesinnt.

Achtzehnsechzig, als Heinrich geboren wurde, begann ein kleines goldenes Zeitalter für uns Juden. Selbst auf den Dörfern arbeiteten sich manche in die Mittelschicht oder wurden gar zur Oberschicht gezählt. Der Name Heinrich, das habe ich so als kleine Geste der Dankbarkeit an diese für uns gute Entwicklung empfunden. Als Heinrich zehn war, gab es kaum noch Juden, die sich ihren Lebensunterhalt erbetteln mussten. Das sah in meiner Kindheit ganz anders aus. Völlig anders.

Also nur Heinrich blieb wirklich in der Landwirtschaft. Alle anderen aus der Familie sind in die Stadt zurückgegangen. Wo wir hingehörten, wenn man es ehrlich betrachtet. Sie haben Kanzleien eröffnet, Arztpraxen und Handelshäuser. Die Mädchen haben geheiratet und sind Frau Rechtsanwalt oder Frau Doktor geworden. Ihre Männer hatten Erfolg in der Stadt. So wie mein Enkelsohn Gregor, der eine Bank gründete und ein Handelshaus, weil ihm die Landwirtschaft doch nicht so gefiel. Sie alle kamen jeden Sommer auf das Gut, bezogen dort ihre mehr oder minder schönen Sommersitze und blieben ein paar Wochen. Die Männer pendelten zwischen Dorf und Stadt, Erholung und Geschäft. Die Frauen blühten auf und machten sich in den Gärten und auf den Obstwiesen die Hände schmutzig. Am Abend waren die dann rot von den Kirschen oder schwarz vom Johannisbeersaft.

Ich war ein dünner, schmalfingriger, etwas schwatzhafter Deutscher jüdischen Glaubens, wie es korrekt heißt. Ich habe festgestellt, dass mir die korrekten Bezeichnungen nicht behagen. Hep-Hep gefällt mir besser. Tatsächlich. Wer uns das hinterherrief, machte eine klare Ansage. Hep-Hep, Jude! Dich kriegen wir noch. Und so ist es ja auch gekommen.

Aber dreiunddreißig war ich eben schon lange tot. Mir ist alles Mögliche erspart geblieben.

Wolff auch. Der Mann ist in die Stadt zurückgegangen, nachdem wir ihm achtzehnzweiundsiebzig Tannenhof abgekauft hatten. Und dort ging es ihm gut. Es war eine deutsche Stadt, und er hatte Erfolg. Die Zeiten änderten sich für unsereinen zwar ständig, doch man kann sagen, in den Jahren nach der Reichsgründung hatten wir es gar nicht so schlecht. Zwei Söhne vom Wolff sind Ärzte geworden, und einer wurde Rechtsanwalt. Vielleicht war Wolff deshalb ein Aufschneider. Und ließ es alle spüren.

Rings um den Hof Kiefernwälder, und er nennt das Gut Tannenhof. Damit war der verrückte Marten Geschichte. Wolff hat den Wald hinter dem großen Gutshaus mit Tannen aufforsten lassen. Um dem Namen gerecht zu werden. Als ob es Tannen gut im märkischen Sand hält. Aber Wolff wusste nichts von solchen Sachen. Hat sich jedoch immer aufgespielt, als wüsste er alles. Und das mag ja für den Kaufmann Wolff auch gestimmt haben.

Einige Tannen sind trotzdem gewachsen. Fünfzig Meter hinterm Gutshaus stehen sie in Reih und Glied und versperren die Sicht auf den Wald dahinter. Gut, das nehme ich zurück, es ist banal, zu behaupten, Bäume versperrten einem die Sicht auf den Wald. Ich fand dieses Sprichwort schon immer albern. Habe mich gern und viel mit Sprache befasst. Insofern wären für mich die Jahre ab neunzehndreiunddreißig interessant gewesen. Aber mehr noch die Neunziger. Eine zweite Reichsgründung sozusagen im späten zwanzigsten Jahrhundert. Der Krieg hatte geteilt, die Zeit geheilt, und alles wuchs wieder zusammen. So seltsam das klingen mag, aber jetzt wird in der Sprache der Gerichtsbarkeit noch einmal Abneigung niedergeschrieben. Wenn auch in anderer Form. Die beeindruckt mich. Mehr als die tödliche Direktheit der Dreißiger. Meine Nachfahren regten sich sicher auf, wüssten sie das. Die geraten andauernd in so eine Art wütende Verzweiflung oder verzweifelte Wut über all diese Schriftstücke, die von der Gerichtsbarkeit inzwischen über Gut Tannenhof und Warenberg verfasst wurden. Sätze, die einem die Tränen in die Augen treiben. Lächerliche Sätze, die jedes Sprachgefühl vermissen lassen.

Der Vortrag des Beklagten ist nicht geeignet, die gesetzliche Verfolgungsvermutung mit dem Mittel eines Beweises des Gegenteils zu widerlegen, da das bloße In-Frage-Stellen einer etwaigen Verfolgung seitens des Beklagten zur Führung des Beweises des Gegenteils und damit zum Ausschluss der Mitursächlichkeit des Nationalsozialismus beim Abschluss des Rechtsgeschäftes nicht ausreicht.

Mich fasziniert diese Sprache. Sie wird absurd, wenn man anfängt, sich zu streiten. Macht sich selbständig und uns zu Deppen. Allesamt. Nicht einmal die Anwälte machen eine gute Figur, wenn sie solche Sätze drechseln. Das bloße In-Frage-Stellen einer etwaigen Verfolgung. Da steckt doch mindestens ein Wort zu viel drin. Eine Verfolgung, die etwaig ist, muss ich ja wohl nicht mehr in Frage stellen. Etwaig – dieses Wort tut von allein, was mir da noch überlassen scheint. Aber ich will nicht kleinlich sein. Der Streit ließ sich nicht vermeiden. Obwohl wir stattdessen auch hätten reden können. Hätten wir? Ich nicht, das ist klar. Ich bin tot. Aber meine Nachfahren. Doch das sagt sich für einen wie mich leicht dahin. Vielleicht haben die Jahre dreiunddreißig bis fünfundvierzig auch alles Reden für immer und ewig unmöglich gemacht. Wen interessiert das heute noch?

Nachfahren, das habe ich schon zu Lebzeiten gedacht, ist auch ein sonderbares Wort. Als Verb so unbedeutend und nichtig. Und als Substantiv derartig schwergewichtig. Ich mag die neueren Begriffe lieber. Auch wenn meine Kinder und die Kinder meiner Kinder noch in der Schule Tuwort und Dingwort gelernt haben. Albern. Nachfahre ist bestimmt kein Dingwort. Nachfahre ist ein Substantiv.

Salomon und die Worte. Wäre ich nicht tot, trieben mir diese Auslassungen Tränen der Rührung in die Augen. Was er sich auch an Worten und Sätzen aufhalten konnte. Untertänigst. Nur als Beispiel. Natürlich habe ich manchmal in meinen Briefen untertänigst um etwas gebeten. Dass man die eine Sache prüfen und die andere erlauben möge. Schließlich waren wir ja Untertanen. Und dankbare noch dazu. Dass sie uns tun ließen. Handeln, kaufen, bauen, ernten, Verträge schließen, den Doktorhut erwerben. Da war es doch nur rechtens, hin und wieder untertänigst zu danken und untertänigst um etwas zu ersuchen. Salomon mochte dieses Wort nicht. Wir sind doch keine Hofjuden mehr, Hermann, sagte er manchmal, dass man uns Gehorsam attestieren muss, den wir zuvor untertänigst feilgeboten haben. Und ich habe ihm geantwortet, es sei verkehrt, zu vergessen, wie wenige Jahre erst seit jener Zeit vergangen sind, da unsereiner ein Führungszeugnis nur für einen Umzug brauchte.

Ja, der Jude hat sich wohl benommen. Der Jude darf dieses tun und jenes auch. Das mussten wir uns wieder und wieder bestätigen lassen. Salomon war nicht leichtgläubig. Gewiss nicht. Er war nur ein wenig mutiger als ich. Und vielleicht naiver.

Hermann hat gesagt, wir kaufen Tannenhof und ringsum Grundstücke dazu. Bald wird die Eisenbahnanbindung da sein, dann kommt man von Tannenhof schnell in die Stadt. Es wird Menschen geben, die hier wohnen wollen.

So sah die Idee meines Bruders aus. Ich fand sie nicht schlecht, und wir hatten ausreichend Geld für diese Investition. Uns gehörte eine große Tuchfabrik.

Das ist alles wirklich sehr schlicht, wie es hier daherkommt. Tuchfabrikant, reich, große Familie, geschäftstüchtig. Stimmt alles. Da kann man etwas draus machen. Geschenkt.

Es war nicht einfach, einem Kaufmann etwas abzukaufen, von dem, der meinte, es sei Gold wert. Jedes Mal, wenn ich in das Gutshaus kam, um über das Geschäft zu reden, hat Wolff mich durch die Ställe geführt. Und wenn er redete, wurden die immer größer. Plötzlich kannte er die Hühner und Kühe mit Namen. Und sie legten größere Eier und gaben die bessere Milch im Vergleich zu allen anderen Hühnern und Kühen in der Nachbarschaft. Aber er hat mir auch gestanden, dass die Stadt einfach bessere Chancen bot als das Land. Für einen wie ihn mochte das zutreffen. Der handelte mit allerlei, kaufte und verkaufte, hatte ein goldenes Händchen dabei, und es würde nicht mehr lange dauern, bis ihm das Brennspiritusmonopol gehörte. Wolff hatte es fast geschafft. Er brauchte das Gut nicht mehr. Hatte noch kurz überlegt, auf dem Tannenhof ein Sägewerk zu bauen oder eine Landmaschinenfabrikation. Aber das war ihm wohl zu aufwendig. Unter uns: Wolff war auch ein bisschen faul. Er mochte es nicht, zu arbeiten. Trotzdem hatte er es fast geschafft. Damals. Ein perfekter Aufstieg.

Wie ich schon sagte. Man ließ uns machen. Offiziere, Briefträger, Feldmesser, Apotheker, Sekretäre durften wir nicht werden, aber musste man das? Es gab andere Berufe und andere Möglichkeiten, sein Geld zu verdienen. Mein Vater, dem haben sie noch Hep-Hep hinterhergerufen. Das habe ich vorhin vergessen zu erklären. Ein Schimpfwort, nicht wichtig zu wissen, was es bedeutet. Mein Vater konnte es mir auch nicht sagen. Es war nur für die Juden gedacht. Hep-Hep. Es gibt Leute, die behaupten, es sei ein Lockruf für Ziegen gewesen, und Ziegen wiederum sind Gehörnte und gleichen dem Teufel. Ich schweife schon wieder ab. Es ist wirklich nicht wichtig und schon eine Ewigkeit her.

Ich will damit nur sagen, die Zeiten hatten sich geändert. In keinem Jahrhundert zuvor haben wir Juden es so gut gehabt, wie in diesem neunzehnten. Trotzdem bekamen wir weniger Kinder. Als hätten wir geahnt, wie es kommen würde. Als wäre es uns falsch erschienen, Kinder in die Welt zu setzen, für deren Kinder man später Öfen bauen würde, um sie zu verbrennen. Und Gaskammern.

Mich macht diese ganze Rederei müde. Es wäre doch besser, einfach wieder zu verschwinden. Das Ganze ist so lange her, und wen interessiert es?

Salomon-Weinreb-Straße 19

Niemand wusste, dass Martina Leber morgens im Bad bereits eine Stunde länger brauchte als noch vor einem Jahr. Sie war schon vor zwei Jahren in das hintere kleine Schlafzimmer gezogen, dessen großer Vorteil in einem eigenen Bad bestand. In wenigen Wochen sollte dieses hintere kleine Schlafzimmer Georg gehören. Das hatten Martin und Martina Leber ihm versprochen, dem Sohn. Wenn du achtzehn Jahre alt bist, kannst du in das hintere kleine Zimmer ziehen, hatten sie gesagt. Dann hast du ein eigenes Bad und bist für dich.

Bis dahin blieb nur noch kurze Zeit. Und in dieser Zeit musste Martina Leber ihr Problem in den Griff bekommen. Unwahrscheinlich, dass es gelang. Sie hatte sich klug gemacht. Zwanghaftes Verhalten war nicht heilbar. Jedenfalls nicht mit Medizin. Martin, ihr Mann. Sie hatten wirklich überlegt, ob die Tatsache, dass sie Martin und Martina heißen, gegen eine Heirat spricht. Ihr Mann bewegte sich durch das Haus wie durch eine Möbelausstellung. Er fasste nichts an. Nicht einmal mehr sie, Martina. Weil sie ein Problem hatte.

Der schleichende Prozess hatte inzwischen das ganze Morgenritual durcheinandergebracht. Über eine Stunde brauchte Martina Leber, um dem Tag die Stirn zu bieten. In dieser einen Stunde schminkte sie sich vier- bis zehnmal, putzte sieben- bis dreizehnmal das Waschbecken und das Klo, sortierte sechs- bis achtzehnmal die Utensilien auf der Ablage des Spiegelschrankes, ordnete neun- bis zwölfmal die Handtücher im Regal rechts neben dem

Waschbecken. Und das, obwohl dieses Bad nur von ihr und niemandem sonst benutzt wurde. Es konnte gar nichts durcheinanderkommen. Es sei denn, sie brächte die Dinge in Bewegung und Unordnung.

Das Ganze hatte sich erst richtig mit dem Ärger um das Haus verschlimmert. Davor beherrschte sie die Sache noch. Und vor diesem Davor war Martina Leber eher eine lässige Hausfrau gewesen. Man könnte auch sagen, sie war schlampig. Es konnte passieren, dass sie schmutziges Geschirr in den Kühlschrank stellte, anstatt es abzuwaschen. Wenn sie keine Zeit hatte. Im Kühlschrank tummelten sich keine Fliegen, die ihre Fliegeneier auf das schmutzige Geschirr hätten ablegen können.

Diese Zeiten waren lange vorbei. Mit dem ersten Kind fing Martina Leber an zu putzen. Zuerst rings um das Kind herum und alle Dinge, mit denen es in Berührung kam oder kommen konnte. Dann hatte sie das Schlachtfeld nach und nach ausgeweitet. Ihre Hände wurden rot und rau vom Wofasept, auf der Stirn bildete sich ein roter Streifen, der aussah wie ein Ekzem und entstanden war, weil Martina Leber sich mit der immer gleichen Bewegung eine immer gleich störrische Haarsträhne aus der Stirn wischte, um sie hinterm rechten Ohr zu arretieren. Wofasept, das von ihr später durch Sagrotan ersetzt wurde, ist ein Teufelszeug, davon konnte man schon ein Ekzem bekommen.

Dann war es richtig losgegangen mit den Schwierigkeiten. Es gelang ihr manchmal kaum noch, das Haus zu verlassen. An solchen Tagen setzte Martina Leber die kleine Franka in den Kinderwagen, schloss die Haustür ab, ging los und kehrte nach fünf Schritten wieder um. War die Tür wirklich zugeschlossen, hatte sie den Herd ausgemacht, den Haupthahn zugedreht, die Terrassentür geschlossen, den Stecker vom Bügeleisen gezogen? Nach der Geburt von Georg, zwei Jahre später, wurde alles noch schlimmer. Das war neunzehnachtundsiebzig, keine Probleme weit und breit in Sicht. Aber Martina Leber litt mehr und mehr an ihren Zwängen, von denen sie sich nicht erklären konnte, woher sie kamen. In einem Film hätte es sehr komisch wirken können. Dachte sie manchmal. Ein Film, der zeigt, wie jemand Tag für Tag und Stunde um Stunde gegen etwas ankämpft, das sich nicht einmal richtig beschreiben lässt. In einem solchen Film hätte Martina Leber einen grandiosen Auftritt hinlegen können und wäre nominiert worden für einen Preis als beste Nebendarstellerin. Achtundsiebzig hatte sie trotzdem noch vieles im Griff gehabt. Und es gab sogar Zeiten, da fielen fast alle Zwänge von ihr ab. Nur putzen musste sie akribisch und jeden Tag. Da ließ sich nichts mehr machen.

Mit der Wende fielen mühsam errichtete Barrikaden. Martina Leber verlor, anfangs noch unbemerkt von allen, fast jede Kontrolle über ihren Kontrollzwang. Was sie nicht im Blick hatte, konnte sich verselbständigen oder ganz und gar verschwinden. Dessen war sie sich zunehmend gewiss. Die Kinder, das Haus, der Mann, der sich in seine Opern flüchtete und in Geschichte verlor. Man musste die Dinge im Auge behalten. Alle. Und sauber mussten sie sein. Der letzte Damm brach, als die Erben kamen. Zu all den Befürchtungen, die sie benennen konnte, kamen namenlose Ängste, die sich in absurden Handlungsabläufen manifestierten. Milben, Mikroben, Tassen mit Lippenstiftspuren, Supermärkte voller Keime, alles musste bedacht und im Auge behalten werden. Martina Leber verließ das Haus nicht mehr ohne ein Staubtuch, eine Packung Feuchttücher und Haushaltshandschuhe in der Handtasche. Fast alles konnte eine Quelle neuer Ängste werden. Opernarien, die wie Morddrohungen klangen, Menschen, die das Haus abreißen und ein neues hinbauen würden, ein ganzer Ort, der sich auflöste, Schuppen, die sich erst auf der Kopfhaut und dann auf dem Kragen sammelten, Dreck unter den Fingernägeln, Bäume am Straßenrand, die wieder und wieder gezählt werden mussten, Mülltonnen, die nicht in Reih und Glied standen, Fußabtreter, die nicht sauber zu kriegen waren.

Hin und wieder dachte Martina Leber über Selbstmord nach. Ihr war klar, dass es für ihren Zustand Bezeichnungen gab, Diagnosen und vielleicht doch das eine oder andere Medikament, mit dem sich manches zumindest ein bisschen geraderücken ließ. Aber Selbstmord schien ihr der einfachere Ausweg. Manchmal. Wenn es nicht so viel Unordnung machen würde, dachte sie dann und fand es geradezu amüsant, dass ausgerechnet dieser Gedanke sie davon abhielt. Dass sie Unordnung ins Leben brächte, nähme sie es sich.

Jetzt stand Martina Leber im Bad, und ihr Gesicht fühlte sich vom häufigen Schminken schon ganz wund an. Am Abend zuvor hatten sie zusammengesessen, die Leute aus der Siedlung. Ein Gutteil von ihnen jedenfalls. Es ging um das einundzwanzigste Verfahren. Oder war es das zwanzigste? Die juristische Lage war immer noch nicht geklärt. Oder vielleicht doch. Endlich. Vielleicht gab es keine höhere Instanz mehr. Konnte man mit solchen Angelegenheiten zum Europäischen Gerichtshof gehen? Wäre Selbstjustiz der nächste logische Schritt?

Martina Leber schaute sich im Spiegel an und fand, dass einmal abschminken und neu schminken noch drin sein musste an diesem Morgen. Sie konnte es ja auf die Augen beschränken und diesmal auf Make-up und Rouge verzichten. Über diese Idee musste sie lachen. Ohne Make-up kam sie nicht einmal aus dem Badezimmer, geschweige denn aus dem Haus.

Sie hatten darüber diskutiert, was es bedeuten konnte, wenn das Bundesverwaltungsgericht das Urteil des Verwaltungsgerichtes und den Bescheid des Amtes zur Regelung offener Vermögensfragen aufhob und den Kläger verpflichtete, das Grundstück Gemarkung Warenberg-Tannenhof, Flur 6, Flurstück 83, an die Erben zurückzuübertragen. Warum eigentlich zurück? Sie hatte sich gestern Abend diese Frage gestellt und keine Antwort darauf gefunden. Zu übertragen müsste ja wohl genügen. Ob zurück oder vorwärts, war belanglos.

Martina Leber hatte das Urteil viermal lesen müssen, um dessen Inhalt zu verstehen. Flurstück 83 lag nur drei Straßen weiter. Und das Urteil schien ihnen allen zu beweisen, dass sie nicht im Recht waren.

Martina Leber stand noch immer vor dem Spiegel und dachte daran, wie am Abend zuvor alle auf Ilse Bock rumgehackt hatten. Wie sie ihr zu Leibe gerückt waren, als die vorgeschlagen hatte, mit dem ganzen Rechtsstreit aufzuhören und zu bezahlen.

Bei mir sind das gerade mal fünftausend Mark, hatte Ilse Bock gesagt. Mein Grundstück ist klein. Fünftausend Mark habe ich. Mir ist das alles langsam peinlich, hatte sie gesagt.

Hochrot im Gesicht war sie gewesen, die alte Ilse. Obwohl, so alt war sie ja noch gar nicht. Vierundsechzig oder fünfundsechzig vielleicht. Hatte sich tatsächlich auf einen kleinen karierten Zettel geschrieben, was sie sagen wollte. Rechts neben ihr saßen Grafs. Beide. Die traten sowieso nur im Doppelpack auf und waren auf Risiko hergekommen, wie sie selbst es nannten. Risiko heißt, sie waren zur Miete in eines der Häuser gezogen. Bekamen die Option, das Haus und das Grundstück kaufen zu können, wenn die ganze leidige Geschichte mit der Rückübertragung oder Entschädigung. Martina war es scheißegal, wie man das nannte und worauf es am Ende hinauslief. Wenn diese leidige Geschichte geklärt sein würde.

Die Grafs wollten unbedingt im Osten wohnen. Wir sind sehr ostaffin, hatte Ute Graf einmal zu Martina Leber gesagt. Linke halt, hatte sie hinterhergeschoben, als hätte das eine mit dem anderen etwas zu tun. Eine linke ostaffine Unternehmensberaterin, die sich, im Glauben an den guten Ausgang des Rechtsstreits, an das alte Haus schon mal einen nagelneuen Wintergarten hatte anbauen lassen. Den könne man, hatte sie Martina erklärt, auch wieder abbauen, einlagern und, wenn das Haus umgebaut wäre, wieder anbauen. Oder verkaufen, falls aus alldem nichts würde.

Ute Graf hatte also neben Ilse Bock gesessen, die ihren karierten Zettel in der Hand hielt und ihre kleine vorbereitete Rede haspelte. Sie hatte den Kopf geschüttelt und eine Hand auf den Arm von Ilse Bock gelegt, als wollte sie die Frau davon abhalten, auszusprechen, was die erklären wollte. Danach hatte sie sich gemeldet, war aufgestanden und hatte gesagt: Es geht hier nicht um Wiedergutmachung, Frau Bock. Sie müssen kein schlechtes Gewissen haben, denn Sie haben sich nichts zuschulden kommen lassen. Ginge es um Wiedergutmachung, müsste sich der Staat darum kümmern. Hier im Saal sitzt niemand, der neunzehnsechsunddreißig ein Haus in dieser Siedlung erworben hat. Also hat niemand etwas gutzumachen.

Früher, als Martina noch nicht so viel Angst vor dem Schmutz hatte, der unter fremden Sohlen haftet, war Ilse Bock manchmal bei ihr auf einen Kaffee vorbeigekommen. In der Zeit, als die Kinder klein waren, war dies eine willkommene Abwechslung. Martina hatte den guten Kaffee aus dem Schrank geholt. Rondo, nicht Kosta. Sie hatte die Kinder in das Laufgitter, das in der Küche gestanden hatte, gesetzt und mit Ilse Bock am Küchentisch gesessen. Und Ilse Bock hatte hin und wieder darüber gestaunt, wie aufgeräumt und sauber es bei Martina Leber aussah. Obwohl die Kinder so klein waren und so viel Zeit in Anspruch nahmen. Martina Leber war stolz, wenn Ilse Bock sie dafür lobte. Sie haben das gut im Griff, hatte die gesagt. Da können sich andere eine Scheibe davon abschneiden. Manchmal hatte sich Martin dazugesetzt und Kaffee mitgetrunken. An zwei Tagen in der Woche kam er gleich nach dem Unterricht nach Hause. Hatte keine Parteiversammlung, keine Lehrerkonferenz, keine Arbeitsgemeinschaft.

Ilse Bock hatte einmal davon erzählt, wie ihr Vater sechsunddreißig das kleine Haus erworben hatte. Da sei sie sechs Jahre alt gewesen. Ein schmales, blasses, hustendes Kind mit schwachen Bronchien und einer ewig großen Lust auf selbst gemachte Karamellbonbons, die unglaublich hart und deshalb ein geradezu ewig dauerndes Vergnügen waren. Ilse Bock hatte Martina das Rezept für die Bonbons aufgeschrieben. Aber es war nie zum Einsatz gekommen. Bonbons machen könnte eine unglaubliche Sauerei in der Küche veranstalten.

Sie schminkte sich ein letztes Mal ab. Mit einem aloegetränkten Feuchttuch rieb sie die Augen nackt und die Wangen blass. Dann trug sie eine dünne Schicht Make-up auf, malte die Augenlider blassgrün, die Augenbrauen dunkelbraun und die Wimpern schwarz. Zum Schluss färbte sie die Wangen rostrot, zog dafür mit dem weichen dicken Pinsel einen breiten Streifen schräg über die Wangenknochen Richtung Mundwinkel. Sie spürte im Magen und im Bauch, dass dies jetzt und für heute genügte. Gleich konnte sie das Badezimmer verlassen. Aber vorher musste sie es noch putzen. Zumindest Waschbecken und Spiegel. Das Rouge hatte bestimmt feinen Staub hinterlassen, die Seife in der Seifenschale war von ihr benutzt worden, unter ihren Sohlen hafteten Keime, und von ihrer Kleidung waren Fusseln auf den Boden gefallen. Obwohl sie die vorhin erst frisch gewaschen aus dem Kleiderschrank geholt hatte. Aber was hieß schon frisch gewaschen? Man konnte bei diesen Klamotten leider nur Dreißiggradwäsche machen. Kein Keim stirbt bei dreißig Grad. Sie hatte genug darüber gelesen, um Bescheid zu wissen.

Martina Leber überlegte, ob sie noch schnell die Betten frisch beziehen sollte, bevor sie das Haus verließ. Das hätte aber geheißen, dass sie hinterher wieder ins Bad musste, um sich vom Staub der benutzten Bettwäsche zu befreien. Nein, sie würde jetzt aus dem Haus gehen. Sich um alltägliche Dinge kümmern. Einkaufen zum Beispiel. Mit dem Einkaufswagen durch einen verseuchten Supermarkt laufen und so tun, als sei es die natürlichste Sache von der Welt. Die Ex von dem Redakteur würde ihr irgendein Sonderangebot empfehlen. Claudia Drühmer leitete den Supermarkt, war seitdem aufgeblüht und selbstbewusst geworden. Das konnte man ihr ansehen, und man konnte es riechen. Ihr Parfüm duftete nach großer weiter Welt und nicht nach Kaufhalle in Warenberg. Martina Leber mochte Claudia Drühmer. Die sah immer aus, als käme sie gerade aus der Dusche. Außerdem brachte sie Martina Leber zum Lachen mit ihren Bemerkungen, die sie hin und wieder über Männer machte. Seit ich meinen Chefredakteur los bin, hatte sie Martina Leber einmal anvertraut, bin ich zehn Zentimeter gewachsen. Und er ist geschrumpft. Ich hoffe mal für ihn, nicht überall.

Martina Leber ging ins Wohnzimmer und setzte sich auf die Couch. Auf die vordere Kante setzte sich sie sich, mit ihrem schmal gewordenen Hintern. Sie presste die Knie aneinander und faltete die Hände im Schoß. Aus den Augenwinkeln sah sie, dass eine von Martins Schallplatten ein wenig aus der langen Reihe der aufgestellten Platten fiel. Sie ragte ein oder zwei Zentimeter vor. Bestimmt »Rigoletto«, dachte Martina. Warum kann er die Platte nicht richtig hinstellen. Er weiß doch, dass mich das stört.

Dann fing sie an zu heulen, was mit der Gewissheit einherging, dass sie nun gleich wieder ins Bad gehen musste, um sich neu zu schminken.

»Warenberger Bote«

Dieter Drühmer hätte jetzt gern eine Hand auf diesen kleinen Hintern gelegt, der da vor ihm aufragte. Stattdessen fragte er die Praktikantin, wonach sie suche. Die kroch unterm Schreibtisch hervor und murmelte etwas von Steckverbindungen. Der Drucker funktioniert nicht, sagte sie etwas lauter und wandte sich ihrem Chef zu.

Wie kann man nur einen solch schönen Hintern haben und dann dieses Gesicht, dachte Dieter Drühmer und starrte der Praktikantin in die Augen. Die lenkten ihn ab von dem eitrigen Wüten, das die Gesichtshaut veranstaltete. Warum nimmt sie keine Medikamente, da kann man doch etwas tun? Drühmer wusste bis zum heutigen Tag nicht, wie ihn der Teufel reiten konnte, als sich dieses Mädchen hier für ein Praktikum bewarb. Wahrscheinlich hatte sie ihm doch leidgetan. Aber gerade das machte ihm zu schaffen. Er war kein Depp und neigte auch nicht dazu, sich etwas vorzumachen. Mitleid gehörte eigentlich nicht zur Palette sofort abrufbarer Gefühle bei ihm. Da musste schon mehr aufgefahren werden als das zerstörte Gesicht einer jungen Frau. Auch Selbstmitleid war seine Sache nicht, das war das Gute daran. Manchmal, wenn seine Frau ihm vorgeworfen hatte, er habe überhaupt kein Mitgefühl. Schon dieses Wort kotzte ihn an. Die damit verbundene Aufforderung, sich doch in andere hineinzuversetzen. Lass uns die Arbeit teilen, hatte er dann meist zu seiner Frau gesagt. Du bist für Mitgefühl zuständig und ich dafür, dass uns niemand an den Karren fährt.

Verdammte Kacke, entfuhr es ihm jetzt im Angesicht

der Praktikantin mit dem schönen Hintern und dem hässlichen Antlitz und bei dem Gedanken an seine Exfrau. Die Praktikantin guckte verunsichert, setzte sich auf ihren Stuhl und wandte ihm den Rücken zu, was nur gut war. Der Rücken machte einen ganz passablen Eindruck. Dieter Drühmer schaute zum wiederholten Mal fasziniert auf den Nacken der Kleinen, die ein vorn und hinten rund ausgeschnittenes Shirt trug. Blütenweiße reine Haut. Wie konnte es nur möglich sein, dass sich die Pest nur auf dem Gesicht breitmachte und den ganzen Körper verschonte. Drühmer war sich sicher, dass auf dem Hintern der Praktikantin nicht ein einziger Pickel zu finden sein würde. Und wie so oft überlegte er, ob es sich nicht doch lohnen könnte, die Kleine flachzulegen. Wenn ich sie von hinten ficke, kann mir das Gesicht doch egal sein, dachte er und zog zugleich einen Schlussstrich unter seine Überlegungen. Praktikantinnen waren tabu. Er hatte den Bogen zu oft überspannt. Und tatsächlich machte es ihm inzwischen auch etwas aus, mit Frauen ins Bett zu gehen, die so alt wie seine Tochter waren. Wenn er es recht bedachte, genau seit dem Zeitpunkt, da seine Frau ihn verlassen hatte. Er fühlte sich seitdem im Unrecht, wenn er so etwas tat. Ich werde alt, dachte Drühmer und fuhr sich mit der Hand durch die Haare. Als ich jung war, hatte ich immer recht, und wer versuchte, mir das Gegenteil zu beweisen, dem habe ich einen Strick gedreht.

Ich geh nachher zum Stadtrat, murmelte er und blätterte den Stapel Post durch, der auf seinem Schreibtisch lag. Ein Brief von der Bürgerinitiative, den legte er beiseite, um ihn nachher bei der Stadtratssitzung zu lesen. Die Initiative schrieb immer unglaublich lange Elaborate. Dagegen waren die Briefe aus der Kanzlei der Erbengemeinschaft Kurznachrichten. Obwohl auch die ihre Länge hatten.

Eine Einladung zu Eldermanns Geburtstagsfeier. Die würde er sich nicht entgehen lassen. Eldermann war SPD-Fraktionsvorsitzender im Kreistag, und irgendwann einmal, nein, exakt in drei Jahren, wollte Drühmer da auch sitzen. Im Kreistag. Gern unter Eldermann, wenn der noch eine Legislatur machte, aber irgendwann an seiner Stelle. Obwohl es Eldermanns fünfundsechzigster Geburtstag sein würde. Vielleicht verkündete der ja, dass er sich am Ende der Legislaturperiode zur Ruhe setzen will. Wäre schlecht für mich, dachte Drühmer, ich brauche einen, der mich fördert und nach oben schubst. Er würde zu Eldermanns Party gehen und versuchen rauszufinden, ob der alte Sozi noch einmal antreten wollte. Eine große Party würde es werden, zu der sicher alle Honoratioren des Kreises geladen waren. Ganz einfache Nummer, da die eine oder andere wichtige Beziehung aufzubauen. Locker, leicht alkoholisiert, kumpelhaft oder klugscheißerisch, selbstbewusst oder demütig, je nachdem, was hilfreich sein könnte. Dieter Drühmer hatte all diese Nummern drauf. Er konnte charmant sein. So charmant, dass die Frauen irgendwann anfingen, heimliche Blicke auf ihren Ehemann zu werfen. Sie verglichen. Drühmer kannte diese Art zu schauen. Sie verglichen ihren langweiligen, eingerosteten, enttäuschenden Ehemann mit diesem Charmebolzen, der ihnen gegenüberstand und noch nicht ein einziges abgegriffenes Kompliment bemüht hatte, obwohl er ständig Komplimente machte. Sie überlegten, wie es passieren konnte, dass sie so danebengegriffen hatten. Dieter Drühmer wusste, dass er den Bogen raushatte. Was auch hieß, dass er ihn in solchen Situationen, wenn es darauf ankam, wenn er an seine Zukunft denken musste, nicht überspannte. Den Bogen. Er hofierte erst die Frau, zwinkerte ihr dann aber in einem unbeobachteten Moment zu, als nähme er bedauernd Abschied, um sich dem Ehemann zu widmen, ihn in ein Gespräch zu verwickeln. Ein Gespräch, das dem Kerl gefiel und ausreichend Selbstwertgefühl zurückgab. Frauen verstanden so etwas. Sie wussten, ihr Gegenüber kümmert sich jetzt ihnen zuliebe um den stoffligen Ehemann. Sie waren dankbar dafür und merkten sich den Typen, der das so clever hinbekommen hatte.

In einer Großstadt funktionierte das wahrscheinlich nicht. Das ahnte Drühmer. Er wusste, dass Kleinstädte die viel bessere Bühne für ihn waren. Obwohl er Pläne hatte, die ihn eine Ebene höher bringen sollten. Mindestens eine. Aber dafür musste er erst einmal in den Kreistag. Und um das hinzubekommen, würde er zu Eldermanns Geburtstagsfeier gehen. Mit einem Geschenk, das sich von anderen Geschenken unterschied. Was das sein könnte, darüber würde er bei der Stadtratssitzung nachdenken. Deren Tagesordnung war bis auf einen Punkt tödlich langweilig. Der eine Punkt aber hatte es in sich.

Drühmer suchte in den Stapeln, die sich auf seinem Schreibtisch türmten, noch einmal nach der Presseerklärung mit der Überschrift »Niemand wird seine Häuser verlassen müssen«. Es gab inzwischen tatsächlich ein Angebot von der Erbengemeinschaft. Er war auf der Pressekonferenz der Weinrebs gewesen. Kaum dass er noch einen Platz bekommen hatte, obwohl ihm die Wahl des Ortes gefiel. Die alte Villa Weinreb. Halb zerfallen und prachtvoll runtergekommen, hatte sie die beste aller Kulissen für diese Veranstaltung gegeben. Die Anwälte hatten

Wasser, Kaffee, Tee und Kekse auf zwei Tische am Eingang des Saales gestellt. Sprudel aus dem Osten und Aldi-Kekse.

Drühmer fand diese Geste perfekt. Er bekam in manchen Wochen täglich ein oder zwei Briefe, in denen sich Leute aus dem Ort oder von anderswoher darüber mokierten, wie reich die Erben seien. Es überraschte ihn immer wieder, mit welchem Ehrgeiz sie Nachforschungen anstellten, um herauszubekommen, wie viel Kohle die Weinrebs und die Weizmanns eigentlich hatten. Manchmal kam ihm der Gedanke, dass er als Journalist nur halb so gut im Recherchieren war wie diese interessierten und hochmotivierten Bürger. Obwohl er noch zur alten Schule gehörte. Hatte Zeitungmachen von der Pike auf gelernt und dazu ordentlich studiert. Trotzdem faszinierte ihn, welche Informationen die Leute hier in Warenberg zutage förderten, um sich die Welt zu erklären, wie sie ihnen in den Kram passte.

Dieter Drühmer verstand diesen Ehrgeiz, obwohl er ein Zugezogener war und seit zwei Jahren in einer Platte wohnte. Nun konnte er zuschauen, wie seine Ex sich mit den Erben herumschlug. Die hatte ihn ausgezahlt nach der Trennung und war in dem für sie viel zu großen Haus geblieben. Eine andere Lösung war nicht möglich. Er hatte keine Eltern, die über ausreichend Kohle verfügten, mal eben die Hälfte eines Hauses auszuzahlen. Er musste ausziehen und sich was anderes suchen. Zur Miete. Tiefer kann man nicht fallen, hatte Dieter Drühmer noch vor zwei Jahren gedacht. Jetzt dachte er das nicht mehr.

Ganze vier Plattenbauten, die inzwischen saniert und auf Vordermann gebracht waren, gab es hier im Ort. Seit der Sanierung hatte seine Wohnung einen Balkon, und wenn er auf dem saß, konnte er über ein Feld und auf den

Wald schauen. Er kannte inzwischen so viele Eigenheime von innen und außen, dass er wusste, kaum eines konnte solch einen schönen Ausblick vorweisen wie seine Neubauwohnung, die er so schnell nicht verlassen würde.

Heute Abend also wollte der Stadtrat über das Angebot der Erben diskutieren. Es würde hoch hergehen, und einmal mehr könnte niemand, der sich hier nicht auskannte, die Leute an ihren Redebeiträgen politisch verorten. Das war jener Teil an der Geschichte, der Drühmer am meisten gefiel. Alle Gewissheiten waren über den Haufen geworfen, und die Kleinstadtpolitik maßte sich plötzlich an, die Welt zu erklären. Das war traurig und komisch, auf alle Fälle sehr unterhaltsam. Noch nie hatte er so wenig Mühe gehabt, seine Zeitung vollzukriegen, obwohl manche inzwischen vorsichtiger geworden waren mit ihren Äußerungen. Hatten sich zu oft die Zunge verbrannt, und kaum noch jemand hatte Lust, sich als Antisemit beschimpfen zu lassen. Er im Übrigen auch nicht.

Wo, verdammt noch mal, sollen wir uns denn angesteckt haben mit Antisemitismus, dachte Drühmer. Das wäre doch so, als hätte ich was gegen Grönländer, obwohl mir noch nie einer über den Weg gelaufen ist. Er wusste, dass dies ein unsinniges Argument war. Aber auch bestechend einfach. Und dafür liebte er diesen Gedanken.

Wenn es bei dem Vorschlag der Anwälte bleiben sollte, würde es für die Bürgerinitiative schwer werden. Sechs Mark pro Quadratmeter klangen nach einem geradezu symbolischen Preis. Allerdings auch nach einem Schuldeingeständnis, zahlte man sie. Und dieses Eingeständnis würde kaum jemand geben wollen. Obwohl er dabei war, als Ilse Bock auf der Versammlung der Bürgerinitiative verkündet hatte zu zahlen. Er hatte sich die Gegenrede der

Graf angehört und war froh gewesen, sein kleines Diktiergerät angelassen zu haben. Die Graf konnte man im Wortlaut bringen, so sauber, wie die ihre Sätze bastelte. Natürlich würde er sie fragen müssen, obwohl, das war ja eine öffentliche Veranstaltung. Aber es wäre besser, zu fragen. Dieter Drühmer lag viel daran, mit allen Beteiligten im Gespräch zu bleiben, es sich mit niemandem zu verscherzen. Auch nicht mit den Juden, obwohl das schwer zu werden schien. Die drehten einem das Wort im Mund rum. Und zweimal hatte er schon eine Entschuldigung im Blatt abdrucken müssen, die ihm deren Anwälte aufgedrückt hatten. Diese Veranstaltung der Bürgerinitiative wäre für die sicher ein gefundenes Fressen gewesen. Aber von denen war keiner gekommen. Vielleicht hatten die auch manchmal Manschetten, sich den aufgebrachten Warenbergern zu stellen. Obwohl, bislang war davon nichts zu spüren. Dieser Yakov schien Nerven aus Stahl zu haben. Jetzt hatte der sogar seine Ankündigung wahrgemacht und hier in Warenberg eine Niederlassung seiner Kanzlei eröffnet. Das war mutig. Von Düsseldorf nach Warenberg zu ziehen. Egal, ob jüdischer Anwalt oder nicht. Drühmer hatte bei Yakov nachgefragt, ob das denn sinnvoll sei, und der hatte geantwortet, er richte sich auf mehrere Prozessjahre ein. Diese ganze Angelegenheit werde sich ziehen, hatte er gesagt. Er rechne mit weiteren fünf, sechs Jahren. Mindestens.

Nach Drühmers Ansicht hatte der Mann recht. Inzwischen war ja schon viel Zeit ins Land gegangen, und noch immer wusste niemand zu sagen, ob nun jedes Grundstück einzeln verhandelt werden würde oder ob man die ganze Chose zu einer Art Sammelklage bündeln könnte. Das machte ja wohl einen Unterschied. Neunhundert

Einzelklagen waren es insgesamt, mehr als die Hälfte des Ortes. Darüber stürbe der eine oder andere bestimmt weg. Wäre auch eine Lösung, aber keine gute.

Der Redakteur nahm sich einmal mehr vor, irgendwo ein bisschen Nachhilfeunterricht zu nehmen, was diese ganzen komplizierten Verfahrensabläufe betraf. Die alte Gottwald wusste inzwischen zehnmal so viel wie er, wenn es um all diese Dinge ging. Faszinierend, wie die sich da reingearbeitet hatte. Vor drei Wochen erst hatte er Hedwig Gottwald zu Hause besucht, um sich auf den aktuellen Stand bringen zu lassen. In deren Wohnzimmer stand ein neues Regal. Ein Billy-Regal von IKEA. Schwarz wie die Nacht und vom ersten bis zum letzten Fach gefüllt mit Aktenordnern. Sauber beschriftet jeder einzelne. Erbengemeinschaft Weinreb, Erbengemeinschaft Weizmann, Urteile und Bescheide, Eigentümer alt, Mieter neu, Geschichte Gut Tannenhof, Reichserbhofgesetz und Rassengesetze, Parzellierung und Verkauf, Kaufmann Fritz Behrend, Präzedenzfälle, Einheitsvertrag, Arbeit Bürgerinitiative, Presse, Schriftverkehr Gerichte, Schriftverkehr Anwälte, Gutachten, Recherchen andere.

Das Billy-Regal machte in dem Wohnzimmer der Gottwald den Eindruck eines plumpen schwarzen Menetekels. Es passte überhaupt nicht zu der altmodisch filigranen Einrichtung aus den Sechzigern, erdrückte die Kommode, neben der es stand, und ließ die schmalen hellgrünen Streifen der Tapete verblassen.

Warum hast du das Regal nicht oben in dein Arbeitszimmer gestellt, hatte Dieter Drühmer die Gottwald gefragt. Und die war vom Sofa aufgestanden, hatte sich neben das Regal gestellt, das keinen Zentimeter größer war als sie, nur eben breit und dick irgendwie, und zu Drühmer gesagt: Mach mal ein Foto von mir. Das kannst du in die Zeitung bringen, damit alle sehen, dass mich diese ganze Angelegenheit Tag und Nacht beschäftigt. Ich bin doch sowieso die Antisemitin vom Dienst. Mich fragt keiner mehr, wo ich herkomme. Die wollen alle nur wissen, wo ich hinwill. Das können sie haben. Hier, mach ein Foto, und bring es in die Zeitung.

Richtig wütend war die Gottwald geworden, ein bisschen zum Fürchten geradezu. Sie sah aus wie eine Verrückte, wie sie da so neben ihrem schwarzen Billy-Regal stand. Mit all diesen Aktenordnern, blutrote Beschriftung auf sauber geklebten Etiketten, die Handschrift noch ein wenig an Sütterlin erinnernd.

Mach schon, hatte die Gottwald ihn angeschrien, und er hatte tatsächlich den Fotoapparat aus der Tasche geholt.

Ich hab mich bereit erklärt, hier die Drecksarbeit zu machen, und jetzt zeigen sie mit Fingern auf mich. Auf mich, ja! Meinen Vater haben sie in Buchenwald erschossen, und in den Zeitungen schreiben sie, ich wäre geschichtsvergessen und mir sei nicht ausreichend bewusst, dass wir für die Vergangenheit verantwortlich sind. Hedwig Gottwald hatte bei ihrem Vortrag einen feinen Spuckeregen auf Drühmers Kameralinse gesprüht. Auf den Fotos, die er später hatte entwickeln lassen, sah das aus, als hätte er die Frau neben ihrem Regal durch eine regenbetropfte Fensterscheibe fotografiert.

Und dann war die Gottwald endgültig ausgerastet. Wenn da eine Fernsehkamera in der Nähe gewesen wäre. Das hätte Hedwig in die Klapse gebracht oder berühmt gemacht. Drühmer war sich nicht sicher.

Kannst du mir mal sagen, für welche Vergangenheit eine

wie ich verantwortlich sein soll? Die halbe Familie von Hitler umgebracht, die Nazis aus dem Land gejagt, den Arsch aufgerissen dafür, dass uns so ein massenmordender Österreicher nicht wiederkommt, und mir sagen sie, ich solle mehr Verantwortung übernehmen? Für wen denn bitte schön? Für die Lebenden, wo sie uns schon all die Toten aufgehalst haben?

Hedwig Gottwald hatte etwas gemacht, was Drühmer bis heute ein Rätsel war. Sie war aus dem Zimmer gestürmt, die Treppe hoch, und ein, zwei Minuten hatte er nichts weiter gehört als ein leises Rumoren aus einem der Zimmer oben. Dann war Hedwig wieder runter- und ins Wohnzimmer gekommen. Hatte ihre hellblaue Strickjacke gegen eine weiß-blau gestreifte Jacke getauscht, auf der linken Brust das rote Dreieck, darunter eine Nummer.

Jetzt kannst du noch mal ein Foto machen, hatte sie gesagt und sich wieder neben das Billy-Regal gestellt. Die hat mein Onkel getragen. Der war bis zur Befreiung in Buchenwald, und die hat er mit nach Hause gebracht.

Das war selbst ihm zu viel, diese Vermengung des einen mit dem anderen. Er hatte auf Hedwig eingeredet wie auf ein krankes Pferd. War für seine Verhältnisse, wie er fand, geradezu philosophisch geworden bei dem Versuch, ihr zu erklären, dass sich all so etwas nicht aufwiegen ließe und wenn doch, dass man damit immer in Teufels Küche geriete, wöge man es in aller Öffentlichkeit gegeneinander ab oder gar auf. Schon bei dem Versuch.

Irgendwann war Hedwig Gottwald ruhig geworden, hatte die Jacke ausgezogen und ordentlich zusammengelegt, mit der Knopfleiste nach unten auf dem Wohnzimmertisch ausgebreitet, erst ein Knick in der Länge und Ärmel glatt gestrichen, dann ein zweiter und Ärmel glatt gestrichen, dann zweimal gefaltet, rumgedreht und Kragen geglättet. Als sei dies ein Männerhemd, das am nächsten Tag auf Geschäftsreise geht.

Zu dem Zeitpunkt kannte noch niemand das Angebot der Erbengemeinschaft. Drühmer nahm sich vor, die Gottwald nach der Stadtratssitzung zu fragen, was sie von dem Vorschlag halte. Sie würde sicher da sein, um sich anzuhören, wie der Stadtrat darüber diskutiert.

Dieter Drühmer rieb sich die Hände. Er war Zeitungsmann genug, wenn auch nur für dieses kleine Blatt verantwortlich, um sich darauf zu freuen, über all das zu berichten. Spannend, flüsterte er. Den Juden werden wir hier noch lange nicht los sein.

Salomon Weinreb

Ich bin mir noch nicht sicher, ob es gut ist, einfach wieder aus der Geschichte zu verschwinden.

Natürlich wäre es besser. Wir sollten verschwinden. Wir gehören hier überhaupt nicht her.

Jetzt haben die Anwälte meiner Familie eine wissenschaftliche Studie in Auftrag gegeben. Gefällt mir nicht, die Familiengeschichte mit dem unterkühlten Blick einer Studie zu betrachten. Was soll das bringen? Es ist Faktenhuberei. Es wird Gegengutachten geben, Zweifel. Irgendjemand wird irgendwann das Wort Gefälligkeitsgutachten in den Raum stellen. Und das wird dann vielen eine Erleichterung sein. Kann ein toter Mann etwas dagegen tun? Elinor hat immer behauptet, ich könnte jeden von allem überzeugen. Du mit deinen Geschichten, Salomon. Du lehrst die Leute das Fürchten. Sie kommen mit ihrer Überzeugung und gehen mit deiner Meinung. Und irgendwann werden sie es dich büßen lassen.

Dazu ist es nicht mehr gekommen. Ich bin kurz vor der Jahrhundertwende gestorben. Achtzehnachtundneunzig. Im Sommer, der schönsten Jahreszeit von allen. Drei Jahre nach meiner Frau.

Alt ist Salomon geworden. Für die damalige Zeit. Fünfundsiebzig Jahre. Mich hat der Herrgott zu sich gerufen, da war ich gerade mal achtundfünfzig. Hatte noch so viel vor mit Paula. Und Esther, die war ja gerade mal vierundzwanzig.

Ich weiß, Salomon und Elinor haben sich um meine Familie gekümmert. Familie, das ist für uns Juden ja auch immer eine Frage des Überlebens gewesen. Eine Quelle des Frohsinns, die uns über unsere unnatürliche Stellung zur Mitwelt hinwegtrösten konnte. Vielleicht bin ich so früh gestorben, weil mich der Gedanke, ein Jude zu sein, ständig quälte. Nicht, weil es mir an Stolz mangelte, sondern weil ich Angst hatte. Ich verfügte nicht über Salomons Sorglosigkeit. Deshalb konnte eine einfache Entzündung meinen Körpers, der schwach ob der vielen Angst war, zu Fall bringen. Und das hat nur ein Gutes gehabt, nämlich dass ich niemanden vor mir habe sterben sehen. Also war die ganze Angst umsonst. Hätte Salomon gesagt.

Elinor hat lange leiden müssen, der Krebs hat ihren Körper gefressen. Zum Schluss war sie dünn wie ein Zweiglein und brüchig der ganze Leib. Ich hatte es besser. Mich hat der Schlag getroffen. Mitten im Sommer an einem heißen Tag, der geschaffen schien, sich all der heißen Tage der Vergangenheit zu erinnern. Dass Hermann uns so früh verlassen hat, mochte ich nicht fassen und nicht glauben. Ich war mir immer sicher, er würde mich überleben. Aber er mag recht haben. Wahrscheinlich hat er sich viel zu viele Sorgen gemacht. Als wäre es ihm gegeben gewesen, in die Zukunft zu schauen.

Ich habe Wolff damals das Gut abgekauft. Wir konnten uns einigen, und es war ein gutes Geschäft für uns beide. Für uns drei, ich vergesse manchmal, dass Hermann maßgeblich an der ganzen Geschichte beteiligt war. Achtzehnzweiundsiebzig gehörten uns also einhundert Hektar Land. Karger Boden, wohl wahr, aber ich hatte am Anfang auch nicht vor, Landwirtschaft zu betreiben oder betreiben zu lassen. Allerdings schlug mein Bruder vor, das Gut Tannenhof weiterhin zu bewirtschaften. Mit Ackerbau und Viehzucht. Die Zeiten könnten schlechter werden, hatte er gesagt. Und wenn sie schlechter werden, braucht man etwas, wovon man leben kann. Also blieb Tannenhof ein landwirtschaftliches Gut. Ein Versprechen war es, uns und unsere Familien zu nähren, sollte es notwendig sein. Und, solange dies nicht notwendig war, eine Geldquelle.

Da es ringsum mehr Einöde als alles andere gab, kauften wir noch Land dazu. Auch Hermanns Idee. Bauland zu kaufen. Schöne Villen für gut betuchte Leute wollte er darauf errichten. Er hatte einfach immer die besseren Ideen. Oder sagen wir, er hatte Ideen, die bestens funktionierten. Das mit den Villen erwies sich als sehr tragfähig. Es gab genügend wohlhabende Städter – vor allem Städterinnen, muss ich sagen –, die sich dafür interessierten.

Heute schreiben die Leute Leserbriefe an dieses komische kleine Stadtblättchen und machen sich unsere Ideen von damals als Argument für ihre Wünsche zu eigen. Sie wollen, dass wir raffgierige Juden waren, die nur im Kopf hatten, gekauftes Land irgendwann für mehr Geld zu verkaufen. Unsere Ideen dienen ihnen als Leinwand für all das, was sie sich nicht auszusprechen trauen. Obwohl manche tatsächlich kein Blatt vor den Mund nehmen. Die sind mir die Liebsten, ehrlich gesagt.

Wäre es nicht gut, die Salomon-Weinreb-Straße in Money-Street umzubenennen?, hat jemand in diesem »Warenberger Blättchen« geschrieben. Und es ist doch eine klare Aussage. Besser als diese Sätze, die mit »Wir haben nichts gegen Juden anfangen« und mit »aber« weitergehen. Die hängen mir zum Halse raus, diese Sätze. Die sind die schlimmsten von allen. Mein Sohn weiß nicht mal, was ein Jude ist. Hat der Redakteur vom »Warenberger Blättchen« einmal gesagt und wohl gefunden, dies sei ein schlagender Beweis dafür, dass er nichts gegen unsereinen haben kann.

Ja, meine Nachfahren haben sich sehr darüber aufgeregt, dass die Leute solche Briefe an ihr kleines Blättchen schreiben. Hätte man auch nicht unbedingt veröffentlichen müssen. Da mangelte es wohl an Feingefühl. Im besten Fall. Ich finde es, wie gesagt, nicht so schlimm. Die Warendorfer haben nach den erstbesten Argumenten gegriffen, um sich zu wehren. Das waren nun mal wir reichen toten Juden und unsere nicht armen lebenden Nachfahren. Reiche ermordete Juden eigneten sich nicht so gut. Und wie gesagt, es ging uns damals wirklich gut. Hermann wurde sogar Freimaurer. Das war möglich. Tatsächlich.

Ich habe alles getan, was in meinen Kräften stand, um als einer der Ihren zu gelten. Selbst Paula war das manchmal zu viel. Mach dich nicht klein, Hermann, hat sie dann gesagt. Du bist ein kluger und wohlhabender Mann. Und ich liebe dich. Das hat sie gesagt. Es hätte sich nicht gehört, ob solcher Sätze vor Freude zu weinen. Für einen Mann. Aber manchmal hätte ich es gern getan.

In einem Nachbarort von Warenberg allerdings gab es einen Juden, der ist Schützenkönig geworden. Später haben sie über uns preußische Juden geschrieben, unsere Geschichte im neunzehnten Jahrhundert sei die Geschichte eines sozialen Aufstiegs gewesen. Es gäbe eine Menge Geschichten über Juden zu erzählen, die in dieser Zeit wohlhabend wurden. Und manche eben auch reich.

Schauen Sie mich an. Mich und meinen Bruder. Wir waren damals preußischer, als vielleicht gut für uns gewesen ist. Wir wählten national-liberal und später, nach achtzehnachtundsiebzig, die Fortschrittspartei. Warum nicht, die Fortschrittspartei war nicht unbedingt pro-jüdisch, aber genug für unsereinen. Wäre uns, meinem Bruder und mir, nicht ein solch jüdischer Namen gegeben worden, der uns und die anderen immer wieder daran erinnerte, wer wir waren, dann hätten wir geglaubt, die Judenfrage wäre gelöst. Zumindest ich hätte es geglaubt. Mein Bruder war von seinen Ängsten gejagt. Einer wie ich darf das so sagen. Damals war das Wort Endlösung noch nicht in der Welt.

So aber blieben wir skeptisch. Ich ein wenig, Hermann sehr. Wir betrieben Landwirtschaft für den Fall, dass schlechtere Zeiten anbrechen, und behielten unseren jüdischen Glauben, der uns vielleicht tragen würde, kämen diese schlechteren Zeiten tatsächlich.

Aber für eine kurze Zeit sah es so aus, als bedürfte es dessen nicht. Hermann hat sogar mit dem Staatsdienst geliebäugelt. Es schien im Bereich des Möglichen zu liegen, dass auch dort Juden zugelassen würden. Irgendwann. Klingt gut oder?

Alles Unsinn. Wir Juden neigen dazu, Hoffnung zu schöpfen, wenn gerade mal ein Rinnsal fließt. Wir sind unverbesserlich.

Heute basteln sich die Leute ihre eigene Sicht auf die Dinge zusammen. Faktenhuberei, auch das. Und das »Warenberger Blättchen« druckt dann alles, was die Leute herausbekommen haben. Schwarz auf weiß.

Im notariellen Kaufvertrag meines Bruders, von Notar Dr. Wendisch unterzeichnet, steht wörtlich: Wir versichern hiermit hoch und heilig, dass Juden bei diesem Rechtsgeschäft nicht beteiligt sind!!! Und trotzdem war das Grundstück erheblich billiger als unser Grundstück. Wenn es gewünscht ist, kann ich alle Beweise vorlegen. Und wenn Juden an dem Geschäft nicht beteiligt waren, kann es gar nicht stimmen, dass die Besitzer unseres Grundstücks neunzehnsechsunddreißig unter Wert verkaufen mussten. Alle Juden sind gut bezahlt worden. Hinzu kommt, dass sie dann alles Geld mit ins Ausland nehmen konnten. Das beweist, wie hier mit uns umgegangen wird. Auf unserem Rücken wird die ganze Geschichte ausgetragen.

Daran halten sie sich fest. Dass hier jemand Geld mit ins Ausland nehmen durfte. Ließen sie sich auf die Frage ein, ob meine Nachfahren damals überhaupt fort wollten, hätten sie ein Problem. Die Leute.

Aber damit werden sich meine Nachfahren rumschlagen müssen. Ich war nicht dabei, als der ganze Grund und Boden parzelliert und verkauft wurde.

Hermann jedenfalls hatte recht, was die notwendige Vorsorge für schlechtere Zeiten anbelangt. Wir rutschten in die Krise. Anfang der achtziger sah es nicht mehr so gut aus wie zu Beginn der siebziger Jahre. Wahrscheinlich wissen die wenigsten, dass der Satz »Die Juden sind unser Unglück« schon achtzehnneunundsiebzig in die Welt gekommen ist. Ein Berliner Professor hat ihn geprägt, ich will seinen Namen nicht nennen, der kommt nicht mal einem Toten gut über die Lippen. Heinrich hieß er mit Vornamen, leider, und tat sich mit so einem Hofprediger zusammen. Oder auch nicht, vielleicht zogen sie nur am gleichen Strang, konnten sich aber gar nicht leiden. Beiden jedenfalls wird zugerechnet, den Antisemitismus in dieser Zeit wieder salonfähig gemacht zu haben. Als ob er das jemals nicht war. Ich finde, da lügen sich die Geschichtsschreiber ein bisschen in die Taschen. Aber meinetwegen. Sollen sie.

Ich war kein Rechthaber, gewiss nicht. Aber als das wieder anfing, dass wir verantwortlich gemacht wurden für das Unglück der Welt, habe ich zu Salomon gesagt: Siehst du. Es ist doch eine begründete Furcht. Die Menschen werden nicht klüger. Mag sein, dass sie mal Luft holen, sich ausruhen vom anstrengenden Hass auf uns. Aber klüger werden sie nicht.

Vielleicht war unser Glück, dass Bismarck uns zwar nicht mochte, aber recht pragmatisch war in der Judenfrage. Er wollte einfach nicht, dass Judengeld in die Wahlkassen der Fortschrittlichen fließt. Kluger Kopf, der Bismarck. Trotzdem musste ich meinem Bruder recht geben. Die Menschen wurden nicht klüger. Und in Krisen kam schnell wieder hoch, was in besseren Zeiten nicht ganz so wehtat.

Tannenhof allerdings machte sich. Ich fing sogar an, mich ein bisschen für die Landwirtschaft zu erwärmen. In Maßen natürlich. Bis dahin hatte ich das Ganze mehr oder weniger dem Verwalter überlassen und dir. Aber ich hatte die Idee mit den Pferdeomnibussen, denn zu den Jugendstilvillen, die sich gut gestelltes Bürgertum auf dem Land bauen ließen, kamen die nicht ganz so prächtigen, aber immer noch schönen Sommervillen. Und das Villenvolk musste aus der Stadt aufs Land und vom Land in die Stadt gebracht werden. Die Pferdeomnibusse kamen gut an. Demzufolge brauchte ich Pferdeställe und fing an, mich für die Züchtung einer tauglichen Rasse zu interessieren.

Es ging uns gut. Hermanns älteste Tochter heiratete achtzehneinundachtzig einen Bankierssohn. Ich hoffte darauf, dass unser Sohn Heinrich auch bald eine Frau finden und ehelichen würde. Alt genug war er. Und ein schöner Mann. Elinor konnte sich gar nicht sattsehen an unserem Sohn.

So stattlich, Salomon. Wir haben einen stattlichen, klugen Sohn. Er wird eine Frau finden und glücklich machen. Und wir werden unsere Enkelkinder hier auf dem Gut aufwachsen sehen.

Nicht alles ist in Erfüllung gegangen. Einen Enkelsohn haben wir bekommen, als hätte Heinrich beschlossen, es uns nachzutun. Ein Kind genügt, Vater, hat er oft zu mir gesagt. Wer weiß, wie es uns Juden noch ergehen wird. Eine große Familie schafft großes Leid, wenn man sich um sie sorgen muss. Der ist wohl mehr bei Hermann als bei mir in die Schule gegangen, der Heinrich. Mochte seinen Onkel sehr.

So, das genügt für eine Rückblende. Ich habe jetzt auch keine Lust mehr weiterzuerzählen. Man kann das »Warenberger Blättchen« lesen, da steht alles drin. Zwar nie ganz der Wahrheit entsprechend, aber man sollte nicht kleinlich sein.

»Herr Bürgermeister, wir fordern Sie auf! Nehmen Sie keine Schecks von den Erben. Das ist für uns Warenberger eine Beleidigung.«

Na gut, manchmal sollte man es vielleicht doch.

Salomon-Weinreb-Straße 1

Ulrich Sturm hatte von der Galápagosschildkröte geträumt. The Lonely George. Wurde neunzehnzweiundsiebzig von Ziegenhirten auf der Insel Pinta gefunden. Eine zur damaligen Zeit als ausgestorben geltende Unterart der Riesenschildkröten. So stand es auf einer rosafarbenen Karteikarte, die Ulrich Sturm angelegt hatte. George, ein vertrauenerweckender Name, der zu einer traurigen Riesenschildkröte passte. Gerade erst hatten sie dem Letzten seiner Art ein neues Weibchen besorgt in der Hoffnung auf Nachwuchs. Ulrich Sturm aber war sich sicher, dass George sterben würde und mit ihm die Unterart Chelonoidis abingdoni. Auf seinen Karteikarten standen die lateinischen Namen der Sterbenden oder Gestorbenen immer in roter Schrift, auch wenn das auf rosafarbenem Karton nicht so gut zu lesen war. Das erklärte allerdings nicht, warum er von George geträumt hatte. Bislang hatte sich sein etwas abstruses Hobby nicht in die Nächte geschlichen. Zwar füllte sich der schöne alte Holzkasten, den Ulrich Sturm von seinem Vater, dem Zimmermann Fritz Sturm, geerbt hatte, nach und nach mit verschiedenfarbigen Karteikarten, aber all den auf ihnen vermerkten und mit kurzen Biographien versehenen ausgestorbenen Tierarten war es bislang nicht gelungen, ihn nachts heimzusuchen. Insofern war George, die Riesenschildkröte, in jeder Hinsicht etwas Besonderes.

Dass Ulrich Sturm nun schon seit sechs Jahren Meldungen und Nachrichten über ausgestorbene oder vom Aussterben bedrohte Tierarten auf hellblaue, weiße und blassrosa Karteikarten klebte, hatte etwas mit dem großen Vorhaben zu tun, irgendwann einen Film über das Dorf und den Tribalismus zu machen. Er hatte das Gefühl, nur noch belanglose, wenn auch weiterhin geldwerte Dinge zu tun. Das war für die Existenz nicht unwichtig, für den Kopf aber kam es einer kleinen Katastrophe gleich. Seine Texte starben schon auf dem Papier, obwohl er für sich in Anspruch nehmen konnte, dass die Sätze allemal ordentlich gebaut und frei von jenen Stereotypen waren, die dieses immer noch neue Leben in einem immer noch neuen Land geradezu am Fließband zu produzieren schien. Für ihn war es neunundachtzig, zum Glück, dachte er sehr oft, nicht einfach so weitergegangen wie vorher. Um einfach so weiterzumachen wie in den Jahren davor, hätte er in Bonn, Dortmund, Castrop-Rauxel oder Landshut leben müssen. In Berlin aber änderten sich die Koordinaten schnell, und das Leben nahm eine Fahrt auf, bei der es schwerfiel, überhaupt noch zu erkennen, was draußen alles vor sich ging.

Trotzdem war er, Ulrich Sturm, auf der Strecke geblieben. Ein erfahrener Schreiber, der nicht untalentiert kleine, oft ein wenig experimentelle Filmchen machte. Möglicherweise lag es an seiner Beharrung. Ihm schien die Welt schon anders, aber nicht unbedingt besser geworden zu sein. Vielleicht war er für den schnellen Wechsel neunundachtzig bereits zu alt. Obwohl ihm der Gedanke, mit gerade mal fünfundvierzig zu alt für irgendwas zu sein, absolut suspekt war. Aber es gab eine seltsame Lücke, wie er beim Blick auf seine Landsleute feststellen musste. Die ganz Jungen starteten durch, und die wirklich Alten machten im Osten eine zweite Karriere. Selbst die Dümmsten galten da noch als Experten und wurden für teures Geld eingekauft und sei es nur als Berater.

Wie es bei den Brüdern und Schwestern im Osten aussah, hatte Ulrich Sturm noch nicht rausbekommen. Erst hier in Warenberg, einem geradezu dörflichen Mikrokosmos, obwohl es sich um eine Kleinstadt handelte, näherte er sich einigen Erkenntnissen. Im Osten hatten die Älteren und Alten ganz sicher die schlechtesten Karten. Die ganz Jungen würden wahrscheinlich bald vergessen haben, wo sie herkamen, und die nicht ganz verbohrten, gut ausgebildeten Leute würden so lange umlernen, neu studieren, von vorn anfangen, bis sie passend waren für den Arbeitsmarkt.

Die meisten glaubten zutiefst daran, dass jeder seines Glückes Schmied ist. In diesem Fall war es angebracht, sich der abgenutzten Redeweise zu bedienen. Sie passte auf die wendigen Ostdeutschen, denen lebenslange Indoktrination zwar nicht das Hirn erweicht, aber offensichtlich die Fähigkeit genommen hatte, realistisch auf die Welt zu schauen. Natürlich waren ihm auch viele von den anderen untergekommen. Die es nicht fassen konnten oder wollten, die ganz erstarrt waren und in allen denkbaren Varianten die Frage stellten, wie es so weit hatte kommen können. Die entweder vereinsamten oder sich in fragile Enklaven Gleichgesinnter flüchteten, mit denen sie eine begrenzte Anzahl Themen diskutierten.

Ulrich Sturm hatte die ersten Monate nach der Wende damit zugebracht, sich im Ostteil Berlins rumzutreiben. Er war in die absonderlichsten Etablissements gegangen, Kneipen, die ihn an seine Kindheit und Jugend auf dem Dorf und in einer dörflichen Großstadtsiedlung erinnerten. Er hatte sich in die Kinos gesetzt, immer zwanzig Minuten vor Beginn der Vorstellung, um zu hören, worüber die Leute in den Reihen vor und hinter ihm redeten. Dafür hatte er sogar darauf verzichtet, in der letzten Reihe zu sitzen, das größte Opfer, das er seiner Meinung nach den neuen Zeiten bringen konnte. Er hatte sich von Leuten, die er gerade mal ein paar Wochen kannte, zu Geburtstagen oder anderen privaten Feierlichkeiten einladen lassen.

In den Wohnzimmern und Küchen Ostberlins wurde Musik von Silly und Gerhard Gundermann gehört, Lieder, die alle Gäste mitsingen konnten, nur er nicht. Er hatte der Sprache gelauscht, der gleichen Sprache, die in ganz anderen Sätzen daherkam, als er es gewohnt war. Und war dabei hin und wieder auf eben jene Inseln des Denkens, Redens und der Auflehnung gestoßen, die er später versuchte in ein paar Texten zu beschreiben. Die Texte wurden gedruckt. Er fand sie nie gut genug. Und vor allem fand er, dass diese Sehnsucht, mit anderen vermeintlich oder wirklich Gleichgesinnten zu verinseln, etwas Größeres verdient hatte als ein paar Texte in ein oder zwei mehr oder minder renommierten Wochenzeitschriften. Da war er noch arrogant genug zu sagen, für Unterhaltungsbeilagen sei er nicht zu haben. Was seine Frau, mit der er zu der Zeit noch verheiratet war, nicht gut gefunden hatte.

Trotzdem hatte er nun den Holzkasten mit den Karteikarten wieder hervorgeholt und den Umschlag, in den er in den vergangenen zwei Jahren Meldungen über ausgestorbene Tiere gesteckt hatte, ohne sie zu sortieren. Er klebte die Meldungen auf Karteikarten, überlegte kurz, ob es sinnvoll war, das Ganze in eine Tabelle zu schreiben und auf Diskette zu speichern, entschied sich dagegen, weil er fand, dass ausgestorbene Tierarten nicht in einen Computer gehörten, und weil ihm klar war, dass noch Jahre vergehen müssten, bis er es genauso angenehm und aufregend finden würde, in einer Datei zu stöbern wie in einer Loseblattsammlung oder in einem Holzkasten mit verschiedenfarbigen Karteikarten.

Auf jeden Fall aber hatten ihm seine bescheidenen Studien in der plötzlich ganz groß gewordenen Stadt neuen Auftrieb gegeben. Er wollte diesen Film machen. Einen Film über das Dorf und den Tribalismus. Ein kompliziertes Thema, dem er sich aber sehr verständlich zu nähern gedachte. Verständlich, ohne es kleinzureden. Deshalb die Sache mit den ausgestorbenen Tieren. George, von dem er heute Nacht geträumt hatte, hatte ihn auf die Idee gebracht.

Vor sechs Jahren hatte er einen kleinen Text über die Riesenschildkröte George gefunden, und der verknüpfte sich mit dieser Idee, die er schön, aber gewagt fand. Die Tatsache, dass viele Tierarten über keinen zusammenhängenden Lebensraum verfügten, stattdessen in räumlich getrennten Teilhabitaten lebten. Das Wort musste er damals erst nachschlagen. Diese Tatsache schien Ulrich Sturm tauglich als durchgehende Metapher in einem Film. Er hatte sich die Teilhabitate mit Verinselung übersetzt und lag damit offensichtlich nicht falsch.

Was ihn faszinierte, war, dass sich die Mitglieder einer Metapopulation, waren sie erst einmal auf ihre Inseln verteilt, zwar noch miteinander ins Benehmen setzten, aber dieser Austausch folgte dem Zufallsprinzip. Stochastisch sozusagen. Ein Wort, das er ebenfalls in seinen Sprachschatz übernommen hatte und gern benutzte. Wenn es ihm zum Beispiel gelungen war, mit Hilfe der Fernbedienung irgendeine Einstellung am Fernseher zu verändern, ohne vorher in die Bedienungsanleitung zu schauen, dann war er in seinem neuen Verständnis, das er einer Galápagosschildkröte verdankte, dem stochastischen Prinzip gefolgt. Er probierte einfach alle Tasten aus, und wenn das nicht half, auch noch Tastenkombinationen.

Irgendwann hatte Ulrich Sturm in einem Buch den Satz gefunden: In einer Metapopulation können die lokalen Subpopulationen aus stochastischen Gründen aussterben und die dann frei gewordene Habitat-Insel kann von wandernden (migrierenden) Individuen derselben Art aus einer anderen Subpopulation neu kolonisiert werden.

Seitdem arbeitete er an dem Drehbuch für eine Dokumentation über das Dorf und den Tribalismus. Und in gewisser Weise war dies mit ein Grund gewesen, hierher nach Warenberg zu kommen. Er hatte sich überlegt, die These aufzustellen, dass die zunehmende Wagenburgmentalität. Ihm war schon klar, dass er niemals ein Drehbuch loswürde, in dessen Titel das Wort Tribalismus auftauchte. Aber mit dem Wort Wagenburg könnte es klappen. Wagenburgmentalität also führt am Ende zum Aussterben der Stämme. Inzwischen glaubte Ulrich Sturm allerdings, auf dem Holzweg zu sein. Tribalismus führte höchstens zu wachsender Verblödung und inzestuösen Wertevorstellungen. Zu mehr aber auch nicht. Fuhr er in die Stadt, schaute Ulrich Sturm mit zunehmender Verblüffung auf die Wiedergeburt einer Kiezkultur aus Zeiten der Pferdedroschke. Die größer gewordene Stadt schien vielen Angst zu machen. Sie wollten alles wieder klein, überschaubar und handlich haben. Statt den Arsch zu bewegen, gründeten die Leute Bürgerinitiativen, um denen, die den Hintern hochgekriegt hatten und gewandert waren, zu zeigen, an welche Regeln sie sich im Kiez würden halten müssen. Ulrich Sturm hatte festgestellt, dass diese

Verhaltensweise den Menschen im Westen genauso zu eigen war wie denen im Osten, obwohl die ja in gewisser Weise den Arsch bewegen mussten. Aber alle zogen imaginäre Zäune um ihre Enklaven und hofften, es möge sich nicht allzu viel ändern.

Er würde diesen Film wahrscheinlich nie realisieren. Das dachte er an diesem Morgen mit dem Traum von einer Galápagosschildkröte namens Lonely George im Kopf. Aus diesem Film wird nichts, dachte er, oder vielleicht wird erst in zehn Jahren etwas draus, wenn sich die Welt noch ein paarmal gedreht hat. Aber ich muss einen anderen Film machen. Und das stimmte ihn fast ein bisschen fröhlich. Obwohl es kaum einen Grund gab, sich zu freuen. Das Leben war gerade dabei, ihm die Leviten zu lesen. Es verlangte ihm ab, drei Tage in der Woche in der Nachrichtenredaktion eines privaten Senders und beim Frühstücksfernsehen zu arbeiten. Nicht die Tatsache, dass er an diesen Tagen geradezu mitten in der Nacht aufstehen und zum Sender fahren musste, gab ihm das Gefühl lähmender Vergeblichkeit. Sondern die Gewissheit, dass der Privatsender seine Nachrichtensendungen auf einem Niveau produzierte, für das man sich ziemlich tief bücken musste. Ulrich Sturm machte seine ersten Erfahrungen mit dem Boulevard und war verblüfft über seine eigene Fähigkeit zu verdrängen. Er schaffte die Informationen ran, recherchierte Drehorte und Leute und gab den Drehteams einen Zettel, auf dem alles stand, was sie zu tun hatten. Schaute er sich das Material an, das die Leute in die Redaktion brachten, ertappte er sich inzwischen hin und wieder dabei, zu denken, einsdreißig kriegen wir hin, und dieser Kameraschwenk ist doch ganz nett. Da kann man was draus machen.

Ulrich Sturm ging zu einem der Umzugskartons in der Küche, in dem er die kleine Espressokanne vermutete. Es war ein bisschen voreilig gewesen, den ganzen Hausrat in Umzugskartons zu packen, das war ihm klar, nun, da sich der Umzug in die Stadtwohnung um ganze zwei Monate verzögern würde. Einem fremden Vermieter hätte Ulrich Sturm, auch wenn ihm das nicht lag, den Marsch geblasen. Aber er würde in die Wohnung eines Freundes ziehen, der endgültig und für immer aufs Land ging, um dort die letzten Jahre oder Jahrzehnte seines Lebens zu verbringen. Und dieser Freund war einfach nicht fertig geworden mit seinem ganzen Kram. Das verwunderte Ulrich Sturm nicht, ihn verblüffte nur, dass er so wagemutig gewesen war, den anberaumten Auszugstermin des Freundes für bare Münze zu nehmen. Er kannte ihn fast dreißig Jahre.

Sein Freund war ein Jäger und Sammler, die Wohnung bis in den letzten Winkel und unter die Decken mit den Ergebnissen dieser Sammelleidenschaften gefüllt. Erst kürzlich hatten sie sich gemeinsam durch Kisten mit Zeitungsausschnitten gearbeitet, weil sein Freund der Meinung war, darunter seien sicher Sachen, die Ulrich Sturm gut gebrauchen könnte. Tatsächlich befassten sich die meisten Texte mit Bienen und Bienenzucht, ein zweiter Teil bestand aus einer beachtlichen Sammlung von Texten über Klavichordmusik, und eine dritte Blattsammlung enthielt so ziemlich alles, was in den vergangenen zwanzig Jahren über Instrumentenbau veröffentlicht worden war. Nichts davon hatte Ulrich Sturm interessiert, obwohl er sich bei den Bienen etwas festgelesen hatte. Das zu sortieren und zu verpacken würde Monate dauern.

Zum Glück schien es für seine Nachmieter kein Problem zu sein, erst in zwei Monaten statt morgen schon hierher nach Warenberg zu ziehen. Ulrich Sturm konnte es immer noch nicht fassen, dass er wirklich Menschen gefunden hatte, die trotz aller auch auf lange Sicht nicht zu klärenden Fragen und Probleme in dieses Haus ziehen wollten. In diese Hütte, die er gleich nach der Wende von Leuten mieten konnte, die in die große weite Welt wollten, nachdem ihnen so lange die Mauer vor der Nase gestanden hatte. Mindestens fünf Jahre sind wir weg, hatten sie gesagt, und das war für Ulrich Sturm allemal ausreichend Zeit, sich nach Scheidung und Verlust eines recht komfortablen Honorarvertrages mit einer Zeitschrift neu zu ordnen. Die Hausbesitzer waren angenehme Leute, er Installateur, sie Cutterin. Seltsame Mischung hatte Ulrich Sturm gedacht, aber es schien gut zu funktionieren.

Als die Erbengemeinschaft beziehungsweise deren Anwälte das erste Mal auf der Bühne erschienen, waren die Hausbesitzer noch einmal kurz nach Warenberg gekommen. Hatten den weiten Flug von Kanada nach Deutschland auf sich genommen, um zu überlegen, was sie tun könnten. Am Ende waren alle Vollmachten dem Bruder der Frau erteilt, und da zu dem Zeitpunkt niemand sagen konnte, wie die Sache ausgehen würde, flogen die Hausbesitzer wieder zurück. Sie hatten nicht den Eindruck gemacht, als bräche ihnen das Herz, verschwände das alles hier. Wenn es irgendwie darauf hinausläuft, dass die Erben gewinnen, verkaufen wir, hatten sie gesagt und ihm geradezu das Vorkaufsrecht angeboten. Wir haben genug DDR gehabt, und bis das hier in Warenberg auf drei andere Buchstaben hinausläuft, werden Jahre vergehen, hatte die Frau noch hinterhergeschickt. Vielleicht bleiben wir auch in Kanada.

Ulrich Sturm hatte ein paar Sekunden gebraucht, um

das mit den drei Buchstaben zu verstehen, aber dann war ihm eingefallen, dass die im Osten ja immer BRD und nie Bundesrepublik Deutschland sagten. So wie jeder anständige Linke im Westen auch.

Ihm war das Vorhaben, möglicherweise für immer fortzugehen, unglaublich mutig vorgekommen. Kanada ist wie DDR, hatte der Installateur lächelnd zu ihm gesagt, als Ulrich Sturm den beiden das Kompliment machte, sie hätten sehr mutige Entschlüsse getroffen. In Kanada bist du als Handwerker ein kleiner König, musst dich an eine Menge Regeln halten, und wenn du auf dem Land lebst, hast du es mit dem gleichen Klatsch und Tratsch zu tun wie hier.

Die Espressokanne befand sich definitiv nicht in dem Umzugskarton, den Ulrich Sturm gerade komplett ausgeräumt hatte, aber immerhin verfügte er jetzt über ausreichend Geschirr für zwei weitere Monate in dem Haus und hatte auch eine Pfanne und einen Topf gefunden. Das sollte genügen, ihm war nicht danach, sich hier noch jeden Abend eine warme Mahlzeit zu kochen. Er hatte längst Abschied genommen, und richtig kochen wäre einer Wiedereinweihung gleichgekommen. Ein Omelett ja, aber mehr auch nicht. Obwohl ich jetzt schlecht zwei Monate lang Omelett essen kann, dachte Ulrich Sturm, und das führte ihn unweigerlich erneut zu Lonely George.

Keines der Weibchen, die sie dem Koloss bislang zugeführt hatten, war in der Lage gewesen, ein Ei zu legen. Entweder hatte George die Nase voll von Sex, oder die Weiber ließen ihn nicht ran. In gewisser Weise schienen ihm genau diese Nachrichten typisch, symptomatisch und somit auch ein wenig langweilig zu sein. All diese Bemühungen, Tierarten oder Unterarten am Leben zu erhalten, die für sich beschlossen hatten, dass es reichte. Dieselbe Spezies, die den Viechern vorher den Garaus gemacht hatte, schickte sich an, mit großem Aufwand zu retten, was nicht mehr zu retten ist. George war ein dermaßen typischer Fall, dass Ulrich Sturm hin und wieder vermutete, er sei eine Erfindung. Wie das Ungeheuer von Loch Ness.

Er öffnete den nächsten Karton in der Hoffnung, noch eine Kasserolle zu finden. Genau wie seine Vermieter wollte er nicht mehr in Warenberg bleiben, obwohl es ihm zu Beginn so angenehm erschienen war, das in Erwägung zu ziehen. Das Haus war groß genug, um sich ein kleines Studio einzurichten, in dem er sein Filmmaterial sichten und seine Ausrüstung unterbringen konnte. Die Anbindung an die Stadt war gut, und er fuhr sowieso fast immer mit dem Auto. Zu den Nachbarn hatte er eher wenig Kontakt. Alle freundlich und nett. Die Grafs hatten irgendwann einmal versucht, ihn in Sippenhaft zu nehmen.

Wir haben ja die gleiche Sozialisation, hatte Ute Graf gesagt und offensichtlich nicht nur die Tatsache gemeint, dass sie beide aus dem Westen kamen. Sie hatte ihn zudem. Woran konnte sie das eigentlich festgemacht haben? Als Achtundsechziger identifiziert. Ulrich Sturm konnte sich noch gut an dieses Gespräch erinnern. Er hatte möglicherweise zum ersten Mal in seinem Leben an einem Gartenzaun gestanden, um mit einer ihm noch völlig unbekannten Nachbarin darüber zu reden, welchen Boden Rhododendron braucht, um gut zu gedeihen. Irgendwie hatte er es sich in den Kopf gesetzt, vor dem Haus, in dem er wohnte, zwei Rhododendren zu pflanzen. Er hatte einen Brief an die Hausbesitzer geschrieben, und die hatten ihn angerufen und gesagt, er könne im Garten tun und lassen, was er wolle.

Dann werde ich eher lassen, hatte er gesagt, ich bin ja blind und blöd in der Natur. Aber Rhododendron, das versuche ich mal.

Eine geradezu sentimentalische Anwandlung war das, denn mit dem Einzug in die Salomon-Weinreb-Straße 1 waren die Erinnerungen an das kleine Haus seiner Eltern in Karlsdorf hochgekommen. Das Haus Konrad Sturms, eines Onkels seines Vaters, der es später dem Vater vermacht hatte und in dem Ulrich Sturm die Sommer der Kindheit verbrachte. Eine abenteuerliche Welt, die sein Vater Morgen für Morgen verließ, um in der Stadt auf den verschiedensten Baustellen als Zimmermann zu arbeiten.

Drei Rhododendren hatten in jedem Frühsommer lilaprachtvoll geblüht. Er konnte sich noch erinnern, dass seine Mutter immer irgendetwas von kalkhaltigem oder nicht kalkhaltigem Boden erzählt hatte. Oder war es basisch und sauer? Jedenfalls schien das einen gewissen Einfluss auf die Farbe der Blüten zu haben. Inzwischen aber war er sich nicht mehr sicher, ob sich diese Reden auf Rhododendron oder auf Hortensien bezogen hatten, die auch im Garten standen, blassblau oder dunkelblau.

Ute Graf hatte ihm erklärt, wo man die Pflanzen am besten und günstigsten kaufen konnte und was er tun müsste, um sie am Leben zu halten oder zur Blüte zu bringen. Dünger sei bei Rhododendron sehr wichtig, und auf die Schnecken müsste man halt achten. Dabei hatte sie ihn geradezu verschwörerisch als Teil einer Gemeinschaft genommen, der er nicht angehörte und nicht angehören wollte. Ich wohne hier nur zur Miete, hatte er gesagt, als sie ihn fragte, ob er sich nicht der Bürgerinitiative anschließen wolle.

Die Tatsache, dass er nur Mieter war in diesem Haus, das am linken unteren Ende der Salomon-Weinreb-Straße stand, machte ihn für Ute Graf in gewisser Weise uninteressant. Allerdings versuchte sie doch ab und an, mit ihm über die politische Dimension, wie sie es nannte, der ganzen Angelegenheit zu sprechen. Wir sind doch beide links, hatte sie vor zwei Monaten in ihrer Küche zu ihm gesagt, in die er sich hatte einladen lassen, nachdem er dreimal hintereinander das Angebot, einen Kaffee bei ihr zu trinken, abgelehnt hatte. Er war aus allen Wolken gefallen, weil ihm schleierhaft gewesen war, wie Ute Graf darauf kam, ihn für etwas zu nehmen, was sie von sich behauptete. Sah man ihm das an, oder war es nur ein Schuss ins Blaue, den die Nachbarin da abgegeben hatte? Er hatte nicht reagiert auf die Behauptung, und damit war die Chance vergeben, sich abzugrenzen von dieser Ute Graf, die ihm dann auch noch erzählte, dass sie Beraterin im Bereich Change-Management sei. Eine linke Beraterin, die etwas tat, von dem er noch nie zuvor gehört hatte. Er wollte sich klug machen, hatte es aber immer wieder verschoben.

Trotzdem war er fast zwei Stunden in der Graf'schen Küche geblieben, bei Kuchen und Kaffee und am Ende sogar einem Glas Wein. Hatte fasziniert zugesehen, wie Ute Graf bei fast jedem Satz mit ihren langen Fingernägeln. Wie man damit im Garten arbeiten konnte, war ihm schleierhaft. Ein rätselhaftes Morsealphabet auf den Tisch tackerte und ihm die Welt zu erklären versuchte.

Die großteiligen Grundstücke sollten sie den Erben schnell zurückgeben. Wollen wir nicht du sagen, Herr Sturm klingt so förmlich.

Er hatte nur kurz genickt, Ute Graf war ja nicht zu bremsen gewesen in ihrem Redefluss, und ihm war es egal in diesem Moment, ob man sich verbrüderte oder nicht. Mit der Bürgerinitiative würde er nie etwas am Hut haben, ganz einfach weil es ihm an Besitz und somit an Gründen fehlte. Und sie war ihm auch suspekt, das musste er zugeben. Er hatte die Interessenlagen und Meinungen noch immer nicht sortiert, und was im Lokalblatt stand, fand er wahlweise schrecklich oder verwirrend.

Die Villa und den Park, das Gutshaus, Wälder gehören ja wohl auch dazu. Die kann man denen zurückgeben, hatte Ute Graf geradezu beschwörend auf ihn eingeredet, als hätte er etwas zu entscheiden. Tolles Bauland, da können die Erben was draus machen, wenn sie wollen. Oder sie parzellieren es noch mal, wie dreiunddreißig. Das bringt bestimmt eine Menge Geld, mehr, als sie mit den Quadratmeterpreisen, die sie für unsere Grundstücke haben wollen, je bekommen. Ich meine, hier steigen die Bodenpreise doch stündlich, so im weiteren Speckgürtel der Stadt. Da könnten die eine Verwertungsgesellschaft oder so was gründen und würden steinreich. Nur mit den unbebauten Grundstücken. Wäre auch nur gerecht, ich bin dafür, dass die das Land zurückbekommen. Aber diese Grundstücke hier, unsere Grundstücke, das ist nicht gerecht, wenn die da die Hand drauflegen. Ich meine, da muss man dann auch auf dem Boden der Tatsachen bleiben. Hier wohnt niemand, der denen was weggenommen hat.

Es ist nicht mein Grundstück, hatte Ulrich Sturm gesagt, aber das war wohl im Getrommel, das die Fingernägel von Ute Graf veranstalteten, untergegangen. Sie war über seine Bemerkung hinweggegangen, als störte die nur den Redefluss.

In dieser Geschichte gibt es nur Opfer, Ulrich, das kann man gar nicht anders sehen. Die Juden sind Opfer des Nationalsozialismus und die Leute hier Opfer des Kommunismus. Denen kann man nicht abverlangen, dass die jetzt eine Abschlagszahlung leisten, um sich freizukaufen. Ich meine, wovon denn? Die sind hierhergezogen zu DDR-Zeiten und haben den Boden nicht kaufen können. Das waren zum großen Teil verkommene Grundstücke, die denen nur zu Nutzung überlassen wurden. Und die haben gemacht und getan, und dann kaufen sie die Grundstücke und bekommen keine Negativbescheinigung, wenn sie eine Hypothek aufnehmen wollen, um zu investieren. Was ist das denn überhaupt für ein Wort, Negativbescheinigung. Ich meine, die haben doch die Erben nicht enterbt, das ist Schwachsinn. Wenn hier jemand zahlen muss, dann wohl der Staat, oder was meinst du, Ulrich?

Ute Graf hatte seinen Vornamen schon nach zehn Minuten so selbstverständlich im Munde geführt, dass ihm angst und bang geworden war am Küchentisch. Er hatte drei Stück Kuchen gegessen und dabei eine unglaubliche Krümelorgie veranstaltet. Auf dem Tisch sah es aus wie nach einem Kindergeburtstag, was Ute Graf nicht zu stören schien. Sie schob die Krümel mit ihren gepflegten Händen zu einem Häufchen zusammen, das sie mit der rechten in die linke Hand schob, um sie dann zu essen. Das hatte ihn vom Hocker gehauen. Diese kaschubische Geste bei einer doch eher gepflegten Frau mit langen Fingernägeln, die sich seine Kuchenkrümel in den Mund schob, als seien sie seit Jahren miteinander verheiratet.

Ich glaube, so einfach ist das nicht, hatte er halbherzig gesagt und überlegt, ob er sich nun doch ein wenig mehr mit dem ganzen Kram beschäftigen müsste, um ein bisschen mitreden zu können. Im Prinzip gab es kaum noch ein anderes Thema hier in Warenberg. In den Läden, in den wenigen Kneipen, an den Gartenzäunen wurde über nichts sonst so intensiv und viel und laut geredet wie über die Restitutionsgeschichte und die Weinreb-Erben. Als er seinem Freund geholfen hatte, die Zeitungsschnipsel zu sortieren, hatte der ihn gefragt, wie die Stimmung in Warenberg sei, seit die Erben mit ihren Ansprüchen aufgetaucht waren. Ulrich Sturm hatte die Geschichte von dem Denkmal und die von Ilse Bock erzählt.

Ilse Bock, die als Erste gesagt hatte, sie würde bezahlen und sie fände auch, man stünde in der Verantwortung, den Erben gegenüber, selbst wenn man sich persönlich nichts habe zuschulden kommen lassen.

Er hatte sich mit Ilse Bock einmal länger unterhalten. Die hatte ebenfalls Tipps für seinen Rhododendron und hatte ihm bei der Gelegenheit ihr Gewächshaus gezeigt. Das hat mir mein Sohn geschenkt, hatte sie gesagt und mit der Hand die Außenhaut des Gewächshauses gestreichelt. Der hat gesagt, Mutti, jetzt machst du die Tomatensoße aus frischen Tomaten, wenn ich dich besuchen komme. Jetzt habe ich frische Tomaten, aber mein Sohn kommt nicht zu Besuch. Ist nach Bochum gegangen, an die Universität.

Ob es nicht zu schnell und zu früh beschlossen war, zu zahlen, hatte Ulrich Sturm Ilse Bock gefragt. Wissen Sie was, hatte die geantwortet, wir hatten hier in der DDR so gut wie keine Juden. Haben die meisten der Überlebenden noch in der Stalinzeit vertrieben. Und wenn ein Judenfriedhof mit Hakenkreuzschmierereien verschandelt wurde, haben wir es kleingehalten. Haben die Leute bestraft, aber nicht öffentlich darüber geredet, dass es bei uns solche wie die gibt. Ich hätte das Geld lieber für ein zweites und drittes Gewächshaus ausgegeben. Nun kriegen es die Erben. Vielleicht ist das gerecht, vielleicht nicht. Aber ich will nicht anfangen, dem Juden irgendwas zu beweisen. Das lässt man als Deutsche lieber sein.

Die andere Geschichte, die mit dem Denkmal, war ziemlich schräg und unangenehm dazu. Der Stadtschreiber, Marischke hieß der oder so ähnlich, hatte irgendwann mal im »Boten« geschrieben, es wäre gut, den Weinrebs und Weizmanns eine Gedenktafel oder ein Denkmal zu widmen. Schließlich hätten die viel für die Entwicklung des Ortes getan. Warenberg-Tannenhof sei aufgeblüht, nicht nur der Landwirtschaft wegen, sondern auch, weil so etwas wie ein Sommertourismus entstanden war und sich zahlungskräftige Familien hier niedergelassen hatten und weil so aus einem Dorf eine prosperierende Kleinstadt geworden war.

Der Beitrag war mit einem Foto von zwei sonderbar schönen großen Schaukeln illustriert. Selbst die schlechte Qualität der Fotografie konnte nicht verbergen, dass es sich um handwerkliche Meisterstücke handelte. Ulrich Sturm hatte vergessen, warum ausgerechnet die Schaukeln abgebildet waren. Auf jeden Fall erschien in der nächsten Ausgabe des »Boten« eine Gegenrede in Form eines Leserbriefes. Die Juden sollen sich für ihre Opfer selbst ein Denkmal bauen. Das haben wir für unsere Opfer des Faschismus auch getan, hieß es da, und diese Kaltschnäuzigkeit hatte Ulrich Sturm einmal mehr verwirrt. Wo die bloß herkam?

Er war bei dem Gespräch in der Küche kurz davor gewesen, Ute Graf zu erzählen, dass er an einem ganz anderen Ort für eine kleine Hütte, die auf einem handtuchgroßen Stück Land stand, im Grundbuch eingetragen war. Sozusagen eine Option auf einen Teil seiner Kindheit hatte, der ihm nach dem Bau der Mauer entzogen worden war. Andere Leute hatten dort zu DDR-Zeiten zur Miete gewohnt, und irgendwann hatte das Haus leer gestanden. Nun musste er, genau wie die Leute in Warenberg, einen Nachweis erbringen. Nur dass die Leute, denen Haus und Grundstück gehört hatten, bevor der Onkel seines Vaters es erwarb, um es später seinen Eltern zu überlassen, sich viele Jahrzehnte später nicht in Form einer Erbengemeinschaft manifestiert hatten. In Vertretung dieser Leute war eine Organisation gekommen, der gegenüber er nun den Beweis erbringen sollte, dass er ein Recht auf Restitution und somit das Recht auf Besitz hatte.

Aber es war ihm peinlich. Dermaßen peinlich, dass er manchmal ernsthaft darüber nachgedacht hatte, es gleich und sofort zu lassen. Zu verzichten, anstatt zu recherchieren. Dass er, ein vielleicht nur gemäßigt, aber doch Linker, zu den Restituierern gehören sollte, war etwas, das sich nicht so einfach geraderücken und zurechtbiegen ließ.

Zwei Dinge waren passiert, die ihn davon abgehalten hatten. Er war mit einem Freund in die Hütte gefahren, die tatsächlich noch fast genauso aussah wie in seiner Kindheit. Sicher hatte sie einmal einen neuen Außenputz bekommen, und das Dach war neu gedeckt, aber er hätte eher erwartet, dass irgendjemand dieses selbst für drei Personen viel zu kleine Häuschen abgerissen und an gleicher Stelle neu gebaut hätte. Doch vielleicht ging das in der DDR gar nicht mit jenen Grundstücken und Häusern, die vom Staat übernommen worden waren, weil deren Besitzer in den Westen gegangen oder gleich dort geblieben waren.

Er hatte in dem Haus, dessen Grundriss er noch immer im Schlaf würde aufmalen können, und in dem Schuppen, den sein Vater am hinteren Ende des Grundstücks gebaut hatte, ein wenig herumgekramt. Eigentlich ein sinnloses Unterfangen, denn neunundddreißig Jahre lang hatten andere Leute in dem Haus gewohnt. Zur Miete. Sie hatten die Miete Monat für Monat auf ein Sperrkonto gezahlt, denn irgendwie schien dem Staat schon klar gewesen zu sein, dass ihm das Haus nicht gehörte. Oder auch nicht. So weit war Ulrich Sturm mit den Nachforschungen nicht gekommen, um das alles zu verstehen. Er konnte bis heute nicht genau sagen, wie der Arbeiter-und-Bauern-Staat, dieses Gänsefüßchenland in den Augen der meisten seiner Landsleute, mit all jenen Häusern umgegangen war, die eigentlich nicht ihm, sondern Menschen wie seinen Eltern gehörten. Fritz und Elfriede Sturm, anständige Sozialdemokraten beide nach allem, was Ulrich Sturm wusste und dem kärglichen Nachlass seiner Eltern entnommen hatte.

Was nützte ihm jetzt der Fund der Espressokanne ohne Espresso? Ulrich Sturm hatte schon drei weitere Umzugskartons durchwühlt, ohne die Kaffeebüchse zu finden. Vielleicht sollte er doch noch einmal alles auspacken, zwei Monate waren eine lange Zeit. Aber diese Auspackerei gäbe ihm ein Gefühl der Vergeblichkeit. Er hatte sich verabschiedet von dem Leben hier in dieser kleinen Straße, die den Namen eines ihm bis vor kurzem unbekannten Juden trug und die Form eines Wendehammers hatte.

Neben seinem Haus. Neben dem Haus, in dem er wohnte, mahnte er sich immer wieder. Neben diesem Haus wies ein Schild darauf hin, dass ein Auto mit einer Länge von mehr als neun Metern große Schwierigkeiten haben würde, durch die Wendeschleife zu kommen. Deswegen rollten die Leute am oberen Ende der Straße ihre Mülltonnen bis unten an die Straßenmündung. Einen Tag bevor das Müllauto erwartet wurde.

Als Ulrich Sturm das erste Mal aus seinem Küchenfenster beobachtet hatte, wie die ratternde Prozession mülltonnenschiebender Menschen den Bürgersteig entlanglief, hatte er ein altes ostdeutsches Ritual vermutet. Eine wöchentliche kollektive Vergewisserung nachbarschaftlicher Gemeinschaft. Aber zu DDR-Zeiten gab es dieses Ritual gar nicht, wie er später erfuhr. Die Müllautos in der Ostzone waren kleiner und konnten sehr wohl im Wendehammer wenden.

Ulrich Sturm kapitulierte und begann die Umzugskartons in der Küche systematisch auszuräumen. Er brauchte jetzt einen Espresso, und er hatte, verdammt noch mal, keine Lust, in den Laden zu laufen, den sie hier Konsum nannten. Selbst Ute Graf sagte Konsum. Diese Art Asimilados konnte Ulrich Sturm nicht leiden. Die versuchten, sich unkenntlich zu machen, zu verschmelzen mit der eingelebten und einander überdrüssigen Nachbarschaft. Die nach vier Wochen so taten, als lebten sie bereits vier Jahre hier.

Ute Graf, die ihm nicht unsympathisch war, einfach weil sie seine Kuchenkrümel gegessen und ihm zwei Kilogramm Rhododendrondünger in die Hand gedrückt hatte, benahm sich, als hätte sie die Siedlung mitgegründet. Das konnte hin und wieder schon ein wenig peinlich sein.

Ulrich Sturm fühlte sich manchmal verantwortlich für das Benehmen anderer Westdeutscher, als sei er hier an diesem kleinen Ort geradezu zuständig dafür, der Nachbarschaft zu beweisen, dass solche wie er oder die Graf. Was machte eigentlich deren Mann, den hatte er bisher gerade zweimal gesehen? Dass solche nicht einfach so tun, als seien sie seit Ewigkeiten Teil eines Ganzen und gehörten dazu. Obwohl er den Satz: Das könnt ihr Wessis nicht verstehen, nun schon so oft gehört hatte, dass er hin und wieder den Wunsch verspürte, jemandem damit einfach das Maul zu stopfen.

Es interessierte ihn, wie diese Nachbarschaft auf seine Nachmieter reagieren würde. Eine Wohngemeinschaft, von der er nicht wusste, wie sie zustande gekommen war, und sich schon gar nicht vorstellen konnte, wie sie funktionierte. Ein Max Soundso, Anfang dreißig, leicht depressiv und auf der Suche nach der Liebe seines Lebens, wie er beim Kaffeetrinken zweimal ironisch erklärt hatte. Teufel, hieß der mit Nachnamen, jetzt fiel es Ulrich Sturm wieder ein. Eine Endzwanzigerin namens Sascha mit ihrem fünfunddreißig Jahre älteren Ehemann und eine Hungerkünstlerin Anfang, Mitte dreißig, eher schwer zu schätzen, die bei der Besichtigung angekündigt hatte, sich oben ein Atelier einrichten zu wollen. Ob diese Leute miteinander verwandt waren, sich in einer Entzugsklinik kennengelernt hatten oder von der Arbeit her kannten, war Ulrich Sturm nicht klar, und er hatte auch nicht gefragt.

Das mit der Arbeit schied eigentlich aus, denn der melancholisch ironische Max schien einen Job im Europaparlament, die Hungerkünstlerin schon immer Bilder gemalt zu haben, und das Ehepaar machte beim ersten Treffen den Eindruck, als arbeiteten beide im selben Stall. Alle hatten ihm gefallen, ohne dass er sagen konnte, warum. Max Teufel war ein Typ, bei dem man andauernd überlegen musste, ob er das, was er sagte, ernst oder ironisch meint. Insofern ließ sich nur schwer ein richtiges Gespräch mit ihm führen. Ulrich Sturm hatte immer das Gefühl, dieser Teufel drehe ihm eine Nase und sei nur zu müde, es deutlicher kundzutun.

Bitte, hier war der Espresso, in Kiste Nummer fünf. Ulrich Sturm fühlte sich ob des Funds seltsam glücklich, als sei ihm etwas wirklich Großes gelungen. Er würde das Haus nicht verlassen müssen, könnte sich einen Kaffee kochen und seine Zeit vertun. Obwohl der Reiseführer, an dem er gerade schrieb, fertig werden musste. Reiseführer waren eine gute Einnahmequelle geworden, die ihm zugefallen war. Er hatte schon drei geschrieben, das Garantiehonorar war in Ordnung, und für zwei weitere hatte er bereits einen Auftrag in der Tasche. Niemand verlangte, dass er für die Reiseführer irgendwohin fuhr. Der Verlag schickte ihm jedes Mal eine Kiste mit Material, das zum größten Teil aus anderen Reiseführern bestand. Es war ihm zu Beginn unangenehm gewesen, Reiseführer zu schreiben, indem er andere Reiseführer abschrieb, aber inzwischen waren die Skrupel verschwunden. Spätestens seitdem ihm aufgefallen war, dass offensichtlich fast alle Reiseführer durch Abschreiben entstanden. Manchmal war er neugierig genug, herauszubekommen, welches Buch die Ursprungsquelle darstellte und wie oft Fehler, die einmal gedacht und aufgeschrieben waren, in anderen Reiseführern auftauchten. Aber das mit den Fehlern ließe sich nur wirklich klären, finge er nun doch noch an zu reisen. Darauf hatte er keine Lust, und dafür gab es auch kein Geld. Was er immerhin tat, war, auf all die Beschreibungen zu verzichten, die so taten, als hätte er wirklich in den Rocky Mountains auf einem Berg gestanden und den Sonnenuntergang betrachtet. Es gab eine Grenze, die er nicht überschreiten wollte. Offensichtlich war ein Ergebnis dieser Grenzziehung, dass der Verlag, von dem er die Aufträge bekam, gern mit ihm arbeitete. Die eher nachrichtlich verfassten Texte vermittelten den Eindruck besonderer Seriosität, hatte ein Verlagsmitarbeiter mal zu ihm gesagt, als er wegen eines Vertragsabschlusses ins Verlagshaus gefahren war. Das konnte stimmen, er selbst saß ja dem gleichen Irrtum auf. Einen Reiseführer, der ihm vorschreiben wollte, welche Gefühle er bei diesem oder jenem Anblick haben sollte, kaufte er nie. Er wollte Informationen und nichts anderes. Er wollte wissen, was er wo finden könnte und wie er sich bewegen sollte in einem fremden Land oder auch nur in einer fremden Stadt. Er wollte Größenangaben, Adressen, Telefonnummern, Routen und Übernachtungsmöglichkeiten, Wasserqualität und Aussichtspunkte genannt und nicht erklärt bekommen, dass man dieses oder jenes gesehen haben müsse, um dann in Ruhe sterben zu können.

Im Schuppen hinter dem kleinen Haus seiner Kindheitssommer hatten in einem ziemlich angefressenen Korb vier selbstgebaute Holzboote gelegen. Die Farben, mit denen sie bemalt waren, längst verblasst, auf einem noch der Schriftzug Elfriede zu lesen. In einem anderen Boot hatten Mäuse in einem abenteuerlichen Nest aus zerkautem Kunststoff, Holzwolle und undefinierbarem Material genistet. Ulrich Sturm konnte sich zu gut daran erinnern, wie sein Vater an mehreren Sonntagen, zwischen Frühschoppen und abendlichem Bier, an den Holzbooten geschnitzt hatte. Mit einem uralten Taschenmesser, das er seinem Sohn manchmal in die Hand gedrückt hatte, um ihm zu zeigen, wie man damit umgeht, nicht ohne jedes Mal zu sagen, dass der dieses Messer später einmal erben würde.

Dazu war es nicht gekommen. Als Fritz Sturm gestorben war, fand man das Taschenmesser nicht. Wahrscheinlich hatte er es irgendwann kurz vor seinem Tod verloren, und wahrscheinlich war er betrunken, als das passierte. Mit dem Taschenmesser hatte Fritz Sturm alles erledigt, und das verleitete seine Frau Elfriede hin und wieder zu kleinen Wutausbrüchen.

Du kannst dir nicht mit dem gleichen Messer die Fingernägel sauber machen, morgens Schnecken im Garten und mittags das Fleisch auf deinem Teller zerschneiden. Das ist eklig.

Es war ein bisschen eklig, aber es war auch unabänderlich.

Ulrich Sturm hatte die Holzboote mit den von seiner Mutter genähten Segeln bestückt und auf dem See, der ganz in der Nähe des Grundstücks lag, schwimmen lassen. Die Tatsache, dass diese Boote auch nach einundfünfzig im Schuppen geblieben waren, als Ulrich Sturms Eltern als Bürger Westberlins ausgebürgert worden waren und das Haus nicht mehr nutzen konnten, hatte die Entscheidung herbeigeführt, es nicht aufzugeben. Er neigte nicht sonderlich dazu, sentimental zu sein, aber die Holzboote lösten Sentimentalität in ihm aus. Allerdings wusste er nicht, wohin ihn die Recherche bringen und was sie mit ihm machen würde. Wobei er sich heute, an diesem Tag, da ihm komischerweise noch immer der Traum von einer Galápagosschildkröte im Kopf spukte, nicht mehr sicher war, ob er dann die Finger davon gelassen hätte. Er war bei seinen Nachforschungen vom Hölzchen aufs Stöckchen gekommen, und nun lag dieses halbfertige Drehbuch über das Haus und die Matrosen der Volksmarinedivision auf seinem Schreibtisch. Hatte das Dorf und die Wagenburgmentalität in den Hintergrund gedrängt, weil es eine so viel greifbarere Geschichte war. Eine unglaubliche Geschichte, die irgendwann ganz unmittelbar zur Geschichte seiner Familie gehörte. Obwohl das nur eine Vermutung war. Dieses Unmittelbare. Aber sein Film, so er ihn jemals würde machen können, stützte sich auf diese Vermutung.

Irgendwann hatten sich die Wege der Familie Sturm und der Familie David gekreuzt, was am Ende dazu geführt hatte, dass ihm, Ulrich Sturm, ein Haus nicht zurückgegeben wurde, von dem er immer gemeint hatte, der legitime Erbe zu sein, ohne je zu glauben, dass es tatsächlich zum Antritt des Erbes kommen würde. Es hatte ihn deshalb auch nicht interessiert, denn er war all die Jahre davon ausgegangen, dass die Zweiteilung des Landes ein lang anhaltender, wenn auch nicht ewiger Zustand sein würde. Ein Zustand, der länger dauern würde als sein kleines Leben. Das Haus in Karlsdorf war in eine unbenutzte Schublade in seinem Kopf gepackt worden und störte nichts und niemanden.

Kurz bevor seine Mutter starb, hatte sie noch einmal von Karlsdorf erzählt. Von den Sommern in Karlsdorf. Aber heute wäre mir das alles zu piefig, hatte sie gesagt, vielleicht um sich selbst zur Ordnung zu rufen und nicht zu sehr ins Schwärmen zu geraten.

Außenklo und dieses Grundstück, auf dem kaum Platz zum Spielen war. Ich habe mir immer Sorgen um dich gemacht, wenn du hinter dem Klo gespielt hast. Dass du reinfällst in die Jauchegrube, obwohl Fritz das alles ordentlich gesichert und abgedeckt hatte. Aber der See war schön, der See, der hat uns vergessen lassen, wie klein unsere Welt da in Karlsdorf war. Und die Erdbeeren aus dem Garten, die haben auch geschmeckt.

Seltsamerweise konnte er sich nicht mehr an die Erdbeeren, wohl aber an das Klo erinnern, in das sein Vater regelmäßig Kalk schaufelte oder was auch immer das war. Und wenn der Jauchewagen kam, um die Grube zu leeren, stank es meilenweit. Elfriede Sturm schloss dann alle Fenster und Türen, zog sich um und ging zum See. Sie konnte den Gestank nicht ertragen. Auch daran konnte sich Ulrich Sturm noch erinnern.

Er dachte darüber nach, ob er sich bei seinem Filmprojekt dieser semidokumentarischen Form bedienen sollte, die so im Kommen war. Die Sender mochten diese Schummelei. Nicht Fisch noch Fleisch, kein anständiger Dokumentarfilm und ein Spielfilm auch nicht. Irgendetwas dazwischen, das sich wahrscheinlich in den nächsten Jahren durchsetzen und die Bildschirme erobern würde.

Bis jetzt stand auf seinem Papier nichts davon. Aber wenn er demnächst anfinge, sich um die Finanzierung des Films zu kümmern, würde er noch einmal nachdenken müssen. Semidokumentarisch ging einfach besser.

Der Espresso war fertig, doch Ulrich Sturm fand den Zucker nicht. Er fluchte und kramte in den verbliebenen voll gepackten Kisten. Kein Zucker. Jetzt gab es zwei Möglichkeiten. Er konnte bei den Nachbarn klingeln, ein Stück die Straße hoch wohnten die Lebers, und die Frau war fast immer zu Hause. Allerdings fürchtete er sich ein wenig vor ihr. Sie hatte etwas wahnsinnig Trauriges. Wobei sich Wahnsinn und Trauer die Waage zu halten schienen. Er hatte Martina Leber erst in der vergangenen Woche auf der Straße getroffen, perfekt geschminkt und gekleidet. Silbriger Hosenanzug, darunter ein bordeauxfarbenes Shirt und um den Hals eine lange Perlenkette, die sie älter machte, als sie wahrscheinlich war. Martina Leber hatte freundlich gegrüßt und ein paar Sätze mit ihm über das Wetter gewechselt. Zum Hosenanzug trug sie halbhohe ebenfalls bordeauxfarbene Pumps. Über die Pumps hatte sie Plastikschuhe gestreift, wie man sie in Krankenhäusern bekam, wenn man jemanden auf der Intensivstation besuchen wollte. Seuchenüberzieher sozusagen, als sei in der Salomon-Weinreb-Straße die Cholera ausgebrochen.

Nein, bei den Lebers würde er nicht klingeln. Stattdessen würde er den Espresso ohne Zucker trinken und ein wenig von dem Honig dazutun, den er in einer der Kisten gefunden hatte. In gewisser Weise, dachte Ulrich Sturm, mache ich gerade das Gleiche, wie all die Leute hier in Warenberg, die sich in einer dubiosen Bürgerinitiative zusammengeschlossen haben. Ich suche den Juden. Ich suche den Juden, um ihm etwas zu beweisen. Ich suche den Juden, um ihm zu beweisen, dass weder ich noch meine Vorfahren irgendetwas Unrechtes getan haben.

Ulrich Sturm hoffte, sich trotzdem von den Warenbergern zu unterscheiden. Die nahmen die lebenden Nachfahren der Juden, deren Biographien sie nun im Stadtarchiv und in Bibliotheken erforschten, als Beweis, dass sie im Recht waren. Im Unrecht könnten sie nur sein, gäbe es keine Nachfahren mehr. Wären die alle umgekommen. Ulrich Sturm dachte an den Satz, den er auf einer der Zusammenkünfte der Bürgerinitiative gehört hatte, zu der er aus Neugier und um den Bruder seiner Vermieter zu begleiten, gegangen war.

Von den Weinrebs ist niemand verfolgt worden, keiner ist ins Konzentrationslager gekommen und ins Gas gegangen.

Marischke, der Stadtschreiber, war, nachdem dieser Satz

gefallen war, aufgestanden und hatte gesagt: Aber hätten die Weinrebs nicht in letzter Minute alles verkauft, was ihnen gehörte, wären sie ins Gas gegangen. Das dürft ihr nicht vergessen.

Natürlich durften sie. Sie mussten sogar.

Johanna Wollweber

Vielleicht habe ich gar keine Lust. Arbeit liegt genug auf meinem Tisch, mehr als genug. Rückgabe vor Entschädigung, das ist ein Arbeitsbeschaffungsprogramm, für das unsereiner dem Kohl dankbar sein müsste.

Johanna Wollweber hatte sich für S-Bahn und Bus entschieden. Sie fuhr kaum noch mit dem Auto in kleinere Ortschaften, auch wenn das Berliner Kennzeichen ihres Kleinwagens erst mal neutral daherkam. Aber die Leute konnten oder wollten nicht mehr unterscheiden. Die waren paranoid. Johanna Wollweber war zweimal übel angemacht worden, als sie in solchen Käffern wie Warenberg das Haus eines Mandanten gesucht hatte und langsam durch die Straßen gefahren war. Einmal kam ein Mann, in ihrem Alter vielleicht, Mitte, Ende fünfzig, aus seinem Haus gestürmt. Mit offener Hose und einem Luftgewehr. Johanna Wollweber hatte das erste Mal in ihrem Leben so Gas gegeben, dass die Reifen quietschten. Ein andermal hatte jemand einen Stein auf ihre Windschutzscheibe geworfen. Auch da hatte sie Gas gegeben, anstatt sich die Adresse aufzuschreiben und Anzeige zu erstatten. In der Werkstatt hatte sie gesagt, ihr sei beim Fahren auf einem Schotterweg ein Stein gegen die Scheibe geprallt.

Johanna Wollweber war eine schlechte Autofahrerin. Sie hatte erst mit sechsundvierzig den Führerschein gemacht und schwitzte noch immer bei jeder Autofahrt. Vor allem in der Stadt. Es war die Hölle. Schon wenn sie losfuhr von der Kanzlei, dachte sie daran, dass sich bestimmt kein Parkplatz finden lassen würde. Dabei war in dem

Moment, da sie sich bereits um einen Parkplatz sorgte und darum, ob sie das Auto würde einparken können, fände sich doch einer, noch gar nicht die Frage gelöst, wie sie überhaupt hinfinden sollte. Allerdings hatte sie für dieses Problem eine Lösung gefunden, für die ihr sogar die Anwaltskollegen applaudierten. Sie war diejenige, die am häufigsten mit dem Aufnahmegerät arbeitete und es perfekt beherrschte. Niemand konnte so schnell wie sie beim Diktieren oder Abhören an exakt die richtige Stelle vor- oder zurückspulen. Ihre Sekretärin war jedes Mal begeistert, wenn Johanna Wollweber ihr die mit Texten für Briefe und Schriftstücke besprochenen Kassetten auf den Schreibtisch legte. Obwohl sie bei einem Brief mindestens jeden zweiten Satz durch Zurückspulen übersprechen und korrigieren musste, klangen die Sätze am Ende, als seien sie im durchgehenden Redefluss gesprochen. Johanna Wollweber konnte nicht erklären, warum sie das so perfekt beherrschte. Aber weil es so war und sie geradezu im Schlaf an die richtige Stelle vor- oder zurückspulen konnte, sprach sie vor längeren Autofahrten die Wegbeschreibung auf eine Minikassette und hielt das Aufnahmegerät in der linken Hand, mit der sie die Tasten bediente. Mit der rechten Hand musste sie ja schalten. Inzwischen nahm sie auch auf, wenn ihr jemand anderes vor einer Fahrt den Weg erklärte. Oder wenn sie am Straßenrand halten musste, um nach dem Weg zu fragen. Ein Kollege hatte kürzlich vorgeschlagen, sie solle sich diese Art der Wegbeschreibung patentieren lassen. Das hat Zukunft, hatte er gesagt. Das ist Unsinn, hatte sie geantwortet.

Auf jeden Fall aber blieb, wenn sie jetzt ins Auto stieg, nur noch die Angst, dass es keinen Parkplatz geben würde oder einen, bei dem sie zwanzig Minuten zum Einparken brauchte. Einparken lernt man mit sechsundvierzig nicht mehr. Dessen war sie sich sicher. Sie war am Anfang regelmäßig abends auf den großen Parkplatz vor einem Kaufhaus gefahren, um dort einparken zu üben. Ein Freund hatte ihr das vorgeschlagen und sie anfangs auch dabei begleitet. Meist standen auf dem Parkplatz noch genügend Autos rum, um üben zu können. Aber Johanna Wollweber vergaß in dem Moment, da sie das Auto in eine Lücke setzen wollte, in welche Richtung sie das Lenkrad einschlagen musste. Rückwärts fahren und zu wissen, wie das Lenkrad bewegt werden muss, ging in ihrem Kopf einfach nicht zusammen. Und wo konnte man heutzutage schon noch vorwärts einparken. Vorwärts ist out, hatte ihr Freund gesagt, der manchmal dazu neigte, jugendlicher wirken zu wollen, als er war. Nur wenn du schnell von der Straße wegmusst, ist vorwärts erlaubt. Aber glaub ja nicht, dass es in schmalen Straßen einfacher ist, vorwärts in eine Parklücke zu kommen. Da musst du auch ganz schön kurbeln.

Immerhin aber wusste Johanna Wollweber, wenn sie vorwärts einparkte, wie sie das Lenkrad einzuschlagen hatte. Trotzdem hätte sie heute das Auto nehmen können. In Warenberg gäbe es bestimmt ausreichend Parkplätze. Dort hatten doch alle einen Carport oder eine Garage. Obwohl das Osten war, und die Sache mit den Garagen schien dort nicht so einfach gewesen zu sein. Es hatte wenig Autos gegeben und noch weniger Garagen. Aber inzwischen waren über fünf Jahre vergangen. Ausreichend Zeit, sich die Segnungen der Baumärkte anzutun.

Würde ich mir eine Garage auf ein Grundstück bauen, von dem ich nicht weiß, ob es mir auch in Zukunft noch gehören wird? Johanna Wollweber konnte sich diese Frage nicht beantworten. Sie fand Garagen an sich fürchterlich. Orte der Niedertracht und Missgunst, in denen Männer das Sagen hatten und der Welt ihre Vorstellung von Ordnung aufdrückten. Sie erinnerte sich an die Garage ihres Vaters, der irgendwann Anfang der Sechziger ein Auto erwarb und von da an ein noch größerer Despot wurde, als er ohnehin schon immer gewesen war. An den Wänden der Garage hingen Ersatzteile und Werkzeug. Die Garage wurde einmal in der Woche gefegt und alle vier Wochen mit Wasser aus dem Schlauch gereinigt. Ihr Vater hatte sich ein Radio reingestellt und ließ niemanden allein in dieses kleine und trotzdem auf diffuse Art bedrohliche Reich.

Johanna Wollweber erinnerte sich an ein Gespräch, das sie mit ihrem Vater in der Garage geführt hatte. Sie hatte den Raum nie freiwillig betreten, wenn sie ihre Eltern besuchte. Aber an diesem Samstag im Frühsommer neunundsechzig war sie doch reingegangen. Ihr Vater hatte sie hineingebeten, er wollte mit ihr reden. Ihr war erst in dem Moment bewusst geworden, dass ihr Vater noch nie hatte mit ihr reden wollen. Er hatte immer mit ihr gesprochen, aber nie geredet. Er war nicht unhöflich, nicht böse und in mancher Hinsicht ein Vater, der das tat, was man von Vätern erwartete. Er hatte sich ihre Zeugnisse angesehen, wenn es welche gab, ihr Fahrrad repariert, wenn es kaputtgegangen war, und war hin und wieder mit ihr in den Zoologischen Garten gegangen, wo er ruhig vor jedem Gehege und jedem Käfig stehen blieb, um ihr genügend Zeit zu lassen, die Tiere zu betrachten. Er gab kein Wissen weiter und fragte kein Wissen ab, was sie schon als Kind zu schätzen gewusst hatte. Ihr waren da eher die Väter ihrer Freundinnen suspekt, die in unterschiedlichem Maße der Meinung zu sein schienen, ohne ihr ganzes Gerede und Aufgetrumpfe würde aus den Kindern nichts Anständiges werden. Ihr Vater hingegen schien davon auszugehen, dass aus seinen Kindern auf jeden Fall etwas werden würde.

Er setzte es geradezu als Prämisse, und die Momente, in denen Johanna Wollweber ihren Vater laut und auch körperlich bedrohlich empfand, ohne je von ihm geschlagen worden zu sein, waren jene, in denen er glaubte herausgefunden zu haben, dass seine Kinder sich nicht ausreichend anstrengten, etwas zu werden. Was immer dieses Etwas war und was er sich darunter vorstellte, hatte Johanna Wollweber nie wirklich erfahren.

Aber auch dieses einzige Gespräch, das sie jemals mit ihrem Vater in seiner Garage führte, drehte sich letztlich darum. Sie war immerhin schon einunddreißig, hatte ein Studium abgeschlossen und war an der Uni geblieben, um zu promovieren. Und sie war mittendrin in all der Aufregung, die sich an den Universitäten ausgebreitet hatte. Nichts anderes wollte ihr Vater von ihr beantwortet haben. Nur die Frage, ob sie da mitmache bei den Idioten. Immerhin hatte er nicht Chaoten gesagt, sondern Idioten. Johanna Wollweber hatte genickt und geschwiegen. Ihr Vater hatte in ihren Augen zwar das Recht, sie das zu fragen, aber sie hatte auch das Recht zu schweigen.

Was wollt ihr, hatte ihr Vater gefragt und sie dabei angesehen, als interessierte ihn die Antwort wirklich.

Wir wollen wissen, was ihr alle im Krieg gemacht habt. Wo ihr wart und wer ihr wart. Ob wir uns eurer schämen müssen oder stolz auf euch sein können. Und wir wollen, dass Leute, für die man sich schämen muss, nicht mehr an den Universitäten lehren. Nazis sollten keine Lehrstühle haben.

Johanna Wollweber wusste, dass dies alles ein wenig gestelzt und auswendig gelernt klang. Aber es waren schon die richtigen Fragen, das wusste sie auch.

Ihr Vater hatte sie angesehen und geschwiegen. Zwar pulsierte an der rechten Halsseite eine Schlagader so, dass Johanna Wollweber vermutete, ihn regten ihre Sätze auf, aber er zeigte es nicht. Sie hatte gedacht, dass sie genau jetzt und in diesem Moment fragen sollte, was er im Krieg gemacht hatte. Stattdessen wartete sie darauf, dass er etwas sagte. Aber der einzige Satz, der von ihm kam, war: Sag deiner Mutter, dass wir in einer Stunde essen können. Damit war sie aus der Garage entlassen und hatte später nie wieder einen Fuß reingesetzt.

Wahrscheinlich gibt es in Warenberg lauter solche Garagen, und wahrscheinlich hätte ich vor jedem Haus einen Parkplatz gefunden, dachte Johanna Wollweber.

Aber sie hatte sich für öffentliche Verkehrsmittel entschieden, um nach Warenberg zu kommen. Die Anbindung war gut, und sie hatte keine Lust, angemacht oder auch nur dumm angeguckt zu werden wegen eines Autokennzeichens, das nicht zuzuordnen war und deshalb als Bedrohung angesehen werden konnte.

Sie blätterte ein wenig in den Papieren, die ihr Hedwig Gottwald zugeschickt hatte, und las noch einmal das Schreiben der Frau, mit der sie inzwischen auch zweimal telefoniert hatte. Sie klang vernünftig und gar nicht so verbissen, wie Johanna Wollweber vermutet hatte. Ihre Kollegen hatten sofort abgeraten. Jüdische Erbengemeinschaft, Globalanspruch, lass die Finger davon. Da hast du keine Chance.

Ihre erste Reaktion war ähnlich gewesen. Da kann man nur verlieren, hatte sie gedacht, ohne irgendetwas über die

Problematik in Warenberg zu wissen. Aber die Telefonate mit Hedwig Gottwald, die nicht lockergelassen hatte, brachten Zweifel. Hinzu kam, dass diese Frau eine persönliche Geschichte hatte, bei der Johanna Wollweber dachte, dass die Dinge im Leben sich manchmal wirklich unglücklich oder ungerecht fügen konnten. Wenn sich die Tochter zweier Kommunisten, die antifaschistische Widerstandskämpfer gewesen waren, den Wiedergutmachungsforderungen einer jüdischen Erbengemeinschaft gegenübersieht, scheint das erst einmal ein böser Treppenwitz der Geschichte zu sein. Der Vater der Gottwald im KZ Buchenwald ermordet, die Mutter drei Kinder durch den Krieg gebracht und trotzdem eine Widerstandsgruppe unterstützt. Wer wollte es Hedwig Gottwald verdenken, wenn die nun fassungslos ob der Entwicklungen und Ereignisse war?

Johanna Wollweber hatte sich dabei ertappt, neidisch auf Hedwig Gottwald zu sein. Auf deren Elternhaus und die Klarheit, die damit einherging. Ein befremdliches Gefühl, das sie sich nicht erklären konnte. Oder doch, aber sie mochte die Erklärung nicht. Ausschlaggebend dafür, dass sie jetzt nach Warenberg fuhr, war allerdings ein Kollege gewesen, nicht ihr beginnender Zweifel an der Eindeutigkeit der Sachlage. Der hatte ihr bei einem Mittagessen versucht zu erklären, welch ein Riesenfehler es wäre, dieses Mandat der Bürgerinitiative Warenberg anzunehmen.

Da geht es um eine Menge Geld, Johanna. Und das Ganze wird mit historischer Schuld und all dem Kram aufgeladen. Du kannst nicht gewinnen. Die schicken ihre Anwälte, clevere Burschen, denen bist du nicht gewachsen. Die wollen Geld sehen und ziehen das durch.

Vielleicht lässt sich ja ein Interessensausgleich finden, hatte Johanna Wollweber gesagt. Hier lässt sich doch nicht einfach zwischen Gut und Böse unterscheiden, es geht um viel umfassendere Dinge. Vielleicht ist eine solche Geschichte dazu geeignet, aufeinander zuzugehen.

Auf welchem Trip bist du denn, hatte der Kollege gefragt und ratlos den Kopf geschüttelt. Unsere Vorfahren haben versucht, deren Vorfahren auszurotten, und die Erben von denen, die das überlebt haben, wollen jetzt Genugtuung. Was willst du denn da vermitteln? Mach weiter die einfachen Restitutionsgeschichten, wenn du unbedingt Gutes tun willst, hilf den armen Ossis, denen die bösen Wessis. Unsere Landsleute also. Die Häuser unterm Arsch wegreißen. Das ist eine gute Tat, und das genügt. Wenn du jetzt anfängst, die armen Ossis gegen die reichen Juden zu verteidigen, kommst du in Teufels Küche, glaub mir.

Aber etwas hatte sich in ihrem Kopf festgesetzt, ein Zweifel, ein kleines Unbehagen, eine winzige Neugier. Sie war dabei, ihre professionelle Rolle als Anwältin zu verlassen, obwohl sie keine Bedenken hatte, die sofort wieder ausfüllen zu können, nähme sie das Mandat an. Noch war nichts entschieden, ein unverbindliches Gespräch mit Hedwig Gottwald, die wohl das Mandat mehrerer Leute für dieses Gespräch hatte. Betroffener, dachte Johanna Wollweber und fand das Wort einmal mehr fürchterlich banal.

Sie schaute aus dem Fenster der S-Bahn und dachte an den Satz: Jude ist man immer. Den hatte sie vor Jahren in einem Buch gelesen, von dem sie nur noch vage den Titel erinnern konnte. Irgendein Aufsatz über Israel, den sie unglaublich kompliziert und teilweise auch ein bisschen manieriert fand, der sie trotzdem beeindruckt hatte. Und sie dachte an den Satz: Wir werden darüber hinwegsterben, den Hedwig Gottwald während ihres zweiten Telefonats gesagt hatte, obwohl die Frau ja wohl erst um die sechzig sein konnte. Aber das Wortpaar, darüber hinwegsterben, hatte Johanna Wollweber berührt. Es klang wie eine Abwandlung des Darüberhinwegkommens. Die konsequenteste Art, mit etwas fertig zu werden. Aber so war es nicht gemeint.

Der Brief von Hedwig Gottwald war zwei Seiten lang und in einer gestochenen Handschrift geschrieben. Auf liniertem Papier, aber geradezu im Blocksatz. Johanna Wollweber war von dem Schriftbild beeindruckt gewesen, als sie es das erste Mal gesehen hatte.

Sehr geehrte Frau Wollweber, ich wende mich nach unseren Telefongesprächen noch einmal mit der Bitte an Sie, uns anwaltlich zu vertreten. Um den bisherigen Hergang der Geschichte verstehen zu können, lesen Sie doch bitte die diesem Brief beiliegenden Dokumente, die ich Ihnen kopiert habe. Ich habe unserem letzten Telefongespräch entnommen, dass es Ihnen möglicherweise unangenehm ist oder nicht behagt, eine Bürgerinitiative gegen eine jüdische Erbengemeinschaft zu verteidigen. Und ich möchte Ihnen noch einmal versichern, dass es uns einzig und allein darum geht, uns gegen Restitutionsansprüche zur Wehr zu setzen, um nicht aus unseren Häusern, die wir alle redlich erworben haben, vertrieben zu werden. Es stimmt, dass uns in den Medien hin und wieder Antisemitismus unterstellt wurde.

Sehr geehrte Frau Wollweber, mein Vater hat im Konzentrationslager Buchenwald sein Leben gelassen. Meine Mutter hat eine illegale Widerstandsgruppe unterstützt, der auch jüdische Kommunisten angehörten. Sie hat nach dem Krieg als Verfolgte des Naziregimes in Warenberg ein kleines Häuschen zur Miete beziehen können, in dem sie mit uns drei Kindern lebte. Später konnte sie das Haus käuflich erwerben, da waren zwei der drei Kinder bereits ausgezogen. Sie wissen, Frau Wollweber, in der DDR war Boden nicht käuflich, deshalb gehörte meiner Mutter das Haus, aber nicht der Boden, auf dem es stand. Nach ihrem Tod im Jahr neunzehnzweiundsechzig zog ich mit meinem Mann und meinen beiden kleinen Kindern in das Haus, und seitdem wohne ich dort.

Was die Vorgeschichte des Grundstücks anbelangt, es wurde neunzehnfünfunddreißig von einem Mann namens August Marschewski erworben. Vermittelt hatte das Geschäft der Kaufmann Fritz Behrend, der von den Familien Weinreb und Weizmann beauftragt war, zu parzellieren und die parzellierten Grundstücke zu veräußern. Die Familien Weinreb und Weizmann verließen Ende neunzehnachtunddreißig mit dem Erlös dieser Verkäufe Deutschland. Niemand von ihnen kam während der Zeit des Nationalsozialismus zu Schaden. Soweit mir bekannt ist, überlebte August Marschewski den Krieg und gehörte in der Zeit des Nationalsozialismus zur Waffen-SS. Marschewski kehrte neunzehnachtundvierzig aus amerikanischer Kriegsgefangenschaft heim und zog zurück in sein Haus in Warenberg, das er sich gleich nach dem Kauf des Grundstücks gebaut hatte. Kurz bevor die DDR den antifaschistischen Schutzwall baute und die Grenze schloss, setzte sich Marschewski in den Westen ab, wo er neunzehnzweiundsiebzig, ohne Erben zu hinterlassen, starb.

Sehr geehrte Frau Wollweber, die Geschichte August Marschewskis und meiner Eltern, Hans und Friedel Gottwald, könnte unterschiedlicher nicht sein. Aber bei dem Verkauf des Grundstücks an Marschewski ist alles mit rechten Dingen zugegangen. Die Familie Weinreb hatte schon lange vor der Machtergreifung die Parzellierung des Landes und dessen spätere Veräußerung beschlossen, der Preis, den Marschewski bezahlte, entsprach dem damaligen Einheitswert, von einem verfolgungsbedingten Verkauf kann also nicht die Rede sein. Die etwas von der Sache verstehen, sagen trotzdem, dieser Rechtsstreit werde sich über viele Jahre hinziehen. Das sind Jahre der Unsicherheit für uns alle. Wir können keine Hypothek auf unsere Häuser aufnehmen, solange auf denen die Rückgabeforderung lastet. Stattdessen sollen wir uns von den Ansprüchen der Erben freikaufen. Ansprüche, für die wir nicht verantwortlich gemacht werden können und nicht verantwortlich sind.

Es geht hier also nicht um Antisemitismus, es geht um Geld.

Bei diesem Satz dachte Johanna Wollweber einmal mehr, dass sie sich in Teufels Küche begab, wollte sie der Argumentation folgen. Sie hatte in Vorbereitung auf dieses Gespräch viele solcher Sätze im »Warenberger Boten« gelesen. Sie hatte, um sich ein Bild von der Lage zu machen, und dafür war dieses Blättchen Gold wert, all diese Sätze gelesen, die ihr klarmachten, dass ein Teil der Leute dort in Warenberg auf einem diffusen und schwer greifbaren Fundament uralter Ressentiments baute, das die meisten von ihnen mit wiederkehrenden Einstiegsformeln in Abrede stellten. Wir haben nichts gegen Juden, aber. Wir sind in einem antifaschistischen Staat aufgewachsen und können gar nicht antisemitisch sein. Es geht hier nicht um Geschichte, es geht um Geld. Weinreb war ein Kapitalist und Schmarotzer, und es interessiert mich nicht, ob er Jude war oder nicht.

Johanna Wollweber hätte gern den Redakteur dieser Zeitung kennengelernt, der all diese Briefe und Stellungnahmen im Wortlaut abzudrucken schien. Kürzlich hatte sie ein Interview mit dem Anwalt der Erbengemeinschaft gelesen. In gewisser Weise, hatte der gesagt, sei der Antisemitismus in den neuen Bundesländern viel direkter und offener, überhaupt nicht subtil. Dieses Wort, subtil, hatte der Anwalt benutzt, und immerhin, die Zeitung hatte es so abgedruckt. Ihm sei diese Art lieber, hatte er noch gesagt. Damit könne man besser umgehen und sich anders auseinandersetzen.

Das Interview war erschienen, nachdem sie dem Anwalt die Scheiben seiner Kanzlei eingeschlagen hatten. Das muss man sich vorstellen, hatte Johanna Wollweber gedacht, als sie das las. Da schlagen die heute, im Jahr sechsundneunzig, einem jüdischen Anwalt die Scheiben ein. Und tatsächlich hatte sie sich zum ersten Mal überlegt, für wen sie da eigentlich andauernd Partei ergriff. Als Anwältin oder einfach nur Johanna Wollweber. Eine Achtundfünzigjährige, die sich Mühe gab, wenigstens ein paar Jahre jünger auszusehen, und die damit scheiterte. Es blieb bei achtundfünfzig. Sie färbte sich die Haare kastanienbraun und hatte eine gewisse Fingerfertigkeit entwickelt, sich jeden Morgen eine Frisur zu stecken, die fast professionell aussah. Sie benutzte seit fünf Jahren Makeup, schminkte sich jeden Morgen die Augen größer und stieg viermal in der Woche auf einen Hometrainer, den sie sich zwei Jahre zuvor angeschafft hatte. Ein Ungetüm, das im Arbeitszimmer vor der Balkontür stand und auf dem sie sich ohne Ende langweilte. Sie trug keine Hosenanzüge und keine Kostüme, sondern Sachen, die nicht von der Stange kamen. Nicht auffällig, aber fast jedes Stück hatte irgendeinen kleinen Trilli, wie sie es nannte, der es aufwertete und ein bisschen besonders machte. Sie hatte sich immer bemüht, nicht wie eine Anwältin auszusehen, wobei sie kaum hätte sagen können, was das heißt. Jetzt sah Johanna Wollweber in den Scheiben des S-Bahn-Wagens ihr Spiegelbild und fand einmal mehr, dass sie einfach aussah wie eine achtundfünfzigjährige Anwältin. Sie dachte, dass sie es deshalb auch einfach lassen könnte, all die Anstrengungen zu unternehmen.

Das mit den eingeschlagenen Scheiben hatte sie mehr berührt als all das Zeug, was sie vorher gelesen hatte. Sie hatte sich eingestehen müssen, dass sie der Vorstellung aufgesessen war, in der DDR hätten eine Menge Schweinereien stattgefunden, aber Antisemitismus war in der Liste, die ihr dazu eingefallen wäre, nicht enthalten. Sie hätte nicht einmal genau erklären können, warum nicht. Aber es schien ihr einfach unmöglich zu sein, dass sich so etwas in einem Land wie der DDR gehalten haben sollte.

Die S-Bahn stand nun schon fünf Minuten auf freier Strecke, und niemand sagte an, warum. Johanna Wollweber spürte das Anrollen einer Panikattacke. Diese unerklärlichen Zustände überfielen sie in den absurdesten Momenten, und sie konnte nichts, aber auch gar nichts dagegen tun. Sie wühlte hektisch in ihrer großen Tasche und suchte die Plastiktüte, die sie inzwischen immer bei sich trug. Eine Freundin hatte ihr gesagt, es sei das probateste und einfachste Mittel, gegen die Überversorgung des Hirns mit Sauerstoff anzugehen. Atme einfach in eine Tüte, scher dich nicht darum, was die anderen denken, atme in eine Tüte, und alles wird gut.

Ihre Freundin hatte eine ziemlich burschikose Art, wenn es darum ging, Johanna Wollweber Lebenstipps zu geben. Unter uns hysterischen Hausfrauen, so fingen ihre Ratschläge oft an, und schon dieser Einstieg brachte Johanna Wollweber zum Lächeln und rückte die Dinge ein klein wenig gerade. Als sie ihrer Freundin gestand, dass sie schon seit längerem unter Panikattacken litt, hatte die eine Flasche Sekt geöffnet und Willkommen im Club! gemurmelt.

Das gehört zum Leben, Johanna, wer keine Panikattacken hat, spinnt.

An diesen Satz dachte Johanna Wollweber jetzt in der S-Bahn, und wie jedes Mal, wenn sie an diesen Satz dachte, musste sie lachen.

Es liegt daran, dass ich nach Warenberg fahre, das ist auf jeden Fall eine Dummheit. Ich bringe mich in Schwierigkeiten oder schlimmer, ich versuche, mich mit Hilfe dieser Leute da zu therapieren. Ich, die Tochter eines Vaters, der vielleicht eine Menge Dreck am Stecken hat. Wo kommt nur diese blöde Redewendung her? Bin entweder auf der Suche nach Leuten, die noch Schlimmeres von ihren Vorfahren vermuten müssen, oder ich bin unterwegs, um mir eine andere Geschichte auszuborgen. Wenn mein Vater das war, was ich vermute, sollte ich dieses Mandat nicht annehmen.

Johanna Wollweber fand, dass dies zumindest schon mal nach einem anständigen Entschluss klang. Sie hatte niemanden, mit dem sie darüber reden konnte. An diesem Punkt hatte auch ihre beste Freundin versagt.

Wieso versuchst du jetzt herauszubekommen, was dein Vater im Krieg gemacht hat, Johanna? Das ist doch Zeitverschwendung und Selbstzerfleischung. Was willst du denn machen, wenn sich herausstellt, dass dein Vater Juden umgebracht, Polen erschossen oder russische Frauen vergewaltigt hat? Der Mann ist tot, dem kannst du ja nicht mal mehr deine Liebe entziehen.

Kann ich, und ich habe ihn sowieso nicht geliebt, hatte Johanna Wollweber geantwortet.

Umso schlimmer, was hat es denn dann für einen Sinn? Du hast offensichtlich noch zu seinen Lebzeiten ein Gefühl dafür gehabt, dass er kein guter Mensch gewesen ist. Mehr kann man nicht verlangen.

Ich will, dass meine Kinder es wissen.

Wozu, hatte ihre Freundin gebrüllt und Johanna Wollweber zum ersten Mal das Gefühl gegeben, dass ihre Freundschaft, die bis dahin dreißig Jahre gehalten hatte, an etwas zerbrechen könnte.

Hast du deine Kinder gefragt, ob die das überhaupt wissen wollen? Der Mann war kein guter Vater, aber, wenn ich es richtig erinnere, doch offensichtlich ein ganz reizender Großvater. Und dann ist er früh genug gestorben, um bei deinen Kindern nicht noch irgendein anderes Gefühl zu wecken. Sie haben ihn als liebevollen Großvater in Erinnerung, der ihnen Eis gekauft, ein Puppenhaus gebaut und das erste Fahrrad geschenkt hat. Ich bitte dich, meinst du wirklich, die werden es toll finden, wenn deine Nachforschungen jetzt ergeben, dass der Mann ein Monster war?

Johanna Wollweber hatte an dieser Stelle das Gespräch abgebrochen und seitdem auch nie wieder mit ihrer Freundin darüber geredet. Und wenn sie der jetzt etwas über Warenberg und das Ansinnen einer Bürgerinitiative erzählte, stritten sie sich sofort wieder.

Die S-Bahn war noch immer nicht losgefahren. Seltsamerweise hatte Johanna Wollweber noch nie eine Panikattacke beim Autofahren gehabt. Warum bin ich nicht mit dem Auto gefahren?

Die Tüte war nicht zu finden, stattdessen fand sie die homöopathischen Notfallkügelchen, die sie vor Wochen in einem Anfall von Glauben und Verzweiflung gekauft hatte. Davon steckte sie sich ein paar in den Mund und konzentrierte sich auf eine junge Frau, die ihr schräg gegenübersaß und beim Lesen so heftig an ihren Haaren zog und drehte, dass es schon beim Zuschauen wehtat. Johanna Wollweber sah, dass die junge Frau bereits einige kahle Stellen an der rechten Kopfseite hatte, die aussahen wie kreisrunder Haarausfall, aber sicher von dieser Macke herrührten, von der sie schon häufig gelesen hatte. Am liebsten hätte sie der jungen Frau die Hand weggeschlagen und sie angebrüllt, das zu lassen. Jetzt hatte die es geschafft, sich eine weitere Haarsträhne, die um Zeige- und Mittelfinger gewickelt war, aus der Kopfhaut zu reißen. Die Frau schaute kurz auf und schüttelte die Haarsträhne teilnahmslos ab, um sofort wieder mit der Haardreherei anzufangen.

Welchen Knall mag die wohl haben, dachte Johanna Wollweber und spürte, wie die Panikattacke geradezu die Luft anzuhalten schien. Als wollte sie noch einmal überlegen, ob sie sich jetzt und hier breitmache oder einfach abebbe, ohne richtig da gewesen zu sein. Johanna Wollweber hatte in den vergangenen Monaten eine in ihren Augen fundamentale Erkenntnis gewonnen. Sie konnte die Panik ohne Peinlichkeit und Verzweiflung überwinden, wenn in ihrer Nähe jemand war, der oder die einen richtigen Knall hatte. Deshalb suchte sie in öffentlichen Verkehrsmitteln gern die Nähe von Leuten, die mit sich selbst sprachen, Ticks hatten oder aussahen, als hätten sie morgens beim Anziehen Stimmen gehört, die ihnen aufgeschwatzt hatten, ein Fahrradschloss um die Taille zu legen, ohne das Fahrrad mitzunehmen, eine Sandale mit einem Turnschuh zu kombinieren oder sich mit diversen Orden und Ehrenzeichen zu behängen.

Johanna Wollweber dachte an die vier Kartons, die bei ihr zu Hause im Arbeitszimmer standen und den Nachlass ihrer Eltern enthielten. Vor zwei Jahren hatte sie das erste Mal darüber nachgedacht, sich mit der Geschichte ihrer Eltern zu befassen. So weit war sie bei dem Gespräch mit ihrer Freundin gar nicht gekommen, ihr den Ausgangspunkt der ganzen Geschichte zu erklären. Vor zwei Jahren also. Das war, nachdem sie bereits ein Jahr lang eine Therapie gemacht hatte, um der Ursache ihrer Panikattacken auf den Grund zu gehen. Vieles schien darauf hinzuweisen, dass die Ursache in der Nachkriegszeit zu suchen war und mit ihrer Familie zu tun hatte. Allerdings erschien ihr diese im Laufe eines langen Jahres erworbene Erkenntnis derartig simpel und verallgemeinerbar zu sein, dass sie ihr überhaupt nicht über den Weg traute. Und auch ihrer Therapeutin nicht mehr, die ihr angeboten hatte, es mit Hypnose zu versuchen. Dann hatte die Frau noch hinterhergeschickt, sie kenne auch jemanden, der in Gruppentherapien mit Familienaufstellung arbeite und dabei gute Erfolge zu verzeichnen habe.

Familienaufstellung, hatte Johanna Wollweber entgeistert gefragt, das sei doch Scharlatanerie hoch zehn.

Wenn es unprofessionell gemacht wird, schon, hatte die Therapeutin zugestimmt. Aber bei diesem Kollegen sei sie sicher, dass alles sehr seriös und professionell ablaufe.

Nein, hatte Johanna Wollweber geantwortet. Auf keinen Fall. Wenn es etwas mit der Familie zu tun hat, werde ich das auch ohne diesen Quark rausbekommen.

Danach hatte sie die Therapie beendet und die Familienkisten aus ihrem Keller geholt, der zum Glück trocken und relativ sauber war, ohne sie zu öffnen. Stattdessen hatte sie angefangen, in ein extra dafür gekauftes Schulheft zu schreiben, was sie über ihre Eltern wusste, und war verblüfft, wie wenig das war. Es gab Lücken und Ungereimtheiten. Ihre Mutter konnte sie nicht mehr fragen, die hatte sich in eine außerordentlich fröhliche Vergesslichkeit geflüchtet, lebte im betreuten Wohnen und tat so, als sei sie wieder zwanzig. Verliebte sich ständig in junge Männer und flocht sich die Haare wieder zu Zöpfen, in die sie bunte Schleifen band. In Johanna Wollweber machte sich eine wachsende Verzweiflung breit, wenn sie ihre Mutter besuchte, die sich zu ihrem letzten Geburtstag eine hellblaue Bluse mit Bübchenkragen gewünscht hatte. Bübchenkragen. Das war dann doch so verrückt rührend, dass sie wirklich losgelaufen war, um eine solche Bluse zu finden. Am Ende wurde es rosa-weiß gestreift mit weißem Kragen, aber da hatte die Mutter schon längst vergessen, was sie sich eigentlich gewünscht hatte.

Die S-Bahn fuhr endlich wieder an. Trotzdem hatte Johanna Wollweber das Gefühl rauszumüssen. Die verrückte Haardreherin schien nicht verrückt genug, um die Panikattacke zu verhindern. Noch drei Stationen musste sie durchhalten, ihr war schleierhaft, wie das gelingen sollte. Johanna Wollweber beugte sich tief über ihre große Tasche und fand endlich die Plastiktüte. Ihr war egal, was die Verrückte gegenüber von ihr dachte, und mehr Leute waren nicht im Wagen. Johanna Wollweber legte sich die Tüte über den Mund, als wolle sie die aufblasen, und hyperventilierte, als gelte es, damit einen Preis zu gewinnen. Es half. Wie immer schnell und unbürokratisch, dachte Johanna Wollweber und fühlte klebrigen Schweiß zwischen ihren Brüsten. Die lesende Haardreherin hatte nur einen Moment von ihrem Buch hochgeschaut und Johanna Wollweber anerkennend angelächelt. Da haben wir uns also erkannt, dachte die und komischerweise fiel ihr das Sprichwort: Ein Fisch weiß nie, wann er pinkelt, ein. Die Frau hatte sich schon wieder eine Haarsträhne ausgerissen.

Warum machen Sie das, entfuhr es Johanna Wollweber, ehe sie sich zur Räson rufen konnte. Die junge Frau schaute auf und dann auf die Haarsträhne, die noch um ihre Finger gewickelt war.

Hab ich es schon wieder getan?

Warum schneiden Sie sich nicht die Haare kurz?

Wenn ich nicht mehr drehen kann, werde ich verrückt.

Das war ein derartig schlagendes Argument, dass Johanna Wollweber verstummte. Sie stand auf und stellte sich an die Tür. Noch zwei Stationen, aber das war ihr egal, sie wollte nicht mehr zuschauen, wie sich das Mädchen verschandelte.

Das Problem war der Vater. Das Leben ihrer Mutter passte auf eine Karteikarte. Aber ihr Vater. Sie hatte versucht, eine Art tabellarischen Lebenslauf zusammenzubekommen, und war an vielen Stellen gescheitert. Als er nach dem Krieg überhaupt erst in ihr Bewusstsein trat, sich für sie, die Siebenjährige, geradezu manifestierte, war er ein Mann, der jeden Tag zur Arbeit in seinen Verlag ging. Ein klassischer Tyrann im Hause, nach dem sich fast alles richtete. Die meisten Abläufe waren auf seine Wünsche zugeschnitten, aber wo war das zu dieser Zeit anders?

Johanna Wollweber erinnerte sich an einen launischen und in diesen Launen oft ungerechten Mann, der charmant sein konnte, aber immer distanziert blieb. So hatte sie der Therapeutin versucht zu beschreiben, wie sie ihren Vater in Erinnerung hatte. Manchmal hatte er, vor allem wenn Besuch da war, Geschichten von seinem Leben als Kriegsberichterstatter erzählt. Schnurren, Anekdoten, unblutige Heldengeschichten, harmlose, aber amüsante Begebenheiten. Das kam allerdings eher selten vor.

Ein Fehler war gewesen, das Leben ihres Vaters in einen Zeitstrahl packen zu wollen. Nun gab es schwarze Löcher, und in denen schien ein Geheimnis zu lauern. Die Therapeutin hatte sie gefragt, ob sie dem Geheimnis auf den Grund gehen wolle. Und sie hatte darauf keine Antwort gehabt. Damals. Inzwischen hatte sie begonnen, die Kartons auszupacken, war sich aber keinesfalls sicher, eine gute Entscheidung getroffen zu haben.

Was hab ich nun davon, fragte sich Johanna Wollweber und atmete erleichtert aus, als sie die S-Bahn endlich verlassen konnte. Scheint so, als hätte ich die ganze Zeit die Luft angehalten, dachte sie und lächelte, froh darüber, dass es schon wieder möglich war, sich über sich selbst lustig zu machen.

Im Stillen befürchtete sie, dass diese kleine Reise zu einer Frau, die sich ihres anwaltlichen Beistandes versichern wollte, geradezu die Folge all ihrer Nachforschungen war, die bislang nicht mehr erbracht hatten als eine kleine Wut und eine große Verzweiflung. Tatsächlich, dachte Johanna Wollweber, kann man sich für seine toten Vorfahren schämen. Als hätten wir nichts Besseres zu tun. Und will ich, dachte sie, diese Auseinandersetzung wirklich weiterreichen an meine Kinder? Die sich nicht schämen müssen und schämen werden für einen Großvater, der längst tot ist.

Sie beschloss, Hedwig Gottwald zu sagen, dass sie drei Wochen Bedenkzeit brauchen werde, um zu entscheiden, ob sie das Mandat annehmen wolle. Ab kommender Woche hatte sie sieben Tage Urlaub. Und in dieser Zeit würde sie vermutlich ein paar Lücken schließen können. Der Lebenslauf ihres Vaters wäre dann halbwegs vollständig. Sollte sich bewahrheiten, was sie vermutete, lehnte sie das Mandat ab. Wegen Befangenheit. Egal, ob die Leute in Warenberg im Recht oder im Unrecht waren. Sie, Johanna Wollweber, wäre dann nicht die richtige Anwältin, den Juden streitig zu machen, was die zurückhaben wollten.

Salomon Weinreb

Ich möchte noch von den Sommern erzählen. Die Sommer in einem kleinen verschlafenen Ort, der ein wenig aufblühte, als das Gut Tannenhof größer und schöner wurde. Das Gutshaus, die Stallungen machten etwas her. Mein Bruder Hermann hatte ein zweites Wohnhaus bauen lassen, in dem er mit seiner Familie lebte. Paula, seine Frau, war ein Engel mit goldenen Händen und scharfem Verstand. Wenn alles nach ihren Vorstellungen lief. Ansonsten konnte sie ein Biest mit goldenen Händen und scharfem Verstand sein. Ganz anders als meine Elinor. Aber das war nicht mein Problem, sondern das meines Bruders. Und Hermann hatte Paula im Griff. Glaube ich.

Da täuscht er sich. Zu Hause hatte Paula die Hosen an. Aber da sie mich liebte und ich sie, war es mir einerlei. Außerdem konnte Paula wunderbar so tun, als ließe sie alle Entscheidungen mich treffen. Sie war. Sehr diplomatisch. Meine Paula. Und hatte die schönsten Augen, die man sich denken kann. In der Farbe des Bernsteins.

Zu meinen Lebzeiten hatten wir fast jeden Sommer Gäste. Kamen welche, blieben sie höchstens ein, zwei Wochen. Nähere und fernere Verwandtschaft aus der Stadt oder von noch weiter her. Mein Bruder hatte in seiner Villa einen Gästeflügel eingerichtet, so nannte er das etwas hochtrabend, als lebten wir in einem Schloss. Und auch im Gutshaus konnten viele Besucher untergebracht werden. Kamen sie mit kleineren Kindern, war es sowieso der beste Ort. Der große Hof, die Stallungen und die Scheune, die Pferdekoppeln, die Obstwiesen, all das war für Kinder ein Paradies. Meine Frau war irgendwann auf die Idee gekommen, Pfauen anzuschaffen. Schöne Tiere mit hässlichen Stimmen, die über den Hof stolzierten und deren einziger Zweck darin bestand, etwas Besonderes zu sein zwischen all den Gänsen und Enten und Hühnern. Auch wenn ihr Gekreische den Kindern Angst machte. Die Kinder. Ja.

Elinor war es auch, die für die Kinder Schaukeln bauen ließ. Richtige kleine Gondeln wurden geschmiedet. In die einfachen konnte man die Winzlinge legen, in denen mit Bänkchen saßen die größeren Kinder, und die großen Kinder durften in der Gondel stehen, um sich richtig Schwung zu geben. Die Schaukeln waren eine Attraktion. Paula hatte einen Kunstschmied gefunden, der wahrhaftig ein Künstler war. Er schmiedete aus den Initialen der Eltern und Kinder Muster, verzierte sie mit Blumen. Manchmal brachten die Kinder, nur der Schaukeln wegen, Kinder aus dem Dorf mit aufs Gut. Und so schaukelten sie gemeinsam, bis dem ersten Kind schlecht wurde. Dann kochte Elinor Tee, um die Übelkeit zu bekämpfen.

Die Schaukeln, ja, die machten Gut Tannenhof berühmt im Umkreis. Einmal kam sogar ein Fotograf, der sie für eine Ausstellung oder ein Buch, das habe ich vergessen, fotografierte. Ein Jude war er wie ich. Eines der Fotos ist in der Zeitung abgebildet worden.

Ich war dagegen. Schüre nicht den Neid, Salomon, habe ich gesagt. Es ist besser, die Leute sehen uns nicht in der Zeitung und auch nicht, was wir haben. Sie werden es uns nicht gönnen. Sie werden sich daran erinnern, wenn sie einen Ort und ein Lebewesen für ihre Wut brauchen. Aber Salomon hat ja in solchen Dingen nie auf mich gehört.

Wenn ich so erzähle, ein Toter, der immer noch nicht weiß, ob er der Schickse nur als Alibi gut ist. Ein harmloser toter Jude. In seinem eigenen Garten am Schlagfluss gestorben. Wenn ich so erzähle. Wenn die Schickse mich erzählen lässt, heizt sie den ganzen Ärger nur noch mehr an. Wie gut es uns ging, damals. Uns gehörte der Boden, die Häuser waren groß und hell, die Kinder wuchsen auf, wurden erwachsen und bekamen selbst Kinder, wir machten gute Geschäfte, und unsere Angst war gezähmt. Für einige Jahre und Jahrzehnte. Unser Rucksack war schwer, beladen mit all den Toten der Vergangenheit. Doch wir hegten Hoffnung, nunmehr als Deutsche, kaisertreu und staatstragend, zu gelten. Bis in alle Ewigkeit? Niemals das. Aber lange. Doch. Viele von uns glaubten, es würde lange halten. Und gaben diese Zuversicht an ihre Kinder weiter. So war das. Und den Menschen in Warenberg werden wir mit dieser Geschichte eine gute Entschuldigung sein. Aber zurück. Zurück.

Mein Bruder hatte recht behalten. Gut Tannenhof ernährte die ganze Mischpoke. Auch während des großen Krieges, den ich zum Glück nicht mehr miterlebt habe. Mein Sohn und Hermanns Töchter überstanden den Krieg auf dem Gut und durch das Gut. Gregor, mein Enkelsohn, zog in den Krieg und kehrte wieder heim, mit einem zerschossenen Arm und ein wenig krank an der Seele. Aber er erholte sich. Im letzten Kriegsjahr wurde sein erstes Kind geboren, Richard. Und Kinder machen die Seele wieder ganz. Sonst nichts. Nur Kinder.

Selbstversorger hatten es während des Krieges nicht

schlecht. Auch später, während der Inflation. Aber erst in den zwanziger Jahren des zwanzigsten Jahrhunderts wurde Tannenhof für unsere Familie zum festen Sommersitz. Hermann Weizmann junior, der Enkelsohn meines Bruders, kam ab neunzehnachtzehn, als seine Tochter Luise geboren wurde, jeden Sommer nach Tannenhof. Er hatte sich, ebenso wie Gregor, im Ersten Weltkrieg verdient gemacht ums Vaterland. Geredet hat er darüber fast nie. Wie es war in diesem Krieg, der uns aus einem ganzen großen Zeitalter katapultiert hatte. Hermann Weizmann junior, der Kriegsheimkehrer und Held, breitete sich auf dem Gut aus, richtete sich ein und fuhr jeden Tag in die Stadt zur Arbeit. So nach und nach bauten sich alle Familienzweige ein Haus auf dem großen Gutsgelände. So entstand ihr eigenes kleines Dorf im Dorf. Sie konnten sich treffen, wann sie wollten, und es lassen, wenn ihnen nicht danach war. Sehr luxuriös war dieses Leben. So luxuriös, dass man uns irgendwann würde einen Strick daraus drehen wollen. Aber daran kann man nicht immer denken.

Die Sommer in Warenberg, die haben unsereinem das Gefühl gegeben, dass alles gut ist und gut bleibt. Haben uns diese trügerische Sicherheit eingepflanzt, die uns auch noch nicht verließ, als es dreiunddreißig losging. Wir Juden, meine Nachfahren, haben geglaubt und geglaubt. Das kann man heute niemandem mehr erklären. Auch noch geglaubt, als sie das Reichsbürgergesetz beschlossen zum Schutze des deutschen Blutes und der deutschen Ehre. September neunzehnfünfunddreißig war das. Zwei Monate später nahmen sie den Juden schon das Wahlrecht und die Möglichkeit, öffentliche Ämter zu bekleiden.

Was soll ich sagen? Lohnt es sich, darüber Worte zu verlieren? Es hatte immerhin einhundertdreiundzwanzig Jahre gehalten. Dass wir Staatsbürger sein durften aufgrund eines Emanzipationsediktes, für das meine Eltern den Kaiser geliebt und verehrt hatten. Mehr noch als Gott, möchte man meinen. Einhundertdreiundzwanzig Jahre sind für unsereinen eine lange Zeit. Zwei ganze Leben, fünf oder sechs Generationen. Wie immer man es betrachtet. Die Frage ist nur, wofür das alles gut gewesen sein soll, wenn sie am Ende doch versucht haben, uns alle totzukriegen.

Salomon-Weinreb-Straße 19

Martin Leber stellte sich das erste Mal in seinem Leben an einen Imbiss und bestellte einen Döner. Der Imbiss war neu und nur fünf Minuten von seinem Haus entfernt. Ein Fremdkörper im Wortsinn, den er bislang ignoriert hatte. Eher skeptisch beäugt, wenn er ehrlich sein sollte. Der Typ in dem Imbiss brachte wirklich Farbe ins Warenberger Leben, wie Martin Leber ironisch bemerkt hatte, als die Imbissbude gerade mal zwei Tage am unteren Ende der Thälmannstraße gestanden hatte. Martina hatte gelächelt und den Kopf geschüttelt. Türke, Syrer, Araber, was immer das für einer sein mochte, der Imbissinhaber verdoppelte die Ausländerquote in Warenberg auf einen Schlag. Und ob der Vietnamese mit seinem kleinen Laden als Ausländer gelten konnte, war noch die Frage. Der war ja schon seit Urzeiten hier. Wohnte in der Platte hinten am Waldrand und machte jeden Samstag den Laden zu, um sich mit seinen Socken und Regenjacken und Gürteln und Trainingshosen auf den kleinen Marktplatz zu stellen, den Warenberg immerhin hatte. Zwischen mobiler Broilerbude und Lebensmitteln aus dem Spreewald stand der Vietnamese, und jedes Mal fragte sich Martin Leber, ob die Socken und Trainingshosen nicht am Ende des Markttages nach Broiler rochen. Aber da er noch nie Socken oder eine Trainingshose beim Vietnamesen gekauft hatte, konnte diese Frage nicht geklärt werden.

Jetzt aber wurde Martin Leber, der mit Broiler aufgewachsen war, untreu und bestellte einen Döner. In der Stadt war das kein Akt, aber hier in Warenberg kam es ihm geradezu subversiv vor. Der Typ, dem der Imbissstand gehörte, sah unverschämt gut aus. Martin Leber kamen die Worte glutäugig und heißblütig in den Sinn, und er dachte, dass Rassismus auf sehr leisen Sohlen daherkommen konnte und hochgradig bescheuert dazu.

Wohnen Sie jetzt hier, fragte er den Dönermann. Der nickte und lachte, wahrscheinlich nur, um ihm, Martin Leber, zu zeigen, wie perfekte Zähne auszusehen haben.

Seit vier Wochen, es gefällt mir in Warenberg. Der Dönermann beugte sich weit aus seiner Budenluke und flüsterte: Ich habe mich in eine Warenbergerin verliebt, und nun hoffe ich, sie kommt hier vorbei, sieht mich, probiert meinen Döner, so einen guten Döner gibt es weit und breit nicht, und verliebt sich in mich.

Ein verdammt langer Satz für einen Syrer, Türken oder Araber, dachte Martin Leber und grinste. Wo kommen Sie denn her?

Aus Berlin.

Das hab ich verdient. Martin Leber hätte sich in den Hintern beißen können für die Frage.

Der Dönermann lächelte und schob hinterher: Aus Syrien, aber ich lebe schon zwanzig Jahre in Deutschland.

Ich erst fünf. Martin Leber lachte, und der Dönermann lachte auch.

Das war DDR hier. Ich war da nie, in der DDR. Immer nur in Westberlin. Aber Sie haben es schön hier gehabt. Der Dönermann schaute die schnurgerade Thälmannstraße hoch und nickte anerkennend. Und jetzt steigt Ihnen der Jude aufs Dach.

Martin Leber zuckte zusammen und lächelte gequält. Jetzt bloß das nicht. Er ließ den Satz stehen, weil ihm keine passende Erwiderung einfiel. Mochte der Syrer ein Judenfeind sein, er war es nicht. Aber zum Anwalt wollte er sich hier auch nicht machen.

Der Dönermann winkte ab, oder vielleicht war es auch eine Beschwichtigungsgeste. Lassen Sie mich so was sagen, dann müssen Sie es nicht tun. Sie haben eine lange Geschichte am Hals. Wir auch, aber die kennt hier keiner.

Er drückte Martin Leber den Döner in die Hand und nahm das Geld.

Martin Leber überlegte, ob er es wagen konnte, zu Hause am Küchentisch zu essen. Martina war nicht da, um aufzupassen, ob er kleckerte. Sie wollte ihre Schwester besuchen. Ein gutes Zeichen. Ein absolut gutes Zeichen. Gestern Abend war Martina sogar mit ihm zur Stadtratssitzung gegangen, um zu hören, was die Lokalpolitik zu dem Angebot der Erben sagen würde. Es war ziemlich hoch hergegangen, vor allem in der Fragestunde. Da hatte sich die halbe Bürgerinitiative zu Wort gemeldet, nachdem der Bürgermeister das Angebot der Erbengemeinschaft referiert hatte. Zweihundertzehn unbebaute Grundstücke wollten die Erben haben und sechs Mark pro Quadratmeter für die bebauten. Ilse Bock hat recht, hatte Martin Leber gestern Abend gedacht. Diese sechs Mark sollten wir einfach bezahlen, und dann ist Ruhe. Er hatte angefangen zu rechnen und war auf knapp viertausend Mark gekommen. Nicht dass sie große Ersparnisse hatten, aber die viertausend, die könnten sie schon zusammenkratzen und würden daran nicht zugrunde gehen.

Martin Leber summte eine Arie aus »La Traviata« und freute sich auf seinen Döner. »La Traviata« hatte er schon lange nicht mehr gehört. Auch eine Aufnahme mit der Callas. Gott, wie er die Callas verehrte. Sie war die größte von allen und für alle Zeiten. Letztens hatte er die Gruberová gehört. Auch nicht schlecht. Wirklich. Aber niemand hat je auf der Bühne so gelitten wie die Diva, nachdem sie sich dünn und eine andere Stimme herbeigehungert hatte. Niemand.

Während der Sitzung des Stadtrates hatte der Bürgermeister noch den Wortlaut einer Presseerklärung vorgelesen, die von den Erben rausgegeben worden war.

Was damals passierte, ist eine Angelegenheit aller Deutschen. Auch die Menschen in Warenberg sind dafür mitverantwortlich.

Ute Graf, die neben ihm gesessen hatte, konnte währenddessen die Füße einfach nicht still halten. Sie kratzte und scharrte mit ihren hochhackigen Schuhen auf dem Parkett des Ratssaales entlang, als wollte sie die Stadtverordneten dafür bestrafen, dass die sich das bieten ließen. Später in der Fragestunde hatte sie gesagt, man dürfe sich von dem Totschlagargument Kollektivschuld nicht einschüchtern lassen, und es wäre doch gut gewesen, wenn hier ein Vertreter der Erben aufstünde, um ihnen, den Warenbergern, das ins Gesicht zu sagen. Stellen Sie bitte Ihre Frage, wurde sie daraufhin aufgefordert. Aber sie hatte keine Frage. Nur ein Statement. War trotzdem klug genug, das Statement noch in eine Frage umzuwandeln.

Ich frage den Bürgermeister, ob ein Vertreter der Erben zu dieser Sitzung eingeladen war und mit welcher Begründung die Einladung ausgeschlagen wurde?

Martin Leber war immer wieder verblüfft, wie sehr sich die Graf reinhängte. Die schien wirklich nichts mehr zu wollen als dieses Haus, das ihr vom Besitzer längst zugesagt war. Soweit Martin Leber wusste, hatten die beiden sogar schon einen Vertrag gemacht, der dann aber nicht rechtskräftig geworden war, weil die Erben kamen. Er konnte sich erinnern, dass ihm Ute Graf an einem langen Abend alles ganz genau erklärt hatte. Aber die Erklärung war so langatmig und so kompliziert gewesen, und er hatte zu dem Zeitpunkt schon mindestens vier Bier intus. Jedenfalls kriegte er die ganze Sache nicht mehr richtig zusammen. Oder doch, aber dann sehr verkürzt. Er wusste nur noch, dass Ute Graf an dem Abend gesagt hatte, sie wäre vom ersten Moment an ganz verschossen in das Haus gewesen. Und sie hätte so viele Ideen und Vorstellungen, was man alles machen würde, wenn die Besitzverhältnisse erst einmal geklärt seien. Dann hatte sie noch einen Katalog geholt, man saß ja in ihrem Garten beim Grillen, und hatte Martin und Martina Leber gezeigt, was sie sich alles noch anschaffte, wäre es so weit. Einen bombastischen Kamin wollte sie bauen, ein Gewächshaus am hinteren Ende des Gartens, Typ Schwarzwald, Allgäu oder irgendwas. Hochbeete, einen Räucherofen – wozu das eigentlich –, einen schmiedeeisernen Zaun vorn zur Straße hin, eine Baumbank. Martin Leber war ganz schwindelig geworden bei all den Ansagen der Graf, die sich geradezu in einen antizipierten Kaufrausch geredet hatte und offensichtlich eine ziemliche Kitschtante war. Hinten im Garten stand da bereits eine Regenamphore, die aussah, als sei sie aus Terrakotta, sich aber als Kunststoffbehälter entpuppte. Offensichtlich hatte Ute Graf längst angefangen, ihr Geld in dieses Haus, nach dem sie so verrückt war, zu stecken. Für die Katalogbesichtigung war man in den ein Jahr zuvor gebauten Wintergarten gewechselt, weil es angefangen hatte zu regnen. Ein Wintergarten, den Graf aus einer Anwandlung grenzenlosen Optimismus hatte anbauen lassen, nachdem die Nachricht von den Ansprüchen der Erbengemeinschaft bereits bekannt war. Vielleicht war das auch alles nur Trotz oder Selbstermutigung.

Philipp Graf hatte die ganze Zeit neben seiner Frau gesessen und nichts gesagt. Irgendwann zum Ende des Abends hin war er mit Martin Leber eine Runde durch den Garten gelaufen, aber nicht, um in ebenso stolzer Manier alles zu zeigen, was neu war und auf eine glückliche Zukunft weisen sollte.

Ich weiß nicht, warum Ute dermaßen an diesem Haus hängt, hatte er gesagt und unglücklich ausgesehen. So unglücklich, wie ein Mann aussehen kann, dessen Frau plötzlich ein Eigenleben führte, das nicht begreifbar schien.

Hier gibt es nicht mal Drogensüchtige, hatte Philipp Graf noch hinterhergeschoben und gelacht. Keine Arbeit für mich. Ich werde immer in die Stadt müssen, um ausreichend Junkies für meinen Lebensunterhalt zu finden. Meinst du nicht auch, hatte er gefragt und Martin dabei angesehen, als sei der wirklich gefordert, sich eine ernsthafte Antwort zu überlegen, dass Sozialarbeiter keine Häuser haben sollten?

Geschichtslehrer auch nicht, hatte Martin Leber geantwortet, und danach waren sie beide in ein geradezu hysterisches Lachen ausgebrochen. Philipp Graf hatte sein Bier in die Regenamphore aus Kunststoff gegossen und wäre fast an seinen Sätzen erstickt.

Ich wollte ein dickes grünes Gartenfass kaufen, das aussah wie ein Michelin-Männchen, weißt du. Aber Ute war scharf auf diese Amphore. Seltsamerweise liebe ich sie dafür, dass sie so peinlich sein kann. Verstehst du? Sie erklärt Geschäftsführern in windigen Unternehmen, wie die am Ball bleiben können, auch wenn gerade die Welt untergeht, und im Baumarkt kann sie sich nicht entscheiden, ob sie eine Regentonne im Felsdesign oder eine im mediterranen Stil kaufen möchte. Wenn sie Felsdesign genommen hätte, wäre sie jetzt allerdings tot.

Dieser letzte Satz hatte die beiden Männer wieder derart zum Lachen gebracht, dass Ute und Martina irgendwann nach hinten in den Garten kamen und um Ruhe baten. Wegen der Nachbarn. Martin Leber mochte Philipp Graf seitdem. Er hatte das Gefühl, in einem ähnlichen Dilemma zu stecken wie der Sozialarbeiter, dem in Warenberg die Drogensüchtigen fehlten. Das kann sich ja noch ändern, dachte Martin Leber, während er mit seinem Döner unschlüssig in der Küche an der Spüle stand.

Hinten rechts in der letzten Reihe hatte am gestrigen Abend bei der Stadtratssitzung der Anwalt der Weinreb-Erben gesessen und sich Notizen gemacht. Als die Graf ihre Frage gestellt hatte, war er sozusagen die fleischgewordene Antwort. Yakov hieß der Mann.

Dann war Hedwig aufgestanden und hatte erklärt, dass sie mit dem Mieterbund Kontakt aufgenommen habe. Und da sei man skeptisch, was dieses Angebot anbelangte. Nicht der Höhe wegen, sondern aufgrund der Tatsache, dass man sich damit ja nicht von möglichen Zweit- und Drittansprüchen freikaufen könne.

Was machen denn die, die jetzt zahlen wollen, hatte Hedwig Gottwald gerufen, wenn später noch ein anderer Alteigentümer vor der Tür steht. Dann zahl ich erst an die Erben und dann noch mal an irgendeinen Wessi, dem das Haus bis neunundfünfzig oder sechzig gehört hat? Wo kommen wir denn da hin, uns ausnehmen zu lassen wie eine Weihnachtsgans? Wir haben genug mit den Alteigentümern zu tun. Um die Erben und deren Ansprüche soll sich der Staat kümmern. Der steht in der Verantwortung für die Geschichte, nicht wir Warenberger.

Martin Leber hatte diese Rede nun schon so oft gehört, dass er sie fast auswendig konnte. Obwohl er sagen musste, dass Hedwig sie jedes Mal mit gleicher Empörung und gleicher Verve vortrug. Als sei die Nachricht von den Rückforderungen gerade erst auf ihren Tisch geflattert.

Die Stadtverordneten wollten oder mochten keine Empfehlung aussprechen. Wie auch, die wussten ebenfalls nicht mehr als die Betroffenen. Ein Teil von ihnen gehörte sogar dazu.

Nach Hedwig Gottwald hielt der alte Zausel aus der Weinrebstraße elf eine Rede. Der hatte sich in einen kaffeebraunen Anzug geschmissen, der an allen Ecken und Enden spannte, und die Haare mit Wasser oder Pomade gekämmt. Er sah aus – wie hieß der Mann bloß – wie ein Alleinunterhalter.

Wenn das ein kulantes Angebot ist, hatte der Mann von seinem Zettel abgelesen, dann sind wir verraten und verkauft. Kulant wäre, die Entscheidung des Amtes zur Regelung offener Vermögensfragen anzuerkennen und uns in Ruhe zu lassen. Der ganze Osten wird ausverkauft, weil hier auf Rückgabe vor Entschädigung gesetzt wurde. Und wir sind die Leidtragenden. Und an den Herrn Rechtsanwalt möchte ich die Frage richten, ob er nicht weiß, dass wir, die wir bis zum 18. Oktober neunzehnneunzig ins Grundbuch eingetragen worden sind als Eigentümer eines Grundstücks, bebaut mit einem Einfamilienhaus.

An der Stelle hatte der Mann eine längere Pause gemacht und seinen Zettel angestarrt, als sähe er den zum ersten Mal.

Dass wir durch Gesetze vor Rückübertragung geschützt

sind. Aber die Herren Erben möchten mit ihrem kulanten Angebot – dabei hatte der alte Zausel mit beiden Händen Anführungszeichen in die Luft gemalt – erst mal Geld sehen. Selbst wenn sie später den Prozess verlieren, haben sie dann ja wenigstens ihren Reibach gemacht. Das ist unmoralisch. Von ihren Vorfahren ist niemand direkt verfolgt worden, keiner ist ins Konzentrationslager gekommen. Stattdessen haben sie alle ihr Geld vom Verkauf der Grundstücke bekommen und sind ausgereist. Für welche Geschichte sollen wir Warenberger da die Verantwortung übernehmen?

Bei dieser Rede hielt selbst Ute Graf die Füße still, und es war ihr anzusehen, dass sie es so mit der Kollektivschuld nicht gemeint hatte. Überhaupt war nach dem alten Zausel erst mal Stille im Saal, und alle, die nach ihm geredet hatten, vermieden tunlichst, sich auf dessen Worte zu beziehen. Es war etwas anderes, solches Zeug im »Warenberger Boten« zu lesen. Aber so ausgesprochen, in Anwesenheit des Anwalts, schien es an Macht und Mächtigkeit gewonnen zu haben. Und an Obszönität auch.

Seltsamerweise war Martin Leber, der den »Warenberger Boten« immer von vorn bis hinten las, da zum ersten Mal klar geworden, was sie hier alle veranstalteten. Er selbst beteiligte sich an den Recherchen. Professionell sozusagen, schließlich hatte er früher mal Geschichtsprofessor werden wollen, nicht Lehrer an höheren Schulen. Das zwanzigste Jahrhundert wollte er zu seinem Spezialgebiet machen, besonders die Weimarer Republik, die es ihm angetan hatte. Diese Inkarnation des einfachen Satzes: Gut gemeint, schlimm geworden, diese epochale Niederlage einer Hoffnung im Zeitraffer. Dazu hätte er gern Vorlesungen gehalten. In großen Hörsälen vor vielen Studenten, die ihn für seine bildgewaltige Sprache lieben sollten. Er hatte sogar einige Vorlesungen ausgearbeitet. Nur zum Spaß, zu seinem Vergnügen, im Wissen darum, dass er sie niemals würde halten können. Und nun war aus dem Wunsch ein Ehrenamt geworden, das er sich vom Hals schaffen sollte. Er war hier in der Bürgerinitiative der Historiker vom Dienst. Und schon jetzt zeichnete sich ab, dass es so etwas wie die historische Wahrheit nicht geben würde. Er hatte kaum etwas über die Familien Weinreb und Weizmann gefunden. Umso erstaunter war er jedes Mal, wenn sich die Bürgerinitiative traf, was die anderen alles ausgegraben oder sich ausgedacht hatten. Erst letztens kam einer mit der Geschichte, der alte Weinreb, der achtzehnzweiundsiebzig Gut Tannenhof gekauft hatte, sei in mehreren Aufsichtsräten großer, in Berlin ansässiger Unternehmen gewesen. Martin Leber hatte später recherchiert, aber nichts gefunden außer einer Namensähnlichkeit im Aufsichtsrat von Borsig. Die hatte offensichtlich ausgereicht, sich einen falschen Reim auf die Geschichte zu machen. Aus einem ähnlich klingenden Namen wurde Gewissheit, dass es sich um Salomon Weinreb gehandelt habe, aus einem Aufsichtsratsposten wurden viele, aus einem etablierten Juden des neunzehnten Jahrhunderts ein noch einflussreicherer Jude. Martin Leber war fasziniert und abgestoßen zugleich von all diesen Geschichten. Bisher war er noch jeder nachgegangen, hatte hinterhergeforscht, klargestellt, bloße Vermutungen als solche identifiziert und verbürgte Tatsachen aufgeschrieben. Es war, als versuchte er, mit einem Sieb Wasser zu holen. Jede Geschichte, die er vom Kopf auf die Füße gestellt oder ad absurdum geführt hatte, wurde durch zwei oder drei neue Geschichten ersetzt. Kleinigkeiten oft. Sinnlosigkeiten.

Wie der Streit um die Schaukeln auf dem Gutsgelände. In einer der Schaukeln wäre einmal ein Kind zu Tode gekommen. Hätte sich überschlagen und dabei das Genick gebrochen. Ein Kind aus dem Dorf. Weil niemand aufgepasst habe. Und dann hätte es einen Prozess gegeben, aber niemand sei verurteilt worden. Nichts, aber auch gar nichts an dieser Geschichte stimmte. Aber sie hielt sich hartnäckig. Obwohl er sie schon oft, sogar im »Warenberger Boten«, im Reich der Phantasie verortet hatte.

Es bedurfte seiner schon lange nicht mehr, wie man an dem alten Zausel merkte. Alle waren losgelaufen und hatten recherchiert. Martin Leber drehte es aber weiterhin regelmäßig den Magen um, wenn er sich anhörte, was die Leute aus den erworbenen und angeblich verbürgten Erkenntnissen machten. Und wie sie ihm dann noch damit kamen, auf eine mal erlernte dialektische Methode zu pochen, als sei dies Garant dafür, dass man sich die Welt nicht mehr zusammenreimt, wie man sie haben wollte.

Manchmal dachte Martin Leber, er hätte das alles losgetreten, damals, mit seiner Rede auf der ersten Zusammenkunft der Bürgerinitiative, zu der ihn Martina geschickt hatte. Er hatte gesagt, man müsse Argumente sammeln und die lägen in der Geschichte verborgen. Man dürfe nicht einfach Behauptungen aufstellen, sondern müsse sachlich bleiben und an den Ereignissen, wie sie tatsächlich gewesen waren, entlangargumentieren. Das hatten die Leute natürlich begeistert aufgenommen und ihm sofort den Auftrag erteilt, mit den Nachforschungen zu beginnen. Einige aber hatten Blut geleckt und fingen selber an zu graben. Wo die überall hinfuhren, hinschrieben, hingingen. Das war selbst für Martin Leber faszinierend. Er konnte wochenlang in Bibliotheken und Archiven sitzen und sich durch Papiere arbeiten. Das war ihm nicht fremd. Befremdlich fand er, welche Energien der Einbruch der Geschichte, einer Geschichte von vielen Geschichten, bei manchen Leuten hier freigesetzt hatte. Der alte Zausel, das wusste Martin Leber von Drühmer, war ein gelernter Betonfacharbeiter. Hatte sein Leben lang in einem Werk gearbeitet, in dem sie Fertigteile für die Plattenbauten herstellten. Neubauten, von denen Warenberg im Wesentlichen verschont geblieben ist, wenn man mal von den vier Blöcken hinten am Waldrand absieht.

Dieser alte Zausel war losgezogen und hatte Dokumente ausgegraben, Kopien gezogen und Schlussfolgerungen. Die Schlussfolgerungen waren in die kollektive Argumentation eingegangen und waren auch nicht mehr wegzukriegen.

Als Martin Leber in einer Zusammenkunft darüber gesprochen hatte, dass aus dem Familienzweig Weizmann, den Nachfahren von Hermann Weinreb also, sehr wohl einige ins Gas geschickt worden sind, war er mehr oder weniger ignoriert worden. Kaltgestellt mit dem Satz, das sei jetzt eine interessante neue Erkenntnis, die man überprüfen müsse. Was wollt ihr da denn überprüfen, hatte er zutiefst gekränkt gefragt.

Man habe es hier in erster Linie mit den Nachfahren von Salomon Weinreb zu tun, der anderen Erbenlinie ginge es doch offensichtlich eher um die unbebauten Grundstücke, das Gutshaus und die drei Villen, wurde ihm entgegengehalten. Nur Hedwig Gottwald schien erkannt zu haben, dass die Informationen, die er da weitergab, nicht ohne Bedeutung waren. Sie hatte ihm die Hand auf den Arm gelegt und zugeflüstert, er solle nicht anfangen, sich in die Argumentation von historischer Schuld zu verstricken.

Martin, hatte sie ihm ins Ohr gesagt, und er hatte das Gefühl gehabt, ihr Atem grabe sich einen Tunnel durch seinen Körper bis runter zu den Zehenspitzen. Martin, wir können nicht alles auf unsere Schultern laden, was passiert ist. Da gehört es nicht hin. Und unsere Schultern sind auch zu schmal.

Dann hatte sie sich auf ihrem Stuhl aufgerichtet und in die Runde geschaut und für einen Moment nicht nur alt, sondern auch verzweifelt und verwirrt ausgesehen. Sie hatte ihm leidgetan.

Martin Leber traute sich tatsächlich und setzte sich mit seinem Döner in die blank geputzte Küche an den Tisch. Er überlegte kurz, ob er ihn auf einen großen Teller legen und mit Messer und Gabel essen sollte, verwarf diese Idee dann aber. Sie erschien ihm wie das Einläuten einer weiteren Niederlage. Und Martina hätte es auch nicht zu würdigen gewusst. Die Tatsache, dass man in einer Küche hin und wieder kochen muss und manchmal das Gekochte sogar isst, war für sie an sich ein Problem. Wann hatten sie das letzte Mal Besuch in diesem Haus gehabt, und wer könnte das gewesen sein? Er meinte sich daran zu erinnern, dass vor einem Jahr Martinas Eltern gekommen waren und danach niemand mehr. Selbst die Kinder brachten ihre Freunde und Freundinnen nicht mehr her, sondern schliefen lieber woanders. Franka hatte noch nie jemanden mitgebracht, wenn sie am Wochenende zu Besuch kam. Er konnte das verstehen.

Martinas Eltern hatten in dem einzigen Hotel Warenbergs übernachtet und nicht in diesem Haus, das über genügend Platz verfügte, aber nicht verfügbar war. Sie hatten es klaglos hingenommen, abends nach dem Essen. Immerhin hatte man im Haus und im Wohnzimmer gegessen. Waren ins Hotel gelaufen, um am nächsten Morgen nach dem Frühstück wieder vor der Tür zu stehen. Martina hatte beim Essen viel geredet, was ihn völlig erstaunt hatte. Aber während sie redete, war die ganze Zeit Panik in ihren Augen zu sehen. Ihr Blick huschte von einem zum anderen und jedes Mal, wenn jemand am Tisch die gefüllte Gabel zum Mund führte, schien sie die Luft anzuhalten, weil die Gefahr drohte, dass irgendetwas auf den Boden fiel. Martin Leber hatte ernsthaft erwogen, Martina vorzuschlagen, den Teppich rauszuschmeißen und das Wohnzimmer zu fliesen. Aber damit wäre er ihr nur am falschen Ende entgegengekommen. Sie hätte den Vorschlag sofort begeistert aufgenommen und noch mehr Sagrotan und Meister Propper und General Fliesenreiniger gekauft. Sie wäre noch mehr auf dem Boden rumgerutscht, um einmal in der Woche die Fliesenfugen mit einer harten Bürste zu reinigen. Den Kauf eines Hochdruckreinigers hatte er ihr schon vor ein paar Monaten verweigert. Die Vorstellung, dass seine Frau mit einem Kärcher durch das Haus jagt, um Bakterien und Milben und was auch immer zu vernichten, hatte ihm Angst gemacht.

Der Döner schmeckte ausnehmend gut. Martin Leber nahm sich vor, einmal in der Woche zu dem Syrer zu gehen und dort einen Döner zu essen. Er war ein bisschen neugierig, in welche Frau sich der Dönermann verliebt haben könnte. Aber so klein war Warenberg nun auch wieder nicht, dass er jetzt alle Frauen durchgehen und nach dem Ausschlussprinzip verfahren konnte. Allerdings. Vorn, in der Nummer eins, würde doch in wenigen Tagen eine sonderbare Truppe einziehen. Ulrich Sturm, der da bisher zur Miete wohnte, wollte in die Stadt zurückziehen. Martin Leber hatte sich erst vor drei Tagen mit dem Mann unterhalten, den er ganz sympathisch fand und mit dem er gern mal ein Bier trinken gehen würde. Oder einen Wein. Der Sturm sah eher nach Wein aus. Jedenfalls hatte der ihm erzählt, eine Wohngemeinschaft werde in das Haus ziehen, und er hatte ihm auch ein bisschen was über die Leute gesagt. Vielleicht war der Dönermann der Künstlerin vorausgeeilt oder der jungen Ehefrau, in die er sich verliebt oder mit der er ein Verhältnis hatte.

Früher hatte Martin Leber es gemocht, sich solche Geschichten zusammenzureimen. Sie waren ihm geradezu zugeflogen, und er hatte sie gehegt und gepflegt, beim Abendbrot erzählt und Martina damit manchmal zum Lachen gebracht. Was du dir immer ausdenkst, hatte sie dann gesagt, und hin und wieder war sie geradezu begeistert, wenn er mit einer seiner ausgedachten Geschichten ganz nah am wahren Leben gelandet war. Ilse Bock zum Beispiel, der er eine heimliche Verliebtheit angedichtet hatte, nachdem er mehrmals beobachten konnte, wie sie sich geradezu ausgehfein immer dann an der Tür zeigte, wenn das Postauto kam. Wie sie dem Postboten, einem kräftigen älteren Mann mit großer Knollennase und buschigen Augenbrauen, entgegenging und mit ihm ein paar Sätze wechselte. Wie sie hin und wieder mädchenhaft lachte, wenn der Postbote etwas sagte, und ihm dann eine Hand auf den Arm legte, als lüde sie ihn jetzt zum Kaffee ein.

Vier Wochen nachdem er Martina erzählt hatte, dass Ilse Bock und der Postbote bestimmt ein heimliches Verhältnis hätten. Heimlich, weil der Postbote ja sicher verheiratet war mit einer schwerkranken Frau, die er nicht verlassen konnte, weil er im Grunde seines Herzens ein ganz anständiger Kerl war. Vier Wochen später also hatten sie Ilse Bock und den Postboten im Wald getroffen. Sie beide Pilze suchend, die beiden Händchen haltend. Ilse Bock war es fürchterlich peinlich gewesen, der Postbote hatte nur kurz gegrüßt und Ilses Hand nicht losgelassen.

In letzter Zeit allerdings kam Ilse Bock nicht mehr aus dem Haus gelaufen, wenn die Post gebracht wurde. Jetzt, da Martin Leber daran dachte, fiel ihm das auf. Der Postbote war zwar noch immer derselbe Postbote, aber Ilse Bock schien ihm nicht mehr gewogen zu sein. Vielleicht habe ich auch mit der schwerkranken Frau richtiggelegen, dachte Martin Leber und hörte, wie seine Frau die Haustür aufschloss. Er verspürte den Drang, die Spuren seiner Dönerorgie verschwinden zu lassen, bevor Martina die Küche beträte, ließ es dann aber bleiben. Erstens wäre die Zeit dafür zu kurz gewesen, und zweitens war es an der Zeit, irgendetwas zu ändern.

Dieter Drühmer

Dieter Drühmer hatte alle Stellungnahmen beisammen. Wieder einmal war es viel zu viel Text. Es würde Stunden dauern, zu kürzen. Und hinterher würde er jeden einzelnen Text autorisieren lassen müssen, schließlich ging es hier um Zitate und Erklärungen im Wortlaut. Ihm hatten sie ja schon vieles nachgesagt, aber noch nie hatte jemand behauptet, er würde wissentlich falsch zitieren oder unautorisierte Interviews ins Blatt bringen. Alte Schule, er sagte es immer wieder.

Alte Schule. Wir haben das Handwerk gelernt und die ganze Ideologie obendrauf gepackt bekommen. Von einer Ideologie kann man sich trennen, das Handwerk nimmt einem keiner.

Aber noch nie war es so sehr darauf angekommen, sich der erlernten Fertigkeiten zu erinnern und zu bedienen. Bereits fünfmal hatte Dieter Drühmer eine Richtigstellung drucken müssen, weil er Leserbriefe oder redaktionelle Texte abgedruckt hatte, in denen fehlerhafte Aussagen standen oder die Fakten nicht stimmten. Nun drohte eine Unterlassungsklage. Wollte er nicht haben. Lieber erklärt er gleich, dass er nie wieder in einem redaktionellen Text behaupten werde, alle Vorfahren der Erben hätten die Zeit des Nationalsozialismus unbeschadet überstanden und niemand sei in ein Konzentrationslager gekommen. Das war auch verdammt blöd, er hatte vergessen, diesen Satz als Zitat auszuweisen. Denn gesagt worden ist er ja. Zitat oder Konjunktiv. Beides hätte ihn gerettet. Jetzt lagen auf seinem Schreibtisch ein Schreiben vom

Anwalt und ein langer Text, den Marischke geschrieben hatte. Dieser selbsternannte Stadtschreiber kann einem schon auf die Nüsse gehen, dachte Drühmer und verzog ein wenig das Gesicht. Das durfte man nicht laut sagen, schließlich hatte Marischke in den vergangenen Jahren eine Menge Seiten im »Boten« gefüllt. Und was nicht unwichtig war, der Kerl konnte schreiben. Hatte so eine kurzweilige Art, den Lesern selbst die drögesten Geschichten nahezubringen. Für die müsste er sich ganz schön ins Zeug legen. Nicht, dass er schlecht schrieb, überhaupt nicht. Die Leute mochten seine Texte. Aber Geschichte war nun mal überhaupt nicht sein Ding. Das ging ihm einfach nicht von der Hand.

Deshalb würde er nun wohl oder übel den Text von Marischke abdrucken müssen und seine kleine Niederlage damit schwarz auf weiß dokumentieren. Ja, auch die Herren Erben, wie sie hier von vielen genannt wurden, als hätten nur Kerle Ansprüche erhoben, hatten Opfer unter ihren Vorfahren zu beklagen. Nebenlinien zwar, aber es genügte, um die Behauptung, die seien alle unbeschadet durch die Jahre des Nationalsozialismus gekommen, nicht mehr aufstellen zu können. Dieter Drühmer fand sowieso, dass sich hier viele Warenberger auf Glatteis begeben hatten mit ihren Nachforschungen und den Schlussfolgerungen, die sie daraus zogen. Aber ihm war klar, dass es anders nicht ging. Sie brauchten das zur Selbstvergewisserung. Und dieser Wunsch trieb die schönsten Blüten. Tatsächlich hatte ihm Marischke, der jetzt wahrscheinlich ein bisschen größenwahnsinnig geworden war, vorgeschlagen, eine Serie über Antisemitismus in der DDR zu schreiben.

Ich bin ein Stadtblatt, hatte Dieter Drühmer gesagt, als

der Alte mit dieser Idee in der Redaktion aufgetaucht war. Ein Stadtblatt und nicht »DIE ZEIT«. Vielleicht bleiben wir mal auf dem Boden, hatte er gesagt, und schön hatte er das nicht gefunden, denn normalerweise hob er schon gern mal ab. Es gefiel ihm, so zu tun, als sei dieses kleine Blättchen, das er nun schon vier Jahre lang machte, geradezu ein journalistisches Schwergewicht. Aber eine Serie über Antisemitismus in der DDR, da könnte er sich auch gleich erschießen. Wer hier in Warenberg würde so etwas lesen, geschweige denn auf sich sitzen lassen wollen?

Hoffentlich erinnerte sich Marischke, der jetzt gerade Oberwasser bekommen hatte, nicht an diesen Vorschlag. Egal, wie schlecht die Karten gerade lagen, er, Dieter Drühmer, druckte niemals eine solche Artikelserie ab. Er hatte die ersten drei Texte gelesen, die Marischke schon in der Schublade gehabt hatte. Einen über die Slánský-Prozesse, einen über das Verhältnis DDR – Israel und eine Buchrezension über die Erinnerungen eines Dresdner Juden – Eschenbach, Eschwege, Eschweiler, wie immer der hieß.

Man müsse allerdings viel früher ansetzen, hatte Marischke ihm erklärt und dabei in sein riesiges Stofftaschentuch geblasen, das er immer bei sich trug und über das Dieter Drühmer mal eine hübsche kleine Glosse im »Boten« geschrieben hatte. Marischke und das Taschentuch waren sozusagen eins. Undenkbar, dass der selbsternannte Stadtschreiber losging, ohne eines dieser karierten Riesendinger in der Hosentasche zu haben. Er hatte Marischke mal in einem Sommer vor drei oder vier Jahren bei einer Wanderung getroffen. Hinterm Gut Tannenhof hatte der auf einer Wiese gesessen und ein kleines Picknick veranstaltet. Mit Thermoskanne und Stullenpaketen.

Alles fein säuberlich ausgebreitet auf einem großen, frisch gebügelten karierten Taschentuch.

Man müsse erst einmal was darüber schreiben, warum der viel beschworene Internationalismus der Kommunisten und die Solidarität der meisten Sozialdemokraten die Juden immer ausgeschlossen hätten.

Dieter Drühmer hatte Marischke davon überzeugen können, dass der »Bote« nicht der richtige Ort für solche Texte war. Dass es dafür einer theoretischen Zeitschrift bedurfte oder vielleicht das »Neue Deutschland« geeignet sei, die seien ja heftig dabei, sich mit allem möglichen Vergangenheitskram auseinanderzusetzen.

Aber das mit dem Antisemitismus fänden die auch nicht gut, hatte Marischke gesagt und ergänzt, dass er zudem keine Lust habe, fürs ND zu schreiben. Das sei ihm dann schon wieder zu nah.

Trotzdem war man sich einig geworden, dass es den »Boten« überforderte, solche Themen zu behandeln. Allein aus Platzgründen. Die drei Beiträge, die Dieter Drühmer gelesen hatte, waren alle mehr als zehntausend Zeichen lang. Da hätte er anbauen müssen oder Beilagen drucken.

Dieter Drühmer machte sich ans Einkürzen der Stellungnahmen und Zitate und überlegte, ob er der Praktikantin davon etwas überhelfen könnte. Aber das war ihm zu heikel. Lieber schickte er sie los, etwas über den Fortschritt beim Bau der Sparkassenfiliale zu recherchieren. Das schien ihm keine Überforderung zu sein. Wo war das Mädel überhaupt? Vor zehn Minuten aufs Klo gegangen und immer noch nicht zurück.

Dieter Drühmer legte die Stellungnahmen doch wieder beiseite, um zuerst den Bericht über die Stadtratssitzung zu schreiben. Das war wichtiger, und vielleicht konnte er die eine oder andere Stellungnahme auch in dem Text verbraten.

Es war nicht so hoch hergegangen, wie er es sich erhofft hatte. Alle hatten gebremst gewirkt. Das hatte vielleicht auch etwas damit zu tun, dass dieser Anwalt da gewesen war. Auch wieder ein kluger Schachzug. Wie die Nummer mit der Pressekonferenz. Der Anwalt hatte auf einem der Besucherstühle in der hinteren Reihe gesessen. Wie ein Menetekel. Und geschwiegen. Das musste man dem lassen, der trug das Herz nicht auf der Zunge. Laut sagte Dieter Drühmer so was nicht, aber er hatte bei der Sitzung einmal mehr gedacht, dass man jüdischer nicht aussehen konnte als dieser Rechtsverdreher. Er hatte sogar den Verdacht, dass die Erben den auch deswegen ausgesucht hatten. Sozusagen als lebendige Anklage oder einfach nur schlaue Mahnung. Man traute sich ja kaum, das Wort Jude in den Mund zu nehmen, wenn der Anwalt anwesend war. Und das hatten die Erben vielleicht so gewollt. Dass einem schon das Wort im Hals stecken blieb. Obwohl Dieter Drühmer keinen guten Grund nennen konnte, warum die das gewollt haben könnten. Und noch weniger wüsste er einen Grund zu sagen, warum man das Wort Jude nicht aussprechen mochte, wenn ein Jude anwesend war. Aber es war einfach so, und vielleicht beschrieb das auch am besten die ganze Scheiße, in der sie da steckten. Die im Nachbarort mit ihren ganzen Wessis, die gekommen waren, um ihre Grundstücke wiederzukriegen, hatten es einfacher. Ein klares schönes Feindbild. Auf den Wessi konnte man immer einschlagen. Das tat keinem weh, das hatte der verdient, und hier im Osten tat er auch so manches dafür, sich richtig unbeliebt zu machen. Dieter Drühmer hatte schon ein paar schöne Geschichten ins Blatt gebracht. Richtig gute Wessigeschichten, an denen sich die Ossis die Herzen wärmten und mit denen sie beim Grillabend im Garten ihre Gäste unterhielten.

Sogar die Orte, in denen es Globalansprüche gab, die von Jewish Claims vertreten wurden, hatten es besser. Auf eine Organisation ließ sich auch einfacher einprügeln. Die blieb anonym. Selbst wenn der gleiche Vorwurf im Raum stand wie hier. Eine Organisation war etwas anderes als eine Erbengemeinschaft.

Unser Problem ist, dass der Jude lebt, dachte Dieter Drühmer einmal mehr. Und einmal mehr dachte er, dass er nun schon einen ganzen Schuhkarton mit Sätzen füllen könnte, die gedacht werden konnten, aber nicht gesagt werden sollten.

Wo blieb die Praktikantin? Jetzt entschloss er sich doch, auf dem Klo nachzuschauen. Vielleicht war sie ja umgefallen oder durchs Toilettenfenster abgehauen. Dieter Drühmer stellte sich vor die Klotür und lauschte. Sie hatten hier nur eine Toilette. Alles andere wäre zu teuer gewesen, und es hätte sowieso keinen Platz für zwei Toiletten gegeben.

Die Praktikantin heulte. Zumindest klang das, was Dieter Drühmer da hörte, so. Er klopfte und fragte, ob er helfen könne. Was war der Problempraktikantin nur wieder passiert, dass sie heulte?

Es wurde schlagartig still. Dann hörte Drühmer, wie die Praktikantin sich die Nase putzte, die Spülung betätigte, den Wasserhahn laufen ließ und endlich rauskam aus dem Klo. Ihr Gesicht sah verheert aus. Gab es dieses Wort überhaupt, oder sagt man nur verheerend? Die rot geränderten Augen machten alles nur noch schlimmer. Dieter

Drühmer fühlte sich überfordert. Er konnte doch mit seiner Praktikantin nicht über Akne und fehlende Freunde reden oder was immer gerade deren Problem war. Aber in diesem Fall musste er nicht einmal mehr eine Frage stellen, das Mädchen fing einfach an zu reden. Wie ein Wasserfall. Und natürlich ging es um ihre Hässlichkeit, die ihr die Hormone aufgedrückt hatten, um einen Kerl, von dem Dieter Drühmer noch nie etwas gehört hatte, an den er aber eine vage Erinnerung zu haben glaubte. Ein leicht fetter Motorradfahrer mit strähnigem Haar, der die Praktikantin mal von der Redaktion abgeholt hatte. Und der jetzt offensichtlich verschwunden war.

Herrgott noch mal, es gibt Medikamente gegen Akne, fuhr Dieter Drühmer das heulende Elend an, und die Praktikantin verstummte für einen Moment.

Meine Tochter hat Medikamente genommen, und die haben geholfen. Hören Sie einfach auf, alles hinzunehmen, als sei es Schicksal. Ich rufe jetzt bei dem Hautarzt meiner Tochter an und mache einen Termin für Sie. Und Sie kommen nicht ohne Medikamente wieder, versprechen Sie mir das.

In gewisser Weise war Dieter Drühmer erleichtert, mit dieser Ansage die Dinge endgültig geradegerückt zu haben. Er benahm sich wie ein Mann, der Vater sein könnte. Auch dieser Heulsuse hier. Und damit hatten sich alle Überlegungen verflüchtigt, ob er sich doch mal von dem Hintern der Kleinen und von ihrem blütenweißen Rücken verführen lassen sollte. Er konnte die Kleine unter seine Fittiche nehmen, und sie würde ihm dankbar sein und alles für ihn tun. Nur dass es nichts mehr gab, was er sich von ihr wünschte.

Dieter Drühmer ging ans Telefon und hatte sofort die

Sprechstundenhilfe des Hautarztes am Apparat. Die wollte ihm erst einen Termin in vier Wochen aufschwatzen und änderte ihre Meinung, als er sagte, er werde dann lieber heute Abend beim Wein mit Michael persönlich sprechen. Als sei er mit dem Hautarzt auf Du und Du. Was nicht stimmte, die Sprechstundenhilfe aber nicht wissen konnte.

Übermorgen um zehn.

Die Praktikantin konnte es nicht fassen. Sie nickte, lächelte ein bisschen und schniefte ein letztes Mal und setzte sich an den Schreibtisch.

Nichts da, sagte Dieter Drühmer. Sie gehen jetzt mal los und fragen, wie es mit der Sparkasse vorangeht. Die hatten ja Grundwasser in der Baugrube. Nehmen Sie den Fotoapparat mit, und schießen Sie ein paar Bilder. Ich nehme das als Aufmacher auf die Acht oder klein auf die Zehn. Je nachdem, wie viel Sie rauskriegen. Gehen Sie auch in die alte Filiale. Denen müsste die Sonne ja das Hirn erweichen beim Arbeiten, so schlecht, wie die olle Baracke klimatisiert ist. Reden Sie mit der Angestellten und fragen Sie, was die von der Bauverzögerung hält. Vielleicht auch ein, zwei Kunden. Nun machen Sie schon, ich will einen netten kleinen Text.

Die Praktikantin packte ihre Handtasche und verschwand. Nicht ohne leise Danke zu flüstern und für einen Augenblick den Eindruck zu machen, als wollte sie Dieter Drühmer umarmen. Bloß das nicht. Er konnte sich noch gut daran erinnern, wie schwer es ihm gefallen war, seine Tochter auf die Wange zu küssen, als die mit der gleichen Katastrophe im Gesicht rumgelaufen war.

Ich bin schon ein ziemliches Arschloch, dachte Dieter Drühmer in einem Anfall von Selbstmitleid und Offenbarungslust. Im Wesentlichen war er mit sich einverstanden. Auch jetzt, da er dies dachte. Aber er gönnte sich manchmal einen selbstkritischen inneren Monolog, der heilsamen Wirkung wegen. Hinterher fühlte er sich besser, und ändern musste er auch nichts.

Er nahm sich den ersten Text zum Thema Angebot der Erbengemeinschaft vor und begann mit der ungeliebten Arbeit. Hedwig Gottwald hatte siebentausend Zeichen geschrieben. Zweitausend waren bestellt gewesen. Die Leute konnten einfach nicht die Tinte halten. Das war das Problem. Sie fühlten sich im Recht und wollten, dass die halbe Welt davon erfährt.

Dieter Drühmer machte einen roten Strich durch Hedwig Gottwalds Einleitung und hoffte, damit schon mal mindestens eintausend Zeichen gewonnen zu haben.

Salomon Weinreb

Ich komme noch einmal darauf zurück. Auf die Sommer in Warenberg. Jene trügerischen Sommer. Ihretwegen wären meine Nachfahren beinahe zu lange geblieben. Diese schönen warmen Monate hätten sie am Ende fast ins Gas gebracht. Sie wollten nicht weg vom Gut, und wer dreiunddreißig trotzdem sagte, lasst uns verkaufen und fortgehen, machte sich nicht beliebt bei der Familie. Die Sommer haben einige meiner Nachfahren blöd und blind gemacht. Nennt es sentimental, das läuft auf das Gleiche hinaus. Vor allem die wollten nicht fort, bei denen die Eisernen Kreuze aus dem Ersten Weltkrieg in den Vitrinen lagen. Die Eisernen Kreuze und die Sommer in Warenberg. Eine fast tödliche Mischung. Als wäre beides zusammen ausreichend Versicherung für unsereinen gewesen. Lächerlich. Obwohl es auch zu meiner Zeit so war, dass man jedes Jahr im Sommer solch ein Gefühl von Unverwundbarkeit und Ewigkeit bekam.

Es wird ewig gut bleiben, es wird ewig unser Gut bleiben.

Das haben wir uns eingeredet, und jedes Zeichen so lange gedeutet und gedreht, bis es passte.

Wenn ich das lese, denke ich, dass alles umsonst war. Der Versuch, unseren Nachfahren weiterzugeben, was unsere Vorfahren uns gelehrt hatten. Dass wir Juden immer aufpassen müssen und uns nie verlassen dürfen auf irgendwelche Versprechen. Dass wir nicht geliebt, höchstens geduldet werden. Achtsamkeit brauchen, um die ersten Anzeichen wechselnder Stimmung zu erkennen. Und uns, wenn es nottut, wieder auf den Weg machen, bevor man uns ans Leben will. Daran ist auch Salomon schuld. Mit seiner Leichtgläubigkeit oder Naivität. Er hat nicht weitergegeben, was uns in schlimmen Zeiten retten kann. Das Gespür dafür, dass die Zeiten sich ändern. Und dass wir Juden noch nie unbedroht waren.

Ich weiß noch, wie stolz und glücklich und gewiss ich war, als ich meinen Reisepass bekam, ich, Salomon Weinreb. Als ich dieses kostbare Stück Papier in den Händen hielt.

Von Gottes Gnaden ersuchen Wir hiermit, unter dem Versprechen der vollkommenen Erwiederung, alle Militär- und Civil-Behörden auswärtiger Staaten, unsern sämtlichen Militär- und Civil-Behörden aber befehlen Wir ausdrücklich, auf Vorzeigen dieses.

Und dann stand da mein Name und dass ich von Berlin nach Marseille reisen werde, dass ich unverdächtig bin, legitimiert, frei und ungehindert zu reisen und zurückzukommen. Zurückzukommen. Welch ein Wort, und wie gut dieser Satz für mich klang. Frei und ungehindert zurückzukommen. Da stand sogar, dass man mir notfalls Beistand und Schutz angedeihen lassen solle. Auf Seiner Königlichen Majestät allerhöchsten Special-Befehl.

Solch ein Stück Papier machte uns zu selbstbewussten, glücklichen Menschen. Ich reiste nach Marseille – warum eigentlich, ich weiß es nicht mehr – und stand unter dem Schutz des Königs von Preußen und dessen Innenminister.

All diese Dinge haben uns damals manchmal vergessen lassen, wer wir sind und was die anderen in uns sehen.

Salomon, ach Salomon. Da sprichst du nicht für mich. Ich habe das nie vergessen.

Jetzt, ja jetzt könnte ich, statt über die Sommer zu reden, erzählen, wie sehr es uns drängte, die Augen zu verschließen und zu glauben. Wie sie uns Hoffnung gemacht haben. Uns, den gutbürgerlichen Deutschen jüdischen Glaubens. Hoffnung, dass wir Teil vom Ganzen sind. Seit Friedrich Wilhelm achtzehnzwölf das Edikt erlassen hatte, nährten wir diese Hoffnung. So lange, bis sie ein monströser Selbstbetrug geworden war. Dieses Schriftstück, die bürgerlichen Verhältnisse der Juden in dem Preußischen Staate betreffend, dieses Edikt hat unseren Verstand vernebelt.

Nur elf Jahre nach dem Erlass wurde ich geboren, und meine Eltern hatten schon ausreichend zu spüren bekommen, was dieses Edikt für solche wie sie bedeutete. Königstreuer als meine Eltern konnte man kaum sein. Echte Treue und unbedingten Gehorsam hatten sie geschworen, wie es die Ältesten der Jüdischen Gemeinde dem Staatskanzler schriftlich versprochen hatten, nachdem das Edikt in der Welt war:

Da nun zu Ehrfurcht und Liebe sich die höchste Dankbarkeit gesellt.

Ja, wir waren dankbar und ehrfurchtsvoll und blind. Wir haben uns eingerichtet und unsere Nachfahren nicht ausreichend dazu erzogen, vorsichtig zu sein und misstrauisch zu bleiben.

Über all das könnte ich erzählen. Und das wäre am Ende vielleicht genauso uninteressant wie all diese Bücher und Ausstellungen, die uns wieder lebendig machen sollen.

Aber mein Gefühl, es wäre besser, mich hier nicht weiter einzumischen, wird immer stärker. Hier geht es nicht um uns. Hier geht es um die, die sich auf die Suche nach uns gemacht haben. Über uns ist so viel geschrieben worden, und ich glaube nicht, dass die Dinge dadurch besser geworden sind.

An der Schule in Warenberg haben sie ein Projekt gemacht, so heißt das ja jetzt. Das haben sie aus uns gemacht. Projekte. Projektionen waren wir schon immer. Wir halten für alles Mögliche her und verschwinden dabei zum zweiten, dritten, vierten Mal. Die Schickse hier, die diese ganze Geschichte aufschreibt, macht es wahrscheinlich auch nicht anders. Schreibt sich was weg, und dann ist es gut. Schlüpft in meine Haut, als hätte sie ein Recht dazu. Als wären ich und meinesgleichen jemals gefragt worden, ob sie Gegenstand von Büchern, Studienarbeiten, Ausstellungen werden wollten. Ob es ihnen nicht lieber wäre, ein langweiliges Leben geführt zu haben und für immer und ewig von der Welt zu verschwinden. Wie sich das gehört.

Die Idee zu der Ausstellung in der Warenberger Schule ist wohl meinen Nachfahren zu verdanken, die den halben Ort gegen sich aufbringen. Da haben die in der Schule vielleicht gedacht: Wir müssen das mal ein bisschen korrekt behandeln oder korrigieren. Haben eine Ausstellung machen lassen von Schülern, die das alles nicht interessierte. Haben die Lokalpresse geholt, als die Ausstellung fertig war. Foto auf Seite eins, Zitat vom Schuldirektor, ein bisschen Lob, ein wenig Lyrik, und schon war die halbe Welt wieder in Ordnung.

Die Kinder hatten auf große Pappen aufgeklebt, was ihnen in die Hände gefallen war. Sind zum Stadtschreiber, diesem Marischke, gegangen. Nicht unsympathisch, der Kerl, kennt von jedem Stein und jedem Baum in Warenberg die Geschichte.

Dann haben uns die Kinder erfasst und in einen unbeholfen zusammengeschusterten Stammbaum gepresst. Da steht zum Beispiel neben Josef Weizmann: geboren am 4. Januar achtzehneinundachtzig, gestorben am 23. Juli neunzehnsechzehn im Ersten Weltkrieg.

Und weil sie kein Foto vom Josef gefunden haben, war übrigens ein gut aussehender Junge, ist da ein Platzhalter aufgeklebt oder wie immer man das nennen will. So eine Art Phantombild. Und was sagt das den Gören von heute? Dass ein Josef Weizmann, der sie nicht interessiert, fünfunddreißig Jahre alt geworden und in einem Krieg gefallen ist, über den sie so gut wie nichts wissen. Also sagt es ihnen nichts. Absolut nichts. Die Ausstellung verstaubt in der Schule an einer Flurwand, und wer doch mal aus Langeweile davor stehen bleibt, sieht sich einem Wirrwarr von Jahreszahlen und Orten gegenüber, das Vierzehnjährige zusammengetragen haben, weil sie den Auftrag bekamen und sich dafür eine gute Note erhoffen konnten.

Lass uns die Ausstellung nehmen, ich hab keine Lust auf einen Vortrag, hat eine von den Gören zu ihrer Banknachbarin gesagt, und im Ergebnis dessen hänge ich nun an einer Flurwand in einer Schule, die den Namen Ernst Moritz Arndt trägt. Ich bitte Sie. Ernst Moritz Arndt, dieser tümelnde Antisemit, dem sie in der Ostzone eine ganze Universität gewidmet haben, zu Zeiten, als die Ostzone noch Deutsche Demokratische Republik hieß. Und von dem sie sich nicht trennen wollen. War doch ein toller Kerl, der Arndt. Eine Universität ist das Mindeste, was wir für den tun können. Und eine Schule ist auch nicht schlecht. Was bitte schön habe ich und haben meine Nachfahren an der Wand einer Ernst-Moritz-Arndt-Schule zu suchen? Wie sind wir da hingeraten?

Und jetzt hat diese Schickse mich ausgegraben, damit ich ihr die ganze Geschichte erzähle. Ich hab keine Lust mehr dazu. Ich empfehle mich und mach mich vom Acker. Das alles hat nichts mit mir zu tun. Ich bin tot. Und Tote sollten nicht reden.

Salomon-Weinreb-Straße 20

Dieser Streit hatte es wirklich in sich. Ute Graf konnte sich nicht erinnern, jemals so mit ihrem Mann aneinandergeraten zu sein. Philipp schien außer sich. Unangemessen außer sich, betrachtete man den Anlass.

Die Initiative trifft sich übermorgen Abend bei uns. Ich dachte, es wäre gut, Hedwig mal zu entlasten. Die ist nun schon monatelang Gastgeberin. Wir könnten.

Weiter war Ute Graf nicht gekommen. Sie hatte ein schnelles Abendessen auf den Tisch gebracht, ein eher liebloses Omelett, in dem Philipp herumstocherte, ohne wirklich zu essen. Wäre ihr Mann ein Kind, hätte sie ihm längst gesagt, dass man mit Essen nicht spielt. Philipp Graf hatte mit Hilfe zweier Gurkenscheiben und eines Streifens von der roten Paprika seinem Omelett ein Gesicht verpasst. Jetzt versuchte er tatsächlich, aus dem Schnittlauch, den Ute Graf klein geschnitten und in eine winzige Glasschale getan hatte, so etwas wie eine Frisur zu basteln. Ute Graf mochte überhaupt nicht hinsehen, wie infantil ihr Mann hier rummachte. Sie hatte keine Ahnung, was mit ihm los war. Und weil sie keine Ahnung hatte, versuchte sie auch gar nicht erst, darüber nachzudenken, ob dies der richtige Zeitpunkt für ihre Ansage sein könnte.

Es war nicht der richtige Zeitpunkt.

Ute Graf wollte noch den Satz zu Ende bringen, wir könnten uns alle in die Küche setzen, da ist am meisten Platz, aber wenn es warm ist, gehen wir in den Wintergarten, da explodierte Philipp Graf. Heißt, er wurde ein klein wenig laut. Zu mehr war er nicht in der Lage. Und das war, wenn Ute Graf über ihre Beziehung nachdachte und versuchte, ehrlich zu sein, ausschlaggebend für ihre Entscheidung gewesen, Philipp zu heiraten. Die Tatsache, dass dieser Mann nicht wirklich laut und schon gar nicht aggressiv werden konnte. Philipp Graf war in ihren Augen wahlweise ein ganz Lieber oder ein Weichei. In letzter Zeit mehr ein Weichei, und das hatte fatale Folgen. Ute Graf fühlte sich nicht beschützt, und sie fühlte sich unverstanden. Sie hasste diese plakativen Aussagen. Sie wusste, dass sie mit solchen Sätzen eine von vielen und somit verwechsel- und austauschbar war. Ich fühle mich unverstanden. Jedes Buch, in dem dieser Satz stand, hatte sie bisher weggelegt und nie wieder angefasst. Ich fühle mich unverstanden, eine solche Plattitüde kam ihr nicht ins Haus und ging ihr nicht über die Lippen. Aber Denken ließ sich ja bekanntlich nicht abschalten. Und so dachte Ute Graf in diesen Wochen relativ häufig: Ich fühle mich unverstanden. Zu dieser Aussage hatte sich dann vor zwei Wochen der Satz gesellt: Ich fühle mich nicht beschützt.

Das war, als ihr dieser eklige Zausel nach der Stadtverordnetenversammlung gesagt hatte, sie sei auch nur eine Wessitante, die sich an den Ossis bereichern und ins gemachte Nest setzen wolle. Dieser elende Wichser mit seinen antisemitischen Sprüchen. Den sie immer an die Leine legen mussten, und der trotzdem seine Leserbriefe schrieb, die Drühmer dann auch noch in seinem Saftblatt veröffentlichte. Dieser Wichser hatte ihr tatsächlich unterstellt, sie reise auf fremdem Ticket, um sich unter den Nagel zu reißen, was ihr nie gehört habe.

Philipp hatte danebengestanden, als dieses Ekelpaket auf sie einredete, und keinen einzigen Ton von sich gegeben. Stattdessen hatte er an ihrem Ärmel gezupft, als sei er ein kleines Kind und wolle, dass Mutti jetzt endlich mit ihm in die Eisdiele geht. Sie war sich vorgekommen wie eine Idiotin. Mit einem Ehemann neben sich, der aussah, als könnte er solch ein Ekelpaket mit einer Hand aus den Schuhen kippen, sich aber benahm wie ein Zehnjähriger, der die Hosen voll hatte. Ute Graf, die anderen gegenüber gern die glückliche Ehefrau gab, der es gelungen war, einen sensiblen Kerl zu heiraten, außen ein bisschen Schwarzenegger, innen Reinhard Mey, war sich verraten vorgekommen. Am Ende hatte sie dem Superossi selbst die Meinung sagen müssen.

Ich lass mir von einem Stasispitzel nicht die Welt erklären, hatte sie gesagt. Laut genug, damit es alle Umstehenden hören konnten. Wusste doch jeder im Ort, dass dieser Widerling ein hauptamtlicher Zuträger gewesen war, der über die Hälfte der Nachbarschaft Berichte geschrieben hatte. Der machte ja selbst nie einen Hehl daraus. Dass er Strafrente bekam und ein Opfer der Siegerjustiz war. Zum Glück war der Kerl irgendwann nicht mehr zu den Treffen der Bürgerinitiative gekommen. Selbst Hedwig Gottwald, die nun weiß Gott eine staatstreue Kämpferin für ihr sozialistisches Vaterland gewesen war, zeigte jedes Mal Unbehagen, wenn das Arschloch anfing zu reden.

Der Satz, ich fühle mich nicht beschützt, hatte unmittelbar zu der Frage geführt, ob Philipp sie überhaupt jemals verstanden und beschützt hatte oder ob es nicht immer umgekehrt gewesen war.

Jetzt aber, am Abendbrottisch, wurde ihr Mann energisch. Gerade hatte er noch versucht, aus einem Omelett ein Mondgesicht zu basteln, und nun wurde er laut. Im Rahmen seiner Möglichkeiten. Die nicht allzu groß waren. Wäre doch schön, dachte Ute Graf, wenn mein Mann mal aus dem Rahmen seiner Möglichkeiten fiele und es richtig krachen ließe. Und zwar, wenn möglich, bitte nicht mir gegenüber, sondern dann, wenn es uns wirklich etwas bringt.

Ich möchte nicht, dass du dich jetzt auch noch zur Chefin dieser Anwohnerinitiative. Philipp Graf hatte sich von Beginn an geweigert, das Wort Bürgerinitiative zu benutzen. Aufschwingst. Es genügt schon, dass du da hingehst, obwohl wir eigentlich gar nicht berechtigt sind, uns reinzuhängen. Wir haben zwar einen Kaufvertrag, aber der ist nicht unterschrieben, wenn ich dich daran erinnern kann. Und der wird auch so lange nicht unterschrieben werden, wie diese Angelegenheit hier ungeklärt ist. Wir sind nicht mehr als Mieter in diesem Haus. Wenn jemand einen Kampf zu fechten hat, dann ist es der Hausbesitzer. Der hat ein Interesse daran, dass es weitergeht, damit er die Hütte abstoßen kann. Aber nicht mal der macht sich anheischig, den Gastgeber für eine Anwohnerinitiative zu geben, von der ich nicht überzeugt bin, dass sie konstruktiv an die Sache rangeht.

Erstens kann der gar nicht Gastgeber sein, weil nicht er, sondern wir in diesem Haus wohnen. Und zweitens verstehe ich nicht, wie du die Initiative dermaßen schlechtmachen kannst. Das sind anständige Leute, die sind an einer gütlichen Regelung interessiert. Die wollen, dass die Unsicherheit beendet wird und sie etwas an ihren Häusern tun können. Was ist daran falsch oder verdammenswert?

Ute Graf stellte fest, dass sie inzwischen tatsächlich fast alle Argumente der Initiative übernommen hatte und von der anfänglichen Distanz, zu der sie sich verpflichtet hatte, nichts, aber auch gar nichts mehr übrig geblieben war.

Dann sollen sie zahlen. Philipp Graf brüllte diesen Satz

fast und stach dabei dem Omelett mit der Gabel ins linke Auge. Sie sollen es machen wie Ilse Bock. Wir könnten dem Hausbesitzer einfach sagen, er bekommt von uns das Geld obendrauf und zahlt die Erben aus. Sechs Mark pro Quadratmeter. Entschuldige bitte, die werden uns nicht wehtun.

Ute Graf dachte einmal mehr, dass ihr Mann nichts verstanden hatte. Sie hätte die ganze Argumentationskette abspulen können, aber es brächte nichts. Ihr Mann war tatsächlich der Meinung, dass alle, die hier lebten, den Erben gegenüber verpflichtet waren, eine Schuld anzuerkennen und zu zahlen. Diesen Erben, die jetzt schon große Pläne hatten, was sie alles mit den riesigen unbebauten Grundstücken machen würden, wäre erst alles in trockenen Tüchern. Von little London war die Rede, Stadtvillen, Einkaufszentrum. Erst kürzlich hatte jemand gesagt, es gebe Pläne für eine private Kurklinik. Die Erben würden mehr als genug entschädigt werden, wenn sie das alles realisierten. Und es ergab keinen Sinn, ihnen für ein Grundstück wie dieses noch sechstausend Mark zu zahlen. Obwohl vor kurzem jemand im »Warenberger Boten« mal aufgeschrieben hatte, dass sich auch diese individuellen Zahlungen am Ende summieren würden und einen erklecklichen Betrag erbrächten, zahlten alle betroffenen Warenberger. Ute Graf war das vorher gar nicht so bewusst gewesen. Aber darum ging es nicht.

Hier gibt es bei fast jedem Grundstück mehrere Käufergenerationen, Philipp. Wenn du einen auszahlst, heißt das doch noch lange nicht, dass damit alles vom Tisch ist. Der Bund muss die Erben auszahlen. Niemand macht denen ihre Ansprüche streitig, die Frage ist doch nur, wer dafür aufkommen soll.

Philipp Graf stand vom Küchentisch auf, ging ins Wohnzimmer und kam mit dem »Warenberger Boten« in der Hand zurück. Er hatte mit gelbem Stift markiert, was er seiner Frau vorlesen wollte.

Niemand von uns, die wir hier in Warenberg leben, hat die Weinrebs enterbt. Und es geht auch nicht um Nächstenliebe. Wenn alles, was von den Vorfahren der Erben veräußert wurde, der Rückübertragung unterliegt, können sich hier mehr als die Hälfte der Leute ihrer Existenz nicht sicher sein. Und das, obwohl sie mit den damaligen Ereignissen nichts zu schaffen haben, las Philipp Graf laut, und Ute Graf wunderte sich über die Festigkeit in der Stimme ihres Mannes, den sie heute Abend von einer ganz neuen Seite kennenlernte.

Vielleicht läuft es ja auch auf eine Einigung hinaus. Ute Graf fühlte sich in der Defensive. Sie konnte ihrem Mann nicht erklären, was sie antrieb, sich derartig reinzuhängen. Und sie wusste, dass der Satz, man könne jederzeit die Zelte abbrechen und woanders hingehen, nur noch Selbstbetrug war. Sie wollte nicht mehr weg. Auf keinen Fall und nie. Aber sie konnte das auch ihrem Mann nicht erklären, ohne sich völlig lächerlich oder nackt zu machen.

Ute Graf schaufelte ihr Omelett, das trocken und versalzen war, in sich hinein, als ließe sich damit der Streit wegessen. Wieso verstand Philipp nicht, dass sie hier angekommen war. In Warenberg, einem unspektakulären Ort in schöner Umgebung und nahe genug an der Stadt gelegen, um dort zu sein, wann immer man es brauchte. Mag sein, dass dies alles nur mit Erinnerungen zusammenhing, die ihr wichtig waren. Obwohl sie das nicht glaubte.

Ute Graf dachte an die ersten Nächte in diesem Haus. Nächte, in denen sie sich endlich wieder gestattete, ihre alten Einschlafrituale zu beleben, und dabei zur Ruhe kam. Eine Ruhe, die sie herbeigesehnt hatte. Plötzlich verschwand sie fast jeden Abend um zehn im Schlafzimmer. Sie, die vermeintliche Nachteule mit einem Schlafdefizit, das von hier bis zum Mond und zurück reichte.

Als Kind war sie zur ewigen Verwunderung ihrer Eltern immer gern und früh ins Bett gegangen. Hatte sich vorher schon zurechtgelegt, wovon sie träumen würde. Hatte die ersten Szenen des Traums entworfen, die sie noch bei halbem Bewusstsein genießen wollte. Meist irgendwelche Liebesgeschichten, die was mit Serienhelden zu tun hatten. Die letzten Momente zwischen Wachen und Schlafen waren wie eine Droge. Die kurzen Augenblicke, in denen sie die Regisseurin ihres Lebens war. Mit einem fertigen Drehbuch, das nur sie kannte. Es war eines ihrer größten Geheimnisse gewesen, die sie als Kind haben durfte. Ansonsten war sie der ständigen liebevollen Kontrolle ihrer Mutter ausgesetzt. Die sich nicht mal schämte, selbst in den harmlosen Poesiealben zu stöbern, um herauszubekommen, wie andere Kinder von ihrem Kind dachten. Die zwanzigmal am Tag die Frage stellte, woran Ute gerade dachte, und immer enttäuscht wirkte, wenn die antwortete, sie dächte an nichts.

Ute Graf hatte eine erstaunliche Fertigkeit darin entwickelt, sich diese Momente des Einschlafens, in denen ihr eigener Film ablief, ins Unendliche zu dehnen. Ein Film, in den ihr niemand reinreden konnte und den sie mehrmals hintereinander auf ihre innere Leinwand projizieren konnte. Sie weckte sich sozusagen immer wieder selbst auf, um sogleich erneut hinabzusinken, abzudriften, wegzuträumen. Als sie das erste Mal in ihrem Leben eine Vollnarkose bekam, wurde ihr klar, warum sie diese so kurzen und flüchtigen Augenblicke dermaßen mochte. Es war die Tatsache, dass sie nicht mehr kontrolliert wurde und zugleich die Kontrolle verlieren und damit die Verantwortung für sich abgeben konnte. Später hatte sie sich das Einschlafritual geradezu verboten, hatte es doch ein immer größeres Schlafdefizit aufgebaut, es sei denn, sie wäre früh genug ins Bett gekommen. Was nie der Fall war. Früh ins Bett zu gehen, konnte sie sich in ihrem Job einfach nicht leisten. Aber sie hatte es vermisst. Sehr vermisst.

Hier, in diesem Haus, das ihnen noch nicht gehörte, aber bald gehören würde, hatte Ute Graf wieder damit angefangen, und damit hatte sich das Gefühl in ihr ausgebreitet, angekommen zu sein. So etwas konnte sie auch ihrem Mann nicht erklären. Sie war ein Vernunfttier in den Augen der anderen, eine Macherin, die Verkörperung des pragmatischen, rationalen Denkens. Die Leute suchten bei ihr Rat, weil sie immer Rat wusste. Sie redete jedes Problem auf eine handliche Größe runter und hatte dann auch eine handliche Lösung zu bieten. Dafür liebte man sie nicht, aber man schätzte sie. Das galt im Job genauso wie im Privatleben. Sie hatte diesem Ulrich Sturm, der unten in der Eins wohnte und den sie für liebenswürdig, aber völlig lebensuntüchtig hielt, angesehen, dass der noch nie etwas von Change-Management gehört hatte, als sie ihm erzählt hatte, was sie machte. War ja auch schwer zu erklären, aber auf jeden Fall war sie vor allem deshalb so erfolgreich in diesem Job, weil sie eine Lösungstante war. Privat passierte es ihr eher, dass Menschen sich zurückzogen, weil es ihnen auf die Nerven ging, dass sie,

Ute Graf, eine Lösung anbot, noch bevor die ihr Problem überhaupt als solches erkannt hatten.

Du hörst nicht zu, du löst auf, hatte eine Freundin einmal zu ihr gesagt. Wenn ich wirklich ein Problem schnell vom Tisch haben will, komme ich zu dir. Aber manchmal möchte man das gar nicht. Manchmal will man einfach nur reden, verstehst du das?

Ute Graf hatte es verstanden, doch nichts an ihrer Art ändern können. Hier in dem Haus aber konnte sie zumindest beim Einschlafen den ausgetretenen Pfad verlassen, indem sie sich gönnte, mehrmals hintereinander die Kontrolle zu verlieren. Sie wusste, dass es verrückt war, zu glauben, das hätte etwas mit dem Haus zu tun. Vielleicht war einfach die Zeit gekommen, ein bisschen abzugeben und aufzugeben. Aber sie wollte hier nicht wieder weg. Sie hatte den Wintergarten gegen Philipps Reden und die Argumente vieler Nachbarn angebaut. Er war für sie ein verlässliches Zeichen dafür, dass sie hierbleiben würde. Und deshalb war er viel protziger ausgefallen, als sie ursprünglich vorgehabt hatte. Jetzt wirkte er wie ein Fremdkörper an diesem Haus, das ja auch schon manche Zeichen des Verfalls trug. Wenn sie sich nur das Walmdach anschaute, wurde ihr angst und bange bei dem Gedanken, dass es in absehbarer Zeit gedeckt werden müsste. Es ist nicht dein Dach und nicht dein Haus, sagte Philipp immer, wenn sie die Rede darauf brachte. Aber für sie war es ihr Dach und ihr Haus, und sie musste sich Gedanken darüber machen, woher das Geld kommen würde, müsste das Dach gedeckt werden.

Bis zu diesem Augenblick war sie davon ausgegangen, ihren Mann zwar nicht mutig, aber wenigstens verlässlich an ihrer Seite zu haben. Sie hatte ihn bitten wollen, ein paar Bier, ein bisschen Wein und ein paar Knabbereien für das Treffen der Initiative einzukaufen. Das würde der nun wahrscheinlich nicht tun.

Willst du dieses Haus gar nicht, fragte Ute Graf, und fast blieb ihr das Herz stehen bei dieser Frage. Was sollte sie denn machen, wenn ihr Mann jetzt mit Ja antwortete? Dann müsste sie einpacken. Dieses Haus ließ sich nur zu zweit bewohnen und bewirtschaften. Das kaufte man nicht als alleinstehende Frau.

Philipp, willst du, dass wir es lassen mit dem Haus?

Ute Graf sah, wie es in ihrem Mann arbeitete. Sie hätte sich am liebsten die Ohren zugehalten, um nicht hören zu müssen, was der gleich sagen würde.

Ute, ich weiß es nicht. Ich weiß nur, dass ich mich unwohl fühle und im Unrecht. Obwohl mir gar nichts gehört. Ich habe mit Marischke gesprochen, dem Stadtschreiber. Du kennst ihn. Der war dabei, als die Weizmann-Erben, nicht die Weinreb-Erben. Gott ist das alles ein Durcheinander, auch noch mit zwei Erbengemeinschaften, da blickt doch keiner durch.

Die Weizmanns sind draußen, sagte Ute Graf und rieb sich mit Daumen und Zeigefinger der rechten Hand die Augen, bis die ein unangenehm quietschendes Geräusch von sich gaben. Die haben unbebaute Grundstücke, das Gutshaus und die Villa zurückbekommen.

Egal. Philipp Graf nahm sich eine von Utes Zigaretten und zündete sie sich an.

Du rauchst?

Nein. Marischke hat mir erzählt, er sei dabei gewesen, als die Weizmann-Erben Warenberg besucht haben. Erinnerst du dich? Im »Warenberger Boten« stand ein Artikel darüber. Dass die Familie zu ihren Wurzeln zurückkehrt oder auf der Suche nach ihrer verlorenen Geschichte ist. Ich habe mir überhaupt zum ersten Mal von Marischke erzählen lassen, wie sehr dieser Ort von den beiden Familien und deren Nachkommen geprägt worden ist. Wie viele von denen hier gelebt haben. Und dann gibt es nicht mal mehr Gräber, weil sie neununddreißig den Friedhof umgewidmet und dabei gleich die jüdischen Gräber geschleift haben. Ich meine, denen hat mal fast der ganze Ort gehört.

Das kann man von Gutsbesitzern auch sagen.

Ute, so kannst du nicht reden. Das lässt sich nicht vergleichen. Ihr stellt immer Vergleiche an, die ziehen einem die Schuhe aus. Die Weizmanns und die Weinrebs hatten doch achtunddreißig keine Lust, mal ein bisschen durch die Welt zu reisen. Die haben sich das nicht ausgesucht. Und dann bezahlt deine Anwohnerinitiative ein Gutachten, in dem nachgewiesen werden soll, dass der Verkauf des Gutes und des Landes nicht unter Zwang erfolgt ist. Spätestens in dem Moment haben sich doch alle dazu bekannt, dass sie sehr wohl über Schuld oder Unschuld und vor allem über ihre Verantwortung reden. Warum sonst sollten sie beweisen wollen, dass kein Unrecht geschehen ist? Wenn sie sowieso nicht im Erbe dieses Unrechtes stehen, wie sie immer behaupten, kann es ihnen doch egal sein, ob es Unrecht war oder nicht. Wieso nehmen die den Gerichten die Arbeit ab, rennen in die Bibliotheken und beauftragen Leute, Gutachten zu schreiben? Wieso sagen sie andauernd, es habe nichts damit zu tun, dass hier Juden vor den Türen stehen und ihre Ansprüche stellen, und im gleichen Atemzug erforschen sie akribisch die Geschichte aller Juden, die jemals hier in Warenberg gelebt haben? Und wieso klauben die sich alles zusammen, was ihnen ihrer Meinung nach hilft, ein gutes Gewissen zu haben? Diese Mär, dass die Weinrebs damals mit Koffern voller Geld weggegangen sind. Niemand kann das beweisen, und was sollte es überhaupt für eine Rolle spielen, ob die mit oder ohne Geld fort sind. Tatsache ist doch, dass die nicht wegwollten. Und dass unsere Vorfahren, leiblich oder nicht, dafür gesorgt haben, dass sie fortmussten. Worauf lässt du dich da ein, wenn du denen hilfst, sich die Geschichte so lange zurechtzubiegen, bis sie ihnen passt? Die tun so, als sei es das Gleiche, wenn jemand vor dem Mauerbau seine Sachen gepackt und die Ostzone verlassen hat. Haus und Hof hat stehen lassen, um im Westen ein bisschen was vom Wirtschaftswunderkuchen abzubekommen. Klar sind die Leute sauer, wenn so einer zurückkommt und sich aufführt, als sei das hier die immer vermisste Heimat gewesen. Die hatten eine Wahl, da ging es nicht um Leib und Leben. Was der Dicke denen hier eingebrockt hat mit seiner blöden Rückgabe-vor-Entschädigung-Nummer, dafür gehört der auf den Müllhaufen der Geschichte. Aber was ihr macht. Nicht ihr, die Anwohnerinitiative. Das ist was anderes. Die haben den Juden in diesem Land, das nicht mehr existiert, immer halbherzig als Opfer geehrt. Ihm nicht gerade Denkmäler gebaut, aber immerhin. Jetzt kommt der zurück und besitzt die Frechheit zu leben. Und die fangen an, ihn zum Täter zu stilisieren. Ist dir nicht klar, worauf du dich da einlässt, wenn du mit denen in unserer Küche sitzt und fraternisierst?

Ute Graf schaute ihren Mann an, der vor einem Omelett saß, das aussah, wie der traurige Rest eines Kindergeburtstages. Sie hatte das Gefühl, auf dünnem Boden zu stehen. Vor allem hatte sie das Gefühl, ihren Mann völlig verkannt zu haben. Einen solchen Vortrag hatte sie von ihm noch nie gehört. Dem ging es tatsächlich um die Diskussion über historische Verantwortung. Und er hatte sie darüber im Unklaren gelassen, sah man mal von den subtilen Hinweisen ab, die er ab und zu gegeben hatte. Er hatte sie auflaufen lassen und ihr das Gefühl gegeben, ihn nerve einfach, dass sie sich als Hausbesitzerin aufführte, ohne es zu sein. Und ein wenig hatte sie auch geglaubt, Philipp sehne sich zurück in die Stadt. Ihm sei die Fahrerei zu viel und die Tatsache, dass er bei seinem Job oft nachts unterwegs war. Schließlich kamen die Junkies eher nachts aus ihren Löchern. Sie hatte ihm sogar schon anbieten wollen, ein Zimmer in Berlin zu mieten, damit er dort übernachten konnte. Aber das alles schien gar nicht sein Problem zu sein. Philipp Graf hatte offensichtlich ein viel tiefer sitzendes Problem, eines historischen Ausmaßes.

Du glaubst, das hier ist verbrannte Erde? Da lässt sich nichts machen und bestellen, ohne dass man Unrecht tut?

Ich glaube, ihr macht es euch zu einfach, und ich glaube, du solltest aufhören, dich in der Anwohnerinitiative so zu engagieren. Ich will dir dieses Haus nicht ausreden. Ich weiß, wie wohl du dich hier fühlst. Wir können dem Besitzer das Angebot unterbreiten, die sechs Mark pro Quadratmeter obendrauf zu legen, und darauf hoffen, dass es nicht noch weitere Alteigentümer gibt. Aber aus meiner Sicht kann das gar nicht sein.

Ich kann das jetzt nicht absagen, mit übermorgen.

Nein, das kannst du nicht. Denk einfach darüber nach, wie du das in Zukunft handhaben willst.

Philipp Graf stand vom Tisch auf, kippte die Reste seines Omeletts in den Müll und ging in den Flur.

Willst du noch fort, fragte Ute Graf und hörte selbst,

wie dünn ihre Stimme klang. Ihr Mann, der Mann, den sie nun wirklich liebte, Weichei oder nicht, kam noch einmal in die Küche und gab ihr einen Kuss.

Nur ein bisschen rumlaufen.

Kann ich mitkommen?

Philipp Graf sah seine Frau an und wusste, dass er jetzt nicht Nein sagen sollte. Sie gab sich selten klein und schwach, jetzt schien ein solcher Moment zu sein, und der war nicht dazu angebracht, ihr eine Lehre zu erteilen. Also nickt er und holte ihre Jacke. Hätten wir uns für Kinder entschieden, dachte er, wären wir wahrscheinlich auch hier, aber anders. Dann kämpfte ich vielleicht wie ein Löwe um ein Haus wie dieses.

Das Omelett war wirklich nicht gut. Wir gehen einen Döner essen, sagte er stattdessen und steckte Utes Zigaretten ein.

Der Dönerstand war für Warenberger Verhältnisse gut besucht. Drei Jugendliche standen um einen Bistrotisch, und an einem zweiten stand Martin Leber. Philipp Graf stellte sich mit großer Selbstverständlichkeit dazu, als baute man bereits auf mehr als freundliche Nachbarschaft, und bat seine Frau, ihm auch einen Döner mitzubringen. Und falls es hier Bier gibt, gibt es hier Bier? Martin Leber nickte und hob seine Bierbüchse leicht an. Dann ein Bier. Und um die Umkehrung der Verhältnisse perfekt zu machen für diesen Abend, drückte Philipp Graf seiner Frau seine Geldbörse in die Hand. Das war ein kurzer Moment des Hochgefühls. Er hatte laut und deutlich gesagt, was er dachte, und fühlte sich erleichtert.

Ist der Döner so gut, oder gab es bei dir auch ein versalzenes Omelett?

Martin Leber schaute einen Moment irritiert auf Philipp Graf, lächelte dann ein wenig schief und schüttelte den Kopf.

Ein versalzenes Omelett wäre schon mal ein guter Anfang. Darauf ließe sich aufbauen, glaube ich. Aber der Döner ist gut. Ich versuche noch immer rauszukriegen, in wen der Dönermann so sehr verliebt ist, dass es ihn nach Warenberg gezogen hat. Hat er mir nämlich erzählt, dass er der Liebe gefolgt ist.

Wir könnten ihn fragen, schlug Philipp Graf vor, wusste aber, dass dafür sein Mut nicht reichte. Aber besser ist, man denkt sich etwas aus und versucht dann, die These zu bestätigen.

Martin Leber nickte. Genauso mache ich es auch, und ehrlich gesagt, ich liege ziemlich oft richtig. Meine Frau findet das immer sehr amüsant, wenn sich meine ausgedachten Geschichten als wahr herausstellen.

Also, wie lautet die Geschichte zum Dönermann?

Ich war vor kurzem mal bei Ulrich Sturm, den kennst du doch auch, wohnt unten in der Eins zur Miete bei den Leuten, die nach Kanada oder Australien oder so gegangen sind. Der will zurück in die Stadt und hat ein paar Nachmieter für das Haus gefunden. Jedenfalls zieht da demnächst eine Wohngemeinschaft ein. Ist wahrscheinlich die allererste Wohngemeinschaft Warenbergs, die Leute werden sich die Mäuler zerreißen. Zwei Frauen, zwei Männer, aber nur ein Paar. Ich hatte zuerst gedacht, diese Künstlerin könnte es sein, aber als ich die gesehen habe, bin ich davon abgekommen. Wenn die jemals in ihrem Leben einen Döner gegessen hat, verkaufe ich meine Schallplattensammlung und verschenke meine Kinder. Die sieht aus wie der Tod auf Urlaub. Essstörung würde ich sagen, auch wenn ich kein Experte bin.

Ute Graf brachte zwei Döner an den Tisch und ging noch einmal zum Tresen des Imbisswagens, um die Bierbüchsen zu holen. Der sieht gut aus, sagte sie und ließ die beiden Männer im Unklaren darüber, ob sie ihren Döner oder den Dönermann meinte.

Martin erzählt gerade von der Wohngemeinschaft, die bald in die Eins einziehen wird, wenn der Sturm wieder in die Stadt zurückgeht.

Wir könnten uns auch duzen, sagte Martin Leber zu Ute Graf und hob seine Bierbüchse leicht an. Jedenfalls tippe ich auf die zweite Frau, die verheiratet ist. Deren Ehemann ist um einiges älter, was jetzt aber nicht gleich ein Grund wäre, dass sie ihn betrügt. Es ist eher so, dass die beiden sehr harmonisch miteinander wirken. Aber die Frau hat so was gebremst Laszives.

Martin Leber schaute etwas erschrocken auf Ute Graf, ob die den letzten Satz nicht in den falschen Hals bekäme. Denn eigentlich fand er, dass auch Ute Graf etwas Laszives hatte, das sie aber gut hinter der Fassade einer toughen Else verstecken konnte. Manchmal, wenn sie sich unbeobachtet fühlte, nahm ihr Körper eine Haltung an, die man als erschöpft oder entspannt bezeichnen konnte. Dafür kannte er die Graf zu wenig. Auf jeden Fall ließ sie Ute Graf weich und nachgiebig erscheinen. Wenn sie nicht auf Wirkung bedacht war, hatte sie eine Art, sich zu entspannen, die man sehr wohl als erotisch bezeichnen konnte. Sie ließ die Schultern kreisen und führte einen winzigen Bauchtanz auf. Wahrscheinlich beim Yoga gelernt oder beim Pilates.

Ute Graf schien kein Problem mit dem gebremst Lasziven der Ehefrau in dieser Wohngemeinschaft zu haben, also weiter.

Ich könnte mir vorstellen, flüsterte Martin Leber nun, dass unser Dönermann dieser Frau hinterhergezogen ist mit seinem Imbiss. Fort aus der großen Stadt, rein ins Kleinstadtleben. Er hat ja auch den strategisch richtigen Platz besetzt. Von hier aus hat er das Haus im Blick, und sie wird ihn immer sehen, wenn sie das Haus verlässt.

Und wie hat er sie kennengelernt?

Ich denke, sie arbeitet in Berlin in der Verwaltung. Irgendwas mit Lebensmittelrecht, Verbraucherschutz oder so. Ist nur eine Vermutung, aber es passte. Jedenfalls hat sie mit Bestimmungen zu tun, die den Dönermann und seinen Imbiss unmittelbar betreffen. Vielleicht ist sie auch Lebensmittelkontrolleurin und bei ihm zur Kontrolle aufgeschlagen. Er hat sich ordentlich ins Zeug gelegt, und sie hat nichts zu beanstanden gehabt. Dann hat er sie eingeladen, mit ihm mal essen zu gehen. Nicht Döner, aber in das Restaurant eines guten Freundes, bei dem es die besten Lammkoteletts weit und breit gibt. Sie hat sich überreden lassen, und es war ein wunderschöner Abend. Der Restaurantbesitzer war eingeweiht und hat alles aufgefahren, was man auffahren kann, will man eine Frau verführen. Den besten Wein, Musik, diskrete Kellner, die dem Dönermann jedes Mal zugezwinkert haben, wenn der eine Bestellung aufgegeben hat. Und dann hat er ihr von seiner Familie in Syrien erzählt. Und von seinem Studium, das sie ihm finanziert hat. Die Familie. Er hat ihr erklärt, dass er jetzt ein wenig an seine Familie zurückgeben möchte, was die alles für ihn getan hat, und deshalb den Dönerimbiss betreibt. Er hat von seinen Plänen geredet, dass er in drei Jahren, wenn er seiner Familie das Studiengeld zurückgezahlt haben wird, wieder an die Universität möchte, um zu forschen. Sein Hauptfach sei Umwelttechnologie gewesen und sein Spezialgebiet nachhaltige Bodenbewirtschaftung.

Ute und Philipp Graf schauten fasziniert auf ihren Nachbarn, der sich innerhalb kürzester Zeit verwandelt zu haben schien und gar nicht aufhören mochte mit dem Erfinden einer Geschichte.

Martin Leber verstummte plötzlich und schob noch den Satz hinterher, so könnte es gewesen sein, bevor er auf die Döner der Grafs zeigte, die noch keinen Happen abgebissen hatten.

Diese Begegnung war ein Geschenk nach dem Streit in der Küche, dachte Ute Graf. Philipp würde sehen, dass nicht alle Nachbarn gleich waren. Nicht alle so, wie er es vorhin beschrieben hatte. Martin Leber, der konnte doch keiner Fliege was zuleide tun. Ein sanfter Typ, der sich Geschichten über Dönermänner ausdachte und über jedes Vorurteil erhaben schien.

Kommst du übermorgen zum Treffen, fragte sie und hoffte, Martin Leber würde ja sagen.

Ich bin noch nicht sicher.

Wäre schön.

Gut, ich werde es versuchen.

Salomon-Weinreb-Straße 1

Wahrscheinlich waren sie Freunde gewesen und hatten sich beim Sport kennengelernt. Im Kanuverein. Es wäre immerhin möglich. Denkbar auch, dass sie sich in der Sozialistischen Arbeiterjugend begegnet waren. Obwohl nicht wirklich verbürgt war, dass sie auf dem gleichen politischen Acker gekämpft hatten. Aber irgendwoher mussten sich die Davids und die Sturms kennen, und irgendwie mussten sie sich nahegekommen sein. Anders war die ganze Geschichte nicht zu erklären.

Ulrich Sturm schob seine Karteikarten auf dem großen Arbeitstisch hin und her und konnte sich nicht entscheiden. Er wollte endlich mit dem Exposé weiterkommen, um irgendwann diesen Film machen zu können. Wobei er inzwischen wild entschlossen war zu drehen. Mit oder ohne Auftrag.

Konrad Sturm, von dem Ulrich Sturm gerade mal ein einziges Foto gefunden hatte, war ein Onkel seines Vaters. Jahrgang achtzehnachtundneunzig. Noch ein Zimmermann in der Familie, das scheint sich vererbt zu haben. Ein guter Christ, der durch ganz Europa gezogen war und auf den verschiedensten Baustellen gearbeitet hatte.

Ulrich Sturm heftete zwei Briefe und eine Postkarte an eine himmelblaue Karteikarte. Manchmal hatte Konrad Sturm an seine Eltern geschrieben. Diese Postkarte stammte aus Paris.

Was ich für weitgereiste Vorfahren habe.

Dann gibt es einen Bruch, eine Störung im Ablauf. Ein schwarzes Loch. Konrad Sturm verschwindet für drei

Jahre. Über diese Zeit wurde in der Familie nur gemunkelt und gemutmaßt. Ulrich Sturm hatte sich irgendwann zusammengereimt, dass sein Großonkel in einer Irrenanstalt gewesen sein musste. Möglicherweise sogar in Berlin. Aber sein Vater hatte sich darüber ausgeschwiegen. So wie er überhaupt relativ wenig geredet hatte über die Vergangenheit. Schon mehr als viele andere Väter, das wusste Ulrich Sturm zu schätzen. Aber eine zusammenhängende Geschichte ließ sich nie aufschreiben. Eine schon fast banale Angelegenheit, diese schweigenden oder nur wenig erzählenden Eltern, aber Ulrich Sturm würde das im Film nicht einfach übertünchen. Ihm kam kein gesprochener Kommentar ins Haus. Keine Behauptungen und Vermutungen, die sich nicht beweisen ließen und mit beliebigen Bildern zusammengeschnitten wurden, damit es dramatischer wirkte.

Die Krieger haben sich nach dem Krieg in Schweigen gehüllt. Die Väter hatten ihre Söhne alleingelassen mit Vermutungen und Legenden, und die Söhne haben sich irgendwann abgewandt oder ihre eigenen Recherchen angestellt.

Solche Sätze würde es bei ihm nicht geben. Es musste eine andere Ebene entstehen, auf der sich diese Geschichte erzählen ließ. Ulrich Sturm legte ein Buch neben die himmelblaue Karteikarte, auf der die spärlichen Daten über das Leben seines Großonkels vermerkt waren. Daneben dessen Briefe.

Man hatte einen Stamm von Amazonasindianern entdeckt, in deren Sprache gab es weder Vergangenheit noch Zukunft. Sie verfügte nur über drei Vokale und acht Konsonanten. Die Frauen nutzten sogar nur sieben. Wenn es etwas zu berichten gab, wurden die Geschichten häufig gepfiffen oder gesungen. Das schien zu funktionieren mit so wenigen Buchstaben. Alle verfügten über das gleiche Wissen, einfach deshalb, weil alles erzählt wurde und weil es keine Eventualitäten und Vermutungen gab. Der Autor des Buches war als Missionar an den Amazonas gegangen und hatte feststellen müssen, dass man in einer Sprache, die nur das Jetzt kennt, Gott nicht vermitteln kann. Es hätte eines greifbaren Beweises in der Gegenwart bedurft, um die Indianer zu überzeugen, dass Jesus gelebt hatte, Gott existierte und auch in Zukunft existieren würde. Wenn es keine Worte für gestern und morgen gibt und keine Nebensätze, lässt sich vieles nicht erzählen. Und ohne den Begriff Ewigkeit kommen Missionare nicht aus.

War das wichtig? Wäre es brauchbar für den Film? Das Buch trug den Titel »Das glücklichste Volk«. Die Aussage schien zu stimmen, folgte man dem Autor. Allerdings war er der einzige Mensch auf der Welt, der die Sprache dieses kleinen Indianerstammes sprach. Das hieß, man musste ihm glauben oder konnte es lassen. Überprüfbar war nichts.

Ulrich Sturm konnte sich nicht entscheiden, ob die Erzählungen aus diesem Buch für seinen Film brauchbar sein würden. Aber er baute auf seinem Tisch erst einmal eine Landkarte voller Möglichkeiten. Auf der konnte er sich bewegen und am Ende schauen, wie viele weiße Flecken es gab und ob die den Film unmöglich machen würden.

Fritz Sturm, Neffe von Konrad Sturm, bekommt neunzehndreiundvierzig von seinem vielleicht immer noch verrückten Onkel ein Haus in Karlsdorf vererbt. Ein Jahr später wird sein Sohn, Ulrich Sturm, geboren. Konrad Sturm war einen traurigen Tod gestorben, hatte tagelang in dem winzigen Haus in Karlsdorf gelegen, ohne gefunden zu werden. Ulrich Sturm erinnerte sich, dass sein Vater manchmal gesagt hatte, der Onkel wäre an Liebeskummer zugrunde gegangen. Dem sei die Liebste an Krebs gestorben, und danach wäre ihm das Leben nicht mehr lohnenswert erschienen.

Als Kind hatte sich Ulrich Sturm aus diesen kargen Informationen eine aufregende Geschichte zusammengereimt. Dieser Großonkel, der durch halb Europa gewandert war, um dann verrückt zu werden, später die Liebe seines Lebens zu finden und am Ende ziemlich jung zu sterben, schien die schillerndste Gestalt in der ganzen Sturm'schen Familie gewesen zu sein. Ihm verdankte Ulrich Sturm die Sommer seiner Kindheit.

Auf dem einzigen Foto, das von Konrad Sturm existierte, trug er die Zimmermannskluft. Das allein hätte schon für die eine und andere Geschichte genügt. Ulrich Sturm machte ein Ausrufezeichen auf die Karteikarte. Konrad Sturm würde auf jeden Fall in seinem Film eine Rolle spielen.

Heute Abend wollte sich die Bürgerinitiative wieder treffen. Diesmal bei Ute Graf im Haus und nicht bei Hedwig Gottwald. Hedwig machte den Eindruck, als verließen sie die Kräfte. Vielleicht wollte sie den Staffelstab weiterreichen. Ute Graf, der nichts gehörte und die auf ein Versprechen baute, wäre eine Anwärterin.

Ulrich Sturm war sich nicht sicher, ob es bloße Neugier war, wenn er zu den Treffen der Initiative ging. Oder ob sich in seinem Kopf die Geschichten langsam miteinander verwoben hatten. Die Geschichten von Konrad Sturm und Ernst David und den Weinreb-Erben, deren Vorfahren halb Warenberg gehört hatte.

Hier wie dort, dachte Ulrich Sturm, haben wir uns auf die Suche gemacht, um uns zu beweisen, dass wir völlig zu Recht sind, wo wir sind, oder waren, wo wir waren. Würden wir, wie diese Indianer, keine Vergangenheit kennen und keine Vorstellung von der Zukunft haben, wäre alles einfacher.

Vielleicht geht er zu dem Treffen. Inzwischen hatten die ersten Hausbesitzer angekündigt, zahlen zu wollen. Ilse Bock hatte den Anfang gemacht. Die Mehrheit allerdings blieb dabei, im Recht zu sein und den Streit durchzufechten.

Hedwig Gottwald hatte angekündigt, bald eine gute Anwältin aus Berlin vorstellen zu wollen, der sie vertraue und die sie statt des Anwalts, den man bisher beauftragt hatte, mit einem Mandat auszustatten gedachte. Eigentlich sollte die Anwältin heute schon dabei sein, aber offensichtlich war irgendetwas dazwischengekommen. Vielleicht hatte sie auch ganz abgesagt, Hedwig Gottwald hatte nicht mehr ganz so optimistisch geklungen, als er sie vor vier Tagen im Supermarkt getroffen hatte.

Sie tat ihm leid, obwohl sie ziemlich verbohrt sein konnte. Bekam von allen Seiten Prügel und hatte es inzwischen schon in etliche überregionale Zeitungen geschafft mit ihrer Ansage: Wir lassen uns nicht vertreiben. Irgendwann hatte sie sich sogar hinreißen lassen und sich einem Journalisten gegenüber zu Israel geäußert. Ohne Not. Die Erben kamen aus den USA und aus Australien. Viele Zeitungen hatten das Zitat sehr gern abgedruckt, und zum ersten Mal war auch ein Foto von Hedwig Gottwald erschienen. Für diesen Vorstoß ist Hedwig Gottwald kritisiert worden. Auch von Leuten der Bürgerinitiative. Man wolle keine politischen Statements abgeben, sondern einzig und allein um die Häuser kämpfen. Negativwerbung hatte es einer genannt. Als versuche man, ein neues Produkt auf den Markt zu bekommen.

Ulrich Sturm beschloss, erst am Nachmittag zu entscheiden, ob er heute Abend hingehen würde oder nicht. Die Nachmieter hatten sich für heute angekündigt. Wollten schon ein paar Kisten und Möbel ins Haus bringen, weil eine von den vieren, wahrscheinlich die Künstlerin, bereits aus ihrer Wohnung ausziehen musste. Willkommen war ihm die Störung nicht, er wollte weiterkommen mit dem Exposé. Aber das schien ein frommer Wunsch zu bleiben. Er kam ja auch ohne Störung von außen vom Hundertsten ins Tausendste.

Ernst David, ein schöner Name, hatte er gedacht, als ihm der Mann bei seinen Recherchen zum ersten Mal untergekommen war. Ernst David war der jüngere Bruder von Max David gewesen. Max David, der zur Volksmarinedivision gehörte und sich den Kieler Soldatenräten angeschlossen hatte. Das war im Jahr neunzehnachtzehn, kurz nachdem Liebknecht in Berlin vom Balkon des Schlosses aus die freie und sozialistische Republik Deutschland ausgerufen hatte. Da hatten viele gejubelt und wollten, dass der Arbeiter-und-Soldaten-Rat die Regierung übernimmt und sich alle Behörden unterstellt.

Ulrich Sturm konnte sich dieses Hochgefühl, das denen auf dem Schlossplatz das Herz gewärmt haben musste, gut vorstellen. Nach diesem Krieg und mit dem ganzen Elend, das aus dem Krieg entstanden war, eine solche Hoffnung schöpfen zu können. Eine Republik nach eigenen Vorstellungen zu errichten. Das muss die Menschen aufgewühlt haben. Dabei hatten sie im Reichstag, nicht weit vom Schlossplatz entfernt, längst angefangen zu feilschen und zu handeln. Wählten den Rat der Volksbeauftragten und Friedrich Ebert zu dessen Vorsitzenden. Ebert, der gerade erst von seiner Königlichen Hoheit, dem Prinzen Max von Baden, zum Reichskanzler ernannt worden war. Ein Mann nach dessen Gusto.

Eigentlich waren bereits alle Messen gesungen. Noske stand in den Startlöchern, die kaiserlichen Offiziere wurden gebraucht, um Revolten oder Revolution zu zerschlagen.

Ulrich Sturm fragte sich, wie er diese große Kurve kriegen sollte, vom Berliner Schlossplatz nach Karlsdorf zu seinen Eltern. Die Sozialdemokraten gewesen waren, sich aber über Noske und Ebert nur abfällig geäußert hatten. Die sich, wie andere Arbeiter auch, klug gemacht hatten oder machen ließen über die Geschichte ihrer Partei und deren gute und schlechte Männer. Die Sozialdemokraten geblieben waren, den ganzen Zweiten Weltkrieg hindurch. Und trotzdem gab es Fotos aus dem Afrikafeldzug, an dem der Vater teilgenommen hatte.

Alles war so gebrochen und jede Bewertung zerbrechlich, und vielleicht war all dies auch schon hundertmal erzählt worden. Ist das eine neue Geschichte oder eine alte? Und vor allem, müsste die Geschichte nicht viel früher anfangen?

Ulrich Sturm nahm eine gelbe Karteikarte und schrieb Studienrat Marloh darauf. Kaisertreu, geachtet, mit den Akademikern und Offizieren der Stadt Hildesheim befreundet, achtzehndreiundneunzig Vater geworden.

Neue Karteikarte. Otto Marloh, achtzehndreiundneunzig geboren, Sohn eines kaisertreuen Studienrats. Sohn einer Ausgeburt seiner Zeit. Eines Vaters, der sich vorgenommen hatte, seinen Erben Otto im preußischen Geiste soldatisch streng zu erziehen. Zu züchtigen bei karger Kost und hartem Schlaflager. Die Mutter keine, die dem Sohn heimlich Zuwendung schenkt, wenigstens hinter dem Rücken des Vaters Liebe walten lässt. Stattdessen beugt sie sich dem Regime ihres Mannes und lässt sich verhärten oder war schon immer hart und deshalb die erste Wahl des Studienrates gewesen.

Vielleicht muss man hier ansetzen, dachte Ulrich Sturm, bei Marloh, diesem grausamen Erzieher, der den Geist dieser Zeit verkörperte. So waren die Hochgekommenen und Höhergestellten. Marloh, dessen Sohn Otto mit neunzehn Jahren eine in damaliger Vorstellung wohlgeratene Zucht geworden war. So wohlgeraten, dass nur die Offizierslaufbahn in Frage kam. Neunzehnvierzehn bereits zog Otto Marloh als Fahnenjunker und Zugführer in den Krieg, beispiellos in seinem Kadavergehorsam.

Ich muss unbedingt nachschauen, woher dieser Begriff kommt. Kadavergehorsam. Ulrich Sturm hatte inzwischen zwar schon die eine und andere Kiste auspacken müssen, jedoch die vier mit den Nachschlagewerken unberührt gelassen. Ein Fehler, wie er jetzt einsah. Wie überhaupt die ganze Packerei ein Fehler gewesen war. Allerdings war nur dadurch Platz für die Kisten der Nachmieter geschaffen worden.

Max Teufel, der Name Max hat sich gehalten über alle Zeiten, dachte Ulrich Sturm, Max Teufel hatte gesagt, es ginge nur noch heute, die Kisten und Möbel vorbeizubringen, dann müsse er für zwei Wochen nach Brüssel. Also schien es eher sein Kram zu sein und nicht das Zeug der Künstlerin, was hier anlanden würde. Trotzdem wäre es nicht schlecht, die Kisten mit den Nachschlagewerken wieder auszupacken. Da waren ja auch ein paar Geschichtsbücher drin, die gut zu gebrauchen wären für die Arbeit am Exposé.

Wenn ich bei Otto Marloh anfange, wird das ein Mehrteiler, dachte Ulrich Sturm, und für einen Moment überkam ihn Verzweiflung. Ob des Versuches, nicht den Eindruck zu erwecken, er wolle einen Film drehen, um mit sich selbst ins Reine zu kommen. Mit dem, was Familie an Chaos und Verzweiflung, Verstrickung und Verständnislosigkeit hinterlässt. Nein, darum sollte es nicht gehen. Ulrich Sturm bekam jedes Mal einen dicken Hals, wenn ein neues Buch bejubelt wurde, in dem sich jemand auf die Suche nach seinen Wurzeln, nach Vaters Schuld und Mutters schweigender Zustimmung gemacht hatte. Er konnte diese ganzen therapeutischen Veranstaltungen nicht mehr lesen und hören. Und nun schrieb er seine Familiengeschichte auf Karteikarten. Verrenkte und verrannte sich bei dem Versuch, zu vermeiden, dass es am Ende daherkommt wie ein Egotrip. Zog immer größere Kreise und verirrte sich in mäandernden Geschichten, von denen jede für sich wert wäre, dass man einen Film über sie machte.

Neben den Karteikarten, die er auf dem großen Tisch ausgebreitet hatte, als gehörten sie zu einem Tarotspiel, lag ein angefangener Brief an das Amt zur Regelung offener Vermögensfragen. Der war schon vier Seiten lang und schien zu keinem Ende kommen zu können. Obwohl der Mittelteil nicht vollständig war, hatte Ulrich Sturm bereits den Anfang seiner Schlussbemerkung geschrieben.

Es geht weniger um irgendwelche Ungerechtigkeiten innerhalb eines Restitutionsverfahrens als um die Tatsache, dass ich den Juden zu suchen habe. Was zur Folge hat, dass ich mich plötzlich in einer mir vollkommen fremden

Familie besser auskenne als die Mitglieder dieser Familie selbst.

Ließe er diesen Absatz so stehen, wäre nur eine Schlussfolgerung zu ziehen. Er müsste damit aufhören, dem Amt mit der grässlichen Bezeichnung die Ergebnisse seiner Nachforschungen zukommen zu lassen. All die Erkenntnisse, die nur den Zweck hatten, eine Entscheidung zu seinen Gunsten herbeizuführen. Er dürfte den Juden nicht mehr suchen, um zu seinem Recht zu kommen. Aber nun hatte er ihn, verdammt noch mal, gefunden, und eine ganze große Geschichte dazu. Und jetzt wollte er sich vielleicht einfach nur beruhigen, indem er aus der gefundenen Geschichte einen Film zu machen versuchte.

Wie oft hatte er in den vergangenen Monaten und Wochen in Warenberg schon den Satz gehört, das alles wäre so unglaublich, dass man eigentlich ein Buch darüber schreiben müsste. Er hoffte nur, dass all diese Menschen, die den Satz bislang gesagt hatten, nicht Ernst damit machten. Plötzlich glaubten sie, ihre und die Geschichte ihres Hauses, ihrer Vorfahren oder der Vorbesitzer des Hauses sei auch für andere von Bedeutung. Und vielleicht war er genauso, bauschte etwas auf, machte es groß, um sich dahinter verstecken zu können.

Ulrich Sturm ging zum Kühlschrank, um nachzuschauen, ob Milch für einen Kaffee da war, den er den Nachmietern zumindest anbieten musste. Schließlich waren die Leute ihm sehr entgegengekommen, und nett waren sie auch. Obwohl ihm dieses Ehepaar beziehungsweise die Tatsache, dass es Teil einer Wohngemeinschaft werden wollte, ein Rätsel geblieben war. Ihr Umgang miteinander liebevoll distanziert, Ulrich Sturm erinnerte sich, wie der Mann seiner Frau irgendetwas aus dem Haar gezupft hatte, was da nicht hingehörte. Wie sie still stehen geblieben war und die kleine Geste zu genießen schien, aber gleich darauf eine ironische Bemerkung gemacht hatte, in der es um mit Spucke angefeuchtete Taschentücher und Krümel in den Mundwinkeln ging. Als sei sie sich der Absurdität ihrer Beziehung in den Augen anderer bewusst. Der Tatsache, dass dieser Mann, wäre er ihr Vater, sogar als alter Vater gälte.

Nein, es war nicht genügend Milch da, und ja, er hätte jetzt Lust, von den Karteikarten wegzukommen. Ulrich Sturm suchte den Einkaufszettel, auf den er fortlaufend schrieb, was ihm fehlte oder was aufgebraucht war. Milch stand schon drauf, und offensichtlich gab es auch kein Bier mehr. Halb zwei. Beim Anblick des Einkaufszettels kam in ihm der Wunsch auf, jetzt sofort ein Bier zu trinken. Hin und wieder passierte es, dass er nachmittags anfing zu trinken und abends zeitig, frustriert und betrunken, ins Bett fiel. Er beruhigte sich damit, dass er diese Anfälle von. Ja, was eigentlich? Nur alle paar Monate hatte. Trotzdem fragte er sich manchmal, ob er sich damit schon zum Quartalssäufer qualifizierte. Ob es genügte, alle drei oder vier Monate ein ganz privates und einsames Saufgelage zu veranstalten. Allein trinken schien ja wohl das verlässlichste aller Anzeichen für Alkoholmissbrauch zu sein.

War das solch ein Tag? Sollte er einfach losgehen und im Supermarkt einen Kasten Bier kaufen, Milch und ein paar Kekse als Alibi in den Einkaufswagen packen und sich betrinken? Das ginge frühestens ab sechs, wenn die Nachmieter wieder weggefahren wären. Er konnte ja schlecht am Küchentisch sitzen und saufen, während die ihre Kisten und Möbel im Haus verteilten.

Jetzt setzte sich Ulrich Sturm doch noch einmal an den Tisch. Die Sache mit dem Bier musste bedacht sein und die Frage geklärt, wann er das letzte Mal einen solchen Absturz hatte. Ob der lange genug zurücklag, um sich heute ohne schlechtes Gewissen gehenlassen zu können.

Ulrich Sturm stand auf und ging ins Bad, um nachzuschauen, ob in seinem Gesicht die ersten verräterischen Zeichen übermäßigen Alkoholkonsums zu sehen waren. Geplatzte Äderchen, lila Nasenspitze, das Weiße in den Augen ungesund rot. Nichts dergleichen war zu finden. Er hatte es bisher nicht geschafft, den Spiegel im Badezimmer so hoch zu hängen, dass er sich nicht mehr bücken musste, um sich in die Augen zu schauen. Aber es war ihm auch nicht so wichtig. Er mochte sein Gesicht nicht mehr. Seit wann das so war, wusste Ulrich Sturm nicht. Früher hatte er sich immer als durchschnittlich attraktiv bezeichnet. Schmales Gesicht, hohe Stirn, eine etwas schiefe Nase, spärlicher Bartwuchs, der nur alle paar Tage eine Rasur erforderte, ein erstaunlich großer Mund.

Der große Mund hatte irgendwann begonnen, ihm zu gefallen, nachdem er als Kind und Jugendlicher immer damit gehadert hatte. Der blieb den Leuten im Gedächtnis. Eine Frau, mit der er vor Jahren ein kurzes, aber wunderbar heftiges Verhältnis gehabt hatte, fand, dass sein Mund so groß wie der von Mick Jagger sei. Das war ihm zugutegekommen, die Frau war ein Fan der Rolling Stones.

Ulrich Sturm wischte sich mit dem Handrücken über den Mund. Eine Alkoholikergeste. Verließ das Badezimmer und setzte sich wieder an den Küchentisch zu seinen Karteikarten.

Otto Marloh zieht in den Krieg und wird schon neunzehnvierzehn an der Westfront das erste Mal verwundet. Ein Jahr später ist er in Russland, wo er vom Pferd stürzt und sich den Fuß bricht. Und neunzehnsiebzehn kommt er mit schwerer Verwundung in britische Gefangenschaft. Er verliert den rechten Unterarm, und damit ist er endgültig ein Held. Gerade mal fünfundzwanzig Jahre alt. Ein unangenehmer Kerl, der vor allem gelernt hatte, das Maul aufzureißen, vom Vaterland zu faseln und zu töten. Er kann reiten, stechen, schießen, Befehle ausführen und Befehle geben. Er kann niederträchtig sein und saufen, wenn es darauf ankommt. Und es kommt darauf an. Deshalb wird es für einen wie ihn in der neuen Republik auch eine Aufgabe geben. Sehr bald sogar.

Otto Marloh, ja, das wäre ein guter Einstieg für den Film. Dessen Geschichte und parallel dazu die Geschichte von Max David. Gleicher Jahrgang wie Otto Marloh, Deutscher und Jude, in Berlin aufgewachsen.

Ulrich Sturm legte den Einkaufszettel beiseite und nahm eine neue Karteikarte. Neunzehnneunzehn, als Otto Marloh dekoriert, geehrt und mit fehlendem Unterarm nach weiterer Verwendung sucht, gehört Max David zu den roten Matrosen der Volksmarinedivision. Zu jenen Matrosen, von denen der neue Reichspräsident gesagt hatte, er hasse sie wie die Sünde. Max David, Teil einer regulären revolutionären Truppe, die sich den regierungstreuen Truppen, angeführt von kaiserlichen Offizieren, nicht ergab, steht also auf der anderen Seite der Barrikade. Hier Otto Marloh, ein Untertan, wie er im Buche steht, da Max David, ein vielleicht wilder Matrose. Ziemlich ungestüm und manchmal eine Nervensäge, wie sein Bruder Ernst später über ihn sagen wird.

Das dachte sich Ulrich Sturm jetzt gerade aus. Er wusste

nicht viel über Max und Ernst David. Über Marloh gab es einiges zu lesen. Die beiden Brüder, denen musste er für einen Film erst zu Fleisch und Blut verhelfen. Die waren historisch verbürgt, doch er hatte nur wenig über sie herausgefunden. Ernst David, der den ersten Krieg und auch den zweiten überlebte, über den ließ sich wahrscheinlich noch das eine und andere zusammenklauben. Aber über Max, dessen Geschichte am elften März neunzehnneunzehn endete, hatte Ulrich Sturm kaum etwas erfahren können. Er konnte den Mann nicht blass und geschichtslos lassen, während er Marloh mit allem ausstattete, was eine Hauptfigur in einem Film brauchte. Und wie wollte er das überhaupt erzählen? Das klang inzwischen alles nach einem Spielfilm. Für einen Spielfilm aber, das wusste er, fehlte ihm der Mut. Mal ganz abgesehen davon, dass niemand einem Mann, der bislang den einen und anderen anständigen Dokumentarfilm geliefert hatte, zutrauen würde, einen abendfüllenden Spielfilm zu machen. Trotzdem musste er ernsthaft darüber nachdenken und sich, wenn es nottat, Partner suchen.

Ulrich Sturm dachte an den Kollegen, mit dem er vor einigen Jahren eine zweiteilige Dokumentation über Weimar gemacht hatte. Die Geburt des Terrors aus der Klassik.

Mit diesem Titel waren sie nicht durchgekommen. Aber die Dokumentation war nicht schlecht geworden. Und inzwischen, das hatte Ulrich Sturm irgendwo im Abspann eines Filmes gelesen, der im Fernsehen gelaufen war, machte der Kollege offensichtlich Spielfilme. Vielleicht sollte er den Kontakt wiederbeleben, schließlich hatte man damals gut zusammengearbeitet.

Alles, nur nicht Guido Knopp, sagte Ulrich Sturm laut

und beschloss nun doch, Bier und Milch zu kaufen. Und eine Flasche Wein. Wenn er abends zu Ute Graf gehen wollte, müsste er anstandshalber etwas mitbringen. Das hatte sich so eingebürgert. Jeder brachte etwas mit, und die Gastgeber sorgten für Gläser und Knabbereien. Hedwig Gottwald hatte sogar die guten Gläser aus dem Schrank geholt.

Irgendwann hatte sich der feste Kern der Initiative auf dreizehn Leute reduziert. Alle anderen kamen sporadisch vorbei oder informierten sich mit Hilfe des »Warenberger Boten«. Nachdem klar war, dass sich alles über Jahre hinziehen würde, verloren viele den Elan. Zahlten ihren Anteil für Beratungskosten und Anwalt und ließen es damit gut sein.

Hedwig Gottwald hatte sich einmal darüber beschwert, dass die Leute sich nicht ausreichend engagierten. Sich nur auf sie verließen. Ihr zwar hin und wieder ermunternde Worte sagten, begegnete man sich auf der Straße, aber ansonsten die Füße still hielten. Ulrich Sturm fand verwunderlich, dass Hedwig Gottwald darüber erstaunt war. Es war der natürliche Gang der Dinge. Am Ende blieben immer nur ein paar, die nicht aufgaben und die Arbeit machten.

Bis zum Supermarkt waren es nur knapp achthundert Meter, aber Ulrich Sturm nahm das Auto. Er hatte keine Lust, den Bierkasten zurückzutragen. Und außerdem sah es einfach blöd aus, mit so viel Alkohol durch die Gegend zu laufen. Er fand es erstaunlich, wie schnell er sich auf dieses Wassollendienachbarndenken-Gehabe eingelassen hatte. Dabei war er sicher, dass ihn niemand darauf anspräche, liefe er hier mit einem Kasten Bier durch die Siedlung. In dieser Beziehung waren die Leute wirklich diskret. Oder sie soffen alle selber, das konnte man nicht wissen.

Vor dem Supermarkt stand Martina Leber und starrte unschlüssig auf die Einkaufswagen und in ihre Geldbörse. Sie trug eine weite dunkelblaue Hose, eine weiße Bluse und dunkelblaue Slipper. Keine Seuchenüberzieher. Stattdessen hatte sie dünne weiße Handschuhe an. Aus Stoff. Ulrich Sturm nahm sich vor, am Abend auf jeden Fall zu Ute Graf zu gehen. Er könnte dann ernsthaft den Versuch unternehmen, mit Martin Leber ins Gespräch zu kommen. Dem schienen privat alle Felle wegzuschwimmen. Außerdem war er ein ziemlich guter Historiker. Eigentlich konnte Ulrich Sturm so jemanden wie Martin Leber gebrauchen. Um von ihm zu lernen, wie er mit den Recherchen weiterkäme.

Kein Kleingeld für den Einkaufswagen?, fragte Ulrich Sturm. Martina Leber zuckte erst kurz zusammen und lächelte ihn dann an.

Nur Zweimarkstücke, aber die gehen nicht.

Ulrich Sturm gab der Frau einen Einkaufschip, den er mal zusammen mit zwei Feuerzeugen hier im Supermarkt erstanden hatte.

Den können Sie mir heute Abend zurückgeben, falls wir uns bei den Grafs sehen.

Ich komme nicht, aber mein Mann wird da sein, danke.

Martina Leber steckte den Chip in einen Wagen und schien kurz zu überlegen, ob sie den jetzt wirklich würde anfassen müssen, um ihn bewegen zu können. Dann packte sie mit beiden Händen zu, und im gleichen Augenblick machte sich auf ihrem Gesicht ein Ausdruck breit, als bereite es ihr Schmerzen, den Wagen zu schieben.

Ulrich Sturm blieb im Supermarkt immer in Sichtweite hinter Martina Leber. Er beobachtete, wie sie zwischen den Regalen entlanglief und den Einkaufswagen schob, als müsse sie ihn über rohe Eier balancieren. Jedes Mal, wenn sie etwas aus einem Regal genommen und in den Wagen gepackt hatte, wischte sie sich die behandschuhten Hände an den Hosen ab. Trotzdem füllte sich ihr Wagen nach und nach, und sie stand eher an der Kasse als Ulrich Sturm, dem das recht war. Er mochte nicht mit Bier, Milch, Zucker, Keksen und einer Flasche Wein hinter Martina Leber stehen. Er wollte einen guten Eindruck bei ihr hinterlassen. Nicht den eines Mannes, der sich von Alkohol und Kaffee ernährt. Es schien ihm besser, als Retter mit einem Einkaufschip im Gedächtnis zu bleiben.

Er konnte sehen, wie mühevoll es für Martina Leber war, mit behandschuhten Fingern das Geld abzuzählen, und fragte sich einmal mehr, was mit dieser Frau eigentlich los war. Sie sah gut aus, und ihr Mann war definitiv das, was man einen patenten Kerl nennen konnte. Das Haus machte von außen einen gepflegten Eindruck. Es schien Kinder zu geben, die wohlgeraten waren. Martina Leber aber wirkte, als sei sie tödlich verletzt. Sollte ihr diese ganze Geschichte mit den Häusern und den Erben dermaßen zusetzen?

Ulrich Sturm fragte sich nicht zum ersten Mal, warum die Leute hier aus dieser sicher nicht einfachen Sache eine Angelegenheit auf Leben und Tod machten. Er hatte Drühmer mal gefragt, diesen Redakteur, den er nicht sonderlich angenehm fand, aber auch nicht dumm. Ganz und gar nicht.

Warum können sich die Leute nicht mal in ihren

kühnsten Träumen vorstellen, von hier wegzugehen, hatte er gefragt. Die haben ihre Einkommen oder ihre Renten. Was macht die so sicher, nur hier glücklich sein zu können?

Es war eine dumme Frage, das hatte Ulrich Sturm gewusst. Dieses Unvermögen, den Ort zu verlassen, an dem man seit Ewigkeiten lebte und der einen durch Eigentum an sich band. Als sei man einem Fluch erlegen. War kein ostdeutsches Phänomen. Drühmer hatte auch entsprechend verwundert reagiert.

Das dürfte einen wie Sie doch nicht erstaunen. Ihr Kanzler hat die deutsche Einheit vollendet. Das ist der endgültige Sieg der Mittelmäßigkeit. Ist leider nicht von mir, hatte der Redakteur hinterhergeschoben und gelacht. Nichts hängt so sehr am Eigentum wie Mittelmaß. Das mag zynisch klingen und ist auch so gemeint. Man fragt sich, wenn man hier so durch die Straßen geht, was der Jude eigentlich mit dem Kaff will? Auf unbebaute Grundstücke noch mehr Mittelmaß bauen? Dafür kommen die aus Amerika und Australien hierher?

Drühmer schien in dem Moment nur darauf zu warten, dass er, Ulrich Sturm, den Satz sagte, die kämen nicht, um Mittelmaß zu bauen, sondern des Geldes wegen. Und natürlich lagen einem diese Sätze auch oft auf der Zunge. Oder besser, sie waren im Kopf. Und schon dort, ohne ausgesprochen zu werden, hatten sie ihre Unschuld verloren. Trotzdem wurden sie andauernd gedacht und häufig gesagt.

Aber diesen kleinen Triumph, von dem er nicht mal wusste, ob Drühmer es darauf angelegt hatte, gönnte er dem Mann nicht. Der war ihm sowieso suspekt mit dieser Art, sich hinter dem seitenlangen Abdruck von Leserbriefen zu verstecken. Andererseits, das musste man dem Kerl lassen, hatte der inzwischen auch eine Form der Berichterstattung gefunden, die zumindest umfassend war. Ausgewogen nicht, das ging wahrscheinlich auch nicht in einem Blatt, das auf die Anzeigen des örtlichen Gewerbes angewiesen war. Aber vom Umfang her konnte nichts mit dem »Warenberger Boten« konkurrieren.

So hab ich das noch gelernt, hatte Drühmer einmal bei einem Treffen der Bürgerinitiative gesagt, als er gelobt wurde für die umfangreiche Berichterstattung. Eine Zeitung muss kollektiver Organisator sein.

Hinterher hatte er Ulrich Sturm erklärt, die vollständige Lenin'sche Forderung bestünde darin, dass Zeitungen Organisator, Agitator und Propagandist sein sollten, aber er halte es angesichts der veränderten Zeiten nicht mehr für angebracht, daran zu erinnern. Wenn die Erben klug wären, hatte er gesagt, gäben sie eine eigene Zeitung raus, anstatt ihm ihre Verlautbarungen zum Abdruck zu schicken.

Ulrich Sturm stand noch immer vor dem Supermarkt, Martina Leber war längst fort. Er würde sie nie fragen, warum sie nicht einfach ihre Kinder, ihren Mann und ihre Sachen nahm und von hier wegging. Wahrscheinlich würde sie ihm nicht antworten oder verstünde die Frage gar nicht.

Vor seinem Haus, das nicht sein Haus war, stand ein Pritschenwagen. Max Teufel saß auf der Eingangstreppe und rauchte. Es sei schneller als erwartet gegangen mit der Herfahrt, erklärte er, während die Künstlerin aus dem Auto stieg und sich das Kleid glatt strich, als hätte sie gerade etwas Unordentliches getan.

Ihr seid nur zu zweit?

Max Teufel nickte. Aber du musst nicht mittragen, wir beide kriegen das alles rein, wenn du uns zeigst, wo wir es hinstellen können.

Die Künstlerin sah allerdings nicht aus, als wäre sie in der Lage, etwas zu tragen, das mehr als fünf Kilogramm wog.

Am Ende trugen sie zu dritt, und Ulrich Sturm fand es geradezu schön, von seinen Karteikarten weg zu sein. So zu tun, als sei ihm körperliche Arbeit auf den Leib geschnitten. Er schwitzte und stöhnte, aber es gefiel ihm. Und er staunte, was der schmale Hecht Max Teufel wegschleppen konnte, ohne mit der Wimper zu zucken. Der kommentierte jede Kiste in einem leicht abfälligen Ton, als sei ihm der ganze Kram suspekt und eher eine Last.

Nur eine Sitzgarnitur. Die können wir auch draußen stehen lassen. Wird niemand scharf drauf sein.

Ulrich Sturm hatte das Wort Garnitur für Sitzmöbel seit jeher fürchterlich gefunden, aber immer benutzt. Sie schien dem Jungen wirklich am Herzen zu liegen, entgegen aller abfälligen Äußerungen. Die hätte mal der Interflug gehört, erklärte Max Teufel und strich versonnen über einen Sessel. Tatsächlich sah das Ding nicht schlecht aus, eher nach Bauhaus als nach DDR-Barock, von dem Ulrich Sturm hier in Warenberg schon einiges zu sehen bekommen hatte.

Nach zwei Stunden hatten sie alles ins Haus geräumt, das nun überfüllt wirkte. Max Teufel hatte mehrmals neugierig auf den Tisch mit all den Karteikarten, Büchern und Zeitungsausschnitten geschaut, und Ulrich Sturm war es seltsamerweise nicht unangenehm, dem Jungen. Wieso nannte er ihn bloß immer Junge? Zu erklären, wer er war und was er machte.

Nachdem er die halbe Geschichte erzählt hatte, öffnete Ulrich Sturm zwei Bier. Die Künstlerin hatte sich oben in ihr künftiges Atelier, das er bereits leer geräumt hatte, verzogen, um es einzurichten. Sie kam zwischendurch runter, kochte sich einen Tee und verschwand wieder. Da waren sie schon beim zweiten Bier und beim Du.

Irgendwann traute sich Ulrich Sturm auch zu fragen, wie die etwas außergewöhnliche Wohngemeinschaft zusammengekommen war. Und Max Teufel, der nicht einen Augenblick von seinem leicht ironischen Ton gelassen hatte, sagte, man sei eine geradezu experimentelle Gruppe, um auszutesten, ob aus verschiedenen Arten, unglücklich zu sein, vielleicht sogar eine glückliche Gesamtkonstruktion entstehen könne.

Ich bin frisch geschieden, habe zwei Kinder und eine sehr erfolgreiche Exfrau, leide an mäßig schlimmen Panikattacken und an der Tatsache, dass hundert Deutsche wirklich dümmer sind als ein Deutscher. Ist von Heiner Müller, nicht von mir. Außerdem bin ich ein wenig in Sascha verliebt, die Hartmut geheiratet hat, der zweiunddreißig Jahre älter ist als sie und ein toller Typ. Sascha sagt, wenn Hartmut mal nicht mehr ist, was dem natürlichen Gang der Dinge entspreche, heiratet sie mich. Das genügt mir als Zukunftsszenario. Ich glaube sowieso nicht, dass ich heiraten will, das ist ein zu teures und anstrengendes Experiment. Hartmut überlegt wahrscheinlich jeden Abend, wie es ihm passieren konnte, von solch einem Junghuhn geehelicht worden zu sein und damit trotzdem ganz glücklich zu werden. Cora, unsere Künstlerin, hab ich mal bei einer Reise nach Portugal kennengelernt. Da hieß sie noch Cora Unmut. Eigentlich ein schöner Name. Schöner als Cora Barthel. Aber Barthel ist wohl der Mädchenname ihrer Mutter, und den hat sie wieder angenommen, als die Mutter starb. Cora war per Anhalter unterwegs und befand sich mitten in dem Selbstversuch, ob Bilder besser werden, wenn man verhungert, während man sie malt. Ich glaube, sie wog knapp vierzig Kilo und trug einen Rucksack, der doppelt so schwer war. Sie hatte bereits Mundgeruch. Ihr ganzer Körper roch nach Tod. Fand ich. Ich kam mir vor wie der Fahrer eines Leichenwagens und wollte sie nach dreihundert Kilometern wieder rausschmeißen. Außerdem war ich mir gerade selbst zu viel.

Andererseits machte Cora den Eindruck, als wäre sie am Ende ihrer Selbstmordphase angelangt und schöpfte neuen Mut. Da wollte ich nicht gegenhalten. Es ist ja hin und wieder toll, eine gute Tat zu tun, selbst einer wie ich weiß das zu schätzen. Also hab ich Cora mit in das Haus meiner Tante genommen, die zwei Wochen lang nichts anderes getan hat, als der jungen Frau essen beizubringen. Ich konnte da wirklich nicht zusehen, es hat mich umgehauen, wie jemand solch einen Ekel vor dem Essen haben kann. Aber nach zwei Wochen war es besser. Cora hatte sogar angefangen, ein neues Bild zu malen.

Frag mich nicht, was sie malt, ich versteh das bis heute nicht. Auf jeden Fall führt sie die Farbe Schwarz zu neuen Weihen. Ist keine Farbe, ich weiß. Sagen wir also, Cora malt andauernd die Sehnsucht nach Hunger oder den Ekel vor Essen. Ehrlich gesagt, für geheilt halte ich sie nicht. Aber sie führt uns drei anderen immer vor Augen, dass wir ziemlich glückliche Menschen sein müssen. Insofern missbraucht sie ihren Körper, wir missbrauchen sie, weil sie uns das Gefühl gibt, etwas Gutes zu tun, und ihr Körper missbraucht uns, weil er uns beweist, wie einfach es ist, hässlich zu werden. Vielleicht strengen wir uns angesichts dessen mehr an.

Max Teufel stand auf und holte aus dem Kühlschrank zwei weitere Flaschen Bier, als wohnte er bereits hier. Willst du nicht hier im Haus bleiben? Ist doch groß genug für fünf Leute. Wir könnten uns überlegen, wie du in unser Experiment passt.

Ulrich Sturm fand die Idee gar nicht so blöd, wie sie auf den ersten Blick schien. Allerdings hatte Max Teufel bis jetzt nicht den Eindruck gemacht, auch ernst zu meinen, was er sagte. Diese ständige ironische Distanz konnte einem wahrscheinlich ziemlich auf die Nerven gehen. Man kam an solch einen Menschen nicht ran. Die Frage war, ob es überhaupt wichtig war, an ihn, diese Sascha oder die Hungerkünstlerin ranzukommen. Ulrich Sturm wurde bewusst, dass er die Frau schon Hungerkünstlerin tituliert hatte, als er gar nichts wissen konnte von deren langfristig geplantem Selbstmord. Er hatte sie zwar schrecklich dünn gefunden, aber eher auf brotlose Kunst getippt statt auf Essstörung.

Ich denke darüber nach, hörte er sich sagen und schob es darauf, bereits zwei Bier getrunken zu haben und das auf fast nüchternen Magen.

Mach das, sagte Max Teufel und ploppte seine Bierflasche gegen die von Ulrich Sturm. Ich hab gehört, hier geht es hoch her. Kampf um die Häuser, jüdische Erbengemeinschaft, aufgebrachte Bewohner, Straßenschlachten.

Bis auf Letzteres stimmt alles. Aber ich bin da nicht drin, mir gehört kein Haus, und deshalb bereiten mir all diese Angelegenheiten keine Kopfschmerzen.

Drin sind wir alle irgendwie. Max Teufel malte mit dem

rechten Zeigefinger Kringel auf den Tisch. Woran arbeitest du denn jetzt gerade?

An einem Filmprojekt. Ulrich Sturm merkte, dass er zwar gern über sich und seine Arbeit redete, über Reiseführer, Privatfernsehen, Texte über ostdeutsche Befindlichkeit. Zu dem Film, den er wahrscheinlich nie machen würde, wollte er nicht gefragt werden. Max Teufel schien das zu spüren.

Ich rede auch nicht gern über Unausgegorenes.

Max Teufel stand auf und suchte den Autoschlüssel. Zehn Minuten später war Ulrich Sturm wieder allein. Jetzt könnte er noch zwei Stunden arbeiten und dann zu Ute Graf gehen. Aber so, wie er sich fühlte, würde er sich für eines von beidem entscheiden müssen. Und entschied sich für den Abend bei Ute Graf. Die Karteikarten verunsicherten ihn. Er hatte das Gefühl, den Anfang der Geschichte nicht zu finden. Vielleicht blieb er bei der Parallelmontage. Max David und Otto Marloh. Das hatte Potenzial. Und würde ihn irgendwann zu dem Haus in Karlsdorf bringen. Man musste nur geduldig sein.

Max Teufel hatte einen kleinen Stapel Papier auf einer Kiste liegenlassen. Der fiel ihm jetzt ins Auge. Der Junge hatte den Stapel aus der Kiste gekramt und gesagt, den hätte er fälschlicherweise schon eingepackt, bräuchte die Sachen aber in der kommenden Woche in Brüssel. Die würde er ihm wohl nachschicken müssen.

Obenauf lag ein Auszug aus dem Amtsblatt der Europäischen Union. Entwicklung des Binnenmarktes für den Handel. Ulrich Sturm, der an keinem beschriebenen Stück Papier vorbeigehen konnte, fing an zu lesen. An seiner Pinwand in der Küche hing ein Einkaufszettel, den er kürzlich vor dem Supermarkt gefunden hatte. Kümmerling, Pommes, Klobürste, irgendwas für Karla zum Naschen. Die Zusammenstellung hatte ihm gefallen, vor allem die Klobürste zwischen Pommes und Naschwerk. An Einkaufszetteln ließ sich erkennen, ob jemand strukturiert oder chaotisch war. Der Klobürstenmann, Ulrich Sturm war sich sicher, dass ein Mann diesen Zettel geschrieben hatte, gehörte zu den Chaoten oder ging sehr selten einkaufen. Die Strukturierten schrieben die Sachen untereinander, die im Supermarkt an einem Ort zu finden waren. Erst Obst und Gemüse, dann die Sachen aus dem Kühlregal, die Frischwaren, die Getränke, Waschmittel und Küchenpapier zum Schluss.

Wieso war er jetzt, im Angesicht eines dubiosen Papiers aus dem Amtsblatt der Europäischen Union darauf gekommen? Die zehn ersten Absätze begannen mit »Unter Hinweis auf«, es folgten sieben Absätze, die mit »In Kenntnis der« anfingen, dann wieder fünf »Unter Hinweis auf«, achtmal »Gestützt auf Artikel«, vier Seiten mit Absätzen von A bis Z, dann noch mal AA bis AD »In Erwägung, dass« und irgendwann der eigentliche Inhalt. Noch nie in seinem Leben hatte Ulrich Sturm so etwas gelesen. Es schien einem Albtraum entsprungen, und er fragte sich, wie Max Teufel über einen solchen Schwachsinn reden, geschweige denn damit arbeiten konnte. Ob dem nicht irgendwann der ironische Grundton verlorengehen und einer verzweifelten Unlust Platz machen müsste.

Ulrich Sturm packte den Stapel zusammen, den Max Teufel vergessen hatte, und beschloss, das Zeug am nächsten Morgen zur Post zu bringen. Vorausgesetzt, er fand bis dahin die Adresse von dem Jungen.

Johanna Wollweber

Die ersten Tage ihres Urlaubs waren ein Desaster. Der Besuch bei Hedwig Gottwald hatte das Unheil eingeleitet, obwohl nichts Schlimmes passiert war. Aber in Gedanken verwendete sie das Wort Unheil, wenn sie an den Besuch dachte.

Johanna Wollweber hatte das Haus in der Salomon-Weinreb-Straße schnell gefunden. Es war eine kleine lustige Straße, an deren Anfang ein Schild stand: Wendehammer am Ende der Straße. Johanna Wollweber hatte sich über das Wort amüsiert und ebenso über das Schild Marke Eigenbau. Irgendjemand hatte unter den Spruch mit schwarzem Stift Hammer und Sichel gekritzelt. Und jemand anders hatte versucht, es abzuwischen. Mit mäßigem Erfolg. Dann hatte ein noch größerer Witzbold Wendehälse unter den Wendehammer unter die verwischten Symbole sowjetischer Großmacht geschrieben. Johanna Wollweber schien es, als sei der Wettkampf um die Deutungshoheit des Wortes Wendehammer Inbegriff allen Elends, das sie gleich erfahren würde.

Hedwig Gottwald bewohnte ein hübsches Haus, nicht allzu groß und innen ein wenig verschattet durch die hohen Bäume, die auf dem Grundstück standen. Johanna Wollweber hatte das sanft nach hinten abfallende Land schön gefunden. Es kam wie ein winziger Wald daher, bei dem offensichtlich niemand den Versuch gemacht hatte, akkurate Beete anzulegen und Wagenräder zu bepflanzen. Stattdessen gab es eine Sitzecke unter einer Linde und links und rechts zu den Nachbarn hin Blumenrabatten, die aussahen, als seien sie zufällig entstanden. Johanna Wollweber wusste noch von ihrer Mutter, wie viel Arbeit dieser Eindruck des Zufälligen machte. Vor allem wenn man wollte, dass den ganzen Sommer über etwas blühte. Ihre Mutter hatte Bücher gewälzt und stundenlang mit der Frau des Gärtners geredet, zu dem sie zu Beginn jedes Frühjahres und jedes Herbstes fuhr, um eine Menge Geld loszuwerden. Johanna Wollweber hatte ihre Mutter meist begleitet und sich tödlich gelangweilt, wenn die ins Reden mit der Gärtnersfrau kam. Eine Nachbarin wie Hedwig Gottwald wäre für ihre Mutter besser gewesen als die zahlreichen Buchsbaumtanten und Koniferenweiber, die in der Nachbarschaft gewohnt hatten.

Hedwig Gottwald hatte draußen unter der Linde den Kaffeetisch gedeckt und sich bemüht, das Ganze wie einen netten kleinen Besuch wirken zu lassen, zu dem sie irgendwann einmal eingeladen hatte. Und Johanna Wollweber hatte mitgespielt. Ihr lag nicht daran, so zu tun, als hätte sie das Mandat schon angenommen. Sie wollte zwar auch nicht unprofessionell wirken, aber doch ein wenig unverbindlich. Und das war ihr gelungen, wie sie im Nachhinein fand. Sie hatte mit Hedwig Gottwald über Warenberg gesprochen und die Zeiten vor der Wende. Die Frau hatte ein paar Geschichten darüber erzählt, wie schwierig es gewesen war, Häuser und Grundstücke wie das ihre instand zu halten.

Mein Mann hatte ja auch noch zwei linke Hände, wissen Sie, da konnte man nicht mal Handwerk gegen Material tauschen. Gerade mal, dass der mithelfen konnte, wenn irgendwo ein Garagendach geteert werden musste. Also haben wir Spargel gegen Material getauscht. Den Spargel bekamen wir von den Eltern meines Mannes, die hatten nicht weit von hier einen Garten und bauten dort welchen an. Spargel gegen Zement, Spargel gegen Fensterglas, Spargel gegen Fliesen. Spargel ging immer. Heute bekommt man so viel, wie man haben möchte, und schon hat er seinen Reiz und vor allem seinen Tauschwert verloren. Wahrscheinlich ist dies die größte Umgewöhnung für uns. Dass die Dinge ihren Tauschwert verloren haben und das Geld plötzlich tatsächlich etwas wert ist. Ich meine für unsereinen, der immer nur die DDR-Mark hatte und nie einen Pfennig Westgeld. Westgeld hatte natürlich den größten Tauschwert. Das hat sich nie geändert, und daran hätte man auch merken müssen, dass irgendetwas schiefläuft. Westmark eins zu zehn, Złoty eins zu eins, haben die Leute gesagt. Eins zu eins meinte dann eine DDR-Mark gegen einen Eimer Złoty. So waren die Leute. Jetzt haben sie die Westmark und wundern sich, dass die allein auch nicht glücklich macht.

Johanna Wollweber kannte all diese Geschichten. Sie hatte in den vergangenen Jahren so viele Menschen aus den neuen Bundesländern als Anwältin vertreten, und die schenkten ihr solche Geschichten frei Haus. Sie revanchierten sich so dafür, dass Johanna Wollweber es hin und wieder schaffte, sie rauszuhauen aus dem Elend. Meist lief das Raushauen auf einen Vergleich hinaus, bei dem ihre Mandanten wenigstens Haus und Grundstück behielten und halbwegs glimpflich davonkamen.

Sie hatte die seltsamsten Dinge erlebt. Einmal hatte sie ein ganzes Dorf vertreten, das der Sohn des einstigen Gutsbesitzers gern am Stück zurückhaben wollte. Der Gutsbesitzer selbst lebte noch in einem Pflegeheim irgendwo im Sauerland, war aber offensichtlich schon ziemlich hinüber. Allerdings noch klar genug, um seinem

Sohn alle Vollmachten zu erteilen. Obwohl Johanna Wollweber es auch für möglich gehalten hatte, dass all die Unterschriften gefälscht waren. Der Sohn hatte Briefe über Briefe geschrieben, in denen stand, dass sein Vater in seinem Gutshaus sterben wolle, dem Haus, in dem er aufgewachsen war und an das er so gute Erinnerungen hatte.

Johanna Wollweber hatte Hedwig Gottwald diese Geschichte erzählt, weil die eine nette Pointe aufwies und sehr skurril war. Weit genug weg von den Warenberger Geschichten, um nicht anzüglich zu wirken.

Der Sohn des einstigen Gutsbesitzers kündigte jeden Monat erneut sein Kommen an. Er würde mit seinem Vater kommen und wünsche sich einen würdigen Empfang durch den Bürgermeister des Ortes. Man habe vor, dem Dorf viel Gutes zu tun, seien erst alle Formalitäten mit der Rückübertragung erledigt.

Monat für Monat wurde ein neuer Termin angekündigt, und nichts passierte. Sie kamen nie. Der Bürgermeister legte alle Briefe in eine große grüne Mappe und kümmerte sich ansonsten nicht weiter darum. Was zu regeln war, würde das zuständige Amt für offene Vermögensfragen regeln, und dann hatte man ja auch noch die Anwältin Wollweber. Am Ende jedenfalls stellte sich heraus, dass der Sohn des einstigen Gutsbesitzers im Gefängnis saß. Wegen Betrug. Hatte all seine Geschäfte von dort aus erledigt oder durch einen Anwalt erledigen lassen und war guter Hoffnung, nach seiner Haftentlassung mit seinem altersverwirrten Vater ein Gutshaus im Osten beziehen zu können.

Hedwig Gottwald hatte die Geschichte nicht so lustig gefunden, wie Johanna Wollweber geglaubt hatte. Das müsse man sich mal vorstellen, hatte sie todernst gesagt, so ein Knastbruder aus dem Westen bringt ein ganzes Dorf durcheinander, und dann dauert es Monate, bis das auffliegt. Wo leben wir denn?

Wahrscheinlich ist denen der Sinn für Komik abhandengekommen, hatte Johanna Wollweber gedacht, und verwunderlich fand sie es nicht. Schließlich zog sich die Sache in Warenberg auch schon einige Zeit hin. Sie konnte sich vorstellen, dass so etwas an den Nerven zerrte. Sie hatte sich von Hedwig Gottwald die ganze Geschichte, die sie aus den Papieren schon recht gut kannte, noch einmal erzählen lassen. Es war eine komplizierte Geschichte, aber Johanna Wollweber fand fast alle Restitutionsgeschichten schwierig. Selbst dann, wenn sie auf den ersten Blick völlig überschaubar und klar erschienen, entwickelten sie sich im Laufe der Auseinandersetzung oft zu monströsen Angelegenheiten.

Aber Warenberg war besonders kompliziert. Wegen der Leute und wegen der Vergangenheit, die wie ein düsterer Film über allem lag und allem den Stempel Vorsicht! Zerbrechlich! aufzudrücken schien. Johanna Wollweber hörte fasziniert zu, wie Hedwig Gottwald ihr zu erklären versuchte, was die Betroffenen in Warenberg bislang alles mit dieser Vergangenheit angestellt hatten. Inzwischen musste jeder über ein vollständiges Dossier seines Hauses, seiner Familiengeschichte und der Geschichte der Familien, die zuvor in dem Haus gelebt hatten, verfügen. Der ganze Ort war eine einzige große Geschichtswerkstatt geworden, nur dass die Intention dieses Eifers wahlweise für richtig oder falsch gehalten werden konnte.

Hedwig Gottwald hatte ihr das Gutachten in die Hand gedrückt, das die Bürgerinitiative in Auftrag gegeben hatte, um nachzuweisen, dass der Verkauf der Grundstücke im Jahr achtunddreißig mit rechten Dingen zugegangen war.

Warum haben Sie das nicht dem Gericht überlassen, hatte Johanna Wollweber gefragt und einen bösen Blick von Hedwig Gottwald bekommen.

Die Gerichte arbeiten langsam und sind nicht auf unserer Seite.

Gerichte sind im besten Fall auf niemandes Seite, sie versuchen, ein gerechtes Urteil zu fällen. Und in erster Instanz ist Ihnen doch Recht gegeben worden.

Johanna Wollweber ergriff normalerweise nicht die Partei der Gerichte, und sie sang auch keine Hohelieder auf den Rechtsstaat. Aber Hedwig Gottwald bewirkte, dass ihr in diesem Augenblick genau danach war. Dieses Phänomen hatte sie schon oft an sich beobachtet. Saß sie mit Ostdeutschen in einer Runde, die sich über den Westen und die Westdeutschen hermachten, als sei der und seien die an allem schuld, was ihnen seit neunundachtzig widerfahren war. Arbeitslosigkeit, Scheidung, Krebs, Probleme mit den Kindern, keine Lust auf Sex. Fing sie an, Verteidigungsreden zu halten.

Das Urteil ist in der zweiten Instanz aufgehoben worden, deshalb haben wir das Gutachten in Auftrag gegeben.

Hedwig Gottwald hatte das Gesicht verzogen und das Wort Instanz ausgespuckt, als sei es ein Stück ekliges Fleisch.

An diesem Punkt hatte Johanna Wollweber das Gespräch in andere Bahnen gelenkt. Sie wollte nicht in die Rolle der Anwältin schlüpfen, ohne eine grundlegende Entscheidung getroffen zu haben. Und sie wollte auch keine Diskussion über den Rechtsstaat führen. Und das hatte sie Hedwig Gottwald auch gesagt.

Warum zögern Sie, hatte die gefragt. Ich dachte, Anwälte verteidigen und folgen dabei nicht irgendwelchen moralischen Erwägungen.

Welche Filme auch immer Sie gesehen haben, hatte Johanna Wollweber geantwortet und war etwas lauter geworden als beabsichtigt, es stimmt nicht. Wir vertreten nicht jeden, und natürlich lassen wir uns auch von moralischen Erwägungen leiten. Sie hatte an ihren Kollegen gedacht, der bei dem Wort Moral immer die Augen verdrehte und sagte, man sei hier nicht in der Kirche. Sie benutzte es trotzdem, denn in diesem Moment wäre es ihr gestelzt und seltsam vorgekommen, Hedwig Gottwald etwas von ethischen Grundprinzipien zu erzählen und davon, warum sie Anwältin geworden war und wie viele gute Vorsätze und hehre Vorstellungen sie im Laufe ihres Berufslebens bereits begraben hatte.

Die haben einen wirklich cleveren Anwalt. Hedwig Gottwald schien nichts unversucht lassen zu wollen, Johanna Wollwebers Ehrgeiz anzustacheln. Sie hatte bereits zuvor erklärt, dass sie sich erkundigt habe, wer erfolgreich sei beim Abwehren von Restitutionsklagen. Und da sei ihr Johanna Wollweber beziehungsweise deren Kanzlei genannt worden.

Irgendwann war das Gespräch so verkrampft und absurd geworden, dass Johanna Wollweber sich entschlossen hatte, in die Offensive zu gehen.

Ich befinde mich in einem Umbruch, hatte sie gesagt. In einem persönlichen Umbruch, und das hat etwas mit meiner Familiengeschichte zu tun. Ich bin auf der Suche nach meinem Vater. Besser, nach der Geschichte meines Vaters. Was ich bis jetzt gefunden habe, ist nicht viel, aber genug, um sagen zu können, dass mein Vater sich im Krieg schuldig gemacht hat. Er hat. Wahrscheinlich, ich weiß es noch nicht. An der Erschießung von Juden teilgenommen. Das ist noch nicht klar, aber ich muss und will es rauskriegen. Und ich sage Ihnen jetzt mal ehrlich, wenn sich das bewahrheitet, werde ich Ihre Bürgerinitiative nicht vertreten. Es käme mir.

An dieser Stelle war Johanna Wollweber nicht weitergekommen. Wie käme ihr das vor, und wäre es nicht doch ausgesprochen unprofessionell, das eine mit dem anderen zu vermengen? Sozusagen ein später Sieg ihres toten Vaters, dass sie sich eine Last aufbürdete, die der offensichtlich nie als solche empfunden hatte?

Hedwig Gottwald hatte genickt und geschwiegen. Dann war sie aufgestanden und ein paar Minuten lang nicht wiedergekommen. Lange genug, um Johanna Wollweber das Gefühl zu geben, einen riesigen Affront begangen zu haben. Sie war ebenfalls aufgestanden. Man konnte um das Haus herumlaufen, um zum vorderen Eingang zu gelangen. Aber Hedwig Gottwald war zurückgekommen.

Ich wünsche Ihnen viel Glück bei Ihren Recherchen, hatte sie gesagt und Johanna Wollweber die Hand gereicht. Und es wäre schön, wenn Sie das Ergebnis dieser Recherchen nicht davon abhielte, uns zu vertreten. Immerhin haben Sie in mir eine Mandantin, deren Eltern Verfolgte des Naziregimes waren. Es ist schlimm genug, dass wir das jetzt alles in die Waagschale werfen müssen, um zu unserem Recht zu kommen. Sollte sich bewahrheiten, was Sie von Ihrem Vater vermuten, wäre es ja trotzdem so, dass die Juden, die er umgebracht hat, nichts mit denen zu tun haben, die hier Ende der Dreißiger aus Warenberg weggegangen und aus Deutschland ausgereist sind.

Johanna Wollweber hatte den Kopf geschüttelt. Natürlich haben die etwas miteinander zu tun, hatte sie gesagt.

Es ist falsch, alles miteinander zu vermengen, Frau Wollweber. Das ist das Grundübel dieser ganzen Geschichte hier. Alles wird in einen Topf geworfen, und den ekligen Brei, der daraus entsteht, sollen wir auslöffeln. Wir betreiben doch nicht umsonst so aufwändige Recherchen und beauftragen Gutachter. Wir müssen andauernd geraderücken, was man uns vorwirft.

Hedwig Gottwald hatte sie bis zum Gartentor begleitet und gesagt, in zehn Minuten führe der nächste Bus. Rufen Sie mich an, hatte sie gesagt, wenn Sie fertig sind mit Ihren Recherchen und Überlegungen.

Als Johanna Wollweber sich noch einmal umgedreht hatte, um halbherzig zu winken, erinnerte Hedwig Gottwald sie an eine Deutschlehrerin, die sie sehr gemocht hatte. Eine kleine stämmige Frau, die ihre Haare blondiert hatte und kurz geschnitten trug, so dass die wie ein Helm aussahen, der manchmal glänzte, wenn die Sonne ins Klassenzimmer schien. Hedwig Gottwalds Haare waren weiß, aber jetzt, in der Sonne, glänzten sie silbern. Die Frau war gerade mal zwei Köpfe größer als das Gartentor, hinter dem sie stand. Sie sah aus, als würde sie sich weich anfühlen, umarmte man sie. Weich wie eine Großmutter. Johanna Wollweber war der Gedanke unsinnig erschienen, schließlich war Hedwig Gottwald gerade mal sechs Jahre älter als sie. Vielleicht lag es daran, dass sie Kinder großgezogen hatte. Vielleicht auch nur an den silbergrauen Haaren und der stämmigen, ein wenig ausladenden Figur.

Jetzt, auf dem Weg nach Triest, wusste Johanna Wollweber noch immer nicht, wie sie sich zu dem Angebot der Bürgerinitiative verhalten sollte. Sie hatte ziemlich oft an das Gespräch mit Hedwig Gottwald gedacht und jedes Mal das Für und das Wider abgewogen. Ihr Kollege, dem sie davon erzählt hatte, war keine große Hilfe gewesen. Er war einfach bei seiner Meinung geblieben, dass Johanna die Finger davon lassen sollte. Das sei besser, als sie sich zu verbrennen, hatte er gesagt. Sie hatte ihm trotzdem von ihren privaten Recherchen erzählt. Er war in der Vergangenheit in so vielen Dingen ihr Vertrauter gewesen, und sie hatte nie schlechte Erfahrungen damit gemacht, ihn um Rat zu bitten. Manchmal fand sie es seltsam, dass ein jüngerer Mann ihr vertrauenerweckend genug erschien. Doch an Freundinnen, mit denen man über alles reden konnte, mangelte es. Gerade mal eine gab es. Warum das so war, darüber mochte sie sich nicht den Kopf zerbrechen.

Seltsamerweise hatte ihr Kollege ihr zugeraten, die Recherchen über ihren Vater voranzutreiben. Wenn es sie umtreibe, müsse sie sich um Aufklärung bemühen, hatte er gesagt. Wir unterschätzen immer, wie sehr uns das nahegeht, wenn jemand aus unserer Sippe Scheiße gebaut hat.

Sie fand es zwar ein bisschen lax ausgedrückt, aber schon auf den Punkt gebracht. Es hatte so unmittelbar etwas mit ihr zu tun, wer und was ihr Vater im Krieg gewesen war. Und es machte sie rasend, ihrer immer kindlicher werdenden Mutter nichts, aber auch gar nichts entlocken zu können. Stattdessen erzählte die Märchen darüber, wie liebevoll die Ehe gewesen sei und was Johanna Wollwebers Vater alles für seine Kinder getan habe. Nicht, dass sie neue Geschichten erfand. Sie dichtete einfach ein paar um oder bauschte sie dermaßen auf, dass daraus wahre Schmonzetten wurden. Die Sache mit dem Puppenhaus zum Beispiel, das ihr Vater für sie gebaut hatte.

Es war ein schönes Puppenhaus geworden, das stimmte. Aber am Ende war der Mann so verliebt in sein Geschenk gewesen, dass Johanna Wollweber nur unter seiner Aufsicht mit dem Puppenhaus spielen durfte. Eigentlich wäre es ihm am liebsten gewesen, sie fasste gar nichts an, verrückte nichts, benutzte nichts, veränderte nichts. So war ihr ziemlich schnell die Lust vergangen. Ihre Mutter hatte irgendwann eine bestickte Tischdecke darübergelegt, damit es nicht einstaubte, und von da an stand es monatelang in Johanna Wollwebers Zimmer rum. Was ihren Vater zu ärgern schien, der sie hin und wieder darauf ansprach. Zwei-, dreimal hatte sie dann gesagt, sie wolle ja, was dazu führte, dass ihr Vater das Puppenhaus holte, auf den Küchentisch stellte und argwöhnisch überwachte, wie sie damit spielte. Es war ihr also gar nicht möglich, die beiden Elternpuppen in dem hübschen kleinen Ehebett unter eine Decke kriechen und sich einen Kuss geben zu lassen, was sie sehr romantisch und aufregend gefunden hätte. Aber vor ihrem Vater wären ihr solche Spiele, wie jedes andere Rollenspiel mit den Puppen auch, nur peinlich und unangenehm gewesen. Also ließ sie es irgendwann ganz, und ihr Vater nannte sie undankbar.

In den Augen ihrer Mutter war das Puppenhaus der größte Liebesbeweis überhaupt gewesen. In ihren Augen wuchs es sich zu einer monströsen Angelegenheit aus. Einem Mittel umfassender Kontrolle und einer Möglichkeit, in ihren Kopf gucken zu können. Beides stimmte wahrscheinlich nicht. Aber die Tatsache, dass ihr Vater ein unberechenbarer, wenn auch nicht unberechnender

Mensch gewesen war, rückte beide Varianten in den Bereich des Möglichen. Der Mann hatte aus dem Nichts in Rage geraten und ein angsteinflößender Tyrann werden können.

Als Kind kannte sie das Wort Choleriker nicht, und es hätte ihr auch nicht geholfen, es zu kennen. Genauso wenig wie es ihr heute helfen würde, zu wissen, was ihr Vater zwischen dreiundvierzig und fünfundvierzig in Triest gemacht hatte. Dachte sie manchmal. Um sich zu beruhigen. Eine Ausrede zu haben, einen Grund, mit alldem aufzuhören. Aber häufiger dachte sie, es wäre wichtig, genau das zu wissen. Ihr fehlte zwar die Vorstellung davon, was sich dann ändern würde, aber dass sich etwas änderte, davon war sie überzeugt.

An diesem Erbe, einen jähzornigen Vater gehabt zu haben, der mit Büchern schmiss, aber nie schlug, der witzig sein konnte und charmant, ohne dass man abschätzen konnte, wann seine Laune sich ins Gegenteil kehrte, trage ich möglicherweise weitaus schwerer als an der Tatsache, dass er ein Nazi war. Auch das dachte Johanna Wollweber oft. Ich gerate bei jedem Choleriker in Panik und mache einen großen Bogen um jede Frau, die andere an ihrer schlechten Laune teilhaben lässt.

In gewisser Weise war es ein beruhigender Gedanke, dies könnte die nachhaltigere Erinnerung sein und bleiben. Das, was sie ihren Kindern und Freunden über ihre Eltern erzählen konnte und erzählt hatte. Euer Großvater war ein kluger, unberechenbarer, witziger und oft angsteinflößender Mensch, der die Finger nicht von anderen Frauen lassen konnte und eure Großmutter trotzdem geliebt hat. So könnte das Buch der Erinnerungen anfangen. Ein Poesiealbum über eine Familie, in der vieles nicht stimmig gewesen war, aber in deren Keller auch keine Leichen lagen. Ein paar Fotos dazu, ein paar Briefe, die der Vater von der Front und nach dem Krieg aus der Gefangenschaft an die Mutter geschrieben hatte, kleine Anekdoten, eigene Erinnerungen und fertig.

Diese idiotische Vorstellung war Johanna Wollweber an ihrem fünfzigsten Geburtstag in den Sinn gekommen. Da war die Welt noch zweigeteilt und insofern nicht durcheinandergeraten. Sie hatte am ersten April achtundachtzig eine richtig große Party gegeben, war in die Offensive gegangen, als sie gemerkt hatte, dass ihr der Fünfzigste an die Nieren gehen würde. (K)ein Aprilscherz hatte sie auf die Einladungskarte geschrieben, wie albern konnte man eigentlich mit neunundvierzig noch sein? Ich werde fünfzig und will mit Euch zusammen darüber hinwegkommen.

Noch zwei Stunden bis Triest. Johanna Wollweber drückte den Rücken durch und wackelte mit den Zehen in ihren neuen Schuhen, die sie sich extra für diese Reise gekauft hatte. Sie hatte die Vorstellung, viel durch die Stadt laufen zu müssen, um die Spuren ihres Vaters zu finden. Wahrscheinlich würde sie fürchterlich scheitern. Ganz sicher würde sie scheitern.

Der fünfzigste Geburtstag und die Anwesenheit ihrer ganzen Familie, die so groß nicht war, aber auch nicht klein. Immerhin stellten sich zweiunddreißig Menschen für das Erinnerungsfoto auf. Sechs waren nicht gekommen, aber zweiunddreißig war beachtlich. Das erste Mal, dass fast die ganze Familie Wollweber in ihren kleinen Verzweigungen und trotz der größeren Entfernung zwischen vielen und fast allen in einem Raum zusammengekommen war und an einer langen Tafel gesessen hatte.

Quer über den Tisch hatten alle versucht, etwas über sich mitzuteilen. Johanna Wollwebers Mutter hatte am oberen Ende der Tafel gethront, wie eine hübsche runde Marzipantorte ausgesehen und Geschichten von früher erzählt. Von dem Mann, mit dem sie verheiratet gewesen war und der sie zehn Jahre zuvor allein gelassen hatte. An Krebs gestorben, obwohl er immer so gesund gelebt und gesundes Leben gepredigt hatte. Johanna Wollweber hatte nur mit halbem Ohr zugehört, hin und wieder aber gedacht, dass ihre Mutter einen völlig fremden Menschen beschrieb, einen Mann, den sie nie in ihrem Leben kennengelernt hatte. Irgendwann hatte ein Cousin oder Großcousin, Johanna Wollweber hatte seit jeher Schwierigkeiten, Verwandtschaftsverhältnisse zu bestimmen, gefragt, ob Erhard Wollweber bei der SA oder bei der SS gewesen war. Nur der Neugier halber, hatte der hinterhergeschoben, als eine kleine verlegene Pause entstanden war.

Er war im Krieg wie alle, hatte ihre Mutter geantwortet und hinzugefügt, aber als Journalist hatte er ja Glück, nicht wahr? Als Kriegsberichterstatter. Ich hab trotzdem immer Angst um ihn gehabt.

Und damit war die Sache vom Tisch. Auch für Johanna Wollweber, die sich zwar schon Gedanken darüber gemacht hatte, wo ihr Vater eigentlich in den ersten Jahren ihres Lebens gewesen war. Aber nie ernsthaft genug, um in Konflikte zu geraten. Selbst nach dem Gespräch in der Garage, das kein Gespräch gewesen war, hatte sie nie wieder gefragt, wo ihr Vater im Krieg gewesen war. Fort halt. Manchmal zu Hause, dann wieder fort und irgendwann ganz da. Ein gut aussehender Mann, der später fast nie Kriegsgeschichten, aber schon Geschichten aus dem Krieg erzählte. Ihr politisches Engagement an der Universität war das eine gewesen und das andere der eigene Vater, mit dem man schon genügend Probleme gehabt hatte.

In den Tagen nach der Geburtstagsfeier war Johanna Wollweber die Idee in den Sinn gekommen, die Familiengeschichte zu recherchieren. Hätte sie gewusst, dass sie später eine Therapie beginnen würde, um sich mit den Folgen all dieser Recherchen auseinanderzusetzen. Sie hätte es gelassen. So aber hatte sie gedacht, es sei eine gute Idee. Für ihre Kinder und deren Kinder, die sicher bald geboren würden. Die große Tafel mit all den Menschen eines Stammbaums, von denen sich einige erst an diesem Tag kennengelernt hatten, hatte den Anstoß gegeben. Johanna Wollweber hatte mit fast allen geredet und am nächsten Morgen in ihr eher schlampig geführtes Tagebuch geschrieben, was ihr in Erinnerung geblieben war.

Fünfzig ist einfach ein beschissenes Alter. Man steht jeden Morgen mit der Gewissheit auf, in der zweiten Hälfte gelandet zu sein, und ahnt, dass es wohl eher das dritte Drittel sein könnte. Man bewegt sich auf abschüssigem Gelände und stellt fest, dass dies viel anstrengender ist, als den Berg hochzulaufen.

Das hatte sie in ihr Tagebuch geschrieben und am Tag darauf wieder durchgestrichen, weil es ihr einfach zu melodramatisch erschienen war. Aber die Idee, die Familiengeschichte in irgendeiner Form zusammenzufügen und nachlesbar zu machen, war ihr nicht mehr aus dem Kopf gegangen. Sie hatte ihre Mutter gefragt, ob es einen Nachlass des Vaters gebe, Kisten, Koffer, Kartons, Ordner. Und die Mutter hatte ihr vier Kisten mitgegeben, die seit Jahren im Schlafzimmer oben auf dem schweren dunklen Kleiderschrank gestanden hatten. Johanna Wollweber hatte immer geglaubt, in den Kisten seien alte Klamotten, von denen sich ihre Mutter nicht trennen mochte. Manchmal war sie kurz davor gewesen, nachzuschauen, und darauf gefasst, einen Fuchskragen oder eine bestickte Stola oder ähnlich gruselige Sachen zu finden. Aber dann war es ihr jedes Mal wie ein Übergriff vorgekommen, in den Klamottenkisten ihrer Mutter zu kramen, auf denen offensichtlich immer Staub gewischt worden war. Was ihr erst auffiel, als ihre Mutter sagte, sie könne die Kisten vom Schrank holen, wenn sie den Nachlass des Vaters haben wolle.

Wenn es nicht so abgedroschen wäre, dachte Johanna Wollweber und schaute durch das ziemlich schmutzige Zugfenster auf eine Landschaft, die ihr gefiel, müsste ich sagen, ich habe die Büchse der Pandora geöffnet, als ich die Kisten mit nach Hause nahm. Ich hätte sie in meinem Keller stehen lassen sollen.

Ob Hedwig Gottwald das verstünde, bezweifelte sie. Obwohl sie sich nicht sicher war, schließlich traf auch Hedwig Gottwald Entscheidungen, von denen sie behauptete, die hätten etwas damit zu tun, dass sie die Tochter von genau diesem und keinem anderen Vater gewesen war. Demzufolge müsste sie Johanna Wollweber verstehen, lehnte sie das Mandat ab.

Johanna Wollweber schloss die Augen und atmete dreimal tief in den Bauch. Ihre Schultern fielen nach unten, und der Rücken tat für einen Moment etwas weniger weh. Das alles waren akademische Erwägungen. Sie konnte ein Mandat ablehnen oder annehmen, ohne dafür eine Begründung geben zu müssen. Sie brauchte sich nicht mit Hedwig Gottwald zu messen oder zu einigen. Die Dinge hatten nichts miteinander zu tun. Und wenn doch, dann war das kein logischer Grund, sich ihrer zu entledigen.

Noch eine Stunde bis Triest. Hoffentlich war das Hotel in Ordnung. Nichts wäre schlimmer, als in irgendeiner Absteige zu landen, das zöge sie runter bis zum Mittelpunkt der Welt.

Die Papiere in den Kisten waren erstaunlich gut sortiert gewesen und hatten Lücken an den richtigen Stellen. Einer dieser Lücken reiste Johanna Wollweber gerade hinterher. Von Triest wusste sie bisher nur, weil ihr Vater hin und wieder eine hübsche Schnurre erzählt hatte, kleine Geschichten, die nach einem schönen Arbeitsaufenthalt geklungen hatten, wären es nur nicht diese Jahre gewesen. Als Kind hatte sie diese Geschichten gemocht, später ahnte sie deren Verlogenheit. Aber sie wurden erzählt, wenn die Stimmung gut und kein Wutausbruch zu erwarten war. Zumindest nicht in den kommenden Stunden. Mit vielem konnte sie als Kind nichts anfangen. Spionageabwehr, Partisanen, ein Einmarsch auf Fahrrädern. Sie hatte sich das ganz lustig vorgestellt, wenn Soldaten auf Fahrrädern in eine Stadt kommen und freundlich empfangen werden.

Als Johanna Wollweber den Inhalt der Kisten sortiert und versucht hatte zu verstehen, fand sie kaum etwas über Triest. Der einzige Ort und die einzige Zeit, über die ihr Vater hin und wieder ein paar launige Geschichten erzählt hatte, waren in den Kisten nur in Briefen zu finden, die ihr Vater aus Triest an seine Frau geschrieben hatte. Geliebtes Heideröschen. Johanna Wollweber war peinlich berührt und hatte mehrmals überlegt, die Briefe zur Seite zu legen. Sie waren mal schwülstig, mal belanglos und mal kurzweilig. Klagen über faule Mitarbeiter, zu viel Bürokratie, verschobene Entscheidungen, kleine Abenteuer.

Ich habe einen Kundschafter mit dem Boot rausgeschickt, nach den Partisanen zu suchen, und der fand drei, die wir dann den Behörden übergeben haben.

Geliebtes Heideröschen, du fehlst mir sehr. Hier ist es so heiß, dass man nicht arbeiten kann. Ich wünschte, du könntest jetzt bei mir sein. Wir beide würden Arm in Arm durch die Stadt spazieren, so wie wir es früher oft gemacht haben.

Triest fand in den Kisten nicht statt. Die Briefe waren Lügen. Deshalb wurde die Stadt zum Kopfkino, als Johanna Wollweber mit ihrem Mann. Da hatte sie noch einen Mann, der sie liebte und in den sie verliebt war. Als sie mit ihrem Mann eine Reise in die Stadt gemacht hatte. Eine Reise, nur zum Vergnügen gedacht. Und dazu, ein leises Unbehagen, dass sich in die Beziehung eingeschlichen hatte, eine kleine Langeweile, einen winzigen Überdruss zu beseitigen. Aber das hätte sich Johanna Wollweber damals nicht eingestanden. In ihren Augen war es eine von vielen Reisen, die sie mit ihrem Mann, den sie liebte und der sie liebte, unternahm. Ein wenig Bildung wie überall, wo sie gewesen waren, ein bisschen Geschichte. Mit dem Stadtführer in der Hand durch die Straßen laufen, Museen, Landschaft, essen, zur Ruhe kommen. So war es gedacht, und so wäre es fast gekommen, wenn sie nicht ihren Mann gedrängt hätte, das Konzentrationslager zu besuchen, von dem sie bis kurz vor der Reise gar nicht gewusst hatte, dass es existierte. Ein Konzentrationslager in Triest, errichtet in einer einstigen Reismühle. Johanna Wollweber hatte bis dahin gedacht, in Triest wäre seit jeher nur mit Kaffee gehandelt worden. Nicht mit Rohreis. Ein Konzentrationslager in einer einstigen Reismühle in Triest. Der Stadt, von der ihr Vater hin und wieder erzählt hatte. Ihr Vater, Kriegsberichterstatter, zeitweiliger Chef der

Triester Spionageabwehr und Lebemann. Dem die Bürokratie stank und der sich über faule Kollegen ärgerte. In einer überschaubar großen Stadt wie Triest, in der es ein kleines Konzentrationslager gab.

Johanna Wollweber hätte ihrem Mann fast nachgegeben und wäre nicht an diesen Ort gegangen. In dem Reiseführer, den sie gekauft hatte, war das Lager nicht einmal aufgeführt. Die Liste der sehenswerten Orte umfasste nur die hübsche Vergangenheit. Jeder Text, jedes Bild lud zum Flanieren und Verweilen ein. Ein Konzentrationslager hätte zu dem Satz: Wir laden Sie zum Flanieren und Verweilen ein, nicht gepasst.

Du besuchst jedes verdammte KZ in diesem Land und nun auch noch in anderen Ländern. Kann das auch mal zu Ende sein? Gibt es etwas, was du noch nicht weißt, noch nicht gesehen hast? Musst du dich jedes Mal so runterziehen und dir immer wieder das Gleiche antun? Gibt es einen Grund dafür, dass du das tust?

Ihr Mann hatte eine Frage an die andere gereiht, und sie war fast geneigt gewesen, ihm recht zu geben. Sie kannte keinen Grund außer dem, dass sie in Abgrenzung zu ihren Eltern eine Linke geworden war. Es ging ihr nach jedem dieser Besuche in einem Lager schlecht. Und es konnte nichts Neues geben, was sie erfahren würde. Das Grauenvolle war immer gleich grauenvoll. Das Unerklärbare erklärte sich nicht. Die Fragen wurden nicht weniger, und die wachsende Anzahl solcher Besuche brachte die Gefahr mit sich, dass die Dinge sich relativierten oder durcheinandergerieten.

Trotz der Auseinandersetzung mit ihrem Mann war Johanna Wollweber auch in Triest losgegangen, um das Konzentrationslager, das in den Büchern als Polizeihaftlager beschrieben wurde, zu besichtigen. Man ändert Gewohnheiten nicht wegen eines Ehestreits. Sie war allein durch die Gedenkstätte gelaufen und hatte in einem Seitenflügel beim Anblick der Verschläge, die über kein Licht verfügt hatten und in denen zwei Betten untergebracht waren, gedacht, das ist das Schlimmste von allem, was ich gesehen habe. Erklären konnte sie das nicht, aber in diesem Gebäude überfiel sie die Vorstellung, zusammen mit einem anderen Menschen in einem dieser stockdunklen Verschläge zu liegen. Ungewaschen, unterernährt, den Geruch des anderen in der Nase und wissend, dass man genauso riecht. Nach Schweiß, Angst, Exkrementen, schlecht verheilten Wunden. Sie war in so vielen Baracken gewesen, aber noch nie war es ihr passiert, dass sich die Vorstellung, wie es gewesen sein musste, so stark und sinnlich ihres Körpers bemächtigte, dass sie sich und ihre Angst riechen konnte. Und dort, in diesem Gebäude mit seinen schönen alten Holzbalken, dem schartigen, schrundigen Steinboden, den Blumensträußen, die auf dem langen Gang standen und obszön bunt wirkten, war ihr der Gedanke gekommen, dass Triest viel zu klein war. Eine nicht allzu große Stadt, in der eine überschaubare Zahl von Nazis mit Befehlsgewalt für Ruhe und Ordnung gesorgt hatten. Einer davon ihr Vater.

Unmöglich, hatte sie in dem Gebäude, das den Namen »Risiera di San Sabba« trug, gedacht und dabei durch ein kopfgroßes rundes Loch in einer Holztür in das Innere einer Zelle geschaut. Unmöglich, dass mein Vater hier nicht seine Finger im Spiel hatte. Unmöglich, dass er sich hier nicht blutige Hände geholt hat. Dann war ihr schlecht geworden, und sie hatte die erste von vielen Panikattacken bekommen. Schlechtes Timing, hatte sie noch gedacht, bevor die Attacke sie überrannte, überrollte und zu einem schwitzenden Häufchen Elend degradierte.

Ihrem Mann hatte sie an dem Abend nichts davon erzählt. Es war ein schöner Abend. Sie hatten im Garten eines Restaurants gesessen und zwei Flaschen Wein getrunken. Sie hatten so miteinander geredet, dass Johanna Wollweber geglaubt hatte, ihre Beziehung stünde auf sicherem Grund, und dieser sichere Grund würde sie bis ans Ende ihrer Tage halten. Deshalb wollte sie nicht über etwas reden, das dieses fragile Gefühl zerstören könnte. Also redete sie stattdessen mit ihrem Mann darüber, ob es nicht vielleicht doch eine gute Idee wäre, aus der Stadt wegzuziehen und aufs Land zu gehen. Nach anderthalb Flaschen Wein war die Erinnerung an den Nachmittag, den sie allein in der Gedenkstätte verbracht hatte, neblig trüb. Nach zwei Flaschen Wein wagte sie in Frage zu stellen, dass es sich überhaupt um eine Panikattacke gehandelt hatte. Vielleicht war es einfach zu heiß gewesen, und sie hatte am Vormittag auch viel zu wenig getrunken. Außerdem war sie lange nicht mehr beim Arzt gewesen, um die Schilddrüsenwerte überprüfen zu lassen. Alles gute Gründe für einen kleinen Kreislaufzusammenbruch in einem Gebäude, das im Vergleich zu alldem, was sie bereits gesehen hatte, unspektakulär gewesen war.

Johanna Wollweber nahm ihren Rollkoffer, den sie sich extra für diese Reise nach Triest gekauft hatte, von der Gepäckablage und kramte in ihrer Handtasche nach dem Zettel, auf den sie sich die Adresse des Hotels geschrieben hatte. Sie freute sich nicht auf die Stadt. Diese Reise würde ihr möglicherweise manche Gewissheit bringen, aber ganz gewiss keinen Trost.

Wenn ich mit fünfzig nicht auf die Idee mit dem Familienalbum gekommen wäre. Aber das hatte sie jetzt schon so oft gedacht, dass der Gedanke schal schmeckte und weinerlich klang. Der Rollkoffer quietschte. Das hätte ihr eigentlich schon beim Kauf auffallen müssen.

Martina Leber hatte nur noch eine einzige Freundin. Alle anderen waren im Laufe der Jahre verschwunden, hatten sich zurückgezogen. Das konnte sie ihnen nicht vorwerfen. Es hatte sie eher erleichtert, dass kaum noch jemand anrief, geschweige denn den Vorschlag machte, sich zu treffen. Nur Luise war ihr geblieben, mindestens genauso verrückt wie sie selbst und deshalb weiterhin eine treue Freundin. Zwei asoziale Weiber, die eine Form gefunden hatten, es miteinander auszuhalten und sich manchmal sogar aneinander festzuhalten. Luise wohnte in der Thälmannstraße, gerade mal fünfzehn Minuten zu Fuß. Eine Weltreise also. Aber da Martina Leber nach einem in ihren Augen erfolgreichen Einkauf im Supermarkt ein wenig optimistisch gestimmt war, verabredete sie sich für den kommenden Tag mit ihrer Freundin. Die akzeptierte klaglos, dass ein Treffen nur bei ihr stattfinden konnte. Wegen der Unwägbarkeiten und Unordnung, die ein Besuch in Martina Lebers Küche oder Wohnzimmer mit sich bringen würde.

Und weil die Verabredung mit Luise ein ebenso ermutigendes Zeichen war wie der Einkauf im Supermarkt, tat Martina Leber so, als sei das Leben ein Kinderspiel. Sie wählte die Rufnummer der Friseurin, die schräg gegenüber in dem recht kleinen Haus Nummer sieben wohnte. Gemeinsam mit ihrem Mann, der Sanitärtechniker und fast nie zu Hause war. Gas, Wasser, Scheiße hatten sie das früher genannt. Der Mann der Friseurin hatte keinen eigenen Betrieb, sondern verdingte sich auf Baustellen, wenn Martina Leber das richtig im Kopf hatte. Sie arbeitete zurzeit nicht in dem Salon am Marktplatz, der ein ganz typischer Kleinstadtfriseursalon war und wahrscheinlich den Weltrekord bei Dauerwellen aufstellte. Ihr jüngstes Kind war zwei Jahre oder zweieinhalb. Aber man konnte sich von ihr zu Hause frisieren lassen. In ihrem oder im eigenen Haus, wie man es wollte. Ein bisschen Schwarzgeld ist nicht schlecht, hatte die Frau Martina Leber gesagt, als sie sich vor kurzem begegnet waren. Beide mit ihren Mülltonnen beschäftigt, die an den Anfang der Straße geschoben werden mussten, seit die neuen Müllautos oben nicht durch den Wendehammer kamen. Martina Leber hatte sich dafür im Baumarkt eine eigene Ausrüstung gekauft. Große Handschuhe, einen blauen Kittel, wie ihn eigentlich Hausmeister tragen sollten, Gummischuhe, in die man schnell rein- und rausschlüpfen konnte. Was auch für andere Dinge, die getan werden mussten, sehr praktisch war. Jedenfalls sah sie beim Mülltonnenschieben immer aus wie eine Horrorversion von Aschenputtel. Wahrscheinlich machten sich die Nachbarn über sie lustig. Aber Martina Leber war längst darüber hinweg, sich deswegen Gedanken zu machen. Sie konnte sowieso nichts ändern, also hörte sie auf, es ändern zu wollen. Eine subversive Entscheidung.

Jetzt telefonierte sie mit der Friseurin Sabine Richter, bei der sie auch einfach hätte klingeln können. Aber man soll das Glück nicht herausfordern.

Was willste denn gemacht haben?

Sabine Richter duzte alle, die nicht älter waren als fünfzig und in der Weinrebstraße wohnten. Das wusste Martina Leber und beschloss zurückzuduzen. Alles andere wäre ein Affront.

Du müsstest mich vielleicht ein bisschen beraten, ich war seit Jahren nicht mehr beim Friseur, hab immer nur wachsen lassen und hochgebunden. Aber jetzt kommen die ersten grauen Haare. Also vielleicht ein bisschen Farbe und schneiden. Oder wir lassen sie so lang und schneiden nur die Spitzen und machen Farbe.

Gott, war das anstrengend, sich darauf festzulegen, dass man irgendwann in den nächsten Tagen rübergehen würde zu Sabine Richter, um sich von der frisieren zu lassen. Was, wenn sie jetzt einen Termin ausmachten und dann wäre es aber ein schlechter Tag für Martina Leber? Hätte sie den Mut, den Termin abzusagen?

Warum kommste nicht gleich, ich hab den Kleinen in der Eingewöhnung, und der Große ist in der Schule. Muss erst in drei Stunden los den Kleinen aus dem Kindergarten holen. Da könnten wir eine Menge machen mit deinen Haaren. In drei Stunden.

Martina Leber fiel absolut nichts ein, was jetzt als Ausrede herhalten könnte. Entsetzt hörte sie sich sagen: Dann bin ich in zehn Minuten bei dir. In zehn Minuten, wie sollte das gehen? Sie hatte zwar das morgendliche Ritual im Bad hinter sich, und Staub gewischt und gesaugt hatte sie auch schon. Martin hatte die Küche heute Morgen nicht benutzt. Wenn Martina Leber ehrlich zu sich war, benutzte er die Küche so gut wie nie. Er sagte, morgens um sieben sei ihm zu früh, da hätte er noch keinen Hunger. Nur einen Kaffee machte er sich meist, aber auch das hatte er heute nicht getan. Dafür musste er gestern ihre Abwesenheit genutzt und in der Küche etwas Gekauftes gegessen haben. Martina Leber hatte heute Morgen die Reste im Mülleimer gefunden. Es hatte ausgesehen, als hätte Martin sich einen Döner gekauft. Zumindest rochen die Reste so, und das Papier, in dem das Essen eingewickelt gewesen sein musste, war Martina Leber fremd.

Ihr war klar, dass ihr Mann den einen Abend im Monat, an dem sie ihre Eltern besuchte, für Dinge nutzte, die er sich sonst kaum zu tun traute. Zum Beispiel einen Döner essen. Wahrscheinlich bei dem Imbiss gekauft, der seit kurzem unten an der Ecke Thälmannstraße stand. Der Mann, dem der Imbiss gehörte, sah ziemlich gut aus.

Ich bin in zehn Minuten bei dir, hatte sie zu Sabine Richter gesagt. Nicht zu fassen. Inzwischen waren fünf Minuten vergangen, und sie hatte den Hintern noch nicht hochgekriegt. Martina Leber holte tief Luft, ging in den Flur, zog eine Strickjacke an, nahm den Haustürschlüssel und ihre Handtasche, verließ das Haus, schloss die Tür ab, ging durch den Vorgarten, öffnete das Gartentor, schloss es wieder und holte bei alldem nicht ein einziges Mal Luft. Erst als sie auf dem Bürgersteig stand, atmete sie tief ein und lange aus, tief ein und lange aus. Das war eine absolute Meisterleistung. Sie hatte, ohne zu überlegen und nachzusehen, ob überall das Licht aus war und der Herd, den sie vorgestern das letzte Mal benutzt hatte, das Haus verlassen. War einfach gegangen, ohne Feuchttücher einzupacken und Handschuhe anzuziehen. Sie hatte nicht nachgesehen, ob alle Wasserhähne zu waren und alle Fenster geschlossen. Hatte nicht überprüft, ob der Zulauf zur Waschmaschine abgedreht war und ob möglicherweise der Toaster oder das Bügeleisen oder der Fön angeschaltet waren.

Jetzt stand sie hier auf dem Bürgersteig und schickte sich an, zu Sabine Richter zu gehen, um sich die Haare machen zu lassen. Vielleicht war das der Durchbruch.

Dieser Tag, der so unspektakulär begonnen hatte, könnte ein Anfang sein.

Martina Leber überquerte die Straße und klingelte bei Sabine Richter, die hinter der Tür gestanden zu haben schien.

Komm rein, komm rein, ich hab schon alles vorbereitet. Aber vielleicht willst du erst mal einen Kaffee. Ist fertig. Milch oder Zucker oder beides? Ich nehm immer beides, obwohl Torsten sagt, ich soll das mit dem Zucker mal lassen. Der ist so ein Gesundheitsfanatiker, das kann einen ganz schön nerven, weißt du. Jetzt will er sogar, dass wir mal vegetarisch probieren. Wenigstens vier Wochen lang, hat er gesagt. Ich meine, nicht dass ich jeden Tag Fleisch brauche, aber ganz ohne, nee wirklich. Das gefällt mir nicht. Treffen wir uns in der Mitte, hab ich zu Torsten gesagt. Sonntags gibt es Fleisch und unter der Woche versuchen wir ohne. Man muss ja nicht auf jeden Zug springen, hab ich gesagt. Und du brauchst Kraft für deine Arbeit. Die kriegt man nicht allein von Gemüse. Was in den gefahren ist, wirklich. Vom Bau kann er das nicht haben, dort arbeiten nur Fleischesser, das kann ich dir sagen. Wenn die mal zum Grillen kommen, dann vernichten die ein ganzes Schwein an einem Abend. Kommste gar nicht hinterher mit dem Grillen. Der Vorarbeiter, ja, der schafft zehn Bratwürste und vier Rostbrätl, ohne mit der Wimper zu zucken. Wenn wir denen vegetarisch kommen würden, das wäre ein Spaß. Die würden gar nicht mehr aufhören, den Torsten auf die Schippe zu nehmen.

Martina Leber war Sabine Richter in die Küche gefolgt und dachte, dass sie seit Ewigkeiten nicht mehr mit einem Menschen zusammen gewesen ist, der innerhalb so kurzer Zeit so viele Sätze sagen konnte. Sie hatte das Gefühl, in einem dicken Brei von Sätzen zu waten, und war sich nicht sicher, was von ihr erwartet wurde. Sollte sie einsteigen, auf irgendetwas antworten? War ihr überhaupt eine Frage gestellt worden? Erwartete Sabine Richter, dass sie sich zu irgendetwas verhielt?

Vier Wochen kann man ja wirklich mal probieren, sagte sie. Mein Mann und ich, wir haben das auch schon mal gemacht. So eine Art vegetarische Wochen.

Martina Leber dachte bei diesem idiotischen Satz an die Kantine, in die sie zwei Jahre lang an jedem Wochentag mit ihren Kolleginnen gegangen war. In einem Land vor unserer Zeit, dachte sie und versuchte sich zu erinnern, zu welchem Film dieser Titel gehörte. Ein Kinderfilm, auf jeden Fall.

Nach der Wende hatte man in der Kantine angefangen, das neue Leben zu zelebrieren. Plötzlich wurden dort »Los Wochos« ausgerufen und »Mediterrane Tage«. Hätte nur noch gefehlt, dass die Kantinenfrauen sich Trachten anzogen, dann wären die Versuche, den neuen Zeiten Rechnung zu tragen, zum Schreien komisch gewesen. Es genügte schon, dass die dicken Frauen hinterm Tresen. Frauen, die jahrzehntelang DDR-Kost ausgeteilt hatten, Makkaroni mit Tomatensoße und gebratener Jagdwurst. Dass die sich irgendwelche Häubchen ins dauergewellte Haar steckten und Namensschildchen trugen. Plötzlich hatte Martina Leber erfahren, dass die Dicke an der Kasse, deren Beine vom Wasser unförmig geworden waren und nach Schmerzen aussahen, Rita Muschke hieß. Rita Muschke, die unbekannte Dicke bekam mit dem Namen Gestalt und eine vermutete Geschichte, die nur traurig sein konnte. Martina Leber hatte es gehasst, auf einmal überall mit Namensschildern konfrontiert zu sein, mit der Aufforderung, im Gegenüber jemanden zu vermuten. Jemanden, der wirklich existierte, mit guter oder schlechter Laune, Angst im Nacken oder Freude im Gepäck. Rita Muschke machte ihr von dem Moment an Sorgen, als sie deren Namen auf einem Schildchen gelesen hatte, das auf der üppigen Brust verloren aussah. Nachdem sie sich jahrelang nicht darum gekümmert hatte, ob die Frau mit den dicken Beinen und den rötlich gekrausten Haaren irgendein Privatleben hatte, fing Martina Leber an, sich Gedanken zu machen. Nicht nur über Rita Muschke. Über alle, die ein Namensschild trugen und sich ihr damit vermeintlich zu erkennen gaben. Die Kassiererin im Supermarkt schien sie aufzufordern, irgendeine Frage nach ihrem Befinden zu stellen. Einfach nur deshalb, weil sie Karin Blaschke oder Susanna Heilmann hieß.

Martina Leber bemerkte, dass Sabine Richter sie erwartungsvoll anschaute. Offensichtlich hätte sie eine Frage beantworten müssen.

Wollen wir erst mal Haare waschen?

Während Martina Leber in unbequemer Haltung vor der Badewanne von Sabine Richter hockte und sich die Haare waschen ließ, hörte sie, dass ihre Privatfriseurin weiterredete, als setzte sie voraus, dass man auch unter der Brause alles würde verstehen können. Die vegetarische Anwandlung des Sanitärtechnikers schien die Frau wirklich zu beschäftigen. Selbst als Martina Leber mit einem Handtuchturban auf dem Kopf auf einem Küchenstuhl saß und zusah, wie Sabine Richter ihre Utensilien zum Schneiden und Färben zurechtlegte, redete die Friseurin weiter vom Kochen.

Ich hab mir ein Kochbuch gekauft, da stehen nur vegetarische Gerichte drin. Gar nicht so wenig, muss ich sagen, das hat mich ein bisschen beruhigt. Also man kann schon jeden Tag was anderes machen, obwohl das hier nicht so einfach ist mit dem Einkaufen. Ich meine, das Gemüseangebot im Supermarkt, da denkt man doch manchmal, wir sind noch in der DDR. Aber Fisch geht, hat Torsten gesagt. Fisch ist kein Fleisch und gesund. Also hab ich am ersten Tag Fischstäbchen gemacht. Das kann ja nicht falsch sein, hab ich gedacht. War aber falsch. Weil nicht gesund.

Sabine Richter machte eine Pause und erwartete offensichtlich, dass ihre Kundin zumindest diese Empörung verbal kommentierte.

Fischstäbchen haben meine Kinder sehr gemocht.

Genau, meine auch. Ihre sind ja schon größer, die wollen das vielleicht nicht mehr so, aber wenn sie klein sind, gibt es nichts Schöneres als Fischstäbchen und Kartoffelbrei. Die Jungs essen dann wie die Scheunendrescher. Und bis jetzt hat Torsten auch immer mitgegessen und nie etwas gesagt. Auf einmal sind Fischstäbchen nicht mehr gesund.

Was soll der Scheiß, hab ich gefragt. Sind dir Fischstäbchen jetzt nicht mehr gut genug? Dann koch doch selber, hab ich gesagt. Und da ist er still gewesen. Aber ich weiß immer noch nicht, woher dieser Spleen mit dem Vegetarischen kommt. Meinst du, da steckt ne andere dahinter?

Auf diese Frage zu antworten, bedarf es möglicherweise mehr als eines Satzes. Martina Leber hatte das Gefühl, auf ganz dünnem Eis zu balancieren.

Ich glaube eher so etwas wie eine kleine Lebenskrise. Midlife. Wie alt ist dein Torsten denn?

Gerade mal fünfunddreißig. Ich meine, da fängt man doch nicht schon mit Krise an. Ist ein gutes Alter, und du kennst ja meinen Torsten, der sieht gut aus. Hat gar nichts zu befürchten. Trotzdem, es wäre natürlich besser, er hätte so eine Krise als ne andere. Mit der Krise werde ich fertig. Gegen irgendeine unbekannte Schnepfe anzugehen ist schwieriger. Kenn ich von meiner Kollegin. Die hat monatelang gebarmt, was mit ihrem Holger los ist. Und dann stellt sich heraus, dass Holger die Frau aus der Nachbarwohnung knallt.

Martina Leber zuckte leicht zusammen.

Hab ich geziept? Musst du gleich sagen, wenn es ziept. Aber bei deinem langen Haar kämmt sich das nicht so leicht durch, weißt du?

Das ist wie in einem schlechten Film, hab ich zu meiner Kollegin gesagt. Die Nachbarin! Mit welcher Ausrede ist der denn da immer rüber, hab ich sie gefragt. Und stell dir mal vor, der hat nicht mal eine Ausrede gebraucht. Ist einfach immer, wenn er von Schicht gekommen ist, erst mal ein Stündchen zur Nachbarin, bevor er den Schlüssel im eigenen Türschloss rumgedreht hat. Frech oder? Meine Kollegin hat dann nur durch Zufall mal aus dem Fenster gesehen, als ihr Mann nach Hause kam, und sich gewundert, als der fünfzig Minuten später immer noch nicht in der Wohnung angekommen war. Da hat sie erst im Keller nachgeguckt und dann die Nachbarn durchgeklingelt. Und bei ihrer Nachbarin war dann der Mann. Frech wie Oskar. Hat gesagt, die hätte ihn auf der Treppe angesprochen, ob er mal nach dem Abfluss in der Küche sehen könnte, weil der tropft. Und meine Kollegin wär da auch fast auf den Leim gegangen. Schließlich ist man ja nett, und Nachbarschaftshilfe macht man, klar. Es gab nur ein Problem, weißt du. Der Mann meiner Nachbarin hatte vergessen, die Hose zuzumachen. Dem guckte sozusagen das schlechte Gewissen noch aus dem Hosenschlitz. Hat es schon wieder geziept? Ich bin eigentlich ganz vorsichtig und gleich fertig mit der Farbe.

Also der steht da und lügt seine Frau an, und anstatt dass der Abfluss tropft, tropft was anderes. Ich sag dir, Männer. Deshalb bin ich auch ein bisschen vorsichtig. Torsten ist ein ganz Lieber. Aber kann man in die schwarze Seele gucken? So, jetzt müssen wir dreißig Minuten warten, bis wir die Farbe rauswaschen können. Willst du noch einen Kaffee?

Martina Leber stellte fest, dass ein wenig Farbe auf ihrem rechten Schuh gelandet war. Und sie konstatierte, dass es sie im Moment nicht weiter störte. Sie genoss dieses Gefühl, einen Farbklecks auf dem Schuh zu haben und nicht den Drang zu verspüren, ihn sofort entfernen zu müssen. Sie starrte auf ihren Schuh und fühlte sich den Umständen entsprechend ziemlich gut. Deshalb nickte sie auch das Kaffeeangebot ab und verspürte eine leichte Neugier, wie die neue Haarfarbe aussehen würde. Sie hatte sich für kastanienrot entschieden und dafür, die Haare um mindestens die Hälfte der Länge kürzen zu lassen. Hast du Frisurenzeitschriften?, fragte sie Sabine Richter. Und dann blätterte sie zwanzig Minuten mit der Friseurin in alten Heften, bis sie sich für eine durchgestufte Variante mit einem kurzen Pony entschied. Pony hatte sie noch nie. Es hatte ja lange gedauert, bis alle Haare gleich lang waren, so dass sie beim Putzen von einem Gummi zusammengehalten werden konnten und nicht mehr störten. Wenn sie sich jetzt einen Pony schneiden ließ, wäre es gut möglich, dass sie bald wieder ein Ekzem auf der Stirn bekam. Es sei denn, sie hörte auf, andauernd mit Sagrotan zu putzen. Aber diese anderen Reinigungsmittel desinfizierten nicht so gut. Eine Entscheidung, die sie nicht jetzt treffen musste. Aber irgendwann schon. Morgen.

Dein Mann wird dich nicht wiedererkennen heute Abend. Sabine Richter freute sich wie ein Kind über die Entscheidung.

Endlich mal jemand mit Mut. Hier stirbste ja sonst vor Langeweile. Die alten Damen wechseln die Frisur eh nicht mehr, bis sie das letzte Hemd tragen, und die Jungen fahren in die Stadt, wenn sie was Besonderes wollen. Trauen mir nicht zu, dass ich das kann. Dabei habe ich in der Stadt gelernt, weißt du?

Was macht ihr eigentlich mit den Erben, fragte Martina Leber, auch wenn sie ursprünglich nicht vorgehabt hatte, danach zu fragen. Sabine Richter holte zwei kleine Gläser aus dem Küchenschrank und goss dunkelroten Likör ein.

Hat meine Mutter gemacht. Kirschlikör. Musst du probieren, ist nicht stark. Mein Mann ist in die Bürgerinitiative. Für uns sind sechs Mark pro Quadratmeter schon viel. Vor einundsechzig hat hier wohl ein Ehepaar gewohnt, die sind dann nach Baden-Württemberg. Die waren hier, da wussten wir von den Erben noch gar nichts, und wollten sich ansehen, ob wir ihr Haus gut in Schuss gehalten haben. Weißt du, was Torsten gemacht hat? Der hat eine Axt genommen und sie vom Grundstück gejagt. Wirklich. Ich hatte für einen Moment lang Angst, dass der denen was tut. So wie der aussah. Aber Torsten, der kann sich aufplustern und auf wütend machen, aber der würde nie einer Fliege was zuleide tun. Sie hören noch von mir, hat der Typ gerufen, bevor er vom Grundstück gerannt ist. Na, die sollen das mal versuchen. Hat ja dann nicht lange gedauert, bis die Erben kamen. Da waren wir also die anderen erst mal los und hatten die Juden am Hals. Wie man es dreht und wendet, wir sitzen hier irgendwie in der Scheiße. Mir ist egal, wer mir mein Haus unterm Hintern wegreißen will. Der Wessi oder der Jude. Das läuft aufs Gleiche hinaus. Deshalb sind wir in die Bürgerinitiative. Verstehste? Da warste dein Leben lang eingesperrt und hast dich gefreut, dass sie die Grenze aufmachen und alles eins wird. Und dann wollen sie dir alles wegnehmen. Wenn das mal nicht ein ganz großer Witz ist. Ein ganz großer Witz ist das. Und ich meine, der Wessi sah nach Kohle aus. Kam in so einem dicken Benz hier vorgefahren. Den Juden scheint es auch nicht schlecht zu gehen. Fragt man sich doch, wozu die sich noch ostdeutsche Erde unter den Nagel reißen wollen. Da fängste doch glatt an, die Mauer wiederhaben zu wollen. Das ist jetzt Spaß, die will natürlich keiner wiederhaben. Aber Torsten, der hat sich für das Haus hier krumm gemacht. Was haben wir uns alles vom Munde abgespart. Jeden Sack Zement und jedes Stück Holz. Und Torsten immer schwarzgearbeitet, sozusagen Arbeit gegen Material getauscht. Jedes Wochenende war der weg. Jedes Wochenende. Und ich hab hier gesessen und wär gern mal tanzen gegangen oder so.

Martina Leber schaute in den Spiegel und zu, wie aus ihr eine andere Frau wurde. Der Spiegel stand auf dem Tisch und sie sah ein wenig verzerrt aus. Sie wunderte sich, dass die Friseurin so offen über ihre persönlichen Angelegenheiten redete. Dabei wirkte sie nicht einmal unglücklich. Sie erzählte die eigene Hausgeschichte nicht anders als die Geschichte ihrer Freundin. Alles schien auf der Skala der Aufregung und Empörung den gleichen Platz einzunehmen.

Würdet ihr denn wegziehen, wenn die Erben gewinnen?

Sabine Richter hielt einen Moment inne, ließ die Schere einige Male in die Luft schnappen, als zerschneide sie einen dünnen Lebensfaden über Martina Lebers Kopf. Atropos, war das Atropos, Klotho oder Lachesis? Wer von den drei Moiren zerschnitt den seidenen Faden, an dem das Leben hing? Martina Leber schaute fasziniert zu, wie Sabine Richter über ihrem Kopf mit der Schere hantierte und dabei in die Luft starrte, als hätte sie sich die Frage noch nie gestellt.

Müssten wir ja wohl, uns fehlt die Kohle für teure Anwälte und so. Aber komischerweise glaube ich, dass die uns hier nicht raushaben wollen. Und die Häuser hier wollen die auch nicht. Die ganzen unbebauten Grundstücke, ja. Und die Villen und so. Sollen sie. Torsten hat letztens gesagt: Die Juden, Sabine, die wollen uns nur richtig Angst machen. Wollen das Ganze mal umdrehen und uns schwitzen sehen. Wo es doch immer umgekehrt war. Und wenn sie uns Angst gemacht haben, werden sie uns hier in den Häusern in Ruhe lassen. Denen geht es gar nicht um uns, hat er gesagt. Da ist ja vielleicht was dran.

Sabine Richter nahm eine lange kastanienrote Haarsträhne in die linke Hand, zog sie hoch in die Luft und kappte sie genau auf der Hälfte der Länge.

Oh Gott, dachte Martina Leber, wie werde ich nachher aussehen? Und sie fragte sich, ob sie wirklich den Herd ausgemacht hatte.

Matrosen in Berlin. Das war ein starkes Bild. Ulrich Sturm dachte zum ersten Mal ernsthaft über einen Spielfilm nach. Er hatte mit dem jungen Kollegen aus früheren Tagen telefoniert. Ein Stoff sei das schon und nicht das erste Mal, dass jemand seine Familiengeschichte verfilmt. Das Genre Spielfilm gebe einem auch die nötige Distanz. Wenn man möchte.

Ulrich Sturm hatte sich ein klein wenig geschämt, weil er den Kollegen unterschätzt hatte. Für ihn war der irgendwo im handwerklich gut gemachten Mainstream gelandet. Drehte keine schlechten Sachen, folgte aber den aufgestellten Regeln. Geradeaus erzählte Geschichten und möglichst viele Einstellungen, die mit Hilfe eines Krans gedreht worden waren. Ulrich Sturm hatte die Manie entwickelt, bei jedem Film zu zählen, wie viele Einstellungen mit Hilfe eines Krans entstanden sein müssen. Egal, ob er am Ende einen Dokumentarfilm oder einen Spielfilm machen würde, einen Kran gestattete er nicht.

Matrosen in Berlin. Wie waren die bekleidet, wie sahen sie aus? In der Ikonografie des Arbeiter-und-Bauern-Staates wären sie allesamt tolle und sympathische Burschen gewesen. Nach Berlin waren die Matrosen gekommen, weil der Rat der Volksbeauftragten sie geholt hatte. Die Regierung also. Sie sollten öffentliche Gebäude bewachen und für Ruhe und Ordnung sorgen. So fand auch Max David den Weg nach Berlin und mit ihm sein Bruder Ernst. Der später ein Haus in Karlsdorf besitzen würde, um es noch später an Konrad Sturm zu verkaufen. So kam die Kuhkacke aufs Dach. Aber das wäre am Ende vielleicht nur ein Nebenstrang im Film.

Ich drücke mich um das Wesentliche, dachte Ulrich Sturm und schob frustriert Papiere auf dem Küchentisch hin und her. Ich wollte doch einen Film darüber machen, warum ich aufgehört habe, den Juden zu suchen, obwohl ein ganzes Haus dranhängt. Wenn es auch klein ist. Jetzt fange ich an, eine ganz andere Geschichte zu erzählen.

In der Französischen Straße 32, im Haus der Bank Dreyfus & Co., waren die Büros der Volksmarinedivision und die Divisionskasse untergebracht. Das Haus steht heute noch, vielleicht könnte man dort drehen. Das wäre schon mal gut.

Loyale Matrosen, die zu vielem bereit waren, aber nicht gewillt, sich für die Konterrevolution benutzen zu lassen. Nicht wenige von ihnen Kommunisten. Den Generalen und Offizieren, den Einflüsterern von Noske und Ebert, ein Dorn im Auge. Am liebsten hätten die gleich alle Matrosen liquidiert. Doch in den Januarkämpfen neunzehnneunzehn hatten die sich neutral verhalten. Keinen Anlass gegeben, sie einfach an die Wand zu stellen.

Ein paar Wochen später sah die Welt allerdings anders aus. Noske bekam seine Chance. Aus dem Ruhrgebiet und anderswoher schwappte die Revolution wieder auf Berlin über. Die Arbeiter stellten Forderungen, wollten bewaffnet werden, verlangten die Auflösung der konterrevolutionären Freiwilligenverbände.

Anfang März beschloss die Regierung, den Belagerungszustand zu verhängen, sollte wirklich gestreikt werden. Wer über den Ausnahmezustand verfügt, hat die Macht. Das war seit jeher so und galt auch heute noch. Die Freiwilligenkorps waren angehalten, das Kriegsrecht umzusetzen. Noske erteilte ihnen das Recht, jeden zu erschießen, der eine Waffe in der Hand trug und nicht einer der seinen war. Von überall her wurden verfügbare Truppen nach Berlin geholt.

Noch gehörte die Volksmarinedivision offiziell zu den Verteidigern der Regierungsgewalt. Zu Noskes Truppen also. Aber was würden die roten Matrosen tun, bekämen sie den Befehl, sich gegen die streikenden Arbeiter zu wenden? Die drehten die Gewehre um und würden stattdessen auf die sozialdemokratische Regierung schießen. Die wären für keine Konterrevolution zu haben.

Ulrich Sturm umkreiste den Küchentisch und dachte an die abgenutzte Redewendung vom Atem der Geschichte. Er dachte an eine erste Einstellung in einem Film. Eine Kamera scannt ein kleines, halb verfallenes Haus in Karlsdorf. Erkennungsdienstliche Erfassung eines Beweisstücks. Zentimeter für Zentimeter. Keine Musik. Vielleicht Geräusche. Der Klang von Worten in dem Innenhof eines Hauses in der Französischen Straße. Schritte, viele Schritte, das Echo von Schritten. Zu melodramatisch. Aber das würde man erst am Schnittplatz sehen und dann entscheiden.

Max David, ein Roter Matrose, auf dem Weg zu einem Haus in der Französischen Straße. Gemeinsam mit anderen. Den letzten Sold wollen sie holen für die letzten Dienste, die sie der Regierung erwiesen hatten.

Otto Marloh, Oberleutnant und Zugführer. Hießen die damals schon so? Das muss recherchiert werden. Otto Marloh hatte schon einen Tag zuvor den Befehl erhalten, das Haus Französische Straße 32 zu besetzen und die Matrosen festzunehmen, sobald sie eintreffen. Otto Marloh hasste die Volksmarinedivision. Hätte er noch beide

Hände zur Verfügung, erwürgte er jeden, der dazugehörte, eigenhändig. Die Matrosen verkörperten alles, was ihm die Erziehung längst ausgetrieben hatte. Sie waren ungehorsam. Die schlimmste aller Untugenden.

Otto Marloh besetzt mit seinem Zug in den frühen Morgenstunden des 11. März neunzehnneunzehn das Haus in der Französischen Straße. Fünfzig schwerbewaffnete Männer postieren sich kurz hinter der Durchfahrt zum Hof. Strategisch günstig. Wer den Hof betritt, sitzt in der Falle. Der Feldwebel des Zuges ist bereits am frühen Morgen stockbetrunken. Statt seiner übernimmt ein Offiziersstellvertreter das Kommando, der wenige Tage zuvor, nachdem er einem Matrosen mit der Leuchtpistole in den Leib geschossen hatte, von dessen Kameraden zusammengeschlagen worden war. Sein Auge ziert noch immer ein großer blauer Bluterguss. Er wird sich heute dafür rächen.

Am Torgang steht ein Zivilist. Im Haus warten die Soldaten. Maschinengewehre, Handgranaten, Pistolen. Alles ist ausreichend da. Es kann losgehen. Nur die Matrosen fehlen noch. Marloh, der später eine schöne Karriere machen wird, empfindet Stolz und Lust. Wenn die Situation es erfordert, wird er durchgreifen. Was er tut, wird legal sein, er ist von höchster Stelle geschützt. Er wird zusehen können, wie der Feind vor seinen Augen verreckt. Eine Freude, die ihm in dieser geballten und unmittelbaren Form nicht einmal im Krieg vergönnt war. Da ging immer alles so schnell. Und ständig war der eigene Arsch in Gefahr. Das minderte die Lust am Töten erheblich. Heute aber hat er einen Logenplatz.

So kann es gewesen sein, denkt Ulrich Sturm. Er kritzelt Sätze aufs Papier, scribbelt die Aufstellung der Figuren, schreibt Regieanweisungen an den Rand. Steigert sich in einen kleinen Rausch. Denkt allen Ernstes darüber nach, ein Glas Rotwein zu trinken, obwohl noch nicht einmal Mittag ist.

Wahrscheinlich müsste er das in einer Parallelmontage auflösen. Ein Massaker in der Französischen Straße 32. Marlohs Vorfreude auf einen Massenmord, der noch nicht befohlen ist. Parallel dazu Bilder von den roten Matrosen. Wie sie sich sammeln und loslaufen, ihren Sold zu holen. Keiner von denen weiß, was aus ihnen werden soll, wenn sie nicht mehr im Dienst der Regierung stehen. Schließen sie sich den Aufständischen an? Gerade ist der Generalstreik ausgerufen worden. Suchen sie sich Arbeit? Nehmen sie von einem anderen Befehle entgegen?

Er könnte auch alles aus der Hand drehen lassen. Die Vorbereitung zum Mord und den Gang durch die noch recht leeren Straßen Berlins. Grau die vorherrschende Farbe. Zumindest zu Beginn. Später wird vielleicht die Sonne scheinen.

Max David, wie er durch die Straßen Berlins läuft, gemeinsam mit anderen Matrosen. Wie sie miteinander reden, aber mehr miteinander schweigen. Nicht ahnen, was ihnen bevorsteht. Und neben Max David, im Gleichschritt laufend, Ernst David. Später werden sie vielleicht ein wenig von dem Sold auf den Kopf hauen. Klug wäre das nicht, aber schön gewiss.

Jetzt biegen sie um die Ecke und kommen auf das Haus in der Französischen Straße zu. Es ist acht Uhr morgens. Der Zivilist am Toreingang sagt zu Max David: Die Kasse ist schon geöffnet. Bitte über den Hof links und zweite Etage.

Die Matrosen steigen die Treppen hoch. Öffnen die Tür und schauen in Pistolenmündungen. Ein derber Scherz, denken sie und lachen. Kommt, macht keinen Quatsch.

Der das sagt, bekommt eine Pistole gegen die Stirn gedrückt. Alle werden durchsucht. Zigaretten und Geld wandern in die Taschen der Soldaten. So verblüfft sind die Matrosen, dass niemand Widerstand leistet. Schließlich sind sie noch immer der gleichen Befehlsgewalt unterstellt wie die Soldaten, die ihnen drohen.

Drei Stunden später hat Marloh bereits zweihundert Matrosen festgenommen. Und es kommen immer mehr. Ihm ist, als fiele Weihnachten und Ostern auf einen Tag. Sollten sich alle Matrosen zur Gegenwehr entschließen, bekäme er ein Problem. Das trübt die Freude ein wenig. Otto Marloh telefoniert und bittet um Verstärkung. Ein neues Kommando kommt und stellt vor dem Haus zwei Geschütze auf.

Aber was soll er mit den Matrosen tun? Statt eines klaren Befehls hat er nur die Aufforderung bekommen, Schluss zu machen mit Schlappheit und Weichherzigkeit. Er möge energisch durchgreifen. Weichherzigkeit, das ihm. Was energisch durchgreifen heißen soll, weiß Otto Marloh jedoch nicht. Und weil Gehorsam einschließt, nicht selbst zu entscheiden, wartet er ab. Und hofft das Beste.

Das widerfährt ihm eine Stunde später, da ist die Mittagszeit schon fortgeschritten. Er soll Matrosen erschießen lassen. Freie Hand habe er dafür.

Oberleutnant Marloh lässt jeden einzelnen Matrosen vorführen, schaut ihn lange an. Prüfend, siegesgewiss, rachedurstig und mordlustig. Und bei dem einen Matrosen sagt er links!, und beim nächsten sagt er weg! Und so selektiert Marloh fast dreihundert Matrosen, von denen er mehr als dreißig zum Tode bestimmt. Was die ahnen, aber noch nicht sicher wissen können.

Ulrich Sturm trinkt das erste Glas Wein an diesem Tag. Ihm ist, als wäre der ganze Film schon fertig. Zumindest dieser Teil des Films, der sich auf Verbürgtes berufen kann. Und das Verbürgte ist dramatischer als jede Fiktion. Da muss nichts dazuerfunden und nichts weggelassen werden.

Die Matrosen sind entwaffnet und gedemütigt. Starke Jungs und dünne Kerle, in zwei Gruppen aufgeteilt. Sie haben das Haus in der Französischen Straße 32 als freie Männer betreten, und es scheint, als verließen sie es als Tote oder Gefangene.

Marloh befindet sich im Rausch. Dreißig Matrosen will er jetzt hinrichten lassen. Einer von ihnen Max David und ein anderer Ernst David, der gar kein Matrose ist, auch wenn er es gern gewesen wäre. Nun steht er mit seinem Bruder und achtundzwanzig anderen im Hof der Französischen Straße 32. Vor ihnen nimmt das Erschießungskommando Aufstellung. Otto Marloh gibt den Befehl, und neunundzwanzig Matrosen und der Bruder eines Matrosen werden erschossen. Neunundzwanzig Matrosen werden erschossen.

Max David wirft sich.

Das glaubt mir niemand, denkt Ulrich Sturm. Alle werden sagen, das ist Hollywood.

Max David wirft sich vor seinen jüngeren Bruder, nimmt die für den und die für sich bestimmte Kugel. Ernst David bleibt liegen. Unter all den Toten liegt er und atmet noch, ist jedoch fast tot. Vor Angst. Er hört, wie Marloh befiehlt, zu prüfen, ob wirklich alle tot seien. Hört Stimmen, die rufen: Der lebt noch!, und Pistolenschüsse, die den Rufen folgen. Spürt das Blut der anderen und aus dem linken Arm eigenes Blut fließen. Bleibt liegen, rührt sich nicht. Von seinem älteren Bruder bedeckt und tatsächlich geschützt, bis die Soldaten die Wache an ein Verstärkungskommando übergeben und hastig abziehen. Da erst steht Ernst David auf und wankt zum Toreingang. Unteroffiziere zerren ihn zurück in den Hof. Ein Tumult entsteht, in dessen Folge Ernst David nicht erschossen, stattdessen von einem Stabsarzt verbunden und nach Moabit ins Hauptquartier gebracht wird.

Ulrich Sturm starrt aus dem Küchenfenster, vergisst seinen Film für einen Moment und denkt an die Zusammenkunft bei Ute Graf, zu der er dann doch gegangen war. Obwohl ihm nicht danach gewesen ist. Er hatte an diesem Abend tatsächlich kurz überlegt, ob er den Leuten erzählen sollte, wie sehr man in die Scheiße geraten kann, macht man sich erst einmal auf die Suche. Doch dann fand er es zwar vergleich-, aber nicht erklärbar.

Vor ein paar Monaten war er losgegangen, sich eines Hauses zu versichern, das seinen Eltern gehört hatte und davor einem Onkel seines Vaters und davor einem Juden namens Ernst David. Die Leute in Warenberg versuchten ebenso wie er, einen Nachweis zu erbringen, dass weder sie noch ihre Vorfahren und auch nicht die, denen vor ihnen und ihren Vorfahren die Häuser gehört hatten, in denen jetzt sie wohnten, dem Juden etwas Böses getan hatten. Im Wissen darum, dass dem Juden insgesamt Schlechtes widerfahren war, wollten sie sich und anderen erklären, dass ihnen dieses Schlechte niemand anlasten könne.

Für Ulrich Sturm hatte das Haus in Karlsdorf zwar eine

Bedeutung, aber es wäre kein Problem, bekäme er es nicht. Er nähme seine Holzboote, behielte in Erinnerung, was ihm wichtig gewesen war, und nichts änderte sich in seinem Leben. Er wohnte nicht in dem Haus. Er würde auch nicht darin wohnen wollen. Höchstens dass er es verkaufte. Das unterschied ihn von den Menschen hier.

Und weil sich das alles zwar erklären, aber nicht vermitteln ließ, hatte Ulrich Sturm bei der Zusammenkunft einmal mehr den Mund gehalten und einfach nur zugehört. Hatte gesagt, er täte dies, weil der Bruder seiner Vermieterin, dem dafür alle Vollmacht erteilt war, nicht habe kommen können. Ein Gefallen sei seine Anwesenheit sozusagen, und natürlich sei er auch neugierig, wie es nun weitergehe. Das hatte den Leuten genügt, und Ute Graf hatte ihm kurz eine Hand auf den rechten Oberarm gelegt, als müsse sie ihn beruhigen und ermuntern, doch zu bleiben.

Sie hatte sich ins Zeug gelegt, Wein und Bier gekauft und eine Menge Knabberzeug auf den Küchentisch gestellt. Am Anfang hatten die Leute zögerlich zugegriffen, waren aber im Laufe des Abends immer mutiger geworden.

Martin Leber hatte den Vorschlag gemacht, doch mal den Marischke einzuladen, der so viel wisse über die ganze Geschichte und die Vorfahren der Erben. Aber der Vorschlag war auf nicht allzu viel Gegenliebe gestoßen. Hedwig Gottwald fand es übertrieben, jetzt auch noch Vorträge vom Stadtschreiber zu hören. Du weißt doch inzwischen auch alles, hatte sie Martin Leber einzuwickeln versucht. Der war zusammengezuckt, als sei dies ein Vorwurf und kein Kompliment.

Marischke, sagte ein anderer. Ulrich Sturm glaubte den

in der Salomon-Weinreb-Straße 23 verorten zu können. Marischke habe in einer Monatszeitschrift, deren Namen ihm gerade nicht einfalle, einen langen Text über Antisemitismus in der DDR veröffentlicht. Das sei ziemlich starker Tobak, er könne den Text gern mal kopieren und verteilen, da wisse man schnell, wie dieser Marischke über Leute wie sie hier denke. Und so einen wolle er nicht unbedingt als Vortragenden bei einer Zusammenkunft haben. Er sei, sagte der Mann, alles Mögliche, aber kein Antisemit. Er habe zu DDR-Zeiten ein paar Bürger jüdischer Herkunft gekannt, und denen sei er genauso aufgeschlossen begegnet wie allen anderen auch. Keinen Unterschied hätte er gemacht, und Marischke behaupte jetzt, man habe die Juden nur als Alibi benutzt. Ich hätte ja wohl was Besseres zu tun, hatte der Mann seine Rede beendet, als den Juden als Alibi zu benutzen. Wofür brauche ich ein Alibi? Die reden jetzt alles klein, was wir gemacht haben. Sogar den Antifaschismus machen sie lächerlich.

Ulrich Sturm hatte sich während dieser Rede unglaublich viele Salzstangen einverleibt, so viele, dass ihm ein wenig schlecht geworden war.

Hedwig Gottwald hatte nicht wie sonst in die gleiche Kerbe geschlagen, sondern dem Mann aus der 23 nur für seinen Redebeitrag gedankt. Sie wolle aber nicht mehr die Zeit ihrer Zusammenkünfte damit verbringen, über die Geschichte im Großen und Ganzen zu reden. Das brächte sie alle nicht weiter, schließlich ginge es um die konkrete Frage, ob jeder von ihnen einen Einzelnachweis würde erbringen müssen, dass es sich bei dem Verkauf nach neunzehndreiunddreißig und bis achtunddreißig nicht um einen Zwangsverkauf gehandelt habe. Sie plädiere nicht für eine historische Kommission, sondern dafür, die Kräfte zu bündeln, um diesen gewaltigen Rechercheaufwand bewältigen zu können.

Wir sind in der Beweispflicht, hatte sie gesagt. Also wäre es doch gut, wir bildeten ein Arbeitsgremium, das sich um diese Nachforschungen gezielter kümmert, als das bis jetzt gemacht worden ist. Und vielleicht redet auch mal jemand mit diesem Behrend, der damals für die Weinrebs und die Weizmanns den Verkauf organisiert hat. Der soll ja noch leben.

Ulrich Sturm fand diesen Vorschlag logisch und zugleich absurd. Auch Ute Graf schien pikiert. Mit einem alten Nazi zu reden, das fänd sie jetzt nicht so toll, hatte sie gesagt.

Ab einem bestimmten Alter der Leute stünden die Chancen ziemlich gut, dass man mit einem einstigen Nazi redete, hatte Martin Leber geantwortet, und eine Welle der Empörung war durch die Graf'sche Küche gerollt.

Über diesen Satz, hatte Ulrich Sturm gedacht, würden wir uns im Westen eher nicht ereifern. Das sei doch normal, war es aus ihm herausgeplatzt. Es könne ja nicht sein, dass hier im Osten alle Widerstandskämpfer gewesen seien. Die Welle der Empörung schien das Ausmaß eines Tsunamis anzunehmen.

Ute Graf war aufgestanden und hatte in leicht aufgesetzter Fröhlichkeit verkündet, sie habe sich für diesen Abend mal an einer leichten Bowle versucht und wer die denn probieren wolle. Das beruhigte die Gemüter tatsächlich, und zehn Minuten lang wurde über Bowle, Bowlenspießer und Bowlenservices geredet. In meiner Bowle bewahre ich jetzt das russische Konfekt auf, hatte der Mann aus der

23 gesagt, und die Debatte wechselte zur Qualität von Mischka-Konfekt und zu Läden, in denen man das noch kaufen konnte. Ulrich Sturm hatte das Wort Mischka-Konfekt vorher noch nie gehört. Ich bringe es aus Moskau mit, erklärte der Mann aus der 23, daraufhin gaben andere sofort Bestellungen für die nächste Reise auf.

Hedwig Gottwald hatte die ganze Zeit stumm dagesessen und möglicherweise gedacht, ihre ganzen Bemühungen um Struktur und System seien völlig zwecklos. Es war ihr nur schwer gelungen, das Gespräch wieder auf das eigentliche Thema zu lenken, und als man endlich so weit war, hatte sie es vermieden, noch einmal den Vorschlag zu unterbreiten, mit dem einstigen SS-Mann zu reden, der für die Vorfahren der Erben treuhänderisch die Verkäufe getätigt hatte. Trotzdem war es ihr noch gelungen, Einigkeit darüber herzustellen, eine Arbeitsgruppe zu gründen, die alle bisher erworbenen Erkenntnisse und Ergebnisse von Recherchen sortierte und einen Plan entwarf, wie man weiter vorgehen konnte. Es nütze nichts, sich alle zwei Wochen zu treffen und im Kreise zu drehen. Und es wäre noch weniger erfolgversprechend, wenn jeder allein vor sich hin wurschtle. Dieses Wort hatte sie tatsächlich verwendet.

Alle gaben ihr recht. Niemand wollte in die Arbeitsgruppe. Nach einer Stunde hatte Hedwig Gottwald ihre Niederlage akzeptiert und war gegangen. Ute Graf versprach der etwas bedröppelten Gruppe, am nächsten Tag mit ihr reden zu wollen. Dann fanden sich doch drei Leute bereit, vielleicht weil ihnen Hedwig Gottwald leidtat, die nichts anderes mehr zu machen schien, als sich um die Angelegenheiten der Bürgerinitiative zu kümmern.

Ulrich Sturm nippte an seinem Rotwein, fand es plötzlich doch ein wenig daneben, mittags um eins schon damit angefangen zu haben, und spürte, wie der Mut ihn verließ. Diese Geschichte mit den roten Matrosen und seinem Haus drohte ein Historienschinken zu werden. Ein mittelmäßiger Film über einen Untertan und Mörder. Von der Anklage des Totschlags freigesprochen, stattdessen wegen unerlaubter Entfernung von der Truppe zu drei Monaten Festung und wegen Benutzung gefälschter Papiere zu dreißig Mark Strafe verurteilt und neunzehnfünfunddreißig rehabilitiert. Da war Marloh bereits Direktor der Strafanstalt in Celle.

Celle. Das könnte ebenso ein Film werden. Ulrich Sturm dachte darüber nach, wie einfach es war, sich immer mehr vom eigentlichen Thema zu entfernen. Hatte man sich erst einmal darauf eingelassen, dass jedes Ereignis eine Kette neuer Ereignisse nach sich zog, war es ein Leichtes, sich von dem Punkt zu entfernen, an dem es wehtat. Nichts anderes machten sie hier in Warenberg, und er tat das Gleiche.

Aber Celle, dieser langweilige Ort in der Lüneburger Heide, das lohnte sich vielleicht doch. Er müsste die Brüder David und das Haus in Karlsdorf ja nicht ganz aus den Augen verlieren. Marloh, diese Inkarnation preußischen Kadavergehorsams, Direktor einer Strafanstalt, die vor ihm ein Mann geleitet hatte, der tatsächlich so etwas wie einen reformierten Strafvollzug wollte.

Ulrich Sturm stand auf und kippte den Rest Wein aus seinem Glas in die Spüle. Wieso widmete er sich nicht den Recherchen darüber, wie sein Großonkel zu dem Haus in Karlsdorf gekommen war? Zu einem Preis von viertausendzweihundert Reichsmark.

Wären es viertausendvierhundert gewesen, säße er

heute nicht hier und dächte über einen Film nach. Mit viertausendvierhundert wäre, auch aus heutiger Sicht, alles rechtens gewesen. Fünfunddreißig, das hatte er in Warenberg gelernt, brauchte man noch nicht davon zu reden, dass der Verkauf unter Zwang erfolgt war. Zumindest nicht, bevor im September die Nürnberger Gesetze in Kraft getreten waren. Zum Schutz des deutschen Blutes und der deutschen Ehre. Es war sozusagen eine Frage der Betrachtungsweise. Man konnte akzeptieren, dass bereits fünfunddreißig absehbar war, worauf es hinauslaufen würde. Und das anzuerkennen bedeutete, dass es für keinen Juden mehr eine freie Entscheidung gewesen sein konnte, sich von seinem Eigentum zu trennen. Unbewegliches Hab und Gut zu veräußern. Auch nicht für Ernst David.

Alles hatte seine Logik. Und doch fügte sich am Ende nichts zusammen. Ernst David konnte genauso gut die Ausnahme von der Regel gewesen sein. Ein Jude, der dreiunddreißig ein Haus kaufte, um es gleich wieder zu verkaufen. Eine kleine Geschichte im Meer großer Geschichten, die erst mal gar nichts mit dem Großen und Ganzen zu tun hatte.

Ulrich Sturm schob die Papiere auf dem Küchentisch zusammen. Er hatte sie alle nummeriert und sich eine Liste gemacht, in der verzeichnet war, welcher Inhalt welche Nummer trug. Er war gewissenhaft vorgegangen und keinen Schritt weitergekommen. Inzwischen wusste er so viel über die Davids, angefangen vom roten Matrosen Max David, dass er hätte ein Buch schreiben können. Was seine eigenen Vorfahren anbelangte, so war die Geschichte viel dünner. Seine Familie, in der alle eines natürlichen Todes gestorben waren, kam ihm wie ein unbeschriebenes Blatt vor. Nichts hatte sich darüber finden lassen, woher Konrad Sturm Ernst David kannte. Oder ob er einfach nur eine Anzeige in einer Zeitung gelesen hatte. Haus in Karlsdorf zu verkaufen. Und dann hingegangen war, sich das Haus anzusehen.

Dagegen sprach, dass der Kaufvertrag zwar etwas mehr war als ein Handschlag, aber nicht aussah wie ein ordentlicher Vertrag zwischen Fremden. Er sah aus, als hätten Ernst David und Konrad Sturm in einer Kneipe gesessen und den Handel besiegelt. Mit ein, zwei Bier und vielleicht sogar einem Korn. Als hätte sich Ernst David von der Wirtin ein Blatt Papier geben lassen und in zwei Sätzen aufgeschrieben, worin der Handel bestehen sollte.

Diese Szene mochte Ulrich Sturm. Sein Großonkel, der verrückte Zimmermann mit den goldenen Händen. Oh, er liebte dieses Klischee von den goldenen Händen und dem goldenen Boden. Es machte ihm jedes Mal klar, wie brotlos all das war, was er gelernt hatte und tun konnte. Konrad Sturm sitzt mit seinem Sportsfreund Ernst David in der Kneipe des Kanuvereins. Es ist später Nachmittag, die Hitze des Tages hat noch kein bisschen nachgelassen. Ernst David und Konrad Sturm haben gemeinsam mit ihren Sportskameraden für einen Wettkampf trainiert, der in der kommenden Woche stattfinden soll. Beide sind nach dem Training noch schnell ins Wasser gesprungen. Haben sich abgekühlt und dann beschlossen, noch ein Bier trinken zu gehen. Und beim Bier in der Sportlerklause erzählt Ernst David, dass er ein Haus veräußern will, ein nicht allzu großes, aber solides Haus. Solide, weil sein Schwiegervater ja die Mauern dieses Hauses hochgezogen habe. Doch für ebenjene Arbeit sei der Schwiegervater nicht bezahlt worden, und so habe er, Ernst David, das Haus samt Handwerkerschulden gekauft, um es gleich wieder zu verkaufen und von dem Erlös den Schwiegervater auszuzahlen. Ja, er habe sich die Lage der Hausbesitzer zunutze gemacht, die verschuldet waren bis über den Hals. Habe ihnen jedoch einen anständigen Preis gezahlt, abzüglich der nicht kleinen Summe, die sein Schwiegervater zu bekommen hätte. Und wenn er nun das Haus für den Preis verkaufen könnte, den es wert wäre, bekäme der Schwiegervater sein Geld, und für ihn sei es weder Verlust noch Gewinn.

Da sind sie schon beim zweiten oder dritten Bier. Konrad Sturm sagt erst einmal nur so dahin, er würde sich das Haus mal anschauen und er hätte da auch ein bisschen gespart. Sagt es, weil das Wetter schön ist und die Rückkehr in die große Stadt an diesem Tag keine Freude verspricht. Und weil es vielleicht auch keine schlechte Idee ist.

Das musst du dir nicht anschauen, hatte Ernst David möglicherweise gesagt. Es ist ein gutes Haus. Hier, wir machen einen Vertrag, und dann gehört es dir. Und wenn es dir doch nicht gefällt, nehmen wir das wieder zurück mit dem Vertrag. Nimm das Haus, es liegt im Grünen, gleich nebenan der See und die Nachbarn nett. Ich hab es bewerten lassen. Viertausendvierhundert mit allem Drum und Dran. Das Grundstück ist nicht sehr groß, aber schön geschnitten. Das Haus hat zwei Zimmer und eine Küche, Klo ist draußen. Kannst du dir alles auch noch feiner machen, wenn du willst. Und weil wir Freunde sind und nächste Woche in einem Boot sitzen werden, um alle zu schlagen, die sich uns entgegenstellen, geb ich dir das Haus für viertausendzweihundert. Was sagst du, Konrad, schlägst du ein?

Und Konrad schlägt ein. Sie kritzeln das Besprochene auf einen Zettel, der sieht schon an diesem Tag aus wie ein Freundschaftsvertrag und wird später nicht das Vertrauen der Behörden finden, als es darum geht, zu entscheiden, ob alles mit rechten Dingen zugegangen war.

Und vielleicht fahren sie bereits eine Woche später mit den Fahrrädern von Berlin-Neukölln nach Karlsdorf, um das Haus zu besichtigen. Es ist so, wie Ernst David es beschrieben hat.

Konrad Sturm gefällt das Haus. Kein Grund, dem Vertrag jetzt noch ein hochoffizielles Aussehen zu geben. Es genügt, wie es ist, und gleich zwei Straßen weiter kann man das Ganze noch einmal mit zwei oder drei Bier besiegeln.

Danach fahren zwei Sportsfreunde, gut trainiert und braun gebrannt vom vielen Training der vergangenen Wochenenden, mit ihren Fahrrädern von Karlsdorf nach Neukölln. Ihre Fahrräder hinterlassen Schlangenlinien im trockenen Boden, die der leichte Westwind sofort wieder verweht. Das hat der märkische Sand so an sich, dass er keine Spuren hält und kaum etwas bewahrt.

So ist Konrad Sturm Hausbesitzer geworden, und später vererbt er das Haus seinem Neffen Fritz Sturm, und der kann es nicht weitergeben an seinen Sohn Ulrich. Denn als er stirbt, ist das Land längst geteilt, und ein Staat namens Deutsche Demokratische Republik hat die Hand auf allem. Zwischen den Ländern Mauer, Grenze, Stacheldraht, Antifaschistischer Schutzwall, je nach Sichtweise. Aber egal, wie man es sieht, unüberwindbar auch für Hausbesitzer.

Das ist langweilig, sagt Ulrich Sturm und fegt die fein gestapelten Papiere vom Küchentisch. Genauso fein gestapelt, das wusste er, lagen auf anderen Küchen- und Wohnzimmertischen Papiere, von denen die Hausbesitzer dachten, dass die ihnen als Beweise würden dienen können. Jeder hat sich was zusammengesucht und ein bisschen dazugereimt oder umgedeutet. Bis jetzt hatte Ulrich Sturm noch nicht zweimal die gleiche Geschichte gehört.

Die Koffer zum Beispiel standen in seinen Augen geradezu symbolisch für die Tatsache, dass es keine Chance auf die Wahrheit gab. Die Koffer der Weinrebs, in denen sich wahlweise Geld oder Schmuck oder Gemälde oder Silberbesteck oder Gold oder Münzen oder wertvolle Briefmarken befunden haben sollen. Fast jeder in Warenberg hatte etwas darüber gehört oder gelesen, wie die Weinrebs das Land verlassen hatten. Mit all ihren Koffern, deren Inhalt jeder zu kennen schien, als sei er vorher aufgelistet worden für spätere Nachforschungen. Mal waren es neun, mal zwölf, mal nur sieben. Ganz zu schweigen von dem anderen Zeug. Die Koffer begründeten einen Mythos, der selbst denen, die es eher ruhig und langsam angingen, ins Hirn gebrannt war. Wer mit so vielen Koffern ein Land verlässt, konnte nicht arm dran gewesen sein.

Dem Redakteur war das irgendwann aufgefallen. Dass sich in den Leserbriefen, die er abdruckte, die Zahl der Weinreb'schen Koffer immer wieder änderte. Und dann hatte er in einem seiner Texte geschrieben, dass es nichts Verbürgtes zu geben scheint und man deshalb vielleicht etwas zurückhaltend sein möge. Was nur eine neue Welle von Briefen ausgelöst hatte, in denen die Leute auf Beweise pochten. Und wieder stand in fast jedem Leserbrief eine andere Anzahl Koffer.

Dann hatte der Anwalt der Erben den Fehler gemacht, an die Redaktion zu schreiben. Dass all die Koffer enthalten hätten, was man mitnehme auf eine Reise ohne Rückfahrticket. Kleider, ja auch Schmuck und Sachen von Wert, die sich transportieren ließen. Aber kein Geld, denn Geld vom Verkauf der Grundstücke hätten die Erben nur wenig bekommen. Da wären die Reichsfluchtsteuer und der Kaufmann Behrend davor gewesen, und die Gesetze hätten sanktioniert, dass der sich das Geld zum großen Teil selber eingesteckt hätte. Und wenn da jemand von Grundstückspekulationen schreiben würde, dann müsste sich das auf jenen Behrend beziehen. Aber so sei es ja nicht gemeint gewesen in den Leserbriefen. Gemeint sei, dass die Weinrebs Spekulanten gewesen waren. Ein antisemitisches Vorurteil, das sich auch in DDR-Zeiten gehalten habe und dem nie Einhalt geboten worden sei von diesem Staat. Der auch nie unterbunden habe, dass vom internationalen Judentum die Rede war. Man müsse kein Archäologe sein, hatte der Anwalt am Ende seines Briefes geschrieben und sich damit zum ersten Mal öffentlich politisch geäußert, um all die Vorurteile wieder zutage treten zu lassen. Und an der Sache mit den Koffern ließe sich das festmachen.

Danach hatte es eine Krisensitzung der Bürgerinitiative gegeben, von der Ulrich Sturm nur wusste, weil ihm Drühmer davon erzählt hatte. Hedwig Gottwald hatte vorgeschlagen, mit allen Leserbriefschreibern zu reden, um ein Ende dieser Kofferdiskussion herbeizuführen. So hieß das dann schon im allgemeinen Sprachgebrauch des Ortes. Sie hatte keine Mehrheit gefunden.

Vielleicht nehme ich den Vorschlag dieses Teufels an und bleibe noch eine Weile hier wohnen. Ulrich Sturm war schon mehrfach aufgefallen, dass sich der Name des Nachmieters hervorragend für aufgeladene Sätze und Gedanken eignete. Er hatte es kürzlich ausprobiert, als er Martin Leber am Dönerimbiss traf. Ulrich Sturm hatte ihn vorher mindestens dreimal an einem der Bistrotische stehen sehen. Jedenfalls hatte er sich einmal dazugesellt, eine kleine Pizza, Döner war nicht sein Fall, gegessen und eine Cola getrunken. Er mochte Martin Leber, auch wenn der gern mal den Lehrer raushängen ließ. Neigte dazu, seine eigenen Vorträge hinterher mit einer Zensur zu bewerten. Nicht mehr als Drei minus, hatte er auf einer der letzten Zusammenkünfte der Bürgerinitiative gesagt, als ihm ein kleiner, aus dem Stegreif gehaltener Vortrag über das Reichserbhofgesetz ein wenig missraten war.

Hitler habe das Gesetz zum Erntedankfest mit dem Satz verkündet, der Bauer müsse deutsch, arisch und ehrbar sein, hatte Martin Leber zum Schluss des Vortrages gesagt und wollte noch ergänzen, dass dem Gesetz die Gründung des Reichsnährstandes vorausgegangen war. Aber ihm war das Wort nicht eingefallen, und so war eine peinliche Pause entstanden, die niemand überbrücken mochte oder konnte. Martin Leber hatte sich festgebissen, wie es einem manchmal so geht, wenn ein Wort vermeintlich auf der Zunge liegt, obwohl es sich der Erinnerung gerade komplett verweigert. Und dann war doch jemand eingestiegen, möglicherweise dieser alte Zausel. Der hatte den Leber vorführen wollen mit seinem Wissen über das Erbhofgesetz. Die Weinrebs seien davon gar nicht betroffen gewesen, weil es mehrere Eigentümer eines Hofes gegeben habe. Das Gesetz hätte einen Erbhof definiert als einen Hof, der nur einen Eigentümer haben durfte.

Niemals seien die Weinrebs Erbhofbauern gewesen. Und da könne man jetzt noch so viel davon reden, dass in diesem Erbhofgesetz erstmals die Worte »jüdisches Blut« verwendet worden seien, es habe die Weinrebs nicht betroffen und nur darauf käme es hier an. Nicht, dass er für dieses Gesetz reden wolle, es sei eine Schande gewesen, aber was wahr gewesen sei, müsse wahr bleiben.

Dem Leber hatte es völlig die Sprache verschlagen. Und Ulrich Sturm hatte einmal mehr gedacht, dass diese ganze Restitutionsgeschichte eine einzige große Bildungsveranstaltung war. Der alte Zausel sah aus wie ein dröger und leicht verblödeter Stubenhocker. Und führte sie andauernd vor mit seinem wie und wo auch immer erlesenen Wissen, das sie nur würden nachprüfen können, machten sie sich die gleiche Mühe.

Am Dönerimbiss hatte er mit Martin Leber über diese Veranstaltung geredet. Und über den alten Zausel, von dem sich niemand den Namen merken mochte. Sie sagten, der aus der Bebelstraße 9 oder eben der alte Zausel. Für ihn, hatte Martin Leber gesagt, verkörpere der Mann alles, was hier schieflaufe. Und dass er sich manchmal schäme, obwohl es sinnlos sei, sich für andere zu schämen. Ulrich Sturm hatte gesagt, er übe sich da eher im ethnologischen Blick und studiere die Verhaltensweisen dieser Spezies, was Martin Leber zum Lachen gebracht hatte.

Wollen Sie wirklich wegziehen?

Der Teufel hat mir angeboten, Teil dieser Wohngemeinschaft zu werden und hierzubleiben, hatte Ulrich Sturm geantwortet und zum ersten Mal gemerkt, wie schön sich dieser Name verwenden ließ.

Martin Leber hatte den Satz mit einem kleinen Lächeln

bedacht. Wenn dessen Frau nicht so ausgesprochen seltsam wäre, hatte Ulrich Sturm gedacht, könnte man schon etwas miteinander anfangen.

In gewisser Weise erschien es Ulrich Sturm logisch und vorhersehbar, dass er mit seinem Filmprojekt scheitern würde. Es gab keine Möglichkeit, ausreichend Abstand zu gewinnen, und genau den brauchte es, um etwas von bleibendem Wert zu schaffen. Etwas, was mehr war als fremdfinanzierte Psychotherapie.

Zumindest bin ich zu einem Entschluss gekommen, murmelte er und spürte das Tröstliche dieses Gedankens. Er würde den Streit um das Haus endgültig beenden und verzichten. Und er hoffte, dass es keinen allzu großen bürokratischen Aufwand mit sich brachte. Die Hoffnung war klein, schließlich verzichtete er auf Eigentum und somit in gewisser Weise auch auf eine Altersvorsorge. Er gab sich einmal mehr dem Staat anheim, der für ihn würde aufkommen müssen, wäre er irgendwann nicht mehr in der Lage, Geld zu verdienen. Mit dem bisschen Rente würde er später unter einer Brücke schlafen müssen.

Ulrich Sturm überlegte, ob es tatsächlich möglich sein konnte, dass der Staat ihn zwinge, weiter nachzuforschen, um zu beweisen, dass dieses Haus ihm gehöre. Das wäre ein ziemlich starker Tobak, aber bekanntlich verpflichtete Eigentum zu allem Möglichen. Vielleicht auch dazu, den Juden ausfindig zu machen. Vielleicht konnte und durfte er gar nicht sagen, ich verzichte auf alle Ansprüche. Das ist mein ganz persönlicher Beitrag zur Geschichtsaufarbeitung, und damit kann ich mich dann auch noch richtig gut fühlen.

Es ist völlig egal, sagte Ulrich Sturm laut, und die Worte

klangen seltsam in der Küche. Sie klangen, als hätte er hier noch nie laut einen Satz gesagt.

Alles, was ich tue, wird einen unangenehmen Beigeschmack haben.

Ich sitze in der Scheiße, sagte er und goss sich doch wieder ein Glas Wein ein.

Salomon Weinreb

Manchmal sehnte sich meine Frau nach dem Meer. Dann genügten ihr die Sommer auf Gut Tannenhof nicht mehr. Sie wollte fort. Den Horizont als schnurgerade graue, blaue oder grüne Linie sehen. Das Salz riechen, das grässliche Gekreisch der Möwen hören, Steinchen und Muscheln suchen.

Das nächstgelegene Meer war die Ostsee. Wir hätten nach Usedom fahren können, auf die Insel Rügen, nach Swinemünde. Meine Frau aber wollte nach Hiddensee und nirgendwo anders hin. Die Insel war ein paar Jahre bevor wir Tannenhof kauften, bei einem Sturmhochwasser in zwei Teile zerbrochen. Man hatte sie wieder zusammengeflickt. Aber achtzehnzweiundsiebzig gab es schon wieder ein Sturmhochwasser. Danach haben sie den Goldschmuck gefunden. Stand in allen Zeitungen. Wie sie ihn gefunden haben und dass er von nun an und für immer der »Hiddenseer Goldschmuck« sein würde.

Salomon hatte nie Angst zu reisen. Mir war es ein Gräuel. Und Paula hat sich dreingeschickt. Ist mit mir am Ort geblieben und hat nur selten gejammert. Stattdessen fuhr ich oft mit ihr in die Stadt. Sie mochte es, zu flanieren. Machte sich schön und mich zu einem stolzen Mann, wenn die Männer ihr hinterherschauten. Sie mochte den großen Platz vor dem Palais des Kaisers, und manchmal sind wir in die Nationalgalerie gegangen. Jedes Mal, wenn wir in der Stadt waren, mussten wir Unter den Linden spazieren. Da konnte kommen, was wollte. Paula setzte ihren Kopf durch. Und einmal kam sie gar auf die verrückte Idee, sich mit mir in dem Nobelhotel Kaiserhof am Wilhelmplatz für eine Nacht einzuquartieren. Das habe ich nur ihr zuliebe mitgemacht. Moderne Dampfheizung und ein Speisesaal für dreihundertfünfzig Menschen. Das muss man sich mal vorstellen. Dabei war das Hotel schon ein Jahr nach seiner Erbauung abgebrannt. Ein ganzes Garderegiment musste hinzugezogen werden, um das Feuer zu löschen. Dann wurde es in Windeseile wieder aufgebaut.

Paula und ich haben also eine Nacht im Kaiserhof verbracht, in einem der edel eingerichteten Zimmer in einem großen Bett gelegen und am nächsten Morgen im Wiener Café gesessen und den Leuten zugeschaut, wie sie ihre Eitelkeit zur Schau trugen. Keine der Frauen reichte meiner Paula das Wasser. Ich war ein glücklicher Mann in diesen Stunden. Gewiss war ich das. Aber auf eine Insel wäre ich mit Paula nicht gefahren. Ein Ort, von dem man nicht so einfach wegkommt. Das wäre nichts für mich gewesen. Ein Glück, dass Salomon und Elinor damit erst anfingen, als ich tot war. Ich hätte versucht, es ihnen auszureden.

Zu der Zeit war es ein Abenteuer, als Fremder auf die Insel zu kommen. Man musste sich ausbooten und mit dem Ruderboot zur Fährinsel bringen lassen. Danach war man vom Wohlwollen des Fährmannes abhängig. Die Frauen mussten über einen kurzen Wasserweg getragen werden, um nicht nasse Füße zu bekommen. Die Männer zogen die Schuhe aus und krempelten die Hosenbeine hoch.

Man erzählte sich, der Fährmann würde nur die dünnen, hübschen Frauen über den Wasserweg tragen. Die Dicken überließ er deren Ehemännern.

Elinor wurde getragen. Sie war nicht die Schönste von allen. Aber das habe ich wohl schon gesagt. Besonders war sie. Und wer ein bisschen Verstand und ein wenig Gefühl besaß, spürte dieses Besondere. So wie ich es vom ersten Augenblick an gespürt habe, als mir Elinor bei einem kleinen Empfang vorgestellt wurde. Ich hatte wirklich keine Lust verspürt, zu dieser Feier zu gehen. Mein Freund, ein Schriftsteller, der nie ein Buch veröffentlichte, aber aus gutem Hause kam, wie man zu sagen pflegte, hatte sich in den Kopf gesetzt, Künstler und Künstlerinnen um sich zu scharen. Er erhoffte sich Inspiration, Ermutigung, ein wenig Bewunderung. Ich weiß es nicht, es ist auch egal. Mein Freund Eduard war ein schwacher Mensch mit Ambitionen. Unglücklich dazu, denn er war fett. Als ich ihn kennengelernt habe, war er ein kräftiger junger Mann, in dem aber bereits ein dicker Mensch hauste. Er bewegte sich wie jemand, der viel zu viel überflüssiges Fleisch mit sich herumschleppt. Irgendwann hat sich der dicke Mensch herausgearbeitet aus dem Körper meines Freundes, ist fleischgewordenes Unglück geworden. Und als er vollständig modelliert war, mein dicker Freund, hörte er auf, sich zu beschränken. Er aß und trank, wie es ihm Lust bereitete. Und beschloss, Schriftsteller zu werden. Ein großes Familienepos wollte er schreiben. Sieben Generationen einer jüdischen Familie, fast dreihundert Jahre Geschichte, alles viel zu groß gedacht. So groß, dass nie die Gefahr bestand, es könnte aus diesem Werk etwas werden.

Jedenfalls. Warum erzähle ich das alles, es ist völlig unwichtig. Habe ich Elinor auf einem dieser Empfänge meines Freundes kennengelernt. Eine angehende Bildhauerin, so wurde sie mir vorgestellt, ein großes Talent.

Interessierte mich nicht sonderlich. Mich interessierte die Diskrepanz zwischen diesem üppig weiblichen Oberkörper und den mädchenhaft schmalen Hüften und langen Beinen. Die ich nur vermuten konnte, aber ich habe ja recht behalten. Elinor ist keine Bildhauerin geworden, das wäre zu der Zeit auch eher außergewöhnlich gewesen. Sie wollte. Und später in Tannenhof hat sie auch hin und wieder in einem kleinen Atelier, das sie sich in einem der Nebengebäude des Gutshauses eingerichtet hatte, mit Holz gearbeitet. Bis zu ihrem Tod stand in unserem Salon ein Holzkopf. Der kleine Scherz sei mir gestattet. Ich habe Elinor geliebt, aber sie war keine Künstlerin. Der Kopf jedoch, mein Kopf sozusagen, war ihr nicht schlecht gelungen.

Ich habe sie immer tun lassen. Und Heinrich hat oft bei ihr in dem kleinen Atelier gestanden und zugeschaut, wie sie an einem Holzstück arbeitete. Hat dabei geplappert und geredet und seine Mutter bewundert. Es ging ihr gut damit.

Damals waren solche Ambitionen nicht gern gesehen. Auch ich fand es unangemessen. Dass Frauen sich in den Künsten hervortun wollten. Paula bewunderte Elinor ob dessen. Und auch in unserem Salon stand eine Figur, die Elinor aus einem Stück Holz geschnitzt hat, das sie im Wald hinter dem Gut gefunden hatte. Ein Fabeltier, möchte ich sagen. Elinor wollte uns nicht verraten, was es wirklich war. Paula meinte ein Reh darin zu erkennen, mir sah es eher wie ein unglückliches Einhorn aus. Aber ich hätte nie gewagt, es wegzustellen. Und im Laufe der Jahre nahm das Holz auch eine sehr schöne Farbe an.

Wir waren achtzehnfünfundachtzig das erste Mal auf Hiddensee. Im gleichen Jahr wie Gerhart Hauptmann. Das wussten wir aber nicht. Und als wir einmal dort gewesen waren, bekam Elinor alle paar Jahre diese Sehnsucht.

Ab achtzehnzweiundneunzig brachte uns der Salon- und Postdampfer zum Ziel. Immer noch beschwerlich die Anreise und die Insel auch. Kein Strom, dafür Wasser und Landschaft im Überfluss. Sanddorn in Mengen, Dünen ohne Ende. Meine Frau begann Bücher über Vogelkunde zu lesen. Sie konnte stundenlang draußen sein und in den Himmel schauen. Am Abend hatte sie meist einen steifen Nacken und oft einen Sonnenbrand auf der Nase. Es war schön. Die wenigen Tage auf der Insel haben uns immer ein wenig verändert. Zum Besseren, wie ich fand.

Damals gab es noch keine berühmten Juden auf Hiddensee. Die sind erst später gekommen. Einstein, Zweig, Freud, Mühsam. Vielleicht haben sie auf der Insel deshalb so früh angefangen, uns Juden auszusperren. Weil wir sie ebenso früh für uns entdeckt hatten.

Judenfrei.

So stand es schon Anfang der zwanziger Jahre des zwanzigsten Jahrhunderts im Badeprospekt von Vitte. Juden finden keine Aufnahme. Neunzehnzweiundzwanzig haben sich ein paar Einwohner ermutigt und wollten, dass man die Textpassagen aus dem Prospekt streicht. Der Gemeinderat hat das einstimmig abgelehnt.

Judenfrei.

Das war zu der Zeit auch schon fast die ganze Insel Usedom.

Meine Frau hätte das achtzehnfünfundachtzig nicht für

möglich gehalten. Als wir das erste Mal nach Hiddensee kamen, hat sich niemand an uns Juden gestört.

Ja. Elinor hat die Ostsee geliebt. Ich habe oft gedacht, es wäre besser gewesen, sich dort niederzulassen. Aber im Nachhinein ist es egal. Mir jedenfalls. Den Warenbergern hätte es bestimmt gefallen, wären wir woanders gelandet. Da wären ihnen meine Nachfahren vom Hals geblieben. Uns Juden liebt man doch am meisten, wenn wir woanders sind. Daran hat sich bis heute nichts geändert. Sage ich. Ein toter Jude.

Dieter Drühmer

Der Tag, an dem die Zeitung in die Druckerei ging, war für Dieter Drühmer der schönste im Monat. Früh gingen die Druckvorlagen raus. Um den Andruck musste er sich nicht mehr kümmern. Nun arbeitete er bereits vier Jahre mit der Druckerei zusammen und wusste, dass er sich auf die verlassen konnte. War zwar nur eine Klitsche mit zwei Maschinen, aber verlässlich. Und der »Warenberger Bote« hatte immer Vorrang, egal, was reinkam. Außerdem hatte Drühmer denen schon den einen oder anderen Kunden beigeschafft. Bekam immer eine kleine Provision dafür. Nicht nur ein paar Visitenkarten. Richtige lukrative Aufträge. Wenn die Stadtverordneten ihre Wahlplakate drucken ließen oder der Verein »Warenberg startet durch« seine Flyer, dann fiel die Provision schon mal größer aus. Der Verein war nichts anderes als ein Zusammenschluss von Gewerbetreibenden, die hin und wieder einen Markt veranstalteten oder zum Kindertag ein Fest sponserten. Aber er versammelte das mittelständische Geld des Ortes und war machtvoll.

Mit dem Chef der Druckerei war Drühmer inzwischen auch einmal in der Kneipe gewesen. Ein verheerender Abend war es geworden, an den er sich schlecht erinnern konnte. Danach aber tat der Druckereiinhaber so, als seien sie die dicksten Freunde. Wenn Drühmer kam, um sich ein erstes druckfrisches Exemplar des »Boten« zu holen. Auch so ein Ritual, das er eingeführt hatte, um sich einmal im Monat den Tag zu versüßen. Wenn er kam, dann überreichte der Chef das Exemplar höchstpersönlich und tat kund, bereits alles gelesen zu haben. Drühmer mochte es, so hofiert zu werden, und sei es nur vom Inhaber einer popeligen Druckerei. Diese ganzen kleinen und größeren Seilschaften gaben ihm ein gutes Gefühl. Noch zehn Jahre weiter, dachte er manchmal, und ich sitze hier wie die Spinne im Netz, weiß alles, hab alles schon mal gesehen und gehört, kenne alle Leichen in den Kellern der Honoratioren und höre die Nachtigall trapsen, noch bevor die Stadtpolitik erfährt, dass was im Busche ist.

Es gab Momente, kurze Augenblicke des Selbstzweifels, da schien Dieter Drühmer genau diese Aussicht das Horrorszenario einer schlechten Serie zu sein. Da sah er sich, zehn Jahre älter, wie er immer noch auf die Ärsche von Praktikantinnen starrte, die ihn inzwischen ein bisschen eklig fanden und ihren Freundinnen von dem Schleimer in der Redaktion erzählten. Er sah sich Geschichten recyceln, indem er einfach das Datum, die Namen und den ersten Satz änderte.

Aber diese Momente waren selten, und er konnte sie fast jedes Mal wegtrinken, wegreden oder wegdenken. So auch heute, am eigentlich schönsten Tag des Monats. Dieter Drühmer hielt das druckfrische Exemplar des »Boten« in der Hand, hörte mit halbem Ohr, was ihm der Druckereichef erzählte, und konnte sich nicht freuen. Normalerweise empfand er bei den Schmeicheleien und Anmerkungen des Kerls einen gewissen Stolz, selbst wenn er wusste, dass der ihn nicht ganz uneigennützig lobte. Aber er wusste auch, dass Kretzschmann abends in der Kneipe den gleichen Sermon abließ, ihn also nicht betrog, wenn man es so wollte. Das war etwas wert, und Dieter Drühmer wusste es zu schätzen.

Heute allerdings hörte er nicht zu. Manchmal hatte

Dieter Drühmer den Eindruck, der Mann empfand eine heimliche Freude über die ganze Restitutionsgeschichte. So eine Art Schadenfreude, obwohl der eigentlich gar nicht der Typ dafür war. Aber Drühmer wusste, dass Kretzschmann sich gleich nach der Wende um die Villa oberhalb der Siedlung bemüht hatte und abgewiesen worden war. Hatte im Prinzip Glück gehabt, dass er keinen Zuschlag bekam, und was er vorgehabt hatte, wäre ja auch gar nicht gegangen. In den Ämtern musste man doch schon damals gewusst haben, dass mit dem Land irgendwas faul war. Obwohl sich Drühmer gar nicht mehr sicher war, ob Kretzschmann nicht bereits vor der Wiedervereinigung die Hand gehoben hatte. Zu einem Zeitpunkt also, als es noch keinen Einigungsvertrag und keinen Rückgabevorentschädigungsscheiß gab. Aber wenn, dann hätte die Modrowregierung die Hand drauf gehabt, und der Kauf der Villa und des Landes wäre ebenso nicht möglich gewesen. Konnte gut sein. Manchmal brachte Dieter Drühmer die Reihenfolge der Dinge durcheinander. Vor allem all jener Ereignisse, die im ersten Jahr nach der Wende stattgefunden hatten. Damals war alles so rasend schnell gegangen, und man war mit sich beschäftigt wie nie zuvor im Leben. Man konnte sich der Tatsache, dass alles in Trümmer fiel, nicht entziehen und stürzte in Selbstzweifel. Nein, Dieter Drühmer würde diese Zeit nicht zurückhaben wollen. Sie hatte ihn in die erste und bis heute schlimmste Krise seines Lebens gestürzt. Sie hatte aus ihm, dem aufstrebenden Journalisten, einen Affen gemacht. Es hatte sogar vier Monate gegeben, da bekam er ihn überhaupt nicht mehr hoch. War ein wendegeschädigter impotenter Arbeitsloser. Die Inkarnation all dessen, was den Ostmännern drohte, die nicht schnell genug einen neuen Plan entwickeln konnten. Er hatte keinen Plan gehabt. Bis März neunzig. Im März neunzig, kurz nach den Wahlen, deren Ergebnis bewies, wie sehr sich die Menschen gewendet hatten, kam ihm die Idee mit dem »Warenberger Boten«. Da hatte er mit Frau und Kindern in einer Doppelhaushälfte im Nachbarort gewohnt. Die Frau und eine Tochter lebten immer noch dort und hatten inzwischen die erste Runde im Restitutionsverfahren hinter sich. Deshalb würde es mit der Scheidung auch noch eine ganze Weile dauern. Wer ließ sich denn scheiden, wenn die Besitzverhältnisse nicht geklärt waren?

Die Idee mit dem »Warenberger Boten« war gut, auch wenn sie einen Abstieg bedeutet hatte. Schließlich war er neunundachtzig sozusagen am Anfang einer Karriereleiter, die ihn sicher irgendwann ins Ausland gebracht hätte. Als Korrespondenten. Das war damals sein erklärtes Ziel, Auslandskorrespondent im NSW. Nichtsozialistisches Wirtschaftsgebiet. Er hätte fast alles genommen, jedes Land, jede Region, Hauptsache NSW. Nicht, dass er weggewollt hätte, aber ein bisschen fortzukommen, das wäre gut gewesen. Dem stand neunundachtzig auch nichts mehr im Wege. Nur seine Scheißangst, was nun aus ihm werden würde, hatte ihn daran gehindert, die Taschen zu packen und sich mal die Welt ein bisschen anzuschauen. Und seine Frau, die plötzlich aus dem Schatten. Seinem Schatten. Getreten war und losgelegt hatte. Fing als Verkäuferin in einer Kaufhalle an, nachdem sie vorher vier Jahre lang zu Hause geblieben war und hin und wieder den Satz gesagt hatte, sie wolle Hausfrau sein und scheiße auf die Gleichberechtigung. Heute war sie Chefin vom Supermarkt, der direkt neben dem Bahnhof stand, und verdiente mehr Geld als er. Aber schon als sie Verkäuferin wurde und nicht mehr Hausfrau sein wollte, stand er ihm nicht mehr. Die Frau und die Wende, beide zusammen hatten ihn plattgemacht. Entmannt. Zumindest für kurze Zeit. Bis er mit dem »Boten« angefangen hatte.

Er hatte sich an die Bürgerrechtler hier im Ort. Wo die so plötzlich hergekommen waren, ist ihm bis heute ein Rätsel. Hatte sich an die gewandt und deren Unterstützung bekommen. Auch die der CDU und der SPD, die damals noch SDP hieß, wenn er es richtig erinnerte. Eine Zeitung für Warenberg fanden alle gut. Und alle redeten von Pressefreiheit. Der CDU-Fraktionsvorsitzende im Stadtparlament hatte sogar von einem Forum der Demokratie gesprochen. Das schien Dieter Drühmer damals ein wenig hoch gepokert. Aber er hatte es aufgegriffen und in sein Konzept geschrieben. Heute ging es ihm locker von den Lippen. Ein Forum der Demokratie. Und sollte einer kommen und sagen, er hätte sich nicht auch wirklich um die Demokratie in Warenberg gekümmert. Bei ihm waren alle zu Wort gekommen. Er hatte sich auf keine Seite geschlagen und niemanden benachteiligt. Zumindest in den ersten drei Jahren. Inzwischen waren die neuen Machtverhältnisse völlig geklärt. Es galt, sich ein wenig nach der Decke zu strecken. Schließlich war der »Bote« trotz aller Anzeigen ein Zuschussgeschäft. Vor allem der Vertrieb ging ins Geld. Dieter Drühmer hatte schon mehrfach überlegt, ob es nicht billiger wäre, ein paar Arbeitslose, die einen Zuverdienst suchten, mit dem Austragen des Blattes zu beauftragen. Inzwischen wusste er, dass es weniger kostete, aber auch unzuverlässiger war. Arbeitslose wurden krank. Das konnte ihm egal sein, denn inzwischen war der »Bote« auch kein Einmannbetrieb mehr. Redakteur und Inhaber waren zwei verschiedene Schuh. Er musste sich nicht um den Vertrieb kümmern und auch nicht um Anzeigen. Machte aber beides, denn der Inhaber war ein Trottel mit ein bisschen Geld und einer Menge Geltungssucht.

Der Druckereichef redete immer noch und fragte jetzt, ob Drühmer jenseits der Informationen, die im »Boten« standen, wüsste, wie es weitergehen würde mit den Erben. Der schüttelte den Kopf.

Mit denen gehen wir gemeinsam ins neue Jahrtausend, sagte er. Das wird sich alles unendlich hinziehen, wenn keiner ein Jota weicht, werden wir noch im einundzwanzigsten Jahrhundert prozessieren. Mir soll es recht sein.

Kretzschmann nickte. Ihm war es ebenso recht. Nachdem es mit der Villa nicht geklappt hatte, war er auf ein noch unbebautes Areal in jenem Teil Warenbergs ausgewichen, wo die Besitzverhältnisse klar waren. Hatte ein großes Stück Bauland gekauft und gebaut. Zuerst ein Einfamilienhaus, das schon die Insignien der neuen Zeit trug. Es protzte in einer geradezu unanständigen Art und Weise. Woher Kretzschmann das Geld hatte, war den Leuten bis heute ein Rätsel. Der hatte vor der Wende in einer Druckerei gearbeitet, ein Handwerk, das sich für Schwarzarbeit nicht wirklich anbot. Man munkelte, Kretzschmanns Frau, eine Bäckerstochter, habe das Geld mitgebracht. Das konnte stimmen, der Bäcker war nie verstaatlicht worden, sondern einer der wenigen Privaten geblieben, die es in diesem Gewerbe zu DDR-Zeiten gab. Und was hat man nicht alles für frische Brötchen getan. Jedenfalls sah das Einfamilienhaus der Kretzschmanns aus wie eine Kampfansage an Neckermann. Zu der Zeit zeigten all die Neckermannhäuser, die man zu DDR-Zeiten für Devisen bestellen, kaufen und bauen konnte, fast ausnahmslos Zeichen üblen Verfalls. Sie bröckelten und schimmelten, schuppten und verblichen. Dieter Drühmer hatte bereits zu DDR-Zeiten eine perfide Strategie dahinter vermutet, dass diese Devisenhäuser von dermaßen schlechter Qualität waren. Neckermann machte es möglich, dass einem Zweifel am Westen und am Kapitalismus kamen. Vielleicht war es so gewollt, und das wäre dann auch mal ein schlauer Einfall der Oberen gewesen.

Kretzschmanns Haus jedenfalls war eines der ersten hier im Ort, das den Leuten klarmachte, wie neu die Zeiten, die nun angebrochenen Zeiten waren. Im Garten hatte der Mann einen Swimmingpool bauen lassen, der so groß war wie Drühmers Plattenwohnung. Tief genug für einen Kopfsprung. Neben der Terrasse stand ein gemauerter Kamin, in dem man unten Brot backen konnte. Zumindest hatte Kretzschmann das immer behauptet und erklärt, das sei sozusagen eine Referenz an seinen Schwiegervater. Der lag zu der Zeit schon im Altersdelirium und hatte sein letztes Brot längst gebacken.

Und nun wollte Kretzschmann jedes Mal, wenn Dieter Drühmer sich seine druckfrische Zeitung holte, von ihm wissen, wie es mit der Erbengeschichte weitergegangen war. Erbengeschichte, so nannte er das. Und Dieter Drühmer war manchmal, heute zum Beispiel, geneigt, ihm zu sagen, dass es keine Erbengeschichte gab. Sondern nur eine Restitutionsgeschichte, die aus dem Ruder gelaufen war.

Mehr als das, was hier drinsteht, weiß ich auch nicht.

Das stimmte so nicht, aber er hatte keine Lust, Kretzschmann irgendwelche Exklusivinformationen zu geben. Heute hatte er zu gar nichts Lust. Und schlimm war, er konnte nicht sagen, woran es lag.

Die Zeitung war fertig, sie sah nicht schlecht aus. Sogar der Bericht der Praktikantin konnte sich sehen lassen. Sie hatte drei passable Fotos gemacht und mit einer ganzen Reihe Leute gesprochen. Das las sich gut, und die Leser wollten zwischen alldem schwergewichtigen Kram auch mal was Lockeres haben. Etwas, was sie unmittelbar betraf, aber nicht gleich ein unlösbares Problem darstellte. Deshalb hatte er auch noch die Geschichte von Marischke reingenommen, der einen hübschen Text über die Hexen von Warenberg geschrieben hatte. In Anlehnung an diesen Film mit Jack Nicholson, den Dieter Drühmer ziemlich schräg gefunden hatte. Die Hexen von Warenberg dürften bei weitem nicht so schön gewesen sein wie die drei Grazien in dem Film. Aber sie hatten doch für einigen Wirbel gesorgt und waren am Ende mit Schimpf und Schande davongejagt worden. Immerhin nicht verbrannt. Hinterließen ein Haus, in dem es noch heute spuken sollte, und den Hausfrauen ein paar Rezepte gegen fremdgehende Männer, Liebeskummer und schrundige Füße. Was Marischke alles ausgrub, wenn er in den alten Folianten stöberte, war schon beachtenswert. Dieter Drühmer hatte seine Tochter, die Grafikdesign studierte, gebeten, ihm eine Illustration zu dem Text zu machen. Alles zusammen war sehr schön geworden. Eine runde Seite, konnte man sagen.

Trotzdem konnte sich Dieter Drühmer nicht richtig freuen. Irgendetwas lag ihm im Magen. Nicht auf der Seele, da musste schon ziemlich viel passieren, bevor er so etwas sagte.

Vor einer Woche hatte ihn der Anwalt der Erbengemeinschaft angerufen und um ein Gespräch gebeten. Ein Hintergrundgespräch hatte er es genannt, und Dieter

Drühmer hätte sich eigentlich geschmeichelt fühlen müssen. Hintergrundgespräche gehörten zu einer anderen Liga. Da machte er sich nichts vor. Manchmal saß er mit dem Bürgermeister oder irgendeinem Stadtverordneten in der Kneipe und ließ sich Klatsch und Tratsch erzählen. Und wenn es dann ernst wurde, konnte es passieren, dass der Bürgermeister sagte: Das erzähl ich dir jetzt unter drei. Wahrscheinlich kamen sich alle Beteiligten in einem solchen Moment unheimlich wichtig vor. Wenn sie unter drei klatschten und tratschten.

Ich sag dir jetzt mal unter drei, der liegt doch mit der Ökotussi von den Grünen in der Kiste. Die mit den roten Haaren. Deshalb enthält der sich jetzt immer, wenn über Anträge der Grünen abgestimmt wird, und seine Fraktion tobt. Die brauchen doch jede Stimme, um mal was durchzukriegen.

Solche Geschichten bekam Dieter Drühmer unter drei zu hören, und noch nie hatte er diese Geschichten im »Warenberger Boten« verwendet. Auch nicht mit Verweis auf die zuverlässige Quelle oder die gut unterrichteten Kreise. In einem Kaff wie Warenberg waren die zuverlässigen Quellen und gut unterrichteten Kreise schnell ausgemacht. So funktionierte das hier nicht.

Aber ein Hintergrundgespräch mit dem Anwalt der Erbengemeinschaft, das war vielleicht doch etwas anderes. Hatte Dieter Drühmer nach dem Anruf gedacht und sich zum ersten Mal ein wenig unwohl gefühlt. Dieser Ezra Yakov war mit allen Wassern gewaschen. Hatte sich bislang ziemlich zurückgehalten, wenn man mal davon absah, dass er hin und wieder Berichtigungen geschickt hatte, die Dieter Drühmer umgehend in der nächsten Ausgabe veröffentlichte. Zweimal hatte Yakov schriftlich mit einer Unterlassungsklage gedroht. Einmal wegen dieser Behauptung, die Vorfahren der Erben seien alle unbeschadet durch die Zeit des Nationalsozialismus gekommen. Beim zweiten Mal ging es um die Pläne der Erbengemeinschaft für die unbebauten Grundstücke. In einem Artikel hatte gestanden, dass die Erben planten, Luxusvillen zu bauen und sie nach amerikanischem Vorbild in einen Hochsicherheitstrakt verwandeln zu wollen. Mauer ringsum, Wachpersonal, Zahlencode am Eingang. Das Gerücht war ihm zugetragen worden, und er hatte es für übertrieben gehalten. Dann waren beim Schreiben doch die Pferde mit ihm durchgegangen. Aus der Möglichkeitsform war Gewissheit geworden. Er hatte sich sogar hinreißen lassen, am Ende des Textes zu schreiben, wenn diese Pläne umgesetzt würden, stiegen in Warenberg die Preise, und der Ort werde zu einem Eldorado für Spekulanten jeglicher Couleur.

Die Unterlassungserklärung hatte er sofort abgeschickt und dem Anwalt deutlich gemacht, dass es einer Klage nicht bedürfte. Er hatte sich sogar entschuldigt. Und damit schien die Sache auch erledigt gewesen zu sein. Trotzdem war ihm unwohl gewesen, als Yakov ihn angerufen und um ein Gespräch gebeten hatte. Gern in der Redaktion, die habe er ja noch nie gesehen, und er sei neugierig. Wer es glaubt, hatte Dieter Drühmer gedacht und dem Mann vorgeschlagen, doch an dem Tag vorbeizukommen, an dem die neue Ausgabe des »Warenberger Boten« aus der Druckerei käme. Dann sei ausreichend Ruhe für ein Gespräch. Die Planung für die nächste Ausgabe noch nicht akut. Sozusagen. Rumgestammelt hatte er, dass es die Sau grauste. Er, der sonst so eloquent war, dass er selbst den größten Unsinn verkaufen konnte.

In zwei Stunden also würde der Anwalt in der Redaktion aufschlagen. Er musste vorher wenigstens Kaffee und Tee besorgen, Milch und vielleicht ein Stück Kuchen oder auch nicht. Dieter Drühmer war unschlüssig, ob er dem Besuch einen lockeren Anstrich geben sollte. Sozusagen das Flair eines Redaktionsfrühstücks. Oder ob es besser wäre, ganz offiziell zu tun. Wasser und eine Tasse Kaffee und Schluss.

Er verabschiedete sich von Kretzschmann. Sagte, er hätte heute noch Termine und man könne ja später mal wieder ein Bier trinken, wenn Zeit sei.

Ich bin freitags immer im »Schwarzen Adler«. Lass die Woche ausklingen, obwohl das ja mit den Wochenenden auch nicht mehr ist, wie es mal war. Ich stehe hier jedes zweite in der Druckerei wegen irgendwelcher Eilaufträge. Will aber auch nicht klagen, ist ja gut so.

Dieter Drühmer versprach, an einem der kommenden Freitagabende in den »Schwarzen Adler« zu kommen, nahm sich noch ein zweites druckfrisches Exemplar des »Boten«. Das würde er dem Anwalt geben. Als Geste sozusagen. Und ging einkaufen. Er entschied sich für die lockere Frühstücksvariante. Kaufte Brötchen, Milch, Kaffee, Tee, Orangensaft, Konfitüre und Käse. An Wurst traute er sich nicht ran. Was wusste er, ob man dem Anwalt nur mit koscherem Essen kommen konnte. Da lauerte ja so ziemlich in jeder Wurst eine Falle. Vielleicht. Dieter Drühmer machte sich zum ersten Mal ernsthaft Gedanken darüber, ob es nicht vielleicht besser wäre, über solche Dinge ein wenig mehr zu wissen. Nicht, dass er sich nicht bemüht hätte. All die Sachen, die von den Leuten hier recherchiert worden waren, hatte er gelesen. Aber fragte ihn jetzt jemand, ob Bierschinken koscher ist oder nicht, wüsste er keine Antwort.

Als Dieter Drühmer im Supermarkt etwas unentschlossen und ziemlich zapplig durch die Regalreihen fuhr, traf er tatsächlich seine Frau.

Ich dachte, du kommst nicht mehr hierher einkaufen, begrüßte sie ihn, und er fand es typisch, so begrüßt zu werden.

Schalom, sagte er, und seine Frau runzelte die Stirn.

Alles gut mit dir?

Ich versuche gerade, ein koscheres Frühstück zusammenzustellen.

Seine Frau nickte, als käme jeden Tag mindestens ein Kunde mit dem gleichen Vorhaben in ihren Supermarkt.

Dann würde ich auf Wurst verzichten, sagte sie und schritt davon.

Blöde Kuh, dachte Dieter Drühmer und bewunderte im gleichen Augenblick und einmal mehr in seinem Leben die Art seiner Frau, sich durch einen Raum zu bewegen. Die war noch nie gelaufen oder einfach nur gegangen. Sie war immer geschritten. Auch bei der Hausarbeit. In ihren guten Zeiten, die sie sehr wohl miteinander gehabt hatten, hätte er ihr stundenlang beim Saubermachen zuschauen können. Niemand auf der Welt, da war er sich immer sicher gewesen, konnte mit einem Staubsauger durchs Haus gehen, als sei man auf dem Kurfürstendamm zum Shoppen unterwegs. Claudia Drühmer hatte den Staubsauger locker in der rechten Hand gehalten, sanft hin und her bewegt und dabei nach links und rechts geschaut, als guckte sie sich die Auslagen der Geschäfte an. Manchmal hatte sie. Geradezu spielerisch. Mit der linken Hand das eine oder andere Stück gerade gerückt, ein trockenes Blatt von einer Zimmerpflanze gezupft oder ein neues Arrangement der winzigen Porzellangefäße auf der kleinen

Wohnzimmeranrichte ausprobiert. Beim Wischen der Fliesen in der Küche hatte sie ausgesehen, als übte sie Tanzschritte. Was sie wahrscheinlich auch tat. Claudia Drühmer war schon immer eine begeisterte Tänzerin und hatte ihn am Anfang ihrer Beziehung zu den verschiedensten Tanzkursen mitgeschleppt. Er hatte halbherzig und nur ihr zuliebe ein wenig Salsa und Tango gelernt und beherrschte irgendwann zumindest die Standardtänze leidlich. Inzwischen hatte seine Frau einen Tanzpartner gefunden, der mit gleicher Leidenschaft wie sie für welche Meisterschaft auch immer trainierte. Dieter Drühmer war überzeugt, dass die beiden auch miteinander vögelten. Aber das ging ihn nichts mehr an, auch wenn sie noch nicht geschieden waren. Sie hatten eine Abmachung, die man wahrscheinlich in einem kleinen Ort wie Warenberg treffen musste, wenn man sich trennte und einander trotzdem nicht an die Gurgel gehen wollte. Wir mischen uns nicht mehr in das Leben des anderen ein, lautete die Abmachung. Die war ein Witz, wenn man bedachte, dass sie noch den ganzen Ärger mit dem Haus und der Gütertrennung vor sich hatten. Trotzdem war es gut gewesen, diese Vereinbarung zu treffen. Sie ersparte Dieter Drühmer, Nachforschungen anzustellen und seiner Frau vielleicht sogar die eine oder andere Szene zu machen.

Jetzt aber, in diesem Moment, verspürte er ein kleines Bedauern darüber, wie es gekommen war. Dieter Drühmer blickte seiner Frau hinterher, wie sie zwischen Konfitüren und Kaffee auf der einen Seite und Backwaren auf der anderen dahinschritt, als sei dies der Catwalk und nicht ein Supermarkt.

In der Redaktion machte sich Dieter Drühmer daran, ein wenig Ordnung zu schaffen. Er musste sich nicht schämen, das zu tun, nur weil ein jüdischer Anwalt um ein Gespräch gebeten hatte. Aufräumen war immer die erste Amtshandlung nach einer abgeschlossenen Produktion. Nichts Besonderes also. Besonders war allerdings, dass er Kaffee und Tee kochte, beides in Thermoskannen füllte, die er in einer Anwandlung von Großspurigkeit gekauft hatte, als sei zu erwarten, dass hier irgendwann einmal Redaktionssitzungen mit mehr als zwei Leuten stattfänden. Er stellte fest, dass er keinen Korb oder etwas in der Art für die Brötchen hatte, und legte sie, nachdem er mindestens zwei Minuten paralysiert vor der winzigen Einbauküche gestanden hatte, auf ein Frühstücksbrett aus Kunststoff. Er nahm sich vor, ein paar Sachen für die Küche zu kaufen. Vielleicht stand hier demnächst auch die halbe Erbengemeinschaft vor der Tür, um mit ihm zu reden. Und da sollte es nicht ganz so schäbig aussehen wie jetzt. Immerhin fand er noch ein paar Servietten, die zumindest einen farblichen Akzent setzten und so etwas wie eine kleine Vornehmheit ausstrahlten. Während er lustlos die druckfrische Zeitung durchblätterte, überlegte er, ob es eher klug oder dumm war, dem Anwalt ein Exemplar in die Hand drücken zu wollen. Immerhin hatte er eine ganze Reihe Leserbriefe zum Thema Restitution abgedruckt, dazu die gekürzte Stellungnahme der Bürgerinitiative zum Vorschlag der Erbengemeinschaft und ein Interview mit der Tante vom Amt zur Regelung offener Vermögensfragen, die neue Erkenntnisse über die Absichten der Weinrebs und Weizmanns in Bezug auf Warenberg und die Erschließung der Grundstücke gewonnen hatte. Ihr seien sogar Pläne für den Bau von Gasleitungen nach Warenberg in die Hände gekommen, die darauf schließen ließen, dass all die Grundstücke nur zum Zwecke der Parzellierung und des Weiterverkaufs erworben worden waren, hatte sie im Interview gesagt.

Ich denke, mit den neuen Erkenntnissen, die wir der Aktenlage entnommen haben, ist der Beweis erbracht, dass der Verkauf der Flächen auch ohne die Herrschaft des Nationalsozialismus vonstattengegangen wäre. Und damit entfallen die Ansprüche auf Rückerstattung nach dem Bundesvermögensgesetz.

Furztrocken das Interview mit der Vermögensamtstante, aber es würde trotzdem hohe Wellen schlagen, dessen war sich Dieter Drühmer sicher. Irgendwann würde es ein Pilotverfahren geben. Ein weiteres. Das erste war ja nicht so gut ausgegangen. Aber nun, eine Instanz weiter, könnte es besser aussehen. Und wahrscheinlich wollte der Anwalt genau darüber mit ihm reden. Nicht, dass ein Blättchen wie der »Bote« Einfluss auf den Gang der Dinge haben würde. Es hatte höchstens Einfluss auf die Stimmung der Leute. Eine Haltung zu dem Ganzen würden sie allein finden müssen. Mit alldem Gedruckten konnte er, Dieter Drühmer, nichts beitragen. Es gab Momente, da war er sich nicht sicher, ob er sich damit nicht etwas vormachte. Er hörte ja, wie oft die Zeitung an Stammtischen oder im Stadtparlament zitiert wurde. Der Satz, dieses und jenes habe auch im »Warenberger Boten« gestanden, wurde dermaßen häufig gesagt, dass selbst ihm hin und wieder ängstlich zumute war. Und als sie dem Anwalt spätnachts die Scheiben von der Kanzlei eingeschlagen hatten, hatte er sich zum ersten Mal ernsthaft gefragt, ob die am Tag zuvor erschienene Ausgabe des »Boten« ihren Beitrag dazu geleistet hatte. Da war in einem Leserbrief gefordert worden, die Weinrebstraße in Moneystreet umzubenennen. Im Nachhinein hatte auch Dieter Drühmer gefunden, dass dies eins zu viel gewesen war. Er hatte sich vorgenommen, solche Leserbriefe künftig nicht mehr zu veröffentlichen, und sich daran gehalten. Die Anmerkung der Redaktion am Ende der Leserbriefseite hatte er von da an zwei Punkt größer gesetzt. Von wegen dass Leserbriefe nicht die Meinung der Redaktion widerspiegeln. Nicht, dass ihm die Erben sonderlich sympathisch waren. Er hatte selbst auch schon in dem einen und anderen Kommentar aus seiner Haltung keinen Hehl gemacht, dass man Geld und historische Aufarbeitung oder Anerkennung von Schuld nicht miteinander vermengen sollte. Marischke hatte drei Wochen nicht mit ihm geredet, nachdem er das zum ersten Mal veröffentlicht hatte. Und danach hatte er gesagt, das sei die übelste Ausrede von allen, die ihm bislang untergekommen seien. Und alles nur, um sich dem Problem nicht stellen zu müssen. Daraufhin hatte Dieter Drühmer drei Wochen nicht mit Marischke gesprochen. Am Ende hatten sie eine Art Waffenstillstand geschlossen. Marischke veröffentlichte seinen Kram über Antisemitismus in der DDR und Juden in der DDR und jüdisches Leben in der DDR und das Israelbild in der DDR in anderen Zeitschriften und schrieb für den »Boten« hin und wieder einen Text über Hexen oder die Entwicklung des Handwerks im neunzehnten Jahrhundert.

Dieter Drühmer beschloss, dem Anwalt die neue Ausgabe des »Boten« vielleicht doch nicht zu geben. Er würde es vom Verlauf des Gesprächs abhängig machen. Wenn es dem Anwalt um Konfrontation ging, würde er höflich sein, aber auf Distanz bleiben. Aber vielleicht wollte ihn der Anwalt für sich und seine Angelegenheiten gewinnen. Das, dachte Dieter Drühmer und wünschte sich weg, wäre die weitaus schwierigere Sache. Er könnte sich zwar immer darauf berufen, objektiv und ausgewogen berichten zu müssen und zu wollen. Aber das änderte nichts daran, dass ihn der Anwalt nach seiner Haltung fragen könnte. Schließlich war das ein Hintergrundgespräch.

So ein cleverer Hund, sagte Dieter Drühmer laut in den Redaktionsraum und war sich gewiss, dass der Anwalt genau dies vorhatte. Der würde ihn unter vier Augen auf eine Haltung festnageln, und dann stünde er, Dieter Drühmer, moralisch in der Pflicht.

Der Redakteur sehnte sich zurück nach jenen Zeiten, in denen er manchmal Mühe hatte, das Blatt vollzukriegen. In denen er jede beschissene Pressemeldung umgeschrieben hatte und selbst aus dem kleinsten Baufortschritt an der letzten Klitsche einen Aufmacher machen musste. Da waren die Kreuzworträtsel größer, und Leserbriefe hatte er sich oft genug organisieren müssen, um die Seite füllen zu können. Es waren nur wenige Monate gewesen, so schnell wie die Erben vor der Tür gestanden hatten. Aber schön waren sie. Aus heutiger Sicht richtig schön.

Salomon-Weinreb-Straße 20

Der Pferdemist war ein Fehler. Nicht nur dass er stank, er lockte Fliegen an. Sie kamen in Scharen und blieben nicht auf der Scheiße sitzen, sondern fanden den Weg ins Haus. Blöderweise hatte sie auch noch den Fehler gemacht, zwei große Zimmerpflanzen umzutopfen und die neue Blumenerde mit Pferdemist zu mischen. Sie war sich ausgesprochen professionell vorgekommen.

Ute Graf hielt die große Dose Insektenspray unschlüssig in der Hand. Sollte sie die Zimmerpflanzen noch einmal umtopfen oder den Angriff mit der Giftkeule starten? Der wahrscheinlich nichts nützten würde, denn in der mistigen Blumenerde waren sicher noch Tausende und Abertausende Fliegeneier versteckt. Hunderte Fliegen schlüpften täglich, und Ute Graf konnte sich nicht vorstellen, all diese Mistviecher mit Gift zu töten. Sie müssten im Haus mit Atemschutz rumlaufen. Auf der Sprühdose stand ja auch, man solle für einige Zeit das Zimmer verlassen, wenn gesprüht worden sei.

Sie unternahm einen halbherzigen Versuch, hielt die Flasche mit ausgestrecktem Arm möglichst weit von ihrem Körper entfernt und sprühte eine Ladung Gift auf den Esstisch, auf dem acht Fliegen saßen. Vier blieben sofort betäubt liegen, drei machten noch einen Flugversuch und fielen auf den Teppich, eine schaffte den Abflug. Das war eindeutig ein gutes Ergebnis, löste aber nicht das Grundproblem. Ute Graf hatte einen Fehler gemacht. Und Fehler konnte man nicht einfach so stehen lassen. Fehler mussten korrigiert werden.

Sie nahm die Geldbörse, zog eine hellbraune Strickjacke über. Ute Graf kleidete sich auch zu Hause stets so, als stünde im nächsten Augenblick ein Geschäftstermin an. Sie fuhr mit dem Auto, obwohl der Weg in die Gärtnerei nicht allzu weit war, aber Blumenerde wog und für die beiden großen Zimmerpflanzen würde sie eine Menge brauchen. Sie würde sich umziehen müssen. Im hellbraunen Twinset und in beigefarbenen Hosen sollte sie nicht umtopfen. Das wäre unprofessionell. Die Reinigungskosten überstiegen sowieso schon das monatliche Budget. Aber sie hatte einfach keine Lust mehr, ihre Blusen, empfindlichen Pullover und Strickjacken selber zu waschen. Kostüme, Hosenanzüge, Blusen, Pullover, Jacken, Mäntel. Philipp Graf hatte kürzlich Kassensturz gemacht und ausgerechnet, dass sie, Ute Graf, monatlich rund hundertfünfzig Mark für die Reinigung ihrer Sachen ausgab. Eindeutig zu viel. Also würde sie sich nachher umziehen und in die Klamotten steigen, die sie sich extra für Haus- und Gartenarbeit angeschafft hatte.

Die Idee mit dem Pferdemist hatte sie von Ilse Bock. Aber natürlich hatte die nicht gesagt, sie solle das Zeug in die Blumenerde der Zimmerpflanzen mischen.

Wenn Sie vom Kompost neue Erde holen, mischen Sie einfach noch ein bisschen Pferdemist unter. Oder beim Umgraben. Nicht zu viel, sonst verbrennt Ihnen die ganze Chose. Ich nehme das Zeug zum Heizen meiner Frühbeete. Gibt nichts Besseres. Aber wenn ich umgrabe und noch was übrig habe, mische ich es unter. Ist besser als die ganze Chemie. Ich versuche sowieso, ohne Chemie auszukommen.

Ute Graf war beeindruckt, von Ilse Bock mehr als zwei Sätze zu hören, und hatte den Rat sofort umgesetzt. Ilse

Bock hatte ihr noch gesagt, wo man Pferdemist herbekommt, und nun war Ute Graf unterwegs, um zu korrigieren, was sie in ihrem Übereifer angerichtet hatte. Und das an ihrem einzigen freien Tag in dieser Woche. Am Wochenende würde sie mit der Führungsetage eines mittelständischen Unternehmens in Klausur gehen müssen. Ein Unternehmen, das Blut geleckt und in den neuen Bundesländern sein Portfolio erweitert hatte. Ein bisschen bei der Treuhand einkaufen gewesen war und nun statt zweier fünf Standorte managen musste. Fünf Standorte und ungefähr hundert Mitarbeiter zu viel, um am Markt zu bestehen. Allerdings hatte die Geschäftsführung es sich nicht so leicht gemacht, wie man das im Allgemeinen gewohnt war. Betriebsbedingte Kündigungen sollten vermieden werden. Stattdessen hatte man entschieden, den Vertrieb ins Haus zu holen, eine Marketingabteilung aufzubauen und einen eigenen Kundenservice. Hundert Mitarbeiter, die den Wessi, der sie aufgekauft hatte, sowieso blöd fanden, sollten aus der Produktion genommen und auf Vertrieb, Service oder Marketing umgeschult werden.

In den vergangenen fünf Jahren hatte Ute Graf gelernt, dass die Sache mit der Unflexibilität der Ossis eine Mär war. Die schulten um und lernten neu und fingen noch mal von vorn mit der Ausbildung an, dass es eine Pracht war. So war es auch bei dem Unternehmen zu erwarten, mit dem Ute Graf am Wochenende in Klausur gehen würde. Das Problem der Ostdeutschen war, dass sie Hakenkreuze in den Augen hatten, wenn ihre Brüder und Schwestern aus dem Westen ihnen sagen wollten, wie der Hase nun zu laufen hatte.

Ute Graf gestattete sich beim Autofahren hin und wieder, fies, gemein und unkorrekt zu sein. Sie hatte sich sogar angewöhnt, die Sätze laut auszusprechen, das hatte eine entlastende Wirkung. Jetzt, auf dem Weg in die Gärtnerei, sagte sie: Die haben Hakenkreuze in den Augen, wenn sie den Wessi nur sehen. Denen ist völlig egal, ob der es gut meint oder ein Abzocker ist. Die wollen ihm den Hals umdrehen.

Sie war dabei gewesen, als der Geschäftsführer des Unternehmens den neuen Mitarbeitern erklärte, was man vorhabe mit den erworbenen Standorten. Sie hatte in die Gesichter der Belegschaft geschaut und gedacht, wenn die Waffengesetze hier liberaler wären, hätte der Mann am Rednerpult nur noch drei Minuten zu leben. Zwei Frauen allerdings waren nach der Rede aufgestanden und hatten gesagt, sie freuten sich auf die neuen Aufgaben und fänden es gut, wenn die Geschäftsführung zu ihrem Wort stehen und keine Entlassungen vornehmen würde. Auch typisch nach alldem, was Ute Graf in den vergangenen Jahren gelernt hatte. Die Frauen arrangierten sich mit den neuen Verhältnissen und fingen, wenn es sein musste, von vorn an. Den Männern schrumpfte der Schwanz. Auch dieser Satz hörte sich, laut ausgesprochen, gut an. Den Männern schrumpft der Schwanz, brüllte Ute Graf und schickte einen kleinen Juchzer hinterher. Jeder Psychotherapeut wäre entzückt.

Ute Graf parkte vor dem Blumenladen und kaufte einhundert Liter Blumenerde. Ließ sich von der Verkäuferin helfen, die Plastiksäcke in den Kofferraum zu laden, und bezahlte mit Karte, obwohl sie wusste, dass hier im Ort lieber Bargeld genommen wurde. Einige Läden verweigerten sich dem Bargeldlosen noch immer. Trotzige Schilder an den Eingangstüren zeugten von Widerstand. Alles eine Frage der Zeit. Niemand würde das durchhalten, außer vielleicht Robert Burmeister, dem die Kneipe, die er Restaurant nannte, in der Liebknechtstraße gehörte. Wer bei mir essen will, hat Bargeld mitzubringen, sagte der immer und hatte sich ein Schild besorgt, auf dem stand »Bargeld lacht«. Einfallsloser ging es nicht. Und die Schnitzel beim Burmeister waren schlecht. Burmeisters Schnitzel sind Scheiße, sagte Ute Graf laut und schaltete in den vierten Gang, obwohl sie gerade mal vierzig fuhr. Sie war mit Philipp, kochen konnte sie wirklich nicht gut, zweimal bei Burmeister in der »Linde« essen gewesen. Es hatte schon besser geschmeckt, als bei ihr zu Hause, aber dazu gehörte wahrhaftig nicht viel. So weltbewegend, dass man Allüren haben konnte, war es nicht gewesen. Musste man also nicht haben, die Schnitzel vom Burmeister, und inzwischen war Philipp ja auch auf einem guten Weg, kochen zu lernen. Dem schien es sogar Spaß zu machen. Ute Graf fand es schön, einen Mann zu haben, der kochte. Sie hatte ihm erst letztens, nachdem sie miteinander geschlafen hatten.

Gevögelt, sagte Ute Graf laut und trat ein wenig mehr aufs Gaspedal.

Sie hatte ihm, noch im Bett liegend, angeboten, im Garten ein Kräuterbeet anzulegen und ein wenig Gemüse anzupflanzen, wenn er das fürs Kochen gebrauchen könnte. Kräuter ja, Gemüse nein, hatte Philipp geantwortet. Hier gäbe es ja inzwischen jeden Samstag den Markt. Ute Graf fand diesen Markt jämmerlich, aber wenn er ihrem Mann genügte, sollte es so sein. Sie hätte, nur ihm zuliebe, Blumen gegen Gemüse getauscht.

Ute Graf fuhr auf dem Rückweg vom Blumenladen am Supermarkt vorbei und sah, wie Ilse Bock ihren Einkaufswagen abstellte und mit einer Tasche loslief, die aussah, als sei sie schwer zu tragen. Vielleicht sollte sie die Frau mitnehmen, das wäre eine Geste und möglicher Anlass, um das etwas unterkühlte Verhältnis zu verbessern. Seit Ilse Bock auf der Versammlung erklärt hatte, dass sie bezahlen würde, hatte Ute Graf nicht mehr mit ihr geredet. Ein paar Leute aus den anliegenden Straßen hatten es der Frau nachgemacht und sich auf die sechs Mark pro Quadratmeter eingelassen. Ob das Geld schon geflossen war, wusste Ute Graf nicht. Aber es interessierte sie schon.

Ute Graf hielt am Straßenrand, stieg aus dem Auto und ging Ilse Bock ein Stück entgegen. Ich fahre Sie mit der schweren Einkaufstasche nach Hause, sagte sie und sah, dass Ilse Bock zuerst zu überlegen schien, ob sie das Angebot annehmen sollte, ihr dann aber die Tasche gab und sich bedankte. Im Auto gab es kaum Möglichkeit, miteinander zu reden. Der Weg bis in die Weinrebstraße sieben war viel zu kurz. Aber Ilse Bock war ein höflicher Mensch. Sehr höflich. Geradezu liebenswürdig, fand Ute Graf.

Möchten Sie auf einen Tee reinkommen? Ich habe Verbene im Garten angepflanzt. Kennen Sie das? Ein sehr schmackhafter Tee.

Ute Graf nahm die Einladung an, obwohl sie Kräutertee überhaupt nicht mochte. Sie setzte sich in Ilse Bocks Küche auf eine kleine Bank, deren Bezug leicht zerschlissen, aber sehr schön war. Hellblauer Stoff und roter Mohn, der ein wildes Muster malte.

So ein schöner Stoff.

Die Bank habe ich von meiner Mutter geerbt, und die hat den Stoff tatsächlich mal von einer Westreise mitgebracht. Als sie in Rente gegangen war, fuhr sie zweimal im Jahr in den Westen. Nach Bielefeld.

Ute Graf verzog das Gesicht. Da hat Ihre Mutter ja keinen besonders schönen Eindruck vom Westen bekommen.

Oh, sie fand die Stadt sehr hübsch, und manchmal sind unsere Verwandten mit ihr noch woanders hingefahren. Den Stoff hat sie, glaube ich, in Hannover gekauft.

Der Tee, den Ilse Bock aufbrühte, roch stark und aromatisch. Ute Graf war nun doch ein wenig neugierig. Ilse Bock stellte einen kleinen Teller mit Keksen auf den Tisch. Kekse mit einem Marmeladenklecks, im Kreis angeordnet und in der Mitte des Kreises Waffeln. Dazu ein Schälchen mit Halloren Kugeln.

Wir können es nicht lassen, sagte sie. Wenn ich jetzt noch Zettiknusperflocken hätte, bekämen Sie die auch kredenzt. Dann lachte sie und sah aus wie ein netter Kobold.

Ute Graf hatte keine Vorstellung, wie sie unverfänglich auf die Frage zusteuern konnte, ob Ilse Bock bereits gezahlt hatte oder nicht. Also erzählte sie die Geschichte mit dem Pferdemist und dass sie nun neue Blumenerde gekauft hatte, um die großen Zimmerpflanzen noch einmal umzutopfen.

Das hätte ich Ihnen vielleicht sagen müssen, mit den Fliegen. Mit denen muss man dann eine ganze Weile leben. Auch im Garten. Aber Pferdemist ist halt wirklich sehr reichhaltig. Und mich stören Fliegen nicht. Ich bin auf dem Dorf groß geworden. Mein Vater war Händler.

Ich dachte, Sie sind hier groß geworden.

Wir sind hergezogen, da war ich neun. Oder schon zehn. Neununddreißig hat mein Vater das Haus hier gebaut. Das können wir uns jetzt leisten, hat er zu meiner Mutter gesagt. Die war sehr ängstlich. So ein Haus kostete auch damals viel Geld. Und meine Eltern haben das ganze Ersparte reingesteckt, um sich nicht zu verschulden.

Dann wohnen Sie ja schon über fünfzig Jahre hier. Ute Graf steckte sich eine Halloren Kugel in den Mund und fand einmal mehr, dass dieses Zeug nicht schmeckte.

Man muss sie in der Hälfte durchbeißen. Sehen Sie, so. Ilse Bock nahm eine Halloren Kugel, biss die Hälfte ab und drehte die abgebissene Seite zu Ute Graf. Es geht immer darum, so durchzubeißen, dass man die schwarze und die weiße Füllung sehen kann. So also. Ist wie ein Orakel.

Ute Graf fand die Frau ein bisschen verrückt. Jedenfalls anders als sonst. Überhaupt nicht mehr leise und schüchtern. Eher ein bisschen durchgeknallt. Und weil dies so war, traute sie sich zu fragen, ob Ilse Bock schon bezahlt hatte. Ilse Bock lächelte.

Nein, aber bald. Ich bezahle, verkaufe das Haus und ziehe dann fort. In die Stadt. Da wohnt meine Tochter, und die findet das gut. Kannst du dich ein bisschen um deine Enkelkinder kümmern, hat sie gesagt. Lustig. Sie hat gar keine Kinder, aber vielleicht wird das noch. Der Neue von ihr macht einen ganz patenten Eindruck. Arbeitet in einer Werbeagentur. Ich glaube, in der Stadt arbeiten sie alle in einer Agentur, man fragt sich, wer das ganze Zeug eigentlich noch herstellt, dass die bewerben.

Sie verkaufen? Ute Graf war über die Ankündigung dermaßen erschüttert, dass sie sich erneut eine Halloren Kugel in den Mund steckt und wieder dachte, das Zeug schmecke nicht.

So, sagte Ilse Bock und führte die Nummer mit dem Halloren-Orakel noch einmal vor. Ute Graf biss pflichtschuldig eine dritte Halloren Kugel in der Mitte durch, und was übrig blieb, war die weiße Füllung. Sagen Sie jetzt nicht, dass es bei Wessis nicht klappt, versuchte sie sich mit einem Scherz zu retten. Ilse Bock lachte wieder. Alles schien leicht zu sein.

Wir üben das jetzt so lange, bis Sie es können. Dann werden Sie auch netter behandelt von meinen Landsleuten.

Warum ziehen Sie fort? Das ist das Haus Ihrer Eltern, und Ihre Kinder könnten hier wohnen und die Enkelkinder. So was gibt man doch nicht weg. Wissen Sie, wie teuer in den nächsten Jahren Immobilien werden? Unbezahlbar. Und die ganzen Erinnerungen. Ich meine, Ihre Eltern haben das Grundstück doch nicht direkt von den Weinrebs gekauft. Neununddreißig, da waren die weg. Ihre Eltern haben vorher auch ganz woanders gelebt, wenn ich das richtig verstanden habe. Auf welchem Dorf sind Sie denn groß geworden?

Ach, das können Sie nicht kennen. In der Nähe von Bernburg, ein hässliches Dorf, in dem fast alle von der Landwirtschaft lebten. Meine Mutter nicht, die war Küster, also Lehrerin. Und mein Vater ein Händler, der in dem Dorf und in den Nachbardörfern Geräte und Maschinen an die Bauern verkaufte und drei Angestellte hatte. Immerhin. Hat irgendwann noch eine kleine Werkstatt aufgemacht. War klug, mein Vater. Und dann hat das Geld auch für den Hausbau gereicht. Dass es ausgerechnet hier sein musste, das mit dem Hausbau, lag an der Verwandtschaft meiner Mutter. Der Mann ihrer Schwester hatte irgendwie seine Finger mit drin, als es um die Parzellierung der Grundstücke ging. Ist diesem Behrend zur Hand gegangen, der ja von den Weinrebs und Weizmanns beauftragt war, das alles zu erledigen. Behrend, dieser Nazi, wissen Sie? Über den Marischke im »Boten« mal einen Text geschrieben hat. Ich kann mir, ehrlich gesagt, nicht vorstellen, dass die Juden sich den freiwillig ausgesucht haben. Sympathie kann das nicht gewesen sein. Obwohl. Ein Mann mit angenehmen Umgangsformen, ein Verkäufer halt. Und dass er ein Nazi war, musste ja von Vorteil sein in der Zeit. Aber freiwillig? Das will nicht in meinen Kopf. Der hat dann noch einen ordentlichen Schnitt gemacht mit der ganzen Sache. Und bei dem hat der Schwager meiner Mutter gearbeitet. Der hat meinem Vater gesagt, hier könne man ein Grundstück zum Bauen erwerben und Landmaschinen ließen sich auch hier verkaufen. Ich habe Briefe gefunden, eine kleine Korrespondenz zwischen den Schwagern. Oder Schwägern? Das ging fast ein Jahr hin und her, meine Eltern konnten sich nicht so schnell entscheiden. Aber die beiden Schwestern, die hatten sich sehr gern. Mein Vater hat in einem Brief geschrieben: Es wäre sicher schön, könnten die beiden Unzertrennlichen wieder jeden Tag ihr Gerede miteinander haben. Mein Vater hat sich schon manchmal komisch ausgedrückt. Ihr Gerede miteinander haben.

Ilse Bock goss Tee nach. Es schien, als wollte sich die Frau die ganze Geschichte einmal wegreden und dann wäre es gut. Es läge dann vielleicht an ihr, die Geschichte der Bock weiterzugeben oder es zu lassen. Jedenfalls war die Frau ja keine, die am Gartenzaun stand und anderen gegenüber ihr Innerstes nach außen kehrte.

Der Tee schmeckte wirklich gut. Verbene. Sie würde sich das merken und im Gartenbuch nachschauen, ob das wirklich hier gedieh. Wenn es bei Ilse Bock im Garten wuchs, hieß das noch lange nicht, dass es auch anderswo gelang. Ilse Bock war einfach eine Gartenfrau, eine, die wahrscheinlich mit den Pflanzen sprach und ihnen gut zuredete zu wachsen, selbst wenn das hier gar nicht deren Breitengrad war. Oder Längengrad?

Ute Graf bemerkte erschrocken, dass sie den ganzen Kekskreis aufgegessen hatte. Dazu die Halloren Kugeln. Wenn es nach ihr ginge, würde Philipp heute Abend hungern müssen.

Ihr Vater hat doch einen angemessenen Preis für das Grundstück bezahlt oder nicht?

Hat er, da ist nichts dran zu rütteln. Der Preis war in Ordnung. Die Frage ist ja nur, ob das Geld, das mein Vater an diesen Behrend gezahlt hat, überhaupt bei den Besitzern angekommen ist.

Darauf hatte Ihr Vater doch gar keinen Einfluss. Der hat einen ordentlichen Kaufvertrag gemacht und bezahlt.

Ilse Bock stand auf und ging zum Kühlschrank. Ich habe noch ein wenig Minzwasser. Mit frischer Minze aus dem Garten, wollen Sie das mal probieren? Sie wartete die Antwort nicht ab und holte zwei Gläser aus dem Küchenschrank. Die Minze aus dem Garten machte, dass der Krug wie ein Aquarium aussah. Ute Graf wusste plötzlich, an wen sie Ilse Bock erinnerte. In dem Film »Die unendliche Geschichte« gab es so ein kleines Koboldpaar. Die wohnten in einer Höhle, und die Frau kochte Suppe aus Würmern und Kräutern und Spinnenbeinen. Sie hatte Ohren, deren Muscheln nach oben spitz zuliefen, und einen grauen Wuschelkopf. Genauso sah Ilse Bock aus. Sie goss aus dem Wasserkrug zwei Gläser voll, und Ute Graf stellte sich vor, dass kleine Fische im Krug schwammen und sich unter den Minzeblättern versteckten. Ein Aquarium wollte ich auch immer haben, dachte sie, und sie erinnerte sich an die Geschichte mit dem Goldfisch ihres

Bruders. Der zehn Jahre lang in einem großen runden Goldfischglas. Waren die Dinger nicht aus Tierschutzgründen verboten? Seine Kreise gedreht hatte. John Lennon hatte der Goldfisch geheißen, ihr Bruder war seit jeher ein Beatlesfan. Spielte alles von denen auf der Gitarre hoch und runter, und jedes Mal, wenn sie ihm zuhörte, sagte sie sich, dass der Mann einfach seinen Beruf verfehlt hatte. Er hätte auf der Bühne stehen sollen.

John Lennon jedenfalls zog zehn Jahre lang seine Kreise, und sie hatte sich immer gefragt, wie alt Goldfische eigentlich werden können und ob John Lennon einen Rekord aufstellen würde. Aber der Fisch wurde irgendwann depressiv. Alle Versuche, ihm Gesellschaft zu besorgen, scheiterten. Entweder John Lennon benahm sich daneben, oder der neu gekaufte Fisch versuchte die Schwanzflosse des Alteingesessenen anzuknabbern. Der Goldfisch war einsam, aber auch ein Eigenbrötler. Und eines Tages sprang er aus dem Goldfischglas, landete auf dem Teppich und starb.

Sie hatte die Geschichte lange nicht geglaubt. Wie sollte ein Goldfisch aus dem Glas springen können? Wäre ihm das möglich, hätte er ja vielleicht schon viel früher einen Fluchtversuch unternommen. Ihr Bruder war ebenfalls ratlos. Aber irgendwann hatte Ute Graf mal einen fröhlichfeuchten Abend mit ihrer Schwägerin verbracht, und die hatte ihr gestanden, dass sie an dem Tag, als John Lennon aus dem Glas gesprungen war, das Wasser bis zum Rand aufgefüllt hatte. Es war deshalb sehr einfach gewesen, rauszuspringen. Die Schwägerin hatte John Lennon tot auf dem Teppich gefunden, und weil ihr sofort klar wurde, dass es einzig und allein ihre Schuld war, hatte sie mit einer Tasse Wasser aus dem Glas geschöpft und den

Pegel gesenkt. Ich bin mir nicht sicher, hatte sie gesagt, ob Karsten sich nicht hätte scheiden lassen, weil ich John Lennon umgebracht habe.

Ute Graf hatte an dem Abend mit ihrer Schwägerin, betrunken, wie sie waren, dermaßen laut über die Goldfischgeschichte gelacht, dass der Kellner ihnen zu verstehen gab, sie sollten entweder leiser sein oder den Laden verlassen. Und wie kam sie jetzt, verdammt noch mal, auf den Goldfisch?

Minze wächst wie Unkraut, sagte Ilse Bock. Erinnern Sie mich dran, dass ich Ihnen nachher ein paar Pflanzen mitgebe. Ich werde mir von dem Erlös für das Haus eine Eigentumswohnung in der Stadt kaufen. Das ist jetzt alles möglich. Die neue Zeit hat auch ihre Vorteile. Verloren geht das Geld also nicht. Erst zahle ich an die Erben, dann verkaufe ich ein Haus, und dann kaufe ich eine Wohnung. Wenn ich älter werde, ist eine Wohnung in der Stadt bestimmt besser. Hier müsste ich umbauen, irgendwann. Dusche statt Wanne und die Türen verbreitern, falls man mal im Rollstuhl landet.

Sie sind gerade mal Mitte sechzig, da denkt man doch nicht.

Vielleicht haben Sie ja Interesse. Wie ich höre, wollen Sie unbedingt im Ort bleiben, und der Besitzer Ihres Hauses ist ja unentschieden. Wir können darüber reden, wenn es so weit ist. Dann muss ich keinen Makler einschalten, und das Haus kommt in gute Hände.

Wieso mochte Ilse Bock sie auf einmal? Ute Graf geriet immer mehr aus der Fassung. Sie war sich sicher, dass Ilse Bock nicht allzu viel von ihr hielt. Die hatte ihre Versuche, gegen das schlechte Gewissen anzureden, immer abgewehrt. Aber die Idee mit diesem Haus hier, das wäre.

Natürlich, man müsste überlegen, ob man nicht ganz abreißen und neu bauen sollte. Das Haus wirkte wirklich klein, die Zimmer waren niedrig. Aber auch gemütlich. Das war es. Der Wintergarten passte hier nicht dran, obwohl ein guter Architekt bestimmt eine Lösung finden würde.

Aber wenn Sie jetzt bezahlen, können Sie eine Hypothek auf das Haus aufnehmen und einen Kredit für Umbauten. Ich meine, man kann jedes Haus altersgerecht umbauen, das ist bestimmt kein Problem.

Sie verstehen nicht, Frau Graf. Es geht nicht darum. Ich habe wirklich viel nachgedacht. Meine Eltern. Ich habe meine Eltern immer geliebt. Auch meinen Vater. Der war ein guter Mann, wissen Sie. Wenn auch Geschäftsmann, aber das hat ihm nie das Herz zu Stein werden lassen. Wenn jemand in Not war, hat er gegeben. Und nach dem Krieg, da hat er es nicht einfach gehabt. War erst noch Privater und ist dann, als das immer schwieriger wurde, in die LPG. Maschinenausleihstation. Nicht ganz freiwillig, aber er war auch keiner von den Uneinsichtigen. Hat gesagt, wenn man einen Krieg verloren hat und so blöd gewesen ist, fürs falsche Vaterland ins Feld zu ziehen, dann muss man eben büßen. Er hätte auch in den Westen gehen können, aber da war das Haus, und die Entnazifizierung hat er ja gut überstanden. Ist nicht angeklagt worden. Mitläufer, das haben sie ihm bescheinigt. Er ist in die NDPD eingetreten, die Partei für Mitläufer, die sich extra für solche wie ihn in der DDR gründen durfte. Und später ist er wieder ausgetreten und in die SED gegangen. Da war er aber schon Chef in der Maschinenausleihstation, die drei Dörfer weiter stand. Also der hat das nicht aus Karrieregründen gemacht, aber wohl, weil sie ihm gesagt haben, einer wie er solle doch besser Vorbild sein, als sich rauszuhalten.

Ich hab meinen Vater wirklich geliebt. Als er sechsundachtzig ins Pflegeheim kam, habe ich um ihn getrauert. Er war nur noch ein Schatten seiner selbst, verwirrt, brabbelte unverständliches Zeug, machte in die Hose, sabberte und hatte hin und wieder lichte Momente. Ich habe viel an seinem Bett gesessen und seinem Gebrabbel zugehört. Und da.

Ilse Bock stockte mitten im Satz. Murmelte, das können Sie nicht verstehen. Redete dann doch weiter.

Wenn es ans Sterben geht, erinnern sich die Menschen. Das war bei meinem Vater nicht anders. Der erzählte klar und deutlich Geschichten aus der Kindheit und Jugend und redete Unsinn, wenn es an die Gegenwart ging. Irgendwann war er auch beim Krieg angelangt. Ich weiß nicht, warum ich immer geglaubt hatte, mein Vater hätte im Krieg nichts Schlimmes angestellt. Wie ich mir das eigentlich vorgestellt hatte. Er war an der Ostfront, in Polen und Russland. Dann in Gefangenschaft. Zwar nur zwei Jahre, aber in Gefangenschaft.

Wenn ich ins Heim kam, um ihn zu füttern, erzählte er seine Geschichten. Die waren erst traurig, wenn es um seine Kindheit ging, dann lustiger, weil Jugenderinnerungen fast immer fröhlich im Gedächtnis bleiben, und dann wurden sie gruselig. Demenz und Wahrheit liegen vielleicht auch nah genug beieinander. Mein Vater erzählte vom Krieg, wie er es noch nie vorher getan hatte. Er wurde manchmal obszön, brüllte dann grässliche Sätze.

Da haben wir das Polenweib flachgelegt. Dem Russen sind die Augen aus dem Kopf gesprungen, und mit den Händen hat er das ganze Gekröse gehalten. Das fiel ihm aus dem Wanst und lag im Schnee. Wie bei einem Schlachtefest hat es im Schnee gedampft.

Solche Sachen hat mein Vater gesagt, ein alter, verwirrter Mann, der das Wasser nicht mehr halten konnte und gewindelt werden musste.

Wenn Sie mich vorher gefragt hätten, das wäre mir nicht in den Sinn gekommen. So dumm war ich oder so naiv oder so verbohrt. Das können Sie sich aussuchen. Ich dachte, wie die meisten anderen, die Bösen sitzen in Bielefeld, die Guten in Warendorf. Verstehen Sie? Nein, das verstehen Sie nicht. Warum auch?

Ich glaube nicht, dass mein Vater beim Kauf des Grundstücks geschummelt hat. Er hat gekauft, und es hat ihn nicht interessiert, ob der Jude das Geld bekommt oder nicht. Er war kein Antisemit. Zumindest glaube ich das. Er hat später manchmal gesagt, wenn von einem die Rede war, der es clever anstellte und gut über die Runden kam: Dem kannst du nichts vormachen. Das ist ein halber Jude. Aber ist das schon antisemitisch? Keine Ahnung. Sagen wir mal so. Wenn er dem Russen die Därme zerschossen und das Polenweib vergewaltigt hat, wird er wohl auch keine Gewissensbisse gehabt haben, wenn ihm ein Jude über den Weg gelaufen ist. Das denke ich mir so. Aber das denke ich auch erst, seit wir hier den ganzen Ärger haben. Es gab vorher keinen Grund, sich darüber den Kopf zu zerbrechen. Aber wenn sie nun schon mal da sind, die Juden, muss man es wohl oder übel machen. Und man muss auch mal zu einem Ende kommen. Die Leute hier, die kommen nie zu einem Ende. Das macht die ganze Sache immer schlimmer. Klar wollen die Erben Geld. Ihre Landsleute, die herkommen, auf ihr Eigentum und auf Rückgabe pochen, wollen auch Geld. Den wenigsten geht es darum, an ihre Wurzeln zurückzukehren. Das ist Gerede. Die Juden wollen wahrscheinlich noch ein bisschen mehr als nur Geld. Genugtuung, Rache, Wiedergutmachung. Wer weiß das schon, und wer kann es unterscheiden?

Sie werden es nicht bekommen. Auch nicht von mir, wenn man es recht bedenkt. Ich will nichts wiedergutmachen, ich will das Haus meines Vaters verkaufen. Verstehen Sie? Das ist eine ganz andere Angelegenheit. Sie haben mich gut eingeschätzt, als Sie auf der Versammlung sagten, ich solle es lassen und ich hätte nichts wiedergutzumachen. Es geht mir nicht um die Juden. Es geht um mich.

Als mein Vater siebenundachtzig starb. Ich habe an dem Abend bei ihm am Bett gesessen. Und als ich nach Hause kam, hierher, hab ich mich anders gefühlt als vorher. Es war nur ein kleines Unbehagen. Das Haus meines Vaters hatte einen Riss bekommen, eine winzige schadhafte Stelle, die erst einmal nicht weiter störte. Aber man sieht sie aus den Augenwinkeln. Und sie lässt sich auch nicht beheben. Hätte mich alles nicht so sehr irritiert, dass ich hätte verkaufen wollen. Wenn alles geblieben wäre, wie es war. Aber es ist ja nicht so geblieben, nicht wahr? Es ist anders gekommen. Und das zwingt uns nachzudenken. Nicht Sie. Sie sind hier einfach reingeraten, und ich meine das ernst. Wenn Sie das Haus hier kaufen wollen, dann sagen Sie es.

Ilse Bock machte eine Handbewegung, die signalisierte, dass dieser letzte Satz auch das letzte Wort gewesen sein sollte. Sie stand auf und kramte in einer Küchenschublade.

Wenn Ihnen der Tee schmeckt, fülle ich Ihnen ein Tütchen ab. Verbene ist sehr gesund, ich mag den Geschmack mehr als Minze. Minze mag ich nur mit kaltem Wasser oder auf dem Dessert.

Ich werde mit meinem Mann reden. Ob das mit dem Haus. Also ja, es wäre.

Sie müssen jetzt noch gar nichts sagen. Reden Sie mit Ihrem Mann. Ich lass das Haus schätzen. Und dann sehen wir weiter. Wollen Sie eigentlich Kinder haben?

Diese Frage war Überfall und Übergriff zugleich. Ute Graf hatte festgestellt, dass sie ab einem bestimmten Alter. Sie machte es bei fünfunddreißig fest, ohne zu wissen, ob es stimmte. Nicht mehr gefragt wurde, ob sie Kinder haben wolle. Wahrscheinlich dachten die meisten Menschen, wer mit fünfunddreißig noch kinderlos ist, hat entweder keine Absicht, welche zu bekommen, oder ein Problem. Und in dem Problem wollte niemand rumstochern. Das war ihr lieb so, denn sie hätte nicht sagen können, was auf sie zutraf. Zuerst hatte sie keinen entsprechenden Plan gehabt, und jetzt schien ein Problem entstanden zu sein. Seit einem Jahr verhütete sie nicht mehr.

Ich weiß es nicht. Oder. Also ich glaube, es jetzt schon zu wissen, aber es klappt nicht.

Ilse Bock nickte. Lassen Sie den Kopf nicht hängen. Manchmal weiß der Körper besser als der Kopf, was gerade gut für uns ist. Wenn Sie beide irgendwann richtig wollen, wird es schon.

Erst als sie das Auto unter dem Carport parkte, merkte Ute Graf, dass Ilse Bock ihr Tuch vergessen hatte. Es lag auf dem Beifahrersitz und leuchtete in einem kräftigen Türkis. Eine Farbe, die gar nicht so recht zu der Frau passen mochte. Oder vielleicht doch. Seit heute.

Johanna Wollweber

Triest machte es Johanna Wollweber einfach, einen Anfang zu finden. Es bot bereits auf dem Bahnhof die erste Chance. Als hätte jemand geholfen. Ihr einen kleinen Schubs geben, ein Ende des Fadens in die Hand legen wollen. Beim Kauf eines Stadtplans, der mehr war als eine grobe Übersicht über die Innenstadt, auf der die kleinen Straßen gar keinen Namen hatten, fiel ihr in der Legende. Es hatte ihr schon immer gefallen, dass dieses Wort für die Auflistung aller markierten Orte auf einem Stadtplan verwendet wurde. Legende. Ihre Mutter hatte früher oft gefragt, wenn eines der Kinder zu spät nach Hause gekommen war, welche Legende es denn heute zu erzählen habe. Das klang eher nach einer liebevollen Kopfnuss und weniger danach, dass es nun Ärger geben würde.

In der Legende des Stadtplanes jedenfalls tauchte das Museo di guerra per la pace »Diego de Henriquez« auf. Krieg und Frieden also. Dieses Museum war möglicherweise eher eine Kuriosität als eine seriöse Quelle. Dennoch beschloss Johanna Wollweber, dort anzufangen. Da war sie gerade mal aus dem Zug gestiegen und stand auf der Piazza della Libertà vor dem Bahnhof. Sie überlegte, ob sie jetzt und gleich festlegen sollte, wie sie sich durch die Stadt bewegen würde. Zu Fuß, entschied sie und lief los. Zog die große Tasche auf ihren kleinen Rollen hinter sich her und ärgerte sich einmal mehr, dass die Rollen einen solchen Krach machten.

Gleich am nächsten Morgen würde sie in das Museum gehen und fragen, ob es über Archivmaterial über die

Jahre dreiundvierzig bis fünfundvierzig verfügte. Sie konnte sich in diesem Moment sogar vorstellen, an diesem Ort plötzlich vor einem Foto zu stehen, auf dem ihr Vater abgebildet war. War das unwahrscheinlich?

Als Johanna Wollweber abends vor dem Essen noch ein Stück durch die Innenstadt lief, steigerte sie sich in genau diesen Gedanken. Sie würde am nächsten Vormittag in ein kurioses Museum gehen und ihrem Vater begegnen. Auf einem Foto oder in Form einer Aktennotiz, die unter Glas in einer Vitrine läge.

Überstelle Ihnen drei Partisanen, die auf meinen Befehl hin auf dem Meer gefangen genommen werden konnten. Heil Hitler.

Oder vielleicht die Enttarnung eines Kundschafters. Eines Verräters in den Augen ihres Vaters. Vermeldet. Kleingeschrieben der Vorgang. In einer Aktennotiz, die nur die Vorarbeit, nicht aber den Tod vermerkte. Schreckenslos geradezu. Nur wer ein wenig darüber wusste, könnte sich einen Reim darauf machen. Eine wie sie, die ihren Vater suchte und nicht die geringste Vorstellung davon hatte, was sie täte, hätte sie ihn endlich gefunden.

Johanna Wollweber lief durch die Straßen von Triest und überlegte, was sie machen würde, läse sie in einem Museum den Namen ihres Vaters. Also ihren Namen. Wollweber. Sie hatte ihn nie sonderlich gemocht, diesen Namen, aber er war gut genug, um deswegen nicht gehänselt zu werden. Nicht in der Schule und auch sonst nicht. Die Leute konnten sich den Namen merken. Und als er das erste Mal auf dem Schild einer Anwaltskanzlei stand, einem silbern glänzenden Schild auf bröckligem, schartigem Putz, war sie sogar stolz und fand, dass der Name etwas hermachte. Johanna Wollweber.

Erhard Wollweber. Wenn sie morgen diesen Namen in einem Museum fände, könnte das ihre Reise abkürzen. Sie würde gleich übermorgen abreisen, entdeckte sie den Namen auf einem Schriftstück oder den Mann auf einem Foto. Es wäre aber auch möglich, sie müsste länger bleiben, weil Schriftstück oder Foto die Tür nur einen winzigen Spalt öffneten. Gerade so weit, dass sie nicht einfach wieder geschlossen werden konnte. So eine Aktennotiz zwänge sie vielleicht, dem Schicksal des Partisanen oder gegnerischen Kundschafters auf die Spur zu kommen. Blut oder Verderben an den Händen des Vaters. Sie würde es wissen wollen. Ganz bestimmt.

Als Johanna Wollweber sicher war, dass es genauso kommen würde, merkte sie, dass sie sich verlaufen hatte. Sie war ohne Stadtplan losgegangen, hatte einfach nur hundert Schritte laufen wollen. Oder zweihundert. Jetzt würde es schwierig werden, ohne fremde Hilfe ins Hotel zurückzufinden. Oder auch nicht. Das Hotel lag im Zentrum der Stadt, und die Stadt war nicht groß. Zumindest kam sie ihr nicht groß vor.

Johanna Wollweber kramte in ihrer Tasche, ob sie nicht vielleicht doch zumindest den kleinen Innenstadtplan eingesteckt hatte. Hatte sie nicht. Via delle Monache Ecke Via Castello, eben war sie an einer Kirche vorbeigelaufen. Am besten, sie versuchte einfach, denselben Weg zurückzulaufen. Ein paar Sachen hatte sie sich trotz allen Nachdenkens gemerkt.

Johanna Wollweber tat etwas ganz und gar Ungewöhnliches. Sie ging in einen Zeitungsladen und kaufte sich Zigaretten und ein Feuerzeug. Vor dem Laden standen zwei Tischchen und ein paar Stühle. Sie ging noch einmal in den Laden, um eine Cola zu kaufen. So viele Grenzüberschreitungen an einem Abend. Eiskalte Cola schmeckte wunderbar, und die vierte Zigarette ihres Lebens machte sie auf einen Schlag betrunken. Sie konnte sich noch genau an die anderen drei Zigaretten erinnern. Eigentlich alles schöne Momente. Kein Stress. Keine Verzweiflung, keine Mutprobe. Also musste auch das jetzt ein schöner Moment sein. Ihre Mutter rauchte jeden Tag sieben Zigaretten. Auf die Anzahl hatte sie sich irgendwann mal festgelegt und war dabei geblieben. Die Frau konnte bei den unsinnigsten und unwichtigsten Dingen konsequent sein. Als Johanna sie das letzte Mal besucht hatte, das war an einem frühen Abend, gegen sechs. Sie war direkt aus der Kanzlei zu ihrer Mutter gefahren, um den wöchentlichen Besuch hinter sich zu bringen, bevor es auf die Reise ging. Von den sieben Tageszigaretten hatte ihre Mutter da bereits vier geraucht. Auch die Zeiteinteilung war immer die gleiche. Eine nach dem Frühstück, eine nach dem Mittagessen, zwei am Nachmittag und drei für den Abend. Und es war egal, wie der Abend verlief. Johanna Wollwebers Mutter rauchte drei Zigaretten vor dem Fernseher oder beim Kartenspiel mit Freundinnen, bei Familienfeiern oder beim Leichenschmaus. Kein Ereignis konnte sie so aus der Bahn werfen, dass sie über das festgelegte Quantum Nikotin ging. Irgendwann hatte ihre Mutter mal gelesen, dass sieben Zigaretten sozusagen die magische Grenze wären. Ginge man darüber, bekäme man voraussichtlich Krebs, bliebe man drunter, könnte man es auch gleich ganz sein lassen.

Johanna Wollweber hatte an diesem Abend der Teufel geritten. Wider alle guten Vorsätze hatte sie ihrer Mutter erzählt, dass sie nach Triest fahren wollte, um herauszubekommen, was ihr Vater dort von dreiundvierzig bis fünfundvierzig gemacht hatte.

Warum möchtest du das wissen?

Ich will wissen, ob er ein Nazi war, der andere Menschen auf dem Gewissen hat.

Das haben sie doch alle. Alle, die im Krieg waren.

Ihre Mutter schien einen seltenen Augenblick großer Klarheit gehabt zu haben oder sich des Gesprächsinhalts nicht bewusst gewesen zu sein.

Johanna Wollweber hatte kurz überlegt, ob es sich lohnen würde, die Klarheit ihrer Mutter zu nutzen. Und dann hatte sie es schäbig gefunden. Ihre Mutter war nie eine spitzfindige und auch keine kluge Frau gewesen. Eher eine naive und etwas nervige Trulla, wie Johanna Wollweber sie als Kind manchmal in Gedanken genannt hatte. Die nervige Trulla wollte andauernd, dass sie sich anständig benahm und kein Essen auf dem Teller ließ. Und wenn Erhard Wollweber wütend war, schickte die Mutter meist ihre Tochter in dessen Arbeitszimmer, um zu sagen, das Essen sei fertig oder am Telefon sei jemand, der mit ihm sprechen wolle. Sie putzte sich manchmal derartig für ihren Mann heraus, dass es Johanna Wollweber peinlich war. Sie konnte kindisch sein und noch mit fünfzig kichern wie eine Achtzehnjährige, wenn ihr Ehemann ihr einen Klaps auf den Hintern gab, und sie brachte es in solchen Augenblicken fertig, selbst als Johanna und ihr Bruder schon fast erwachsen waren, Erhard, nicht vor den Kindern, zu rufen. Sie war immer mehr Ehefrau als Mutter, auch wenn Johanna Wollweber sich nicht sicher war, ob sie ihr damit nicht Unrecht tat. Schließlich hatte die Mutter vierundvierzig Johanna genommen, ein paar Sachen in einen Koffer gepackt und war geflohen. Hatte ihr Kind durch die Kälte gebracht und an einen halbwegs sicheren Ort.

Johanna Wollweber rauchte die Zigarette zu Ende und hatte ein wattiges Gefühl im Kopf. Ein schönes wattiges Gefühl, das auf die Beine übergegriffen zu haben schien, denn als sie aufstand, gaben die ein wenig nach. Jetzt galt es, den Weg zum Hotel zu finden. Also erst einmal zurück zu der Kirche, dort würde sie weitersehen.

Für die Partisanen hatte Erhard Wollweber das Eiserne Kreuz bekommen. EK I, Ekaeins. Er hatte sich verdient gemacht. Das wusste Johanna Wollweber. So wie sie wusste, dass ein Chef der Spionageabwehr in einer Stadt wie Triest die eine und andere Heldentat vorzuweisen haben musste. Schon dass er hierhergeschickt worden war, konnte als Beweis gelten.

Er hat Kundschafter enttarnt, Partisanen aufgerieben, Sabotagepläne aufgedeckt. Trotz der unzuverlässigen und faulen Mitarbeiter, die ihm zur Verfügung standen, wie er in seinen Briefen beklagt hatte, musste Erhard Wollweber erfolgreich gewesen sein. Sonst wäre er sicher abgelöst worden. Vor Ende des Krieges. Doch in Triest hatte Erhard Wollweber die letzten beiden Kriegsjahre verbracht. Und dann hatte er sich aus dem Staub machen wollen und war gefangen genommen worden.

Was will ich eigentlich noch wissen? Johanna Wollweber setzte vorsichtig einen Fuß vor den anderen und versuchte sich zu erinnern, wie sie hierhergekommen war. Normalerweise vermied sie es, denselben Weg zurückzulaufen. Aber jetzt nähme sie ihn. Es wäre ihr wie ein gutes Omen vorgekommen. Wie ein Versprechen. Ein paar hundert Meter nach der Kirche musste sie sich eingestehen, dass sie so oder so nicht hätte sagen können, ob sie hier oder woanders entlanggegangen war. Sie hatte zu viel nachgedacht, war zu wenig aufmerksam gewesen. Das

Hotel ließ sich trotzdem einfach finden. Als sie sich wieder auskannte und wusste, jetzt würden es noch tausend oder ein paar mehr Schritte sein, begann Johanna Wollweber mit dem alten Pisspottspiel. Sie setzte Fuß an Fuß und legte fest, was sie täte, endete sie an der nächsten Straßenecke mit dem rechten oder mit dem linken Fuß. Rechts Museum, links Zeitungsarchiv, rechts zuerst die Telefonnummer des Journalisten wählen, links im Telefonbuch nachschauen, ob in Triest Historiker wohnten, und mit denen Kontakt aufnehmen.

An der letzten Straßenecke, von der aus sie das Hotel bereits sehen konnte, überlegte Johanna Wollweber kurz, ob sie jetzt aufs Ganze gehen sollte. Rechts weitermachen, links aufhören. Sie stand ein oder zwei Minuten still und starrte auf ihre kleinen Füße. Ihr Mann hatte die kleinen Füße immer gemocht und manchmal, wenn sie Urlaub an der See gemacht hatten, ihre Fußspuren im Sand fotografiert. An ihrem fünfundzwanzigsten Hochzeitstag. Lass uns niemals silberne Hochzeit sagen, Johanna. Hatte er ihr ein Fotoalbum geschenkt. Darin waren nur ihre Fußspuren zu sehen. Vertiefungen in weißem, grauem oder fast schwarzem Sand, nasse Fußspuren auf Steinen und Wegplatten, kurzlebige Eindrücke in Schlamm und Morast. Er war ihr all die fünfundzwanzig Jahre lang gefolgt. Ein Liebesbeweis, der Johanna Wollweber in eine kleine Verzweiflung gestürzt hatte. Sie wusste damals schon, dass der Mann, den sie geheiratet hatte, ihr immer den Rücken stärken wollte und dass sie ihn dabei aus den Augen verloren hatte.

Johanna Wollweber stand an der Straßenecke und schätzte die Entfernung zum Hotel ab. Nein, sie würde keine derartig weitreichende Pisspottentscheidung treffen. Auch wenn sie sich eingestehen musste, dass sie in großer Verzweiflung schon manches Mal auf diese sehr unorthodoxe Methode zurückgegriffen hatte. Das durfte man niemandem erzählen, dass so mancher Mandant eine Entscheidung des rechten oder linken Fußes war, piss, übernehm ich, pott, lass ich die Hände von. Johanna Wollweber ging zum Hotel, zählte die Schritte nicht und vermied es, darauf zu achten, welchen Fuß sie an der Eingangstür aufsetzte.

Sie war müde und setzte sich ins Hotelrestaurant, um noch etwas zu essen. Sie hatte so viele Bücher über die Stadt gelesen, Romane, Stadtführer, Vatertochtergeschichten, Vatersohngeschichten. Sie hatte sich in Geschichten darüber verloren, wie sich jemand auf die Suche macht und einen Menschen findet, den er oder sie nicht gekannt, aber zu kennen geglaubt hatte. Und dann stand am Ende der Bücher fast immer. Ich liebe ihn trotzdem. Er war mein Vater. Ich hasse und ich liebe ihn. Mir geht es besser, jetzt kann ich mich nähern. Irgendetwas in der Art stand in jedem Buch. Noch nie hatte Johanna Wollweber in einem Roman oder Sachbuch gelesen, jetzt weiß ich alles, jetzt kann ich meinen Vater hassen. Und ich hasse ihn aus tiefstem Herzen.

Wenn es das ist, worauf es hinausläuft, hatte sie jedes Mal gedacht, dann sollte ich das lieber lassen. Wenn es nur darauf hinausläuft, zu wissen, was einer Schlimmes getan hat, und dann doch zu sagen, ich liebe ihn trotzdem. Wozu sollte das gut sein? Da will ich nicht hinkommen. Mir das überlegen zu müssen, ob ich meinen Vater, den ich immer mehr gefürchtet als geliebt habe, nun vollends verachten muss.

Und immer, wenn sie das dachte, hatte Johanna Wollweber das Gefühl beschlichen, es sei vielleicht besser, zu keinem Ende zu kommen. Was unterm Teppich liegt, ist vom Tisch, hatte ihre Mutter oft gesagt, und sie hatte diesen Spruch grauenvoll gefunden. Feige, mies, kleinlich.

Unterm Teppich und vom Tisch ging sowieso nicht mehr. Dafür hätte sie die Kisten bei ihrer Mutter stehen lassen müssen. Aber kein Ende finden, das ginge ja wohl. Sie war schon jetzt drauf und dran, vom Hundertsten ins Tausendste zu kommen. Fand und las einen Text, der in Kriegszeiten in einer französischen Zeitung gedruckt worden war und in dem zwei Sätze aus dem »Völkischen Beobachter« zitiert wurden, die von ihrem Vater stammten. Suchte und fand als Nächstes in einem anderen Archiv den Text ihres Vaters, in dem der sich wiederum auf weitere Texte bezog. Sucht und findet auch diese Texte. Diese unendliche Menge Wissen, das sich immer mehr vom Zentrum entfernt. Aber jede Spur vielversprechend genug, um sich nicht eingestehen zu müssen, dass man sich von der Beantwortung einer ganz einfachen Frage immer weiter entfernt. Oder vielleicht nicht entfernt, aber die Antwort ins Ungewisse hinausschiebt. Hasse ich meinen Vater, und hasse ich mich dafür, dass ich ihn früher gemocht habe? Nicht überschwänglich geliebt, aber doch gern gehabt. Er war mir vertraut, und ich habe ihm getraut. Wenigstens das.

Ich sitze in meinem Heldenkeller, hatte Erhard Wollweber in einem Brief geschrieben. Heldenkeller, mit diesem Begriff hatte Johanna Wollweber nichts anfangen können. Sie hatte ihn für einen Euphemismus, vielleicht sogar für das selbstironische Fazit eines Mannes gehalten, der nicht an der Front war, sondern Teil einer Bürokratie. Dann hatten ihre Recherchen ergeben, dass der Begriff Heldenkeller nichts mit alldem zu tun hatte. An manchen Orten waren unterirdische Gefängnisse oder auch SS-Quartiere so bezeichnet worden. Anderswo wurden Unterstände oder Luftschutzkeller Heldenkeller genannt. In Coburg gab es ab dreiunddreißig eine Hilfspolizei, die aus SS- und Stahlhelmleuten bestand. Und die hatten in geradezu privaten Gefängnissen, die sie Heldenkeller titulierten, gefoltert. Trotz des angelesenen Wissens hatte Johanna Wollweber gezweifelt. Hatte ihr Vater genau das gemeint mit dem Satz: Ich sitze in meinem Heldenkeller? Oder war es nur ein scherzhafter Vergleich, weil er in einem langweiligen Büro an einem Schreibtisch gesessen und dem Führer auf seine Weise gedient hatte?

Ein schönes kleines Nebengleis, das ihr die Möglichkeit gegeben hatte, Luft zu holen. Das den genaueren Blick in Erhard Wollwebers Soldbuch verschob. Erhard, ein guter Sohn, der sich auch im Krieg um seine Mutter gekümmert hatte. Ein liebender Ehemann, der regelmäßig Briefe an seine Frau schrieb und sich um deren Wohlergehen sorgte. In seinem Soldbuch hatte Johanna Wollweber gelesen, wo Erhard Wollweber in den Monaten gewesen war, bevor er nach Triest kam. Zuerst in Polen und dann in Russland. Himmler hatte die Liquidierung aller polnischen Ghettos befohlen, und ihr Vater war nach Polen gereist. Der Befehl wird auf die Sowjetunion ausgedehnt, und ihr Vater reiste weiter gen Osten. Als Kriegsberichterstatter? Hatte er an einem Schreibtisch gesessen und Berichte für den »Völkischen Beobachter« geschrieben? Hatte er zugeschaut, wie sie die Ghettos räumten, um als Augenzeuge darüber berichten zu können? Falls solche Berichte überhaupt gewollt waren. Doch wohl eher nicht. Müsste sie jetzt alle Zeitungen dieser Zeit durchforsten, um herauszubekommen, ob Erhard Wollweber als Kriegsberichterstatter den Vernichtungsaktionen hinterhergereist war, ob er mitgeholfen hatte, Juden zu erschießen? Oder ob er danebengestanden hatte, während sie erschossen wurden. Und wenn sie Zeitungsberichte von ihm fand, in denen nichts davon stehen würde, wären die trotzdem ein Beweis dafür, dass er zugeschaut, aber nicht gemordet hatte, weil aus ihnen zumindest zu erfahren war, wo er sich aufgehalten hat? Machte das irgendetwas besser, wüsste sie genau, was damals passiert war?

Johanna Wollweber schaute aus dem Fenster des Restaurants auf einen hübschen kleinen Platz. Sie hatte Fisch gegessen, und der Fisch hatte gut geschmeckt. Wie klein diese Stadt ist, dachte sie zum wiederholten Mal und beobachtete, wie zwei alte Männer vor dem Restaurantfenster miteinander palaverten. Wie sie gestikulierten und sich zu übertrumpfen schienen mit ihren Geschichten oder ihrer Rechthaberei oder einfach nur mit fröhlichem Klatsch. Einer der beiden klaubte Sonnenblumenkerne aus einer kleinen Papiertüte, steckte sie sich einzeln in den Mund, kaute und spuckte beim Reden hin und wieder auf den Gehweg. Sehr kunstvoll machte er das.

Mein Vater hat zwei Jahre hier verbracht. Er muss sie alle gekannt haben. Die Aufseher, die Offiziere, den Kommandeur des Konzentrationslagers. Vielleicht haben sie sich hin und wieder zum Abendessen getroffen. Mal hier, mal da. Fisch gegessen, Wein getrunken, von der Heimat geredet und darüber gesprochen, was sie tun würden, wäre der Krieg vorbei. Er wird eine Geliebte gehabt haben. Oder zwei. Das Heideröschen zu Hause war weit weg, und ein Mann hatte so seine Bedürfnisse.

Solche Sachen würde sie nicht herausbekommen. Die

Briefe des Vaters zu mager, und wo sonst sollten derartige Informationen zu finden sein? Als sie bei ihrem ersten Aufenthalt das Konzentrationslager besucht hatte, war ihr die Titelseite der Besatzungszeitung ins Auge gefallen. Aufgehängte Menschen. Ein großes Foto von aufgehängten Menschen. Menschen, die man zur Abschreckung ein paar Tage hatte hängen lassen. Im Sommer. Der Leichengeruch muss die Luft geschwängert haben. Schwerer, süßlicher Leichengeruch, dem nur zu entkommen war, machte man einen großen Bogen. Aber dafür waren die Toten ja nicht aufgehängt worden. Dass man einen Bogen um sie machte. Da hätte man sie auch gleich verscharren können.

Ich brauche Triest nur, um mich anderer Dinge zu erinnern. Was ich hier finde, ist gar nicht so wichtig. Eine Bestätigung, mehr nicht. So wie alles, was ich bis jetzt gefunden habe, nur eine Bestätigung ist. Ein Zitat in einer Zeitung. Aus einem Artikel, den mein Vater im »Völkischen Beobachter« geschrieben hat. Nur eine Bestätigung. Mehr nicht.

Johanna Wollweber starrte aus dem Restaurantfenster, steckte den Zeigefinger in das Weißweinglas und leckte ihn ab. Das tat sie manchmal, und es war ihr peinlich, wenn sie sich dabei ertappte oder feststellen musste, dass ihr jemand zusah. Ganz zu schweigen davon, dass sie sich andauernd die Kuppe des rechten Zeigefingers verbrannte, wenn sie anstatt Weißwein einen heißen Tee oder Kaffee vor sich stehen hatte. Sie hatte diese Angewohnheit schon als Kind, und ihre Mutter hatte ihr jedes Mal erzählt, dass sie Keime an den Fingern trüge und die dann in den Mund steckte, von wo aus die Keime einen Feldzug gegen ihren ganzen Körper beginnen würden. Johanna Wollweber war offensichtlich schon als Kind klar gewesen, dass dies erstens eine Übertreibung war und sie sich zweitens eher würde angewöhnen können, die Hände häufiger zu waschen, als abgewöhnen, den Zeigefinger in jedes Getränk zu stecken, das vor ihr stand.

Natürlich suchte sie Bestätigung für all ihre Vermutungen über Erhard Wollweber. Zu Beginn war sie losgegangen, um Entlastendes zu finden. Sie hatte einen Verdacht und den wollte sie entkräften. Am Anfang hatte die Frage gestanden, was der Jude bei ihnen zu Hause gemacht hatte. Und ob die Tatsache, dass er bei ihnen zu Hause war, nicht Entlastung genug wäre. Ob ein Jude, der nicht einmal, wenn sie es richtig in Erinnerung hatte, ein Freund ihres Vaters war, ausreichte, ihrem Vater ein anderes Zeugnis ausstellen zu können.

Mendel Löwenstein. Ein schon alter Mann damals, der hin und wieder zum Essen kam. Ihre Mutter legte sich dann ins Zeug mit dem Kochen. Sie war keine großartige Köchin, aber wenn Besuch kam, brachte sie passable Sachen auf den Tisch.

Und wenn Mendel Löwenstein wieder gegangen war, hatte ihr Vater manchmal gesagt. Der ist Jude, aber nett. Der Satz war ihr wieder eingefallen, als sie in einer der Kisten, die auf dem Kleiderschrank im Schlafzimmer ihrer Mutter gestanden hatten, das Foto fand. Ihr Vater und Mendel Löwenstein in einer Ausstellung. Um sie herum eine Menge Leute, hinter den beiden hingen großformatige Bilder. Es musste eine Vernissage gewesen sein. Eine Ausstellung der Bilder Mendel Löwensteins im Jahr neunzehnsechsundfünfzig.

Johanna Wollweber hatte sich beim Betrachten des Fotos der Besuche des alten Mannes erinnert. Die nichts

Ungewöhnliches verhießen, schließlich hatte Erhard Wollweber, der Journalist und Kriegsberichterstatter, nach Krieg und Gefangenschaft einen kleinen Verlag gegründet, in dem auch Bildbände und Ausstellungskataloge erschienen waren. Er war häufig zu Ausstellungseröffnungen gefahren und hatte viele Künstler gekannt. Einer der Künstler war Mendel Löwenstein. Ein Mann, der Bild um Bild vom Schicksal der Juden im Dritten Reich malte, von ihrem Leiden. Düstere, apokalyptische Bilder. Und Erhard Wollweber hatte ein Buch über diese Bilder verlegt.

Der ist Jude, aber nett.

Das Buch verkaufte sich nicht gut. Warum auch? Es war noch viel zu früh für derartige Bilder und deshalb auch zu früh für ein solches Buch. Was hatte Erhard Wollweber mit Mendel Löwenstein zu schaffen gehabt?

Das müsste ich den Juden fragen, murmelte Johanna Wollweber und bestellte ein letztes Glas Wein. Niemand außer ihr saß noch im Restaurant, aber der Kellner ließ sich nicht anmerken, dass er vielleicht lieber Feierabend gemacht hätte, als einer deutschen Touristin noch einen Wein zu bringen.

Sie können das auf mein Zimmer schreiben. Johanna Wollweber gab dem Kellner Trinkgeld und fragte, ob sie das Glas Wein in die Hotellobby mitnehmen könne. Könne sie.

Einmal hatte sie bisher mit ihrem zehn Jahre jüngeren Bruder über ihre Nachforschungen geredet. Macht dir das keine Angst, warum tust du das?, hatte der gefragt. Und als sie ihm die Geschichte mit Mendel Löwenstein erzählte und fragte, ob er sich an den alten Mann erinnern könne, der hin und wieder bei ihnen am Abendbrottisch gesessen hatte und danach mit dem Vater immer im Arbeitszimmer verschwunden war, hatte er verneint.

Ich war ein Kind, Johanna, wie soll ich mich erinnern? Aber wenn du es sagst, wird es so gewesen sein. Und wenn all das andere stimmt, was du vermutest, dann könnte dieser Mendel Löwenstein ja die ganz private Entnazifizierung unseres Vaters gewesen sein. Oder Wiedergutmachung. Er war kein schlechter Mensch.

Bei dem Satz, er war kein schlechter Mensch, hatte ihr Bruder verlegen gelächelt. Vielleicht war er sich der Ähnlichkeit dieses Satzes mit einer Grabrede bewusst. Einer Grabrede, die das Publikum als ehrlich empfände. Er war kein schlechter Mensch, beinhaltete das Stereotyp, er hatte Fehler, aber wer von uns ist frei von Fehlern? Er war kein schlechter Mensch. Ein Satz, der alles offenließ und vieles möglich machte. Zum Beispiel, seinen Vater zu lieben. Oder mindestens zu achten.

Johanna Wollweber trank das Glas Wein aus und ging ins Hotelzimmer. Sie würde Triest noch erkunden, die Spuren, die ihr Vater hier hinterlassen hatte, verfolgen und danach mit den Nachforschungen aufhören.

Das ist zumindest ein guter Vorsatz, dachte sie kurz vor dem Einschlafen. Die Matratze war viel zu weich. Sie würde am nächsten Morgen mit der Mutter aller Rückenschmerzen aufwachen. Aber das hatte sie eingeplant. In ihrer Waschtasche lag genug Diclofenac für vierzehn Nächte auf weichen Matratzen.

Er muss die Leute hängen gesehen haben. Mit dem Gedanken wachte Johanna Wollweber morgens auf. In dieser Stadt lag alles so dicht beieinander, und sie haben für die Exekution einen symbolischen Platz ausgesucht, das

Soldatenheim, in dem es eine Meuterei gegeben hatte. Also ist er vielleicht jeden Morgen, auf dem Weg ins Büro, an den Toten vorbeigelaufen. Sie wollten, dass man die Toten sieht. Sich schrecken lässt, jeden widerständigen Gedanken aufgibt.

Johanna Wollweber nahm die Warendorfer Mappe mit zum Frühstück. Es schien ihr das kleinere Übel, sich damit zu befassen, und sie hatte Hedwig Gottwald versprochen, alles noch einmal in Ruhe zu lesen, bevor sie eine endgültige Entscheidung treffen würde. Nicht, dass sie das nicht bereits getan hätte. Aber Warendorf schien jetzt an diesem Morgen eine gute Alternative zu Erhard Wollweber zu sein. Das Museum machte erst in drei Stunden auf.

Wie zu erwarten, war Johanna Wollweber mit Rückenschmerzen aufgewacht, die ihr beim Duschen die Tränen in die Augen trieben. Aber auf nüchternen Magen vertrug sie die Schmerztabletten nicht, also musste erst gefrühstückt werden, bevor Linderung möglich war.

Der Frühstücksraum war voll. Damit hatte sie nicht gerechnet. Sie setzte sich zu einer älteren Frau an einen Tisch, der für vier Personen eingedeckt war. Nachdem geklärt war, dass sie sich beide in keiner Sprache würden verständigen können, darauf hatte Johanna Wollweber gehofft, lächelte man sich noch einmal freundlich zu und widmete sich dann dem jeweils mitgebrachten Lesestoff.

Hedwig Gottwald hatte für die Anwältin, die sie so gern verpflichten würde, eine Dokumentation zusammengestellt, die im Wesentlichen aus Kopien von Zeitungsartikeln, einem Ausdruck des Gutachtens, das die Bürgerinitiative bestellt und bezahlt hatte, und den bisher gefällten Urteilen bestand. Das meiste kannte Johanna

Wollweber, die Zeitungsartikel allerdings hatte sie bisher nur flüchtig gelesen. Sie misstraute Zeitungen. Ihr war noch kein Journalist begegnet, der einen juristischen Sachverhalt richtig ins Blatt gebracht hatte. Das konnte allerdings auch an ihren Kollegen liegen, von denen die wenigsten in der Lage waren, eine Rechtsangelegenheit so zu übersetzen, dass nachvollziehbar war, worum es eigentlich ging.

Hedwig Gottwald hatte erzählt, dass irgendwann alle Mitglieder der Bürgerinitiative begonnen hatten, ihre Rechercheerfolge und Fundstücke in Kopie bei ihr abzugeben. Deshalb verfüge sie wohl über das vollständigste aller Archive im Ort. Tatsächlich war selbst die kleine Mappe, die Johanna Wollweber mit auf die Reise nach Triest genommen hatte, beachtlich. Obenauf ausgerechnet ein Artikel aus der eher schlimmen Boulevardabteilung. Das war sicher keine Absicht. Obwohl.

Johanna Wollweber starrte fasziniert auf die schlecht lesbare Kopie. Wenig Text, viel Foto, wie sollte es auch anders sein. Eine leere Straße in Warendorf, die Häuser so, dass man sich zum wiederholten Mal fragen musste, was die Leute dort eigentlich hielt. Aber in Farbe sah es vielleicht ganz nett aus. In der Mitte des Textes zwei Fotos. Eines von einer Einwohnerin Warendorfs, die irgendeinen Vertrag in die Kamera hält. Und eines von einem der Erben. Konrad Weinreb aus Melbourne, Australien.

Konrad Weinreb blickt direkt in die Kamera und ist zweimal durchgestrichen. Zwei dicke Linien, Filzstift, Buntstift, das ließ sich auf der Kopie nicht erkennen, kreuzten das Gesicht des Mannes. Wer auch immer das Original der Zeitung als Erster in der Hand gehalten hatte, war nicht in der Lage gewesen, seine Wut zu zügeln.

Johanna Wollweber schaute auf die Kopie, und die beiden Striche durch das Gesicht eines Mannes, der beim Fotografieren direkt in die Kamera geschaut und dabei nicht besonders vorteilhaft ausgesehen hatte, erleichterten sie in gewisser Weise. Sie schienen ein ausreichender Grund zu sein, Hedwig Gottwald endgültig abzusagen. Sie wollte mit solchen Leuten nichts zu tun haben.

Der Text zu den Fotos war nicht sonderlich informativ, aber auch nicht allzu reißerisch. Wahrscheinlich viel zu heikel das Thema, bis auf die Überschrift. Warenberg: Eine Stadt lebt in Angst. Interessant fand Johanna Wollweber die inzwischen vierte oder fünfte Version, die sie zur Person dieses Kaufmanns gelesen hatte. In diesem Text wurde ein Einwohner Warenbergs zitiert, der seinen Namen nicht nennen wollte. Wo sind wir denn, in einem schlechten Mafiafilm oder was? Johanna Wollweber spürte eine kleine Wut beim Lesen.

Der Kaufmann Fritz Behrend, der damals die Grundstücke für die Weinrebs parzelliert und verkauft hat, war ein Freund und Kriegskamerad von Gregor Weinreb. Der hat den nicht übers Ohr gehauen, sondern seinen Anteil genommen und den Rest an die Weinrebs überwiesen. Und mit dem Geld sind die dann achtunddreißig raus aus Deutschland.

Ein Freund und Kriegskamerad, diese Variante kannte Johanna Wollweber noch nicht. Aber sie steckte auch nicht so gut im Material. Nehmen wir mal an, dachte sie, ich würde rausbekommen, dass der Kollaborateur, den mein Vater da gefunden und den zuständigen Behörden übergeben hat, damit die den ordnungsgemäß hinrichten. Nehmen wir nur mal an, ich finde den Beweis, dass dieser Kollaborateur ein Arschloch war. Machte das meinen Vater zu einem besseren Menschen? Als Juristin sag ich nein. Und als Johanna Wollweber?

Sie kippte die Kaffeetasse um, als sie nach ihr greifen wollte, ohne die Augen von dem Zeitungsausschnitt abzuwenden. Der Kaffee lief genau auf das Buch ihrer Tischgefährtin, die erschrocken aufsprang und um sich blickte, als hätte jemand geschossen. Gott, war das peinlich.

Johanna Wollweber stand auf und überlegte, in welcher Sprache sie sich nun entschuldigen müsste. Was die Frau vorhin gesprochen hatte, klang serbokroatisch, aber sicher war sie sich nicht gewesen. Bei den Osteuropäern versagte ihr ansonsten ganz gutes Gehör für Sprachen, die sie zwar nicht sprechen konnte und nicht verstand, deren Herkunft sie aber meist erriet.

Ich ersetze Ihnen das Buch, es tut mir wirklich leid, sagte sie auf Englisch und kramte hektisch in ihrer Tasche, um die Geldbörse zu finden.

Die Frau schüttelte den Kaffee vom Buch und wischte mit der Serviette über die Seiten, die am schlimmsten betroffen waren. Sie schüttelte den Kopf und redete auf Johanna Wollweber ein. Legte ihre Hand auf deren Arm, als die zwei Scheine aus der Geldbörse nahm, bewegte den Zeigefinger vor deren Augen hin und her, was wohl Nein bedeuten sollte, und lächelte. Nicht so schlimm.

Johanna Wollweber bemerkte, dass auch ein Teil der Zeitungskopien, die am Rand des Tisches lagen, Kaffee abbekommen hatte. Konrad Weinreb war kaum noch zu erkennen, und der Bewohnerin Warenbergs mit dem Vertrag in der Hand lief die Brühe in die Augen. Könnte sein, dass dies nicht ihr Tag war. Die Chancen dafür standen ziemlich gut.

Johanna Wollweber packte ihre Sachen zusammen, entschuldigte sich noch einmal bei der Frau und ging aufs Zimmer. Die Frage, ob ihr Vater weniger böse gewesen wäre, hätte er einem anderen bösen Menschen den Garaus gemacht, war so alt, dass sie Patina angesetzt haben musste. Begab man sich erst mal da hinein, saß man richtig im Unglück. Und da sitzen die Warenberger ja so oder so, dachte Johanna Wollweber. Sie suchte das Schulheft mit den Notizen, die sie bisher gemacht hatte, wenn sie auf die Suche nach ihrem Vater gegangen war. Auf den letzten drei Seiten stand der tabellarische Lebenslauf, den sie angelegt hatte, in dem sie bisher nur wenige Lücken hatte füllen können. Die Chronologie war klar, aber was sich hinter Orten, Aufträgen, Dienstgraden, Funktionen verborgen hatte, damit war sie noch nicht viel weitergekommen. Inzwischen konnte sie fast alle Zeitungen benennen, für die ihr Vater als Kriegskorrespondent geschrieben hatte. Wie und warum er in Triest zur Spionageabwehr kam, war ihr weiterhin ein Rätsel. Sicher nichts Ungewöhnliches, Journalisten für Geheimdienstarbeit zu gewinnen. Sie hatten das notwendige Allgemeinwissen, waren gut vernetzt, verfügten über Informanten und konnten unter einer guten Legende arbeiten. Aber das galt doch wohl eher für verdeckte Arbeit, Zuträgerdienste. Dass ein Journalist plötzlich hauptamtlich zum Geheimdienst ging, war Johanna Wollweber bisher noch nicht untergekommen.

Das Schulheft lag im Koffer unter den bequemen Schuhen. Auf der Vorderseite war das Profil des rechten Schuhs abgebildet. Offensichtlich war es ihr nicht in den Sinn gekommen, die Schuhe in eine Tüte zu packen. Johanna Wollweber stieg aus ihren Sandalen und in die bequemen Schuhe, packte ihre Handtasche zum dritten Mal an diesem Morgen um und ging los. Im Kriegsmuseum würden sie sicher nicht auf sie warten. Aber sie hoffte darauf, dass es dort wenig Laufpublikum gab. Dass Museumsmitarbeiter da waren, Zeit hatten und obendrein noch Lust, mit ihr zu reden.

Tatsächlich hatte sie Glück. Und erst jetzt fiel ihr auf, dass dieses Museum gar nicht so weit entfernt vom einstigen Konzentrationslager stand. Sie hätte es also schon beim letzten Besuch finden können. Am Abend zuvor hatte sie noch in ihren vielen Triestbüchern nach einem Hinweis auf das Museum gesucht und tatsächlich einen kurzen Eintrag gefunden. Dieser Diego Henriquez, der es gegründet hatte, musste ein Verrückter gewesen sein. Neunzehnneun in Triest geboren und als erwachsener Mann angeblich sowohl ein fanatischer Sammler von Militaria als auch ein überzeugter Pazifist. Benutzte zum Schlafen einen Sarg anstelle eines Bettes und verbrannte in diesem Schlafsarg am zweiten Mai neunzehnvierundsiebzig. Unter ungeklärten Umständen, hieß es in dem Eintrag. Henriquez verbrannte inmitten seiner Sammelobjekte, die jedoch erhalten geblieben sein mussten und nun zwei große Depots in der Stadt füllten, die man besichtigen konnte. Eisenbahngeschütze, Panzer, Flakscheinwerfer, Jeeps, U-Boote, LKW, Schiffsmodelle, Ausrüstungen, aber auch Operationsbesteck, Gasmasken für Kinder und Pferde. Johanna Wollweber hatte noch nie gehört oder gelesen, dass es Gasmasken für Pferde gegeben hatte. Kaum etwas von alldem, was in dem kleinen Text über das Museum aufgelistet war, interessierte sie wirklich. Nur der kurze Hinweis auf die umfangreiche Bibliothek und das Archiv stimmte Johanna Wollweber etwas optimistisch.

Der Mann, der in dem Museum arbeitete, erwies sich als unkompliziert. Statt groß nachzufragen, brachte er Johanna Wollweber in einen Raum, in dem Dinge lagerten, die nicht ausgestellt waren. Er ließ sie kramen und lesen und schauen, ohne ihr irgendwelche Auflagen zu machen.

Sie fand ein Foto, auf dem zu sehen war, wie die Nazis auf Fahrrädern in Triest einrückten. Sie fand Plakate, auf denen martialisch und schnörkellos davor gewarnt wurde, mit dem Feind zu kollaborieren. Sie fand nichts, was ihr hätte weiterhelfen können. Auf keinem der Fotos war ihr Vater abgebildet. Nirgendwo ein Bild von einem Bankett, einer Feier, einem gemeinsamen Jagdausflug oder irgendeiner anderen Gelegenheit, bei der die Nazihonoratioren der Stadt zusammengekommen waren. Nichts, was darauf hinwies, dass es einen Zusammenhang zwischen der Anwesenheit ihres Vaters in Triest und dem Konzentrationslager gegeben hatte.

Mein Bier, dein Bier, murmelte Johanna Wollweber und packte den Stapel Fotos wieder zusammen. Klare Aufgabentrennung. Auch hier, in dieser nicht allzu großen Stadt, in der sich die Deutschen vor den Partisanen gefürchtet hatten.

Aber mein Vater muss alles gewusst haben. Von Berufs wegen. Und wenn er jemanden gefangen genommen hatte oder gefangen nehmen ließ, war es der kürzeste Weg, denjenigen ins KZ nebenan zu bringen. Erst im Heldenkeller verhören, dann ins Konzentrationslager. Wenn es diesen Heldenkeller wirklich gegeben hatte.

Geliebtes Heideröschen, ich sehne mich nach Euch. Auf meine letzten Briefe habe ich keine Antwort bekommen. Ich befürchte, Ihr musstet die Stadt verlassen und seid auf der Flucht. Ich habe schlaflose Nächte deswegen. Bitte schreib mir, ob Ihr ausgebombt worden seid und ob es Dir und Johanna gut geht. Ich hoffe, dass wir uns bald in die Arme schließen können.

Johanna Wollweber überlegte, ob sie den Betreibern dieses verrückten Museums die Briefe ihres Vaters geben sollte, selbst wenn darin nur wenig über Triest zu lesen war. Doch die kitschige Intimität, vor allem aber die fürchterliche Belanglosigkeit der Briefe hielt sie davon ab. Man könnte den Namen schwärzen, dachte sie und starrte auf das Bild von fahrradfahrenden Nazis. Der Ton der Briefe passte gut zu diesem Bild und zu manchem anderen. Nicht weit entfernt das Konzentrationslager. Und in seinem Heldenkeller schrieb einer Briefe an sein geliebtes Heideröschen.

Johanna Wollweber verspürte das Gefühl elender Vergeblichkeit. Sie würde niemals an den Punkt kommen, den Satz, aber ich liebe meinen Vater trotzdem, zu schreiben. Und auch nicht an den Punkt zu sagen: Ich hasse meinen Vater. Und sie beschlich erneut der Gedanke, dass sie die Sache auch genauso angegangen war. Sie versuchte die ganze Zeit, sich vor einem Schlusspunkt zu drücken. Dieses Museum hier. Ein weiteres Nebengleis.

Als sie das Kriegs- oder Friedensmuseum verließ, kam Verzweiflung auf. Sie überlegte, ob sie noch einmal in die Risiera di San Sabba laufen sollte. Oder ob sie besser zur Piazza Foro Ulpiano ginge. Dort stand das Gerichtsgebäude, und in dem musste Erhard Wollweber damals seinen letzten Standort gehabt haben. Gemeinsam mit dem Gauleiter Rainer und der gesamten Kommandozentrale des »Adriatischen Küstenlandes«. Am Ende, im April fünfundvierzig, hatten sich die NS-Funktionäre in dem Gebäude verschanzt. Es war ihre letzte Bastion. Vielleicht hatten sie sich in die Zellen des Gefängnisses zurückgezogen, das in dem Gebäude untergebracht war und noch heute dort sein sollte. Vielleicht hatten sie in den Zellen gesessen und darauf gewartet, geholt oder durch ein Wunder gerettet zu werden. Vielleicht haben die Zellen nach Blut und den Exkrementen der Gefangenen gerochen, die sie vorher dort hatten einsperren lassen, bevor die ins KZ deportiert wurden. Vielleicht war ihr Vater dabei gewesen in diesen letzten Stunden, bevor das Tausendjährige Reich auch hier in Triest zerfiel.

Johanna Wollweber stand vor dem Eingang des Museums und konnte sich nicht entscheiden, wie sie weitermachen wollte.

Ich mache noch den Versuch mit dem Journalisten, dann fahre ich ab. Wenn ich da vorn an der Ecke mit dem rechten Fuß ende, mache ich es so. Piss, sagte Johanna Wollweber und schob den linken vor den rechten Fuß. Pott, sagte sie und stellte den rechten vor den linken.

»Warenberger Bote«

Das mit der Anwältin schien nicht zu klappen. Hedwig Gottwald hielt sich so bedeckt, dass es nach einer Niederlage roch. Sie hatte Dieter Drühmer fast ein wenig leidgetan beim letzten Gespräch. Kein Interview, hatte er gesagt, nur auf eine Tasse Kaffee und mal den Stand der Dinge abgleichen. Kurz vorher hatte er nachgezählt, wie viele Interviews in den vergangenen Jahren mit Hedwig Gottwald geführt und im »Boten« veröffentlicht worden waren. Die zweistellige Zahl hatte ihn geärgert und auch ein bisschen entsetzt. Aber wer sonst konnte dermaßen pointiert und klar erklären, worum es ging und was die Bürgerinitiative wollte. Die Gottwald war schon nicht schlecht. Langsam aber schien ihr die Luft auszugehen. Wäre schön, wenn mal jemand anders das Heft in die Hand nähme, hatte sie gesagt. Dann könnte ich mich in Ruhe um meinen Diabetes kümmern. Dieter Drühmer hatte nicht gewusst, dass die Gottwald Diabetes hatte, die tat immer so, als könnte sie nichts umhauen.

Wenn sie ihn nun bei einem Kaffee mit den neuesten Informationen versorgen würde, müsste er sich revanchieren. Ihr von dem Gespräch mit Ezra Yakov erzählen, das aus seiner Sicht schlimmer hätte laufen können. Obwohl es nicht gut gewesen war. Yakov hatte sich für den netten Empfang bedankt und ihn lang und breit über die Produktionsabläufe ausgefragt. Wollte wissen, ob langfristig die Finanzierung für den »Warenberger Boten« stünde. Dieter Drühmer war an dieser Stelle zum ersten Mal in ein großes, eigentlich unübersehbares Fettnäpfchen getreten, als er gefragt hatte, ob Ezra Yakov den »Boten« vielleicht kaufen wolle.

Nein, hatte der kühl geantwortet. Wir kaufen nicht alles. Das stellen sich die Leute nur gern so vor.

Sollte ja auch ein Scherz gewesen sein, aber offensichtlich war es nicht so rübergekommen. Danach lief das Gespräch etwas zähflüssiger, und Dieter Drühmer war einfach nicht klüger geworden. Er konnte sich die Frage nicht beantworten, warum Yakov diesen Besuch bei ihm machte. Auch nach einer Stunde mehr oder weniger Geplauder hatte der noch nicht ausgespuckt, was sein Anliegen war.

Dann war die Praktikantin gekommen. Immer noch ein fürchterlicher Streuselkuchen, aber inzwischen mit Medikamenten versorgt, die Heilung versprachen. Sie hatte zu Ezra Yakov tatsächlich gesagt:

Ah, Sie sind der Anwalt. Ich habe schon viel von Ihnen gehört.

Als sei man beim Filmball. Yakov hatte, und Dieter Drühmer fand das groß, nicht mit dem Satz, er hoffe, nur Gutes, geantwortet. Stattdessen hatte er gesagt, er habe im Gegenzug schon viel von ihr gelesen. Was dazu führte, dass die Praktikantin von der Halskrause bis zum Haaransatz errötet war und jeder einzelne Pickel noch mal extra errötete. Zuerst hatte Drühmer gedacht, das sieht fürchterlich aus. Dann fand er es rührend, und Yakov schien sich an den Verheerungen nicht zu stören. Er fragte die Praktikantin, was sie später einmal vorhabe und ob sie aus Warenberg stamme. Plauderte fünf Minuten mit ihr, bevor er sich Drühmer wieder zuwandte und sagte:

Herr Drühmer, wir werden sicher noch viele Jahre miteinander zu tun haben. Ich dachte, da wäre es eine gute

Idee, Sie mal an Ihrem Arbeitsplatz zu treffen und mir einen Eindruck davon zu verschaffen, unter welchen Bedingungen diese Zeitung produziert wird. Man hat ja oft falsche Vorstellungen. Schickt eine Presseerklärung einen Tag nach Redaktionsschluss ab und wundert sich, dass die in der nächsten Ausgabe, die erst eine Woche später auf dem Tisch liegt, nicht erwähnt worden ist. So etwas lässt sich vermeiden. Außerdem dachte ich, es wäre doch ganz nett, ein Leseexemplar des »Warenberger Boten« bei mir in der Kanzlei liegen zu haben. Manchmal müssen Mandanten trotz bester Terminplanung ein paar Minuten warten, und ich bin kein Freund von Illustrierten.

Dass der Yakov noch andere Mandanten als die Erben hatte, war Dieter Drühmer neu. Und weil es ihm neu war, platzte er auch gleich mit der Frage raus. Da bekam er zum zweiten Mal den kühlen Yakov geboten, der alles im Griff zu haben schien, während er rumgestochert hatte wie ein Pförtner, der an den OP-Tisch abkommandiert worden war.

Ein paar Leute sind von meinen Qualitäten als Anwalt offensichtlich überzeugt genug, dass sie sich nicht daran stören, wen ich sonst noch vertrete. Und Erbrecht ist immer gefragt. Es wird ja auch immer gestorben.

Nein, das Gespräch war nicht optimal gelaufen. Auch nicht wirklich schlecht, aber als Yakov gegangen war, hatte Dieter Drühmer sich zum wiederholten Mal gefragt, was um Gottes willen Sinn und Anliegen dieser ganzen Sache gewesen war. Er hatte keine neuen Informationen, Yakov hatte ihn auf nichts verpflichten wollen. Keine Übereinkunft vorgeschlagen und keinen Deal.

Ein Glück, dass mir das mit dem Deal nicht auch noch

rausgerutscht ist, dachte Dieter Drühmer und schmückte nun doch und nur für Hedwig Gottwald den Anwaltsbesuch in der Redaktion ein wenig aus.

Der ist zu schlau, um dich direkt um irgendetwas zu bitten oder dir einen Vorschlag zu machen. Der hat einfach die Lage sondiert.

Vielleicht war er wirklich nur neugierig.

Vergiss es. Hedwig Gottwald hob die Hände und ließ sie wieder auf den Tisch fallen. Einfach aus Neugier macht Yakov nichts, dazu fehlt ihm die Zeit, und das ist auch nicht sein Auftrag. Der hat die Lage sondiert. Man muss eine Zeitung nicht kaufen, es genügt, wenn man den Chefredakteur auf seiner Seite hat.

Dieter Drühmer sah Hedwig Gottwald verdattert an. Was hatte sie nun wieder? War er nicht gerade noch der Meinung gewesen, sie sei etwas ruhiger geworden?

Hedwig, wir sind hier nicht in Bonn am Rhein, sondern in Warenberg. Hier kauft keiner Chefredakteure, auch nicht so ein jüdischer Anwalt mit viel Kohle im Hintergrund. Steigere dich nicht in so was rein. Mal ganz abgesehen davon, dass du mich kennen müsstest. Ich bin einer von hier.

Hedwig Gottwald stand auf und holte eine Mappe, die auf dem Schreibtisch lag, der unter dem kleinen Erkerfenster stand. Es gibt ein Gegengutachten, sagte sie und drückte Dieter Drühmer die Mappe in die Hand. Ich kenne noch nicht den ganzen Text, nur eine Zusammenfassung. Der Auftrag war, nachzuweisen, dass die Vorfahren der Erben einem besonderen Verfolgungsdruck ausgesetzt waren. In der Zusammenfassung steht, dass der Nachweis in dem Gutachten erbracht wird.

Dieter Drühmer blätterte in der Mappe, auf die Hedwig

Gottwald in ihrer etwas altmodischen Schreibschrift Gegengutachten Universität geschrieben hatte.

Die haben das an die Uni gegeben?

Irgendein Doktor, der wahrscheinlich seine Studenten losgeschickt hat, mal ein bisschen zu recherchieren. Das macht ja was her mit dem Stempel der Universität. Besser als ein Privatheini, den niemand kennt. Hätte ich an deren Stelle auch so gemacht. In einer Woche bekomme ich das vollständige Gutachten. Aber schon aus der Zusammenfassung kann man ersehen, worauf es hinausläuft. Die weisen aus ihrer Sicht nach, dass es diesen besonderen Verfolgungsdruck gegeben hat. Und wenn dem so ist, dann sei es egal, ob damals angemessen bezahlt worden ist oder nicht. Dann geht es nicht mehr um redlichen Erwerb oder nicht, Dieter. Dann haben wir die Erbschuld am Hals und werden sie auch nicht mehr los. Egal, was wir für ein Leben geführt haben. Verstehst du das, Dieter. Wir haben es einfach nicht in der Hand. Haben keine Deutungshoheit über unser eigenes Leben. Darüber solltest du mal was schreiben. Dass sie uns völlig entmündigt haben.

Dieter Drühmer wollte auf keinen Fall, dass Hedwig Gottwald sich noch einmal dermaßen aufregte. Darauf hatte er keine Lust. Er blätterte in der Zusammenfassung und sagte, es sei doch zu erwarten gewesen, dass es ein Gegengutachten geben würde. Und nun stünde Gutachten gegen Gutachten, was die Sache sozusagen wieder an den Ausgangspunkt brächte.

Hedwig Gottwald setzte sich auf die Couch, sank in die Polster ein und wurde auf einen Schlag winzig.

Ich brauch erst mal ein paar Tage, um mich zu sortieren. Eigentlich wollten wir uns übermorgen treffen, aber das werde ich verschieben. Das ist erst sinnvoll, wenn wir das ganze Gutachten haben und alle es kennen. Und nächste Woche bin ich noch mal mit der Anwältin verabredet. Wir brauchen jetzt wirklich jemanden. Wenn die Nein sagt, hab ich noch jemand anders im Auge. Aber komisch, ich hätte gern die Wollweber. Kann dir nicht mal genau sagen warum. Und schreib du mal noch nichts über das Gutachten, wenn ich dich darum bitten darf. Nimm es als Vorabinformation. Du bekommst eine Kopie, wenn der ganze Mist da ist.

Dieter Drühmer blieb noch zehn Minuten und dachte beim Abschied, dass die Gottwald, Diabetes her und hin, wahrscheinlich doch nicht unterzukriegen war. Die hatte mit ihrer Vergangenheit und der Vergangenheit ihrer Familie auch einfach die besten Karten. So jemanden fänden sie in der Bürgerinitiative nicht noch mal. Klar könnte jemand von den Jungen, Gnade der späten Geburt und so, den Laden übernehmen. Aber niemand würde es mit dem gleichen moralischen Impetus machen können wie die Gottwald. Die schreckte da auch vor nichts zurück. Dieter Drühmer hielt es für möglich, dass die zu einer der nächsten Gerichtsverhandlungen tatsächlich in der Häftlingsjacke käme. Sich hinsetzt, blau-weiß gestreift, das rote Dreieck auf der Brust, und dann wäre er mal neugierig, ob das Gericht sich von so was beeinflussen ließe oder nicht. Sind schließlich auch nur Menschen.

Eine kleine Pause tut bestimmt allen gut, sagte Dieter Drühmer, bevor Hedwig Gottwald die Haustür zumachte. Ein wenig zu laut, fast, als wollte sie signalisieren, was sie von solchem Gerede hielt.

Dieter Drühmer beschloss, das Wetter war schön und der Tag noch lang, eine Runde durch den Ort zu drehen. Das machte er alle zwei Wochen, und dabei fielen immer ein paar Ideen ab, worüber er berichten könnte. Und sei es nur eine Bildnachricht. Besonders schöner Vorgarten, ungesicherte Baustelle, Schlaglöcher, ein neues Graffito an einer Hauswand, ein vermüllter Springbrunnen auf dem Marktplatz, ein Dönerimbiss.

Über den, das fiel Dieter Drühmer in diesem Moment ein, hatte er überhaupt noch nicht berichtet. Dabei war es doch eine kleine Sensation, in Warenberg Döner kaufen zu können. Von einem Türken, der sich als Syrer entpuppt hatte. Nun ja, man kann nicht alles haben. Er hatte die Kamera mitgenommen, also ließ sich bei der Gelegenheit gleich ein Foto machen.

Der Dönersyrer war auch ganz fröhlich, als Dieter Drühmer ihm sein Anliegen unterbreitete. Werbung kann ich gut gebrauchen. Hier spricht sich zwar alles schnell rum, aber Werbung ist immer gut. Und bitte fotografieren Sie mich von der besten Seite. Wie nennen die Deutschen das? Schokoladenseite. Davon hab ich zwei, was für einen Syrer ja einfach ist. Liegt an der Hautfarbe.

Dieter Drühmer fragte ein bisschen ab, wie viel Döner der Mann inzwischen täglich verkaufte und warum er hergekommen war. Die Geschichte mit der Liebe war sehr nett. So etwas konnte er gut gebrauchen. Obwohl wahrscheinlich die Hälfte der Warenberger ihren Töchtern befehlen würde, abends zu Hause zu bleiben und den Dönersyrer zu meiden, läsen sie das. Aber das konnte ihm egal sein. Er fragte den Mann, wo er wohne. Immer noch in der Stadt, sagte der, aber er wolle gern hier in Warenberg eine kleine Wohnung mieten. Hätte nur noch keine Zeit gehabt, zu suchen.

In meiner Platte, entfuhr es Dieter Drühmer. Ist bestimmt noch was frei. Im gleichen Augenblick fragte er sich, ob das jetzt klug war, einen Ausländer in die Platte zu holen. In gewisser Weise waren die Leute dort genauso komisch wie die in den Einfamilienhäusern. Was das anbelangte. Obwohl, der Vietnamese wohnte auch da, aber der zählte irgendwie nicht.

Wer denn der Vermieter sei, fragte der Dönersyrer. Und da gab es nun kein Zurück mehr. Dieter Drühmer erklärte ihm die Sache mit der Genossenschaft und sagte, wo die Verwaltung von denen zu finden sei.

Vielleicht werden wir ja Nachbarn, sagte der Dönersyrer in seinem Imbisswagen zum Abschied und reichte Dieter Drühmer von oben herab die Hand.

Schauen wir mal, antwortete der Redakteur und überlegte, ob er noch eine Untersicht vom Dönersyrer fotografieren sollte. Sozusagen den Anblick, den der Mann allen bot, die bei ihm was zu futtern kaufen wollten. Aber. Gute Schule. Er hatte gelernt, dass man den Leuten mit Untersichten keinen Gefallen tat. Entweder, sie sahen total bescheuert aus oder wie Herrenmenschen. Beides kam nicht gut.

Kennen Sie die neue Mieterin in der Hausnummer eins? Der Dönersyrer beugte sich nun doch herab. Die mit den schönen Augen? Die fast nie lächelt?

Sie meinen die aus der WG bei Sturm? Nein, die kenne ich nicht. Ihren Mann auch nicht.

Der Dönersyrer fuhr zurück, als hätte er sich am eigenen Fleisch verbrannt. Ihr Mann? Wer von denen ist denn ihr Mann?

Der Alte, glaub ich. Der so ein bisschen schlurft beim Gehen und ziemlich viel raucht. Die aus der Zwei haben sich schon über die Kippen auf dem Gehweg beschwert. Aber mehr weiß ich auch nicht.

Der Mann im Imbisswagen schien in sich zusammenzufallen. Verheiratet, murmelte er. Ich dachte, der wäre mit der Dürren. Dann wischte er mit einer Handbewegung den Rest des Satzes weg, wedelte ihn fort oder sprach ihn nicht aus. Wollen Sie was essen?

Dieter Drühmer schüttelte den Kopf und überlegte, ob es irgendetwas Tröstliches zu sagen gäbe. Aber da kannte er sich bei Syrern nicht so aus. Hierzulande wäre es kein großes Hindernis, auf eine Frau scharf zu sein, die mit einem schluffigen Raucher verheiratet war. Zumindest versuchte man sein Glück. Dieter Drühmer hatte eine Menge gute Erfahrungen mit verheirateten Frauen gemacht. Bis auf eine, die es tatsächlich auf ihn abgesehen hatte und wollte, dass er es seiner Frau sagte. Da war Carola noch im wahren Leben und nicht nur auf dem Papier seine Frau. Sie hätte ihm den Hund gebraten und als Gulasch serviert, wäre ihr etwas von seinen Eskapaden zu Ohren gekommen. Wie im Film, denn sie war eifersüchtig, seine Frau. Das konnte man wohl sagen. Auf eine geradezu männliche Art eifersüchtig. Breitbeinig, mit hochgezogenen Schultern, entsichertem Revolver und den Worten: Mein Revier auf der Stirn. Sonst eher sanft, zumindest damals. Aber wenn es darum ging, ihn für sich allein zu beanspruchen, war sie wie ein Kerl mit latenten Mordabsichten. Das ließ die wenigen Seitensprünge, die er sich geleistet hatte, zu wahren Abenteuern werden. Er hatte es genossen. Trotz der Gefahr. Vor allem die Nummer mit der Reisebüroschnalle.

Ein Orkan im C&A-Kostümchen. Lief auf flachen Sohlen, die Füße immer ein wenig nach außen, wie eine Balletttänzerin. Nicht zu erkennen, die Frau, wenn man nicht das dritte Auge hatte wie er. Als sie das erste Mal, nach mehrmaligem Geplänkel, getarnt als Unentschiedenheit über die nächste Urlaubsreise, aufstand, hinter ihrem Schreibtisch vorkam, zur Tür ging, das Schild: Bin gleich wieder da, außen anhängte und abschloss, hatte er es nicht fassen können. Sie war nach hinten in einen winzigen Raum gegangen, sicher, dass er ihr folgen würde. Eine Art Teeküche, zusätzlich vollgestopft mit Regalen, in denen Prospekte lagen, mit denen man sich die Welt schöndenken konnte. So schnell hatte er noch nie eine Frau aus den Schuhen, Strumpfhosen und aus dem Slip steigen sehen. Und man muss sagen, dieser kurze, schnelle und nicht sonderlich bequeme Fick war so ziemlich die größte Explosion, die er bis dahin kennengelernt hatte. Und das bei einer Ehefrau wie Carola, die er bis dahin für unschlagbar im Bett gehalten hatte. Möglicherweise hatte ihn einfach nur die Tatsache, dass diese Waskannichfürsietuntussi dermaßen scharf auf seinen Schwanz gewesen sein musste, dass sie alle Konventionen und jede Vorsicht fahren ließ, so hochgepeitscht. Er wusste es bis heute nicht. Sie hatten die Nummer noch drei- oder viermal wiederholt, immer nach dem gleichen Muster. Und jedes Mal hatte er gedacht. Das ist verdammt noch mal die geilste Nummer, die man sich wünschen kann. Dann war es vorbei. Ohne dass sie darüber reden mussten. Nie wieder wurde das Schild: Bin gleich wieder da, aufgehängt und nie ein Wort darüber verloren. Frauen konnten einfach großartig sein.

Aber wenn Carola davon Wind bekommen hätte, wäre er heute ein toter Mann. Dessen war er sich sicher. Doch mit all diesen Geschichten würde er dem Dönersyrer nicht helfen können. Der mochte vielleicht mit der Vielweiberei groß geworden sein, aber wahrscheinlich nicht mit der Vorstellung, dass Frauen auch mehrgleisig fahren durften. Konnte natürlich reines Vorurteil sein, aber das abzufragen hatte Dieter Drühmer keine Lust.

Ich weiß nicht genau, ob die mit dem schlurfenden Raucher verheiratet ist. Hab es vom Sturm. Den kennen Sie ja, der wohnt jetzt noch ein paar Monate mit der WG zusammen in dem Haus.

Wäre eigentlich auch mal eine Geschichte im »Boten« wert, diese WG. Die Leute zerrissen sich wahrscheinlich sowieso die Mäuler darüber, wer da mit wem und was trieb. Das brachte die Sache so mit sich. Vor kurzem hatte er mal diesen Jungen kennengelernt. Max Teufel, der Name schien ihm Programm zu sein. Einer, der alles ironisch zu meinen schien. Man hatte schon nach fünf Minuten das Gefühl, auf die Schippe genommen zu werden. Und beizukommen war dem nicht. Der sagte was, der Typ, dann entfuhr einem ein Ehrlich?, und dann antwortete der. Nein. Wie sollte man mit so einem reden? Aber ein Text über die Wohngemeinschaft wäre trotzdem nicht schlecht. Mit ein paar Fotos aus dem Haus und einem Kurzinterview mit Sturm. Obwohl der bestimmt Nein sagen würde. Ein Eigenbrötler, bei dem Dieter Drühmer, genauso wie bei diesem Teufel, das Gefühl hatte, des Kaisers neue Kleider zu tragen, wenn er ihm gegenüberstand. Filmemacher.

Dieter Drühmer überlegte, ob er nicht einfach gleich mal bei Sturm klingeln sollte. Wo er jetzt schon hier war, am Dönerimbiss. Zwanzig Schritte entfernt das Haus mit der Nummer Eins. Er könnte zumindest fragen, ob ein Text im »Boten« denkbar wäre. Und obwohl ihm das Ganze leicht widerstrebte, machte er sich auf den Weg und klingelte bei Sturm, dessen Name auf dem Briefkasten noch immer, in winzigen Buchstaben auf einen weißen

Streifen Papier geschrieben, unter den Namen der Hausbesitzer geklebt war. Allerdings war inzwischen unter diesem kleinen Zettel mit dem Namen Ulrich Sturm ein ebenso kleiner Zettel geklebt, auf dem in noch kleinerer Schrift die Namen der neuen Mitbewohner standen. Wenn das einer noch lesen konnte, herzlichen Glückwunsch.

Dieter Drühmer hockte sich vor den Briefkasten und versuchte, die vier Namen zu entziffern, aber außer Max Teufel, und das nur, weil er wusste, dass der Kerl so hieß, konnte er nichts erkennen. Als er hochschaute, hatte Dieter Drühmer eine hervorragende Untersicht auf Ulrich Sturm, der hinter der Gartentür stand und auf ihn herabblickte. Heute schauen alle nur auf mich runter, dachte Dieter Drühmer, erhob sich und hörte tatsächlich, wie sein rechtes Knie laut knackte.

Verdammt.

Guten Tag.

Dieter Drühmer dachte, dass dies kein guter Anfang für ein Gespräch war. Guten Tag klang wirklich sehr förmlich. Viel zu förmlich. Aber immerhin folgte eine Handbewegung, die ihn einlud ins Haus, und das war ja wohl ein Anfang.

Im Haus sah es ziemlich chaotisch aus. Es schien Dieter Drühmer auch, als wäre es viel zu klein für fünf Personen, von denen eine sich auch noch dermaßen ausbreitete wie gerade Ulrich Sturm.

Arbeiten Sie an einem neuen Film?

Da bin ich mir noch nicht sicher. Eher nicht. Oder vielleicht doch. Ich habe ein Thema, aber das zeigt sich mir noch nicht so richtig.

Dieter Drühmer fand, dass der Sturm einen Knall hatte,

aber nicht unsympathisch war. Nicht die schlechteste Kombination. Trotzdem hatte er schon beim Reden das Gefühl, gleich eine höfliche, aber sehr bestimmte Absage zu bekommen. Und so war es dann auch. Er könne natürlich gern die anderen Mitbewohner fragen, aber er, Ulrich Sturm, gedenke hier bald fortzugehen. Das Haus sei doch zu klein für so viele Personen, zumal die Malerin ja auch ihren Platz brauche. In zwei Monaten jedenfalls wäre er fort, und ob die anderen sich im »Warenberger Boten« vorstellen lassen möchten, das könne er nicht sagen. Vielleicht. Möglich. Alles sehr angenehme Leute.

Höflich genug, um nicht beleidigend zu wirken. Trotzdem dachte Dieter Drühmer, du kannst mich mal, verabschiedete sich höflich und ging.

Salomon-Weinreb-Straße 1

Das Haus war zu klein für fünf Personen. Auch wenn drei davon tagsüber nie da waren. Ulrich Sturm hatte das Einverständnis aller aus der WG, sich auf dem Küchentisch ausbreiten zu dürfen. Aber jeden Abend die ganzen Papiere zusammenzuräumen und in zwei rote Holzkisten zu packen, auf denen in weißen Buchstaben »Wädenswiler Bier« stand, ging ihm auf die Nerven. Die Kisten waren eine Erinnerung an ein viermonatiges Praktikum in der Schweiz. Bei einer Zeitung, die mit dem jungen Ulrich Sturm plötzlich ein Feuilleton bekam, das sich anheischig machte, die Welt wachzurütteln. Zumindest hatte er es damals so empfunden. Und selbst heute, so viele Jahre später, musste er sich nicht für die Texte schämen, die er geschrieben hatte.

In der Schweiz hatte der Praktikant und Feuilletonist Sturm die Holzkisten zum Aufbewahren von Büchern genommen. Nachdem das Bier getrunken war. Das Zimmer, in dem er damals gewohnt hatte, war nicht groß. Am Ende seines Praktikums standen zwanzig rote hölzerne Bierkästen darin, von denen er fünf mit nach Deutschland genommen hatte. Max Teufel hatte die Holzbierkisten mit dem Satz zu würdigen gewusst, für solch schöne Möbel wäre er auch freiwillig Säufer geworden. Ulrich Sturm wusste nie, ob der Kerl ihn beleidigen wollte oder einfach nur witzig böse war.

Leider habe ich nie ausreichend Geld für ein Bücherregal von einer Wand zur anderen und bis unter die Decke meines Schweizer Zimmers zusammensparen können, hatte er geantwortet. Vorher haben sie mich bei der Zeitung entlassen, weil ich immer besoffen zur Arbeit gekommen bin.

Max Teufel wusste solche kurzen Dialoge zu schätzen, das hatte Ulrich Sturm inzwischen festgestellt. Dialoge, bei denen Wahrheit und Lüge nicht auseinanderzuhalten waren und es auch gar keine Rolle spielte. Und er hatte auch am eigenen Leib erfahren, dass Sascha Anstedt, in die der Dönermann wahrscheinlich verliebt war, ebenfalls nicht von schlechten Eltern war. Teufel und Anstedt an einem Tisch, da beschränkte er sich lieber aufs Zuhören. Obwohl er sich für einigermaßen schlagfertig hielt. Aber gegen die beiden kam er nicht an. Manchmal ging es ihm auf die Nerven, vor allem bei Teufel. Es war schwer, mal ein wenig in die Tiefe zu gehen, und noch schwerer, etwas von sich preiszugeben. Man hatte immer das Gefühl, der Teufel mied zu große Nähe wie das Weihwasser. Dieser Kalauer war Ulrich Sturm eingefallen, als er einmal mehr als einen kurzen Augenblick über Max Teufel nachgedacht hatte. Teufel und Weihwasser, diese Wortkombination musste einem irgendwann in den Sinn kommen, wenn man mit Max unter einem Dach lebte. Der drehte jedes Mal ab, wenn es darum ging, sich ein bisschen nackig zu machen. Und zwar, das war das Perfide daran, indem er sich einer geradezu obszönen, aber nur vermeintlichen Offenheit bediente.

Das mit dem Alkohol ist nicht so schlimm. Ich hab mal drei Wochen aufgehört, und mein ganzes Immunsystem ist zusammengebrochen. Drei Wochen die Scheißerei zu haben ist nicht schön. Meine Frau hat gesagt, ich solle lieber wieder trinken.

Du hast eine Frau?

So was in der Art.

Nein, an den kam Ulrich Sturm nicht ran, und das war vielleicht auch ein Grund, doch bald in die Stadt zu ziehen. Er kam sich vor wie ein alter Sack, dem irgendwie entgangen ist, wann der Zug abgefahren war. Er würde seine Zelte in Warenberg abbrechen und künftig nur noch in der Zeitung verfolgen, wie es hier weiterging. Die Hausbesitzer hatten inzwischen beschlossen, in Kanada zu bleiben, und den Bruder beauftragt, die Sache irgendwann zu regeln. Mit den Erben eine Übereinkunft treffen, Vertrag machen und dann verkaufen. Wahrscheinlich so. Am Anfang waren sie noch, aus der Ferne sozusagen, am Fortgang der Dinge interessiert gewesen. Aber das schien sich mit dem Entschluss, nie mehr zurückzukehren, geändert zu haben. Max Teufel hatte gesagt, er hoffe darauf, dass sich die ganze Sache noch möglichst lange hinzöge. Ihm gefiele es hier. Ulrich Sturm konnte nicht begreifen, wie es jemandem wie Teufel hier gefallen konnte. Aber diesmal schien der das ernst zu meinen.

Die Leute sind ein bisschen spießig, und ich mag das. Mir geht es immer gut, wenn ich über allem stehen kann. Unter allem kann auch noch angehen. Da muss man keine Regeln mehr beachten und hat ein Anrecht darauf, Arschloch zu sein. Mittendrin ist Scheiße. Mit dem Satz stimmte Ulrich Sturm immerhin überein. Mittendrin war Scheiße.

Er hatte sich inzwischen mit dem Drehbuch dermaßen verheddert, dass kein Ausweg in Sicht schien. Jetzt war er wieder bei der dokumentarischen Form angelangt. Nüchtern erzählt, aber schon mit einer Metaebene. Wiederum auch nicht mit jenem donnernden Getöse, mit dem viele Dokumentationen über den Nationalsozialismus daherkamen. Bei denen man merkte, dass da irgendwann doch jemand ergriffen gewesen war. Von der Wucht der Ästhetik dieser Zeit, von der Musik, dem Marschieren, von der Gewalt, dem Geräusch der Flugzeuge, dem Gebrüll der uniformierten Männer, dem disziplinierten Gejohle eines ganzen Volkes. Schwer, sich dem zu entziehen, wenn man mit altem Filmmaterial arbeitete. Ulrich Sturm wusste das.

Der Arbeitstitel seines Dokumentarfilms hieß schlicht und einfach »Der Jude«. Und darum ging es ja letztlich. Allerdings, wenn er weder semidokumentarisch arbeiten und auch nicht auf die alten Bilder zurückgreifen wollte, würde ihm etwas einfallen müssen. Mit der erkennungsdienstlichen Erfassung einer kleinen Hütte in Karlsdorf war es nicht getan. Das schaute sich niemand an.

Ulrich Sturm starrte auf seine Notizen. Inzwischen machte es ihm keine Gewissensbisse mehr, am späten Vormittag das erste Glas Rotwein zu trinken. Er hatte in der vergangenen Woche versucht, drei Tage ohne das Zeug auszukommen, und es war gegangen. Allerdings nicht sonderlich gut, das musste er zugeben.

Vor ihm lag ein halbes Dutzend Papierstapel, auf seiner Festplatte waren drei angefangene Drehbücher gespeichert. Ein Spielfilm über einen Matrosen namens Max David und dessen Bruder Ernst, ein Arschloch namens Marloh und ein Haus in Karlsdorf. Ein semidokumentarischer Film über einen Massenmord in der Französischen Straße 32 und die Suche nach einem Juden, dem einst ein kleines Haus in Karlsdorf gehört hatte, das er an einen abtrünnigen Christen namens Konrad Sturm verkaufte. Eine Dokumentation über den Juden und warum man ihn erst sucht und dann nicht finden will.

Aber ich habe ihn ja gefunden, dachte Ulrich Sturm zum wiederholten Mal. Ich weiß so ziemlich alles über den Mann, und jetzt habe ich auch noch dessen Sohn ausfindig gemacht, obwohl mir eine Organisation gesagt hatte, dass es von dieser Familie keine lebenden Nachfahren gebe. Deshalb müsse ich ihr gegenüber den Nachweis rechtmäßigen Erwerbs erbringen. Offensichtlich hat man bei der Organisation auch nicht gewusst, dass es Lebende gibt. Überlebende.

Ulrich Sturm ging in den Garten, um seinen fruchtlosen Bemühungen zu entfliehen. Die Sache mit den Rhododendren war er immer noch nicht angegangen, aber jetzt lohnte es sich auch nicht mehr. Es sei denn, er hinterließe den Hausbesitzern, die nie wiederkehren wollten, noch einen netten Abschiedsgruß. Er könnte ein Foto von seinen Bemühungen schicken und schreiben, die Neuanpflanzungen steigerten den Verkaufswert sicher erheblich. Immerhin hatte er im Garten schon mit vier kleinen Holzpflöcken Plätze für die Pflanzen markiert.

Liegen da Vampire drunter, oder möchtest du dir nur merken, wohin du die weißen Schneegänse aus Gips stellen möchtest, die wir bald kaufen werden, hatte Max Teufel gefragt. Ich liebe Schneegänse aus Gips und diese kleinen lustigen Enten auch.

Nein, das mit dem Pflanzen würde er lassen. Er würde einfach seine Sachen packen und verschwinden. Es sei denn, die Hungerkünstlerin stürbe vorher. Sie machte den Eindruck, als könnte sie es schaffen. Gestern Abend hatte sie vor ihrem Teller Spaghetti mit Zucchinisoße gesessen und sage und schreibe drei Gabeln geschafft. Von denen war noch jeweils die Hälfte dessen, was sie sich draufgerollt hatte, runtergefallen. Ulrich Sturm hatte sich eingestehen müssen, dass keine Diät der Welt so gut sein konnte wie eine Essgestörte am Tisch. Es war grauenvoll anzusehen, und ihm selbst war jeder Bissen im Hals stecken geblieben. Den anderen schien es genauso zu gehen. Am Ende hatte sich Cora Barthel entschuldigt und gesagt, sie ginge auf ihr Zimmer. Danach hatte er Max Teufel gefragt, ob man nicht intervenieren müsse, eine Zwangseinweisung oder so etwas. Teufel hatte den Kopf geschüttelt.

Cora ist extra mit uns zusammengezogen, weil wir sie nicht von ihren Absichten abhalten werden. Wenn jemand sterben will, soll er das tun können. Und sie will. Jetzt jedenfalls. Als ich sie kennenlernte, wollte sie nicht. Aber diese guten Zeiten sind vorbei. Ich hab sie gefragt. Erst vorige Woche hab ich das getan. Will sie nicht sterben, bittet sie uns um Hilfe. So lautet die Abmachung. Und an die werden wir uns alle halten.

Ulrich Sturm fand diese Art des Umgangs abstoßend, aber richtig. Er war auch jetzt, mit etwas Abstand zu diesem Gespräch, nicht sicher, ob er es gut oder schlecht finden sollte. Richtig war es auf jeden Fall. Außerdem fragte er sich, ob sie nicht doch alle wegen unterlassener Hilfeleistung angeklagt werden könnten, ließen sie Cora Barthel einfach sterben. Doch das wäre dann nicht mehr sein Problem.

Inzwischen war sein Freund aus der Stadtwohnung gezogen, hatte zwei Zimmer mit all den Sachen vollgestellt, die er nicht mitnehmen, aber auch nicht wegschmeißen konnte, und Ulrich Sturm die drei anderen Zimmer vermietet. Er würde in eine unsanierte Wohnung in einer ansonsten durchsanierten Gegend ziehen. Nobel in jeder Hinsicht, mit Märkten, auf denen es französische Salami und fangfrischen Fisch zu kaufen gab. Möbelläden, in denen man eine Couch für zwölftausend Mark erwerben konnte, auf die man dann vier Monate wartete, weil irgendwo in den italienischen Alpen in einer wunderschönen Werkstatt ein Mann mit goldenen Händen das gute Stück erst fertigen musste. Mit Blick auf die Alpen und in mehrhundertjähriger Familientradition.

Ulrich Sturm konnte mit der Gegend, in die er ziehen würde, etwas anfangen. Aber er mochte sie nicht. Er wusste französische Salami und fangfrischen Fisch zu schätzen und dachte beim Kauf auch nicht andauernd an die armen Kinder in den Vorstädten aus Beton. Ihm war nur klar geworden, dass man auch im Angesicht schöner Werkbundhäuser und gediegener Zeitungsläden, die mit ihren Aufstellern vor der Tür die FAZ anstatt die BILD bewarben, ziemlich allein sein konnte. Jetzt, mit Anfang fünfzig, schien es ihm, als müsste dieser Zustand des Alleinseins bald ein Ende haben. Bevor er sich endgültig als Lebensentwurf verfestigte. Das wiederum sprach dafür, Warenberg zu verlassen.

Nie und nimmer läuft mir hier ein passend Weib über den Weg, hatte er schon oft gedacht, wenn er sich abends doch noch mal aufraffen konnte, um in den »Schwarzen Adler« oder gar in die »Warenberger Stube« zu gehen, die nicht ganz so schlimm wie ihr Name war. Eigentlich sogar gemütlicher als der »Adler« und, wie Ulrich Sturm beim zweiten Besuch festgestellt hatte, beliebt bei Frauen. In der »Warenberger Stube« trafen sich Freundinnen und ließen ein wenig die Korken knallen. Aber an Freundinnen, die sich einmal im Monat zum Trinken und Reden verabreden, war nicht ranzukommen. Er wüsste auch nicht, wie er es anfangen sollte.

Ulrich Sturm entfernte die Holzpflöcke für Rhododendronpflanzen, die er nie kaufen würde, aus der Erde und legte sie neben den Kirschbaum, den er für das schönste Stück auf dem ganzen Grundstück hielt. Gerade gewachsen, mit einer beachtlich ausladenden Krone, schien der Baum mindestens dreißig Jahre alt zu sein. Als er das erste Mal allein im Haus und im Garten gewesen war, hatte Ulrich Sturm etwas gemacht, was er aus Kindertagen erinnerte. Er hatte sich von dem Kirschbaum ein Stück Harz abgebrochen, es in den Mund gesteckt und darauf rumgekaut. Es hatte bitter geschmeckt, und für einen Moment hatte er geglaubt, die Zähne nicht mehr auseinanderzubekommen, so fest und klebrig war das Zeug. Aber es war trotzdem ein Geschmack aus der Kindheit. Er besaß eine große Ehrfurcht vor der Macht von Geschmack und Gerüchen. Wahrscheinlich weil sich beides nur schwer in Bilder übersetzen ließ. Immer, wenn er Leute vor der Kamera gehabt hatte, die ihm etwas über die Gerüche und den Geschmack ihrer Kindheit erzählten, war er auf die Suche nach den passenden Bildern gegangen. Und fast immer war er gescheitert.

Was machte er in einem Film mit diesem Kirschbaum im Garten eines fremden Hauses, der ihn dazu gebracht hatte, auf klebrigem, bitterem Harz rumzukauen? Die Mädchen, mit denen man sich als Junge nicht abgab, brachen Harz von den Bäumen ab und hielten die Stücke in die Sonne. So lange, bis sie den richtigen Einfallswinkel des Lichts gefunden hatten, um behaupten zu können, es sei Bernstein, was sie da in den Händen hielten. Die Jungs kauten auf dem Zeug rum und kriegten manchmal die Zähne nicht mehr auseinander. Dann spuckten sie den Harzklumpen aus, als sei er Kautabak. Ohne das Gesicht zu verziehen. Was den Mädchen egal war.

Wie hatte Karlsdorf geschmeckt und gerochen? Wie konnte man das darstellen, ohne kitschig oder langweilig oder beides zu sein? Mit dem frisch gewischten Fußboden in dem einzigen großen Zimmer, das es gab? Die einfachen Bretter, von Dielen konnte man nicht reden, rochen unverwechselbar, wenn sie feucht waren. Aber möglicherweise auch nicht. Vielleicht roch feuchter Staub überall gleich.

Ulrich Sturm setzte sich wieder an den Küchentisch. Eine Folter war es, vor all diesen Papierstapeln zu sitzen und nicht weiterzukommen. Bei seinen Recherchen über einen toten Juden, der seinem ebenso toten Großonkel einst ein Haus verkauft hatte, war er auf den lebenden Juden gestoßen. Und das hatte ihn aus der Bahn geschmissen. Aus Unbehagen war Widerwille geworden, sich der Angelegenheit weiter zu widmen. Und deshalb würde der Dokumentarfilm scheitern.

Ulrich Sturm hatte versucht, den Besuch bei Max David, so benannt nach einem toten Matrosen, in Form eines Berichtes niederzuschreiben. Nur um sich all der Tatsachen und Eindrücke zu vergewissern.

Ein ausgesprochen liebenswürdiger siebzigjähriger Mann, der am schöneren Rande der großen Stadt in einem nicht allzu großen Haus lebte. Zusammen mit seiner Frau und zwei Katzen. Ein Überlebender, der dafür gesorgt hatte, dass das Familiengrab der Davids gepflegt und besucht werden konnte. Keine leere Stelle an diesem Ort. Ein Sohn und eine Tochter, fünf Enkelkinder. Die Davids, einst eine große, dann eine fast vollständig vernichtete Familie, waren wieder eine größere Familie geworden.

Max David hatte Ulrich Sturm freundlich empfangen und sich berichten lassen, wovon er nichts gewusst hatte. Von dem Haus in Karlsdorf hätten seine Eltern nie erzählt.

Es gebe ein anderes Haus, in dem er die Sommer seiner Kindheit verbracht habe. Zusammen mit seinen Geschwistern, den Eltern und den Großeltern. Ein schönes Haus, mit einem kleinen Dachboden, auf dem die Kinder schliefen, weil unten zu wenig Platz für alle war. Er habe auf diesem Dachboden so viel geschwitzt wie später in seinem ganzen Leben nicht, hatte Max David gesagt und war sich dabei mit der Hand über die Stirn gefahren, als fühlte er wieder den Schweiß dieser Sommernächte auf dem Dachboden des Hauses seiner Eltern.

Fledermäuse gab es, vor denen wir alle Angst hatten, und hin und wieder verirrte sich ein Marder auf den Boden, vor dem wir auch Angst hatten. Mein Bruder hatte sich angewöhnt, nachts aus dem kleinen Dachbodenfenster zu pinkeln, anstatt die steile Holztreppe runterzulaufen, auf der sowohl Fledermäuse als auch Marder oder gar Ungeheuer lauern konnten. Er konnte in hohem Bogen pinkeln, fast bis auf das Grundstück der Nachbarn, und wir haben uns jedes Mal vorgestellt, was passieren würde, käme der Nachbar nachts in seinen Garten, um zu pinkeln, und würde gleichzeitig von meinem Bruder auf den Kopf gemacht bekommen. Mit dieser Vorstellung konnten wir uns dann in den Schlaf kichern. Am Ende war es mein Vater, dem mein Bruder auf den Kopf gepinkelt hat.

Max David hatte zuerst nicht den Eindruck gemacht, als interessierte ihn das Haus in Karlsdorf sonderlich. Er sei für das Sommerhaus seiner Eltern, das sich neununddreißig ein Nazi aus dem Dorf unter den Nagel gerissen habe, entschädigt worden. Mehr sei ihm nicht bekannt gewesen, und wenn er ehrlich sein sollte, mehr war ihm auch nicht wichtig. Das Sommerhaus wäre ihm Schutzraum und später Erinnerung an einen Schutzraum gewesen. Synonym für alle glücklichen Tage, die er als Kind und Jugendlicher gehabt hatte. Mit Karlsdorf verbinde er nichts. Nicht einmal eine Erzählung seiner Eltern. Und für nichts brauche er auch keine Entschädigung.

Max David hatte angeboten, in den wenigen Papieren seiner Eltern, die er noch besaß, nachzuschauen, ob sich etwas über Karlsdorf finden ließ. Wenn es Ihnen hilft, hatte er gesagt. Ich finde das schon in Ordnung, was die Organisation tut, aber wenn die Dinge so liegen, wie Sie es mir erzählt haben, wäre es doch angemessen, wenn Sie das Haus ihrer Kindheitssommer zurückbekommen. Was wollen Sie damit machen?

Verkaufen, hatte Ulrich Sturm gesagt und war sich plötzlich schäbig vorgekommen.

Die einzig richtige Entscheidung. Ich hätte das Sommerhaus meiner Eltern nie wieder betreten können. Ungeheuer, Geister, Tote. Sie wären alle über mich hergefallen, und es hätte mich in Stücke gerissen. Meine Kinder, vielleicht. Möglicherweise wären die mit dem Haus froh geworden. Aber ich nicht. Man muss auch egoistisch sein können, wenn es darum geht, sich zu retten. Verkaufen Sie, wenn Sie das Haus bekommen. Oder reißen Sie ab und bauen Sie neu. Die Häuser, die wir in uns haben, genügen völlig.

Ulrich Sturm hatte dem Mann gegenübergesessen und überlegt, ob er sagen soll, dass beide Häuser so nicht vergleichbar wären in ihrer Bedeutung. Und dass es ihm auch nicht zustehe, sich da in eins nehmen zu lassen. Dann war es ihm anbiedernd vorgekommen, falsch oder viel zu selbstverständlich. Verdammt dünnes Eis, hatte er gedacht. Und unter mir die kalte See.

Max David hatte eine Woche später einen Brief geschickt.

Sehr geehrter Herr Sturm, in den Papieren meiner Eltern – es sind wahrlich nur wenige Dokumente – habe ich zu meinem Bedauern nichts gefunden, was Ihnen weiterhelfen könnte. Offensichtlich war für meine Familie die Angelegenheit des Hauses, das einst Ihren Eltern gehörte, mit dem Verkauf an Ihren Großonkel erledigt und vergessen. Jedenfalls nicht wichtig genug, entsprechende Unterlagen über den Krieg zu retten. Manchmal bedaure ich die Dürftigkeit all dessen, was mir geblieben ist von meinen Eltern. Und ich hatte kurz überlegt, mir das Haus in Karlsdorf einfach mal anzuschauen. Aber da meine Eltern nie in dem Haus gelebt haben, habe ich von diesem Gedanken wieder Abstand genommen.

Ihre Beziehung zu dem Haus allerdings sollten Sie nicht unterschätzen. Wenn es Ihnen wichtig ist und noch etwas bedeutet, dann kümmern Sie sich darum, dass alles zu einem guten Ende kommt.

Um Ihnen den Nachweis des rechtmäßigen Erwerbs, den Sie erbringen müssen, trotzdem etwas zu erleichtern, lege ich Ihnen eine handschriftliche Erklärung bei, in der ich bekunde, kein Interesse an der Immobilie in Karlsdorf, auch nicht an einer Entschädigung dafür zu haben. Sollte es notwendig sein, einen Nachweis zu erbringen, dass ich der rechtmäßige Erbe und Nachfahre Ernst Davids bin, lassen Sie es mich wissen. Ich wünsche Ihnen viel Glück mit Ihren Angelegenheiten, und es hat mich gefreut, Sie kennenzulernen. Herzlich, Max David.

Der Brief hatte nichts einfacher gemacht. Im Gegenteil. Ulrich Sturm haderte noch mehr, seit er ihn bekommen hatte. Die ganze Beschlusslage, der er sich mühevoll angenähert hatte, geriet ins Wanken. Es bestand eine reelle Chance, mit dem Schreiben und dem Angebot des rechtmäßigen und vor allem lebenden Erben der Davids das Haus zu bekommen. Zumindest dachte er sich das so, ohne zu wissen, wie die Rechtslage wirklich war. Würde die Organisation, die all die toten Juden vertrat, zugunsten eines lebenden Juden zurücktreten von ihren Forderungen? Und bliebe nicht trotzdem der Nachweis zu erbringen, dass Ernst David und Konrad Sturm aus alter Freundschaft und in bestem Einvernehmen einen Vertrag geschlossen hatten?

Ich will verdammt sein, wenn ich mich weiter damit befasse. Ein Schlussstrich ist angesagt.

Ulrich Sturm griff nach dem Spielfilmstapel und schob den Dokumentarfilm an den rechten Rand des Tisches. Otto Marloh. Warum nicht einen ganzen Film über diesen Mann, den einarmigen Untertan. Das führte ihn sozusagen vom Juden weg, ohne dass er sich gleich ganz davonschlich. Es gab einen Brief, den er gefunden hatte bei seinen Recherchen. Einen Brief, den Otto Marloh, der Mörder Marloh, an betuchte Parteimitglieder der NSDAP geschickt hatte.

Sehr geehrter Herr Parteigenosse! Auf Veranlassung von Herrn Pg. Kube, M. d. L., bitte ich Sie, mein Kunde zu werden. Mein Name wird Ihnen noch bekannt sein durch den Marloh-Prozess neunzehnneunzehn wegen Erschießung der dreißig Liebknecht-Matrosen, die ich als Freikorpskämpfer auf Befehl der Regierung bzw. meiner Vorgesetzten in der klaren Erkenntnis angeordnet hatte, dass ein Aufstieg Deutschlands nur nach Vernichtung des Bolschewismus möglich sei. Vier Monate schwere Untersuchungshaft, drei Monate Festung und 10 000 Mark Strafe und mehr Verlust durch die Prozesskosten waren für mich das Ergebnis meines Einsatzes für Deutschlands Aufstieg.

Nach dem Kapp-Putsch wurde ich verabschiedet. Als Polizeioffizier auf Bestreben des Innenministers Heine entlassen. Die Hetze der Marxisten gegen mich, wie Streikhetze usw., machte es mir unmöglich, in der Industrie unterzukommen. Ich ging dann zu einer Bank, arbeitete mich zum Bankvorsteher hoch, um neunzehnvierundzwanzig wieder abgebaut zu werden. Seitdem habe ich meinen Zigarren- und Zigarettengroßhandel, um für Frau und fünf Kinder den Lebensunterhalt zu finden. Das Geschäft entwickelte sich bei Fleiß und Ausdauer gut, da weite Kreise sich veranlasst sahen, von mir zu beziehen. So sind z. B. die Stülckenwerft, Blohm u. Voß, Siemens-Schuckertwerke und viele nationale Männer nicht nur meinetwegen, sondern auch der billigen und guten Sachen wegen meine Kunden. Meine schweren Kriegsschäden, Verlust des rechten Unterarms und schwerer Kopfschuss, durch den ich an epileptischen Anfällen leide, behindern mich in der Ausübung meines Geschäftes sehr. Mit deutschem Gruß und Hitler Heil!

Das wäre ein guter Anfang. Otto Marloh, an einem Tisch sitzend, im Kontor seines Großhandels. Wie er mit der linken Hand diesen Brief schreibt und dabei, was er schreibt, vor sich hin murmelt. Wie ihm ein Schweißtropfen von der Stirn aufs Papier fällt, den er vorsichtig mit einem Löschblatt abtupft. Weil er beschlossen hat, jeden dieser Briefe mit der Hand zu schreiben, auch wenn er Tage damit zubringen wird. Aber ein Invalide, der mit linker Hand um die Unterstützung seiner Parteigenossen bittet. Der lieber in den nächsten Krieg gegen den Bolschewismus zöge, anstatt Zigaretten zu verkaufen. Das wird seinen Eindruck nicht verfehlen. Zehn Briefe hat er schon geschrieben.

Die Kamera geht ganz nah an Marloh ran, so nah, dass jede Pore in seinem Gesicht zu sehen ist. Die Zungenspitze, die manchmal zwischen den Lippen hervorkommt, als säße hier ein Erstklässler bei den ersten Schreibversuchen. Dann zieht die Kamera wieder auf, um den Raum zu zeigen, in dem das Ganze stattfindet. Marloh am Tisch, ein Schwerstarbeiter mit einem Anliegen. Ein Beleidigter, der sich fürs Vaterland ins Zeug gelegt, noch jeden Befehl befolgt hatte und der sich verraten fühlt von denen, die ihm befahlen. Der sich jetzt damit über Wasser halten muss, Zigaretten und Zigarren zu vertreiben. Wo er doch ganz anders könnte. Unterfordert die Zucht, durcheinander die Ordnung. Ihm tropft der Schweiß von der Stirn, der Schweiß der Wut und der Demütigung. Er kann sich selbst riechen, wischt mit dem linken Handrücken über die Stirn und hält ihn unter die Nase, um daran zu schnüffeln. Ja, genauso riecht der Schweiß der Demütigung und nicht des deutschen Heldentums. Und seit er Zigaretten und Zigarren vertreibt, ist ihm die halbe Männlichkeit verlorengegangen. Nicht, dass er noch Lust hätte auf die Frau, die fünf Kinder geboren hat und ihm ergeben ist wie ein Hund. Die Geburten haben ihren Körper schlaff und welk gemacht. Aber man könnte ja auch woanders. Er hat es versucht und die Schlacht verloren. Zum Glück nur bei einer Hure, die ihn und seine Niederlage längst vergessen haben wird. Doch was ist das für ein Leben, wenn einem Neununddreißigjährigen die Männlichkeit abhandenkommt? Wie viele Söhne könnte er noch fürs Vaterland zeugen, machte ihn dieses Vaterland nur wieder groß und stark, anstatt ihn zu demütigen?

Die Kamera umkreist Otto Marloh, wie er da schwitzend sitzt und Brief um Brief schreibt. Immer der gleiche Wortlaut für jeden wichtigen Parteigenossen. Sie sollen ihm wenigstens abkaufen, was er zu bieten hat. Das ist das Mindeste, was sie tun können. Schließlich hat er im Angesicht großer Gefahr und ohne Rücksicht auf das eigene Leben kommunistische Matrosen vernichtet. Die hätten sich auch wehren und ihn töten können, und das wäre dann gewesen, wie auf dem Feld zu sterben. Mit einem Arm hätte er die Stellung so lange verteidigt, bis Hilfe eingetroffen oder der Tod ihn ereilt hätte. Das alles könnte er hier schreiben, aber dann würde er nie fertig mit den handgeschriebenen Briefen. Die Kamera bleibt im Rücken Marlohs stehen, zoomt auf seinen Nacken, ordentlich ausrasiert, mit zwei kleinen Speckfalten, die noch nicht fett genannt werden müssen. Auch dort fließt der Schweiß.

Dann wird Marloh gestört durch eine Sekretärin. Ein junges verschüchtertes Ding, das er mit harschen Worten und einem Wedeln der Hand aus dem Büro jagt. Und beim Wedeln mit der Hand, wo er doch nur eine hat, löst sich ein Tropfen Tinte und fällt auf den elften Brief. Macht aus den Worten Fleiß und Ausdauer einen Rorschachtest. Ich sehe einen Vogel, ich ein Hakenkreuz.

Ach, verdammt, das ist alles viel zu platt. Nicht gut genug für einen Filmanfang.

Ulrich Sturm hörte, wie die Hungerkünstlerin die Treppe runterkam. Sie wird sich einen Tee kochen wollen.

Stört es dich, wenn ich mir einen Tee koche?

Nein, warum sollte mich das stören?

Du arbeitest.

Ich verzweifle. Arbeit kann man das nicht nennen.

Cora Barthel füllte den Wasserkocher, machte ihn an und setzte sich Ulrich Sturm gegenüber.

Ich kann dich nicht ansehen, entfuhr es ihm.

Cora Barthel nickte.

Ich weiß. Das kann kaum noch jemand. Ist auch bald vorbei. Ich male noch ein oder zwei Bilder, und dann geh ich in ein Krankenhaus.

Warum nicht jetzt?

Weil sie mich jetzt noch retten könnten. Ich will aber nicht gerettet werden. Erzähl mir von deinem Film.

Ulrich Sturm stand auf und brühte den Tee auf. Kamillentee, was sonst? Er stupste die Teebeutel tief ins Wasser, schwenkte sie hin und her, fragte, wie viele Minuten dieser Tee ziehen müsse. Fünf. Du meine Güte, so lange.

Ich glaube nicht, dass es mit dem Film etwas wird. Ich habe mich ziemlich hoffnungslos verrannt. Drei Ideen, keine brauchbar. Oder sagen wir so. Brauchbar schon, aber ich werde nichts Gutes daraus machen können.

Und weil er nicht wieder an den Küchentisch und die Papierstapel zurückwollte, blieb Ulrich Sturm mit dem Rücken zu Cora Barthel stehen, schwenkte Teebeutel in heißem Wasser hin und her und fing an zu erzählen, wie er sich in den vergangenen Wochen und Monaten verrannt hatte. Nach fünf Minuten nahm er die Teebeutel aus der Kanne und goss Cora Barthel Kamillentee in eine Tasse, stellte sie ihr auf den Tisch und sich ans Fenster. Um die magere, halbtote Frau nicht ansehen zu müssen, wie sie einen Kamillentee trank, der in ihrem Körper keine Aufnahme finden würde. Cora Barthel nahm es gelassen, schlürfte an ihrem Tee. Ulrich Sturm dachte, dieses Geräusch hätte ich gern auf Band. Klingt wie ein Kind, das heiße Milch trinkt, und wenn man sich umdreht, hat man den Tod vor Augen.

Er erklärte Cora Barthel alle drei Filmideen, an denen er sich abgearbeitet hatte. Sogar die mit Lonely George, der Galápagosschildkröte, die irgendwann sterben wird, ohne Nachkommen zu hinterlassen. Wie er den großen Bogen spannen wollte und immer im Kleinen gelandet war. Er erzählte von dem Haus und der Idee, dieses Haus in den Mittelpunkt eines Filmes zu stellen, sich sozusagen selbst zu sezieren und den klinischen Prozess in Bilder umzusetzen. Wie einer was aufgedrückt bekommt, das ihn zu Nachforschungen verpflichtet, und sich verstrickt, bis er möglicherweise eine Reißleine findet. Keine Lösung, aber wenigstens eine Haltung.

Und während des Erzählens wurde ihm klar, dass es möglicherweise nur darum ging. Eine Haltung zu finden. Weil sich all diese Angelegenheiten nicht lösen und nicht auflösen lassen. Jeder Schlussstrich wäre mit Zaubertinte gezogen. Die später wieder verschwindet. Auch ein schönes Bild, dachte Ulrich Sturm. Für einen Anfang. Langsam wurde es prekär mit seinen Bildideen. Vielleicht gab es keine neuen Bilder. Eine weitere aussterbende Art in seiner Sammlung. Neue Bilder. Er setzte sich doch wieder an den Tisch, fand es unhöflich, noch länger am Fenster zu stehen.

Woran arbeitest du eigentlich den ganzen Tag?

Ulrich Sturm hatte Cora Barthel noch nie gefragt und auch noch nie das kleine Atelier betreten, das sie sich im oberen Stockwerk des Hauses eingerichtet hatte. Ihre Tür war immer verschlossen, ihr Fenster meist geöffnet. Manchmal hatte er vom Garten aus gesehen, wie sie an einer Staffelei stand. Ein Strich in der Landschaft mit langem, wahrscheinlich mal sehr schönem Haar, das jetzt strähnig über die Schultern hing. Aber die Bewegungen beim Malen kräftig, ausholend, ohne Unterbrechungen.

Wie du habe ich lange darüber nachgedacht, ob ich mich selbst in den Mittelpunkt stelle. Das ist immer eine Entscheidung, nicht? Klar ist man eitel genug, zu glauben, die eigene Geschichte sei erzählenswert und brächte anderen irgendeinen Gewinn. Bei mir waren die Überlegungen letztendlich müßig. Ich habe gar nichts anderes, was ich malen kann. Nur mein Verschwinden. Es beschäftigt mich auch Tag und Nacht. Die Unmöglichkeit, dem Leben etwas abzugewinnen, und die Möglichkeit zu verschwinden.

Darauf ließ sich kaum etwas erwidern.

Willst du sehen, was ich mache?

Ulrich Sturm war sich nicht sicher, ob er es sehen wollte. Aber mit der Frage, die mehr als eine Höflichkeitsfloskel gewesen sein sollte, stand er nun in der Pflicht, das Angebot anzunehmen. Er erhob sich vom Küchenstuhl, nicht ohne zum wiederholten Mal zu denken, dass er sich einen anderen Stuhl an den Küchentisch stellen sollte. Einen, auf dem man wirklich sitzen konnte, ohne Rückenschmerzen zu bekommen. Aber er war immer zu unentschlossen gewesen oder hatte sich gescheut, eine solche Investition in die Zukunft zu machen.

Cora Barthels Atelier, nicht mehr als das größte der drei Schlafzimmer im oberen Stockwerk, war, wie Ulrich Sturm sich schon nach wenigen Sekunden eingestehen musste, eine künstlerisch hochwertige Schreckenskammer. An drei Wänden standen Bilder, auf denen das immer Gleiche und doch jedes Mal Andere zu sehen war. Cora Barthel, hoch aufgerichtet, den Betrachter direkt anschauend, lebensgroß. Das Bildformat entsprach dem Prozess, den die Person auf dem Bild durchmachte. Extrem schmal und sehr hoch. Die Breite variierte, die Höhe der Leinwände war gleich. Die Bilder waren mit Datum versehen und chronologisch angeordnet. Auf den ersten war Cora Barthel noch bekleidet, von Bild zu Bild legte sie ein Kleidungsstück ab, und die letzten drei Bilder, den Daten nach hier im Haus entstanden, zeigten sie nackt. Tatsächlich suggerierte die überstreckte Form der Leinwände, die fast unmerklich schmaler und schmaler wurden, dass sich hier jemand von der Erdoberfläche tilgte. Cora Barthel starrte den Betrachter mit immer größer werdenden Augen an.

Die Art der Darstellung erinnerte Ulrich Sturm an jemanden, aber selbst wenn es ihm jetzt eingefallen wäre, hätte er es wahrscheinlich nicht gesagt. Er war nie sicher, ob ein Satz, der mit den Worten, das erinnert mich an, beginnt, gefällt oder missfällt. Manche Künstler waren geschmeichelt, andere fühlten sich des Plagiats und der Phantasielosigkeit beschuldigt.

Obwohl er auch die Frage nach dem Vorbild nicht mochte, stellte er sie jetzt aber doch. Um etwas zu sagen und nicht nur zu schweigen.

Nussbaum vielleicht. Es ist egal oder? Niemand wird es wollen. Und ich wüsste auch nicht, wem ich es vermachen sollte. Hier.

Cora Barthel drehte eine Leinwand um, die vielleicht gerade mal dreißig Zentimeter breit war und links neben der Zimmertür gestanden hatte.

Das letzte Bild werde ich ja logischerweise nicht mehr malen können. Also habe ich es bereits gemalt.

Die Leinwand war mit einem satten Dunkelrot gefüllt.

Monochrom fast, obwohl beim genaueren Hinsehen ein sanfter Verlauf der Farbe zu erkennen war. Cora Barthel musste das Rot wieder und wieder aufgetragen haben, es leuchtete geradezu aus sich heraus, aber das konnte auch am Lichteinfall liegen. In der Mitte der Leinwand war aus der Entfernung von zwei Metern eine leichte Irritation zu erkennen. Ulrich Sturm ging näher heran und kniff die Augen ein wenig zusammen. Ich hätte die Lesebrille mitbringen sollen, dachte er und erkannte einen hauchdünnen schnurgeraden Strich, der das Bild senkrecht in zwei Hälften teilte. Kein aufgemalter Strich, sondern eher eine Aussparung der Farbe, wie immer Cora Barthel das gemacht hatte. Eine winzige schnurgerade Vertiefung. Nicht mehr als der Hauch einer Spur, die jemand hinterlässt. Und nur dann erkennbar, wenn man ganz nah ranging.

Das ist gut.

Ulrich Sturm fasste Cora Barthel das erste Mal an, legte eine Hand auf ihre Schulter, fühlte die Knochen, roch den leicht säuerlichen, aber nicht unangenehmen Geruch des ausgezehrten Körpers und atmete dessen Ausdünstungen ein.

Ich koch dir noch einen Kamillentee.

Salomon-Weinreb-Straße 19

Die Hoffnung stirbt zuletzt. Mit diesem idiotischen Satz schlief Martin Leber nun schon seit drei Wochen jeden Abend ein. Mit dem gleichen Satz im Kopf wachte er morgens auf. Die Hoffnung stirbt zuletzt. Vor einem Jahr hatte er den Fehler gemacht, eine Bekannte, Psychotherapeutin, zu fragen, ob es für derartiges Verhalten, wie es seine Frau an den Tag legte, nicht irgendwelche Pillen gab. Nicht, dass er sich wünschte, Martina würde irgend so einen Haldolscheiß nehmen und dann rumlaufen wie ein Zombie. Er wollte es einfach nur wissen. Eher nicht, hatte die Therapeutin gesagt.

Zwanghaftes Verhalten, da lässt sich wenig machen. Du kannst versuchen, deiner Frau beizubringen, im Modder zu wühlen und mit schmutzigen Schuhen das Haus zu betreten. Aber sie ist kein Kind mehr, dem man den Spaß an Fingerfarben und Modderpampe noch vermitteln kann.

Trotzdem hatte Martin Leber einen Versuch gemacht und eine Töpferscheibe samt Zubehör und Lehm gekauft. Inzwischen konnte er schon ganz passable Vasen drehen. Martina hatte sich ihm zuliebe zweimal an die Töpferscheibe gesetzt und war hinterher anderthalb Stunden nicht aus dem Bad gekommen.

Und doch war in den vergangenen Wochen Hoffnung aufgekommen. Seine Frau, die er immer noch liebte, obwohl sie inzwischen auch nach dem seltenen Sex eine Stunde im Bad brauchte, um die Spuren des Mannes, mit dem sie verheiratet war, von ihrem Körper zu tilgen. Diese

Frau zeigte einige Anzeichen von Spontanheilung. Ein anderes Wort fiel Martin Leber dafür nicht ein. Spontanheilung. Vor kurzem war Martina zum Friseur gegangen und mit einer neuen Haarfarbe und einer neuen Frisur zurückgekommen. Hatte sich einen Pony schneiden lassen. Seit Jahren trug sie so etwas nicht mehr, wegen des Ekzems, das sie auf der Stirn bekommen hatte. Ein Sagrotanekzem. Nun, man konnte ja auf alles Mögliche allergisch reagieren. Warum also nicht auch auf Sagrotan. Er selbst hatte inzwischen eine Geruchsallergie auf das Zeug entwickelt, die auch nicht von schlechten Eltern war.

Aber er liebte Martina, und das würde auch so bleiben, egal wie verrückt sie war. Manchmal war er geneigt, sie zu bitten, eine weitere Therapie zu machen. Die erste hatte nichts gebracht. Aber das musste nicht heißen, dass eine zweite ebenso fruchtlos bleiben musste. Er hatte selbst versucht, mit Martina zu erforschen, woher eigentlich dieser ganze Zwang kam, der sie in ein Korsett presste, das ihnen beiden den Atem nahm. Sie war bereitwillig mit ihm ihre Kindheit in Suhl durchgegangen, ihre Ausbildung zur medizinisch-technischen Assistentin, ihr Germanistikstudium und die wenigen Jahre, in denen sie in diesem kleinen Verlag gearbeitet hatte. Das meiste wusste er, und er hatte sich Bücher über Psychologie besorgt, um etwas darüber zu erfahren, wie sehr die Kindheit prägte. Ihm war, nachdem er mit Martina alles durchgegangen war, nichts untergekommen, was hätte dazu führen können, dass seine Frau nicht mehr in der Lage war, einen Tag ohne Putzen zu verbringen. Nette, etwas langweilige Eltern, zwei Brüder, die ihr das Leben nicht allzu schwer gemacht hatten, ein paar Eskapaden in der Pubertät, nie Schwierigkeiten in der Schule, nichts, nichts, nichts.

Hin und wieder war Martin Leber der Gedanke gekommen, das ganze Elend sei doch einzig und allein der schwierigen Situation in Warenberg geschuldet. Als wäre bei Martina ein Schalter umgelegt worden, so dass sie einem unausgesprochenen Befehl folgte, dafür zu sorgen, dass alles andere seine Ordnung hatte. Es kam ihm wie Küchentischpsychologie vor, aber andererseits war es weitaus besser als gar keine Erklärung.

Trotzdem, die Geschichte mit der neuen Frisur war ein gutes Zeichen. Und ein weiteres gutes Zeichen war, dass Martina erst vorgestern mit ihm darüber gesprochen hatte, sich eine Arbeit zu suchen. Sie wollte tatsächlich in dem kleinen Verlag, der irgendwelche wissenschaftlichen Bücher veröffentlichte, von deren Inhalt Martin Leber nichts verstand, anfragen.

Den Verlag gab es noch, was schon einem Wunder mittlerer Größe gleichkam, und der Verlagsleiter war immer noch derselbe wie zu der Zeit, als Martina dort gearbeitet hatte. In einem ganz anderen Leben und in einer ganz anderen Epoche also.

Warum fährst du nicht einfach mal hin, sagst deinem ehemaligen Chef guten Tag und fragst, ob er dich wieder einstellen würde?

Aber dieser Vorschlag war Martina dann doch zu mutig erschienen. Sie wollte dem Verlagsleiter schreiben, sich mit einem Brief in Erinnerung bringen und ihn dann anrufen. Das war besser als gar nichts. Oder anders. Das war einfach unfassbar.

Martin Leber saß an seinem Schreibtisch und fragte sich, wie oft in seinem Leben er eigentlich schon genauso dagesessen hatte. Vor ihm ein Stapel Klassenarbeiten Geschichte, daneben ein Stapel Aufsätze. Arbeit für mehr als ein Wochenende, nahm man die Sache ernst. Und er nahm sie ernst. Seit jeher und jetzt sowieso. Die Umstellung auf das neue Bildungssystem war schwer genug. Inzwischen war er verbeamtet, was Martina manchmal zu der Bemerkung veranlasst hatte, dass sie auf geradezu obszön schnelle Weise angekommen waren im neuen Leben und im neuen System. Inzwischen sagte sie das nicht mehr. Möglicherweise hatten die Erben und alles, was denen auf den Fuß folgte, mit dazu beigetragen, dass Martina sich nicht mehr angekommen fühlte. Wer verunsichert wird und dazu noch so tickt, wie Martina, dem schwankte der Boden schnell unter den Füßen. Ihm ging es ähnlich, aber er fühlte sich verpflichtet, das Ganze vor Martina runterzuspielen und so zu tun, als rühre es ihn nicht an. Mit Philipp Graf von nebenan konnte er hin und wieder darüber reden. Offensichtlich war auch dessen Frau ein bisschen durchgeknallt. Hatte sich in das Haus verliebt und in die ganze Sache verbissen. Heute Abend würde er mit ihm ein Bier im »Schwarzen Adler« trinken gehen. Es war das erste Mal, dass sie beide sich geradezu verabredet hatten. Bisher hatte man sich hin und wieder zu viert im Garten getroffen. Manchmal war er Ute oder Philipp auf der Straße oder im Baumarkt begegnet. Philipp Graf schien handwerklich ziemlich begabt zu sein. Zumindest machte er im Baumarkt den Eindruck, als sei er dort zu Hause, während Martin Leber durch die Regalreihen lief, als bewegte er sich in einem wildfremden Land, und jedes Mal sprachlos war, wenn er drei Schrauben kaufen wollte und dann feststellen musste, dass es ungefähr zehntausend verschiedene Sorten gab. Inzwischen hatte er zwar gelernt, dass es Schraubendreher und nicht Schraubenzieher hieß, aber er wusste, es würde ihm immer egal sein. Das Schöne an der neuen Zeit war, dass man Handwerker nicht mehr schmieren musste, bevor die überhaupt einen Handschlag machten. Martin Leber hatte das Wort Dienstleistungsgesellschaft lieben gelernt und schon manches Mal gedacht, keine Idee könne zur materiellen Gewalt werden, wenn die Sache mit den Handwerkern nicht klappte.

Martin Leber arbeitete sich durch die Geschichtsklausuren und war einmal mehr darüber verblüfft, wie schlecht Schüler sein konnten, die kurz vor dem Abitur standen. Wahrscheinlich muss ich das alles auf meine Kappe nehmen. Dabei war er bisher in jedem Jahrbuch, das die Abiturienten machten, gut weggekommen. Beste Haltungsnoten und das eine und andere Bonmot aus seinem Unterricht. Trotzdem waren die meisten Schüler schlecht. Es gelang ihm einfach nicht, ihr Interesse an Geschichte zu wecken. Wäre er nicht ein solch guter Geschichtenerzähler. Martin Leber hörte seine Frau nach Hause kommen, die vor einer Stunde verkündet hatte, einkaufen gehen zu wollen. Wäre er nicht so ein guter Geschichtenerzähler, hörte ihm wahrscheinlich niemand zu im Unterricht.

Er ging seiner Frau entgegen, um ihr die Einkaufstasche abzunehmen. Eine Geste, mehr nicht, Martina kaufte nie sonderlich viel ein. Noch vor ein paar Jahren hatte sie ihn manchmal zur Weißglut getrieben mit ihrer Angewohnheit, in den Supermarkt zu laufen, wenn sie hungrig war, und dann mit vollgepackten Tüten heimzukehren, in denen sich Lebensmittel für mehrere Fressorgien verbargen. Zufällig hatte ihm dann eine Schülerin, deren Eltern arbeitslos geworden waren, mal einen Ratgeber in die Hand gedrückt, in dem solchen wie ihren Eltern Spartipps gegeben wurden. Unter anderem stand da auch die Empfehlung, nicht hungrig Lebensmittel einkaufen zu gehen. Er hatte sich empört und Martina abends davon erzählt, die den Ratschlag an sich sehr vernünftig fand, wie sie an sich feststellen könne. Ein Streit war daraus nicht entstanden, er musste Martina recht geben. Die Hälfte der Sachen, die seine Frau damals aus dem Supermarkt mitgebracht hatte, mussten sie meist nach ein paar Tagen wegschmeißen.

Diesmal schien sie wieder hungrig gewesen zu sein. Was Martin Leber freute, ja geradezu euphorisch stimmte. Martina Leber trug drei große Tüten, vollgepackt und schwer.

Ich will einen Kuchen backen.

Nie hätte er gedacht, dass ein solcher Hausfrauensatz bei ihm einschlagen könnte wie eine Bombe. Seine Frau wollte einen Kuchen backen. Sie wollte einen Matscheteig machen und ihre Hände oder auch nur die Knethaken einer Maschine darin versenken. Sie wollte Mehl aus einer Tüte kippen, Eier aufschlagen, Obst schälen, Streusel mit den Fingern kneten. Sie wollte die Küche benutzen, wie man eine Küche benutzte.

Martin Leber küsste seine Frau auf den Mund, sagte, dass er nichts lieber äße, als einen von ihr gebackenen Kuchen, fragte, ob er etwas helfen könnte, jubilierte innerlich, als sie den Kopf schüttelte. Er würde sich eine strategische Position im Haus suchen, von der aus er hin und wieder einen Blick auf die kuchenbackende Martina würde werfen können. Er würde ihre Eltern anrufen und dem einzigen noch im Haus verbliebenen Kind vorschlagen, dass man die Tischtennisplatte im Garten aufstellen könnte, um ein kleines Turnier zu veranstalten. Eines mit Bier und Sprite, der Junge trank kein Bier. Zumindest nicht zu Hause. Und wenn Martina heute Abend Besseres vorhätte, sagte er seine Verabredung mit Philipp Graf ab. Den würde er später auch noch im »Schwarzen Adler« treffen können.

Meine Frau will einen Kuchen backen. Martin Leber hatte das absolut aberwitzige und geradezu peinliche Gefühl, dass nun alles gut werden könnte. Er nahm den Hörer ab, als das Telefon klingelte, und meldet sich laut und mit einem kleinen Jodler in der Stimme mit Leber wie die Wurst. So hatte es sein Vater früher hin und wieder getan, und ihm war es unendlich peinlich gewesen. Jetzt sagte er Leber wie die Wurst, und es war ihm egal.

Hedwig Gottwald schien drei, vier Sekunden zu brauchen, um den Mann am anderen Ende als denjenigen zu identifizieren, den sie anrufen wollte. Du klingst fröhlich, sagte sie, hast du Geburtstag?

Das holte Martin Leber etwas ein und zurück. Hatte er nicht und würde er auch in absehbarer Zeit nicht haben.

Ich bin nur froh, dass mich jemand von den Geschichtsarbeiten wegholt.

Kann ich verstehen.

Hedwig Gottwald schwieg, was ihre Art sonst nicht war. Räusperte sich, schwieg und sagte dann, sie würde gern mal ein paar Minuten mit ihm reden wollen, wegen der Arbeitsgruppe. Die habe sozusagen eine Bestandsaufnahme gemacht, und vielleicht müsse darüber einfach mal gesprochen werden.

Magst du gleich mal bei mir vorbeikommen? Ich mach uns einen Kaffee.

Ich back einen Kuchen, ich mach uns einen Kaffee, die Frauen meinten es heute wirklich gut mit ihm. Martin Leber ging in die Küche. Seine Frau hatte alle Utensilien und Zutaten zum Backen eines Kuchens auf den Küchentisch ausgebreitet und starrte mit gerunzelter Stirn auf die Anordnung. In ihren Augen möglicherweise ein unheilversprechendes Chaos.

Hedwig Gottwald möchte, dass ich kurz mal bei ihr vorbeischaue. Kommst du zurecht?

Natürlich nicht, aber lass mich mal machen. Im schlimmsten Fall geh ich zum Bäcker. Du weißt, dass ich den besten Kuchen in Warenberg kaufe.

Martina Leber lächelte, und Martin Leber liebte sie für dieses Lächeln.

Du bist schon weiter, als wir es uns gestern Abend hätten vorstellen können. Und wenn es das ist, was du heute schaffst, dann gibt es etwas zu feiern.

Martin Leber winkte von der Küchentür aus, als drohe Gefahr, beträte er jetzt die Küche, und machte sich auf den Weg zu Hedwig Gottwald. Die hatte weitaus kläglicher geklungen als Martina.

Ich bin Superman, flüsterte Martin Leber und stellte erst kurz vor Hedwig Gottwalds Gartentür fest, dass er in Hausschuhen losgelaufen war. Zum Glück keine Filzlatschen oder Lederpantoffeln, sondern pflegeleichte Holzpantinen. Mit denen kann ich nicht einfach wieder ins Haus nachher, dachte er. Die muss ich vorher feucht abwischen. Es sei denn, im Haus riecht es nach Kuchen.

Hedwig Gottwald hatte einen Kaffee gekocht, der so stark war, dass Martin Leber beim ersten Schluck das Gesicht verzog.

Ich hab mich verzählt. Acht Messlöffel auf vier Tassen sind wahrscheinlich ein bisschen viel. Hier ist heißes Wasser zum Verdünnen.

Auf dem Wohnzimmertisch lagen zwei Mappen. Auf

einer stand Martin Leber, auf der anderen Arbeitsgruppe Bürgerinitiative.

Ich hab dir eine Kopie gemacht, das dauert jetzt zu lange, alles zu lesen. Sind immerhin achtzig Seiten. Einzeilig geschrieben und in einer Schriftgröße, die ich fast nicht mehr lesen kann. Ein Roman also.

Dann werde ich das in Ruhe lesen, und wir sprechen danach?

Martin Leber hoffte, dass Hedwigs Anliegen nur darin bestand, er möge sich die Mappe mit nach Hause nehmen, lesen und einen Vorschlag unterbreiten. Worin auch immer der bestehen konnte. Als Hedwig die Arbeitsgruppe vorgeschlagen hatte, war ihm der Gedanke gekommen, sie täte es nur zur Befriedung der immer ungeduldiger werdenden Leute. Eine Beschäftigungstherapie, die Energien bündeln und von anderen Dingen ablenken würde. Oder eine Vorarbeit für die neue Anwältin. Die Frau hatten sie immer noch nicht kennengelernt. Wollenberg oder Wollweber oder so ähnlich.

Die waren wirklich schnell. Hätte ich nicht gedacht. Was beunruhigt dich denn so, dass du mich gleich hergebeten hast?

Ich habe alles gelesen, Martin. Wahrscheinlich war es ein Fehler, diese Arbeitsgruppe vorzuschlagen. Jetzt haben wir schwarz auf weiß, was uns schon immer nervös gemacht und gestört hat. Zumindest mich, aber dich auch, du hast es ja auch oft genug gesagt.

Alle haben sie ihre eigene Geschichte recherchiert und die dann mit dem Großen und Ganzen zusammengerührt. Und beim Großen und Ganzen, da hat jeder so seine eigene Vorstellung, wie es gelaufen ist. Im Prinzip.

Hedwig Gottwald schob die Mappe mit einer heftigen

Bewegung über den Tisch, so dass die halb über die Kante rutschte und in einem prekären Gleichgewicht liegen blieb.

Im Prinzip sind in dem Bericht zwölf verschiedene Geschichten enthalten. Die haben einfach nur alles aneinandergeklatscht und die jeweiligen Autorennamen, wenn man davon sprechen kann, darübergeschrieben. Und da ist meine Geschichte noch gar nicht eingerechnet.

Hedwig Gottwald fing an zu lachen, stand auf und holte aus der Vitrine zwei Gläser und eine Flasche Likör.

Ich hab nichts anderes, aber der Likör ist nicht schlecht. Selbst gemacht aus den Mirabellen, die da hinten bei mir im Garten wachsen. Also sagen wir dreizehn Geschichten. Ich hab ja alles schon hundertmal aufgeschrieben. Wie ich es für richtig halte. Und ich glaube auch, dass ich recht habe. Aber wenn du das hier liest, Martin, da glaubst du, wir reden bei den Erben von zwölf verschiedenen Familien, die alle seltsamerweise den gleichen Namen haben. Mal haben die Weinrebs Landwirtschaft betrieben, mal gar nicht, mal nur zum Schein ein paar Hühner und Gänse gehalten. Mal hatten sie in der Stadt eine Bank, mal ein Getreidegeschäft, mal das Zündholzmonopol. Bei den Weizmanns sind die Ärzte der Familie mal Internisten, mal Frauenheilkundler, mal Lungenarzt. Mal sind sie achtunddreißig über die Schweiz ausgewandert, mal gleich nach Palästina gegangen, mal direkt in die USA, mal nach Frankreich. Dieselben Personen, zumindest dem Namen nach, saßen entweder in allen Aufsichtsräten der Welt oder in gar keinem. Über die Koffergeschichten müssen wir nicht mehr reden.

Hedwig Gottwald goss sich den dritten Likör ein, Martin Leber trank den ersten aus und ließ sich nachschenken.

Was er da zu hören bekam, war nicht neu, aber er musste zugeben, dass es wahrscheinlich eine besondere Verzweiflung hervorrief, es aufgeschrieben zu sehen. Die Dokumentation einer Niederlage, für die es keinen richtigen Begriff gab.

Martin, ich bin nicht dumm. Ich weiß, dass eine Medaille zwei Seiten und eine Geschichte mehr als zwei Varianten hat. Aber wenn das jemand liest, werden sie uns für Lügner halten. Das kann man niemandem in die Hand drücken, ohne dass wir uns unglaubwürdig machen. Entweder wir fangen von vorn an. Oder wir stecken das hier in eine Schublade und belassen es dabei.

Oder wir schaffen es, die Spreu vom Weizen zu trennen und uns der Wahrheit zu nähern.

Martin Leber kam sich vor wie im Unterricht, als er das sagte. Warum sollten die Leute hier in Warenberg, denen jemand auf die Pelle gerückt war, mit dem sie nie gerechnet hatten, an der Wahrheit interessiert sein? Und warum hatte Hedwig Gottwald geglaubt, Betroffene könnten tatsächlich etwas zur Aufklärung beitragen? Es hatte doch in der Logik der ganzen Sache gelegen, dass jeder seine eigene Geschichte erzählen würde und diese Geschichte beim Erzählen würde zurechtrücken wollen. Demzufolge mussten auch die Erzählungen über die Juden variieren. Selbst er, Martin Leber, Geschichtslehrer mit Ambitionen, die er Stück für Stück begrub. Selbst er hatte eine eigene Geschichte recherchiert und erzählt. Insofern hatte Hedwig Gottwald unrecht, es würden nicht dreizehn, sondern vierzehn Erzählungen werden. Und da konnte man noch froh sein, dass sich einige einfach nicht die Mühe gemacht hatten zu recherchieren und andere, wie Ilse Bock, einen Entschluss gefasst hatten.

Ich kann das nicht, Hedwig. Ich weiß, was du dir von mir erhoffst, aber ich kann das nicht. Ich bin befangen. Sieh es so. Ich kann hier nicht die Spreu vom Weizen trennen. Wir müssten vielleicht doch mit den Erben reden.

Die haben sich doch auf eine Geschichte geeinigt, brüllte Hedwig Gottwald, und das prekäre Gleichgewicht ging verloren. Die Mappe fiel vom Tisch, und auf dem Teppich fächerte sich das Papier aus, ohne wirklich durcheinanderzugeraten.

Die haben unser Problem nicht. Die sind hergekommen mit einer fertigen Geschichte, und deren Anwälte erzählen die wieder und wieder. Und wir benehmen uns wie ein aufgescheuchter Hühnerhaufen, anstatt uns auch zu einigen. Zumindest für die Außendarstellung. Soll doch jeder glauben, was er glauben will. Das ist mir egal. Ich will nur, dass die Leute begreifen, wir müssen zusammenhalten und uns einig werden. Wir müssen eine gemeinsame Erzählung haben.

Ich glaube nicht, dass uns das jemand abkauft.

Tu mir einen Gefallen, Martin. Versuch es wenigstens. Versuch mal, die Sachen zu extrahieren, die bei allen gleich sind, also eine gewisse Verlässlichkeit haben. Schmeiß das hanebüchene Zeug raus, und schreib einen Bericht, in dem dann wenigstens ausgewiesen ist, ob es sich um eine Vermutung oder einen verbürgten Fakt handelt. Das kannst du doch. Du weißt, wie man so etwas aufschreiben muss, damit es wenigstens seriös klingt. Ich leg meine Darstellung dazu.

Marischke.

Hör auf mit Marischke, der ist nicht auf unserer Seite. Der spielt sich auf, als wüsste er mehr als wir.

Zumindest hat er mit denen geredet, und soweit ich weiß, war er auch bei diesem Kaufmann Behrend.

Hedwig Gottwald beugte sich vor und legte Martin Leber eine Hand aufs Knie. Ihr Atem roch leicht nach Marillenlikör, und im rechten Auge war ein Äderchen geplatzt. Martin Leber hatte die Frau noch nie aus dieser Nähe gesehen. Sie tat ihm leid. Am Anfang hatte er ihre schulmeisterliche Art nicht gemocht, ihre Selbstgewissheit. Aber jetzt, da ein Teil dieser Selbstgewissheit verschwunden war und einer zunehmenden Verzweiflung Platz gemacht hatte, tat sie ihm leid. Er mochte sie noch immer nicht allzu sehr. Aber er kaufte ihr ab, dass sie wütend und enttäuscht darüber war, für etwas genommen zu werden, was sie nie war und ihre Familie auch nicht. Martin Leber nahm die Mappe, auf der sein Name stand, und erhob sich. Die Couch, auf der er gesessen hatte, schien ihn nicht hergeben zu wollen. Wie kann man sich nur solche Polstermöbel kaufen?

Ich lese mir das zu Hause in Ruhe durch. Meiner Meinung nach bringt es nichts, den Versuch zu unternehmen. Andererseits.

Es könnte reizvoll sein, eine Aufgabe, die ihn ein wenig herausforderte. Schließlich wollte er genau das einmal machen. Der Wahrheit auf die Spur kommen, aus Scherben und Bruchstücken etwas zusammensetzen, dem man zumindest die Form ansah, die es einst gehabt hatte.

Mehr kann ich nicht verlangen.

Hedwig Gottwald stand ebenfalls auf und brachte Martin Leber zur Tür.

Grüß deine Frau.

Die backt gerade einen Kuchen.

Martin Leber wollte den Satz wenigstens gesagt haben,

selbst wenn Hedwig Gottwald nicht würde einschätzen können, was er bedeutete.

Im Haus roch es wirklich nach Kuchen. Martin Leber ging in die Küche. Martina Leber stand vor dem Backherd und schien sich dort nicht wegbewegen zu wollen. Für ihre Verhältnisse sah die Küche wie ein Schlachtfeld aus.

Es riecht gut.

Ich hab Angst davor, mich umzudrehen.

Die Küche sieht schön aus.

Martin Leber nahm eine Flasche Sekt aus dem Kühlschrank. Scheiß drauf, dass er schon Marillenlikör intus hatte und heute Abend noch Bier trinken wollte. Er goss Sekt in zwei Gläser und drückte Martina eines in die Hand.

Auf dich und auf deinen Mut. Du hast einen Kuchen gebacken. Wenn das kein Anfang ist.

Salomon-Weinreb-Straße 20

Ute Graf hatte es für ihre Verhältnisse lange für sich behalten können. Sie hatte den Vorschlag von Ilse Bock Abend für Abend im Kopf gewälzt. Hatte dafür auf ihr Einschlafritual verzichtet und überlegt und gerechnet. Ging es ihr um das Haus, in dem sie gerade wohnte, oder würde sie auch in einem anderen Haus in Warenberg glücklich werden? Irgendwann war sie zu dem Schluss gekommen, dass beides funktionieren könnte. Das Haus hier und Ilse Bocks Haus auch. Sie hatte einem befreundeten Architekten aufgemalt, wie ihr das Haus in Erinnerung geblieben war, in dessen Küche sie gesessen und geübt hatte, Halloren Kugeln richtig zu essen. Sie hatte ihn gefragt, ob man es umbauen und dabei gleichzeitig vergrößern könne. Der Freund war einer, der immer alles sofort rausließ, was ihm durch den Kopf ging. Die meisten Leute hielten ihn deshalb für einen ungehobelten Kerl. Ute Graf auch.

Wieso willst du mehr Platz? Ohne Kinder und nur für zwei Personen reicht das Haus doch völlig.

Vielleicht will ich ja Kinder.

Na, dann mach mal hin, die Uhr tickt.

Sie war solche Dialoge gewohnt, aber es hatte trotzdem ein bisschen wehgetan. Die Uhr tickt. Wer wüsste das besser als sie? Natürlich tickte die Uhr. Ute Graf hatte ernsthaft angefangen, darüber nachzudenken, ob sie Philipp nicht sowohl den Hauskauf als auch die Adoption eines Kindes vorschlagen sollte. Beides verwob sich in ihrem Kopf zu einem Ganzen. Ilse Bocks Haus und ein adoptiertes Kind. Ihr Hausbesitzer schien sowieso mehr und mehr mit der Möglichkeit zu liebäugeln, die Erben auszubezahlen und dann das Haus meistbietend zu verkaufen. Da wären sie wahrscheinlich nicht mehr drin. Eine Change-Managerin und ein Sozialarbeiter. Es gäbe bestimmt Leute mit mehr Kohle, die es schön fänden, in der Nähe der Stadt in einem Haus zu leben. Das ist heute nicht anders als damals, hatte Ute Graf oft gedacht. Ich hätte auch parzelliert anstelle der Weinrebs. Das ist doch eine Goldgrube hier. Schon immer gewesen.

Vier Wochen nach dem Gespräch mit Ilse Bock beschloss Ute Graf, in die Offensive zu gehen. Sie fuhr in die Stadt, in Warenberg bekam man so etwas wirklich nicht, und kaufte ein paar Delikatessen für den Abend ein. Irgendwann würde sie noch richtig kochen lernen. Für den Alltag reichte es bereits. Aber um eine besondere Situation mit Hilfe eines guten Essens suggerieren zu können, dafür konnte sie definitiv zu wenig. Da hätte sich meine Mutter mal ein bisschen ins Zeug legen müssen. Martha Graf hatte gut gekocht, es aber nie für nötig befunden, ihre Kenntnisse weiterzugeben. Stattdessen hatte sie mit jeder Menge Lebensweisheiten aufgewartet, die fast ausnahmslos in die Tonne gehörten.

Ute Graf kaufte Delikatessen und einen teuren Rotwein. Sie ging in Warenberg zum Bäcker und bekam die letzten beiden Baguettes. Sie kaufte Eis und Kerzen. Sie deckte den Tisch und schaute dafür in einem von Philipps Kochbüchern nach, in dem auf Farbfotos abgebildet war, wie ein gedeckter Tisch auszusehen hatte. Sie ging in den Garten und schnitt ein wenig Efeu ab, der an der Schuppenwand rankte, um den Tisch zu dekorieren.

Als Philipp Graf gegen sieben nach Hause kam, sah das alles sehr schön aus. Das Leuchten in seinen Augen veranlasste Ute Graf, den absolut falschen Einstieg zu wählen.

Ich bin nicht schwanger.

Tatsächlich sah sie Philipp an, dass er genau das geglaubt oder gehofft hatte.

Dann gibt es etwas anderes Schönes zu erzählen. Ihr Mann, der Sozialarbeiter, hatte sich abgewöhnt, Enttäuschung zu zeigen. Von Berufs wegen wahrscheinlich. Es demotivierte die Klienten sicher, zeigte ihr Sozialarbeiter ihnen ständig, wie enttäuscht er von ihnen war.

Aber das müsste er bei mir nicht machen, dachte Ute Graf. Er könnte einfach enttäuscht sein. Ich bin es auch. Jeden Monat. Ein bisschen.

Philipp Graf hörte zu, was seine Frau ihm vorzuschlagen hatte. Das Haus von Ilse Bock kaufen, umbauen oder abreißen und neu bauen, ein Kind adoptieren. Er hatte sich damit abgefunden, dass seine Frau in Warenberg bleiben wollte. Es war in Ordnung. Vorerst. Ihm schien das letzte Wort noch nicht gesprochen, aber das sagte er ihr lieber nicht. Sie hatte ihren Traum, er konnte sich damit arrangieren. Und die Vorstellung, ein Haus zu kaufen, auf dem die Erbschuld nicht mehr lastete, schien ihm angenehmer als der Gedanke, hier in dieser Hütte zu bleiben, die er sowieso zu groß fand. Von Ilse Bocks Haus hatte er keine Vorstellung, von außen machte es einen bescheidenen Eindruck. Das lag wahrscheinlich auch an dem grauen Putz, der zwar immer noch schöner war als jeder vorgesetzte Klinker, aber einen schon deprimieren konnte. Das Haus herzurichten würde ihm keine Mühe bereiten. Abreißen kam gar nicht in Frage. Und das mit dem Kind?

Ist dir klar, Ute, dass sich in dem Ort wahrscheinlich vieles ändern wird? Und ich weiß nicht, ob zum Besseren.

Die werden noch im nächsten Jahrtausend um ihre Häuser streiten und darüber, wer das Recht und die Geschichte auf seiner Seite hat. Das macht etwas mit den Leuten. Ich weiß nicht, ob ich den Gedanken schön finde. Es ist ja schon jetzt manchmal unerträglich.

Wenn wir das Haus von Ilse Bock kaufen, sind wir da raus. Ute Graf bekam bei dem Satz einen Schluckauf, als bräuchte es noch einer zusätzlichen Symbolik zu dem ohnehin schon aufgeladenen Gespräch.

Wenn wir das Haus von Ilse Bock kaufen, wird man uns darum beneiden, dass wir raus sind aus dem Ärger, und wir werden einmal mehr die Wessis sein, die schon wissen, wie man es macht. Ich rede nicht gegen deinen Vorschlag, Ute. Ich will aber auch nicht, dass du dir Illusionen machst. Wir sind Fremde und teilen mit diesen Leuten hier nicht den Ärger, nicht den Frust und auch nicht mögliche schmerzliche Erkenntnisse. Das heißt, wir werden immer Fremde bleiben. Oder lange. Mich stört das nicht. Aber du, du willst doch immer irgendwo dazugehören. Du willst, dass die Nachbarn zu dir kommen und dich um Rat fragen.

Das tun sie doch auch. Manche. Manchmal.

Der Schluckauf war nervtötend. Ute Graf hatte bereits Magenschmerzen und versuchte die Nummer mit den sieben Schluck, von der sie noch betrunkener wurde, als sie ohnehin schon war. Weil sie Wein statt Wasser trank. Sie versuchte, die Luft anzuhalten, und überlegte, ob sie Philipp bitten könnte, sie zu erschrecken. Das sollte angeblich am besten helfen. Einen richtigen Schreck zu bekommen. Davon nahm sie Abstand, weil ihr absolut nichts einfiel, womit ihr Mann ihr einen solchen Schreck versetzen sollte. Es sei denn, er sagte jetzt kategorisch Nein und nur über meine Leiche und wenn du das tust, lass ich mich scheiden. Der Schluckauf wurde immer schlimmer.

Philipp Graf sagte, seine Mutter hätte ihm jedes Mal empfohlen, einen Kopfstand zu machen, er glaube aber, sie habe das nur getan, damit er sich mal ein wenig bewege und etwas anderes täte, als immer nur zu lesen. Ute Graf stand trotzdem auf und stellte sich auf den Kopf, was dazu führte, dass sie sich fast übergeben musste. Sie ging ins Bad und schaute sich im Spiegel dabei zu, wie ihr die Tränen übers Gesicht liefen und ihr Körper alle paar Sekunden von einer kleinen Explosion erschüttert wurde. Das nimmt ja biblische Ausmaße an, dachte sie und ging ins Wohnzimmer zurück.

Vielleicht wenn ich mich hinlege, murmelte sie und legte sich auf die Couch. Es wurde ein wenig besser, ging aber nicht weg.

Komm, sagte Philipp Graf. Zieh deine Jacke an, wir laufen eine Runde durch den Ort. Das hilft bestimmt.

Sie steckte Zigaretten und Feuerzeug ein, einen Zehner und ein Tempotaschentuch.

Die Straßen waren leer. Ute Graf und Philipp Graf liefen auf leisen Sohlen, als sei das der Stille im Ort angemessen. Sie schauten in jedes erleuchtete Fenster. Ute Grafs Schlucken hallte in den leeren Straßen unnatürlich laut. Das Ganze grenzte an ruhestörenden Lärm, fand sie.

Dann standen sie vor dem Haus von Ilse Bock, in dem zwei Fenster erleuchtet waren. Sie sahen Ilse Bock am Küchentisch sitzen und irgendetwas tun. Philipp Graf versuchte sich vorzustellen, wie es sein würde, käme er abends im Dunkeln nach Hause und sähe seine Frau dort am Küchentisch sitzen. In zehn Jahren vielleicht oder in zehn Monaten.

Ute Grafs Schluckauf hielt mit unverminderter Stärke an.

Wahrscheinlich wird der erst aufhören, wenn ich Ja gesagt habe, dachte Philipp Graf. Ausnahmsweise hat meine Frau es mal in meine Hände gelegt, uns zu retten.

Dieter Drühmer beschloss, dem Ganzen eine Struktur zu geben. Besser, eine Rubrik. Er würde mit dem Herausgeber sprechen und ihm vorschlagen, einen festen Platz für die Restitutionsgeschichte einzuräumen. Wenn es etwas Wichtiges und ganz und gar Neues gab, konnte man damit trotzdem auf die Seiten eins und drei gehen. Ansonsten aber sollte es einfach eine Seite geben, auf die er all die Kleinigkeiten und Leserbriefe stellen konnte, wenn ihm mal die Luft ausging. Nie und nimmer würde das geschehen. Ginge ihm mal die Luft aus, würde er Marischke bitten, etwas zur Geschichte zu schreiben. So viele Jahre standen ihnen noch bevor mit dem ganzen Ärger, da war eine feste Seite im »Boten« das Beste, was man tun konnte. Das Problem institutionalisieren sozusagen, rubrizieren, platzieren. Das schaffte eine gewisse Überschaubarkeit, und vielleicht verlöre das eine und andere seine Monstrosität.

Die Frage aller Fragen war, wie man eine solche Seite nennen sollte. Die konnte ja nicht einfach Restitution oder Rückgabe oder Erbstreit heißen. Wiedergutmachung ging auch nicht, das käme einem Urteil gleich. Darüber konnte man sich wirklich den Kopf zerbrechen, und daran würde es scheitern, fiele ihm nichts ein.

Dieter Drühmer fragte die Praktikantin, die an ihrem Computer saß und auf die Tastatur hämmerte, als gäbs kein Morgen. Inzwischen sah deren Gesicht schon ganz passabel aus. Noch immer picklig, aber weitaus besser als noch vor wenigen Wochen.

Manchmal, wenn er sich ihr Profil anschaute, hatte Dieter Drühmer das Gefühl, hinter der Akne verstecke sich eine Schönheit. Geradezu klassische Züge, dachte er dann und überlegte, ob er von seinem Entschluss, mit den Junghühnern endgültig aufzuhören, ablassen und sich eine letzte Ausnahme gestatten sollte. Allerdings war er sich ziemlich sicher, dass diese Praktikantin ihm eine Abfuhr erteilen würde. Zudem bestand die Gefahr, dass sie bald nicht mehr Praktikantin, sondern Kollegin sein könnte. Der Herausgeber hatte zugestimmt, eine halbe Stelle zusätzlich zu schaffen. Die Anzeigeneinnahmen schienen auszureichen. Außerdem sollte es irgendeine Förderung vom Arbeitsamt geben. Vielleicht erst mal eine ABM, hatte der Herausgeber gesagt. Und nach zwei Jahren können wir sie dann einstellen, wenn die Kohle immer noch stimmt. Red mal mit ihr.

Das hatte Dieter Drühmer bis jetzt noch nicht getan.

Warum nennen wir es nicht »In eigener Sache«, fragte die Praktikantin. Ist zwar ein bisschen zweckentfremdet, weil man damit ja meistens redaktionelle Angelegenheiten meint, aber so was machen wir doch sowieso selten. Und dafür brauchen wir auch keine feste Rubrik.

»In eigener Sache« war gut. Es traf, so schlicht der Gedanke war, den Nagel auf den Kopf. Hier ging es um die ureigensten Dinge. Das Eigentum und das Recht auf eine anständige Vergangenheit, obwohl die sowieso in Trümmern lag. Aber wir Ossis geben die Hoffnung auf eine gute Vergangenheit ja nicht auf, murmelte Dieter Drühmer und probierte auf dem Papier schon mal aus, wie eine Seitenkustode namens »In eigener Sache« aussähe.

Außerdem lassen wir uns unseren Antifaschismus nicht kaputtmachen. Von niemandem.

Das sagte er schon etwas lauter, und als die Praktikantin ein wenig verwundert rüberschaute, schickte er hinterher, er referiere nur laut, was wieder alles in den Leserbriefen stehe.

Was hältst du davon, hier zwei Jahre ABM zu machen? Mit Aussicht auf eine Festanstellung? Ich hab das dem Herausgeber vorgeschlagen. Du machst ja jetzt schon sechs Monate Praktikum, das sollte wohl genügen.

Die Praktikantin sah ihn an, und Dieter Drühmer war etwas unbehaglich zumute. Sie sah aus, als ahnte sie, was von seiner Seite aus dahintersteckte.

Ich muss mit meinem Freund reden.

Deinem Freund?

Dieter Drühmer wollte verdammt sein, wenn er davon etwas mitbekommen hatte.

Der studiert in Weimar, und ich hatte überlegt, dorthin zu gehen. Weimar gefällt mir, allerdings wird es mit der Arbeit schwierig.

Die Vorstellung, möglicherweise bald allein in der Redaktion zu sitzen, ohne Praktikantin mit abheilender Akne, gefiel ihm nicht. Sie stimmte ihn sogar ein wenig traurig. Er hatte sich an das Mädel gewöhnt. Mädel, wo kam das denn her. Wenn er sich erst angewöhnte, in Gedanken Mädel zu ihr zu sagen, würde er auch nicht mehr scharf auf ihren schönen Hintern sein.

Überleg es dir, das Angebot steht, und wir könnten das schon ab übernächstem Monat einfädeln.

Die Praktikantin nickte und drehte sich wieder zu ihrem Bildschirm um. Dieter Drühmer starrte auf den Stapel Leserbriefe, den er für die nächste Ausgabe aufbereiten wollte. Nichts Schlimmes und nichts Spannendes. Das übliche Gerede. Er würde alles einkürzen und ins Blatt bringen.

Eine Pressemeldung, dass eine antifaschistische Initiative angekündigt hatte, in Warenberg gegen Antisemitismus demonstrieren zu wollen. Das war allerdings ein ziemlicher Knaller. Hedwig Gottwald hatte ihn gestern angerufen und gefragt, ob es stimme, was sie gehört habe. Da hatte er die Pressemeldung noch nicht gesehen.

Niemand kann ein Interesse daran haben, dass hier in Warenberg solche Demonstrationen stattfinden. Auch die Erben nicht. Er könnte in die Offensive gehen und den Anwalt fragen, was der davon halte, dass hier irgendwelche durchgeknallte Autonome aus der Stadt herkommen wollten, um den Warenbergern zu erklären, dass sie alle Antisemiten seien. Das würde er gleich machen.

Die Sekretärin des Anwalts bat ihn, in zehn Minuten noch einmal anzurufen, der Herr Anwalt sei gerade in einem Gespräch mit einem Klienten und worum es denn gehe. Dieter Drühmer erklärte kurz sein Anliegen und schlug vor, dass Yakov ihn zurückrufen könne, wenn er Zeit habe. Das sei auch in Ordnung. Für ihn sowieso, selbst die kleinste Handlung, mit der er ein wenig Oberwasser bekam, tat ihm inzwischen gut. Der Anwalt, das musste er sich eingestehen, schüchterte ihn doch ein wenig ein.

Leserbriefe. Das würde nie aufhören, und manchmal beschlich Dieter Drühmer das Gefühl, sich nicht ewig hinter dem Satz, gibt nicht die Meinung der Redaktion wieder, verstecken zu können.

Wenn die Herren Erben jetzt mein Grundstück mit dem von mir darauf gebauten Haus wiederhaben möchten, dann ist das eine fürchterliche Ungerechtigkeit. Es schreit zum Himmel. Die Vorfahren der Herren Erben haben das Geld kassiert, und nun soll noch einmal kassiert werden. Ich habe alle Unterlagen und Quittungen und werde sie dem Gericht vorlegen. Da wird lückenlos bewiesen, dass niemand von denen übers Ohr gehauen worden ist. Wer jetzt etwas anderes behauptet, lügt.

Dieter Drühmer legte den Brief beiseite. Den würde er wahrscheinlich veröffentlichen müssen. Die Mertens hatte schon dreimal in der Redaktion nachgefragt. Die brächte es fertig und stiege ihm aufs Dach, druckte er das nicht.

Das Telefon klingelte, und die Sekretärin des Anwalts war am Apparat. Ich verbinde, sagte sie, und Dieter Drühmer dachte einmal mehr, dass dies eigentlich ein schöner Werbeslogan war. Ich verbinde. Ließe sich das nicht für den »Boten« benutzen? Wäre sowieso an der Zeit, mal wieder eine kleine Kampagne zu starten. Darüber würde er mit dem Herausgeber, der nicht mehr als ein Geldgeber war, reden.

Yakov wusste von der angekündigten Demonstration, und, ja, er fand ebenso, dass dies eine sehr unschöne Angelegenheit werden könne. Aber es gäbe auch keine Handhabe, die Demonstration zu untersagen.

Werden Sie nach der Demonstration eine Presserklärung rausgeben, oder, wenn nicht, könnten wir dann wegen einer Stellungnahme telefonieren? Der »Bote« geht erst Ende nächster Woche in den Druck, und die Demonstration ist für diesen Samstag angekündigt.

Am anderen Ende der Leitung herrschte für einen Moment Schweigen. Dieter Drühmer, dem dieser Moment vorkam wie eine Ewigkeit, fragte sich, ob er schon wieder etwas Falsches gesagt hatte. Dieser verdammte Yakov sorgte dafür, dass man sich immer vorkam, als stünde man mit beiden Beinen im Fettnapf. Was waren die auch so empfindlich, man gab sich doch Mühe.

Ich glaube, sagte Ezra Yakov nach einer gefühlten Stunde, es ist nicht meine Sache oder Sache der Erben, sich zu dieser Demonstration zu äußern. Die kommen nicht unseretwegen, sondern Ihretwegen. Und deshalb wüsste ich auch nicht, warum wir dazu eine Erklärung abgeben sollten.

Dann verabschiedete er sich höflich und entschuldigte sich dafür, dass er wenig Zeit habe, weil bereits der nächste Klient warte.

Dieter Drühmer fühlte, wie sein Puls stieg. Er hörte das Pochen im rechten Ohr. Es klang wie der kleine Tischventilator, den er sich mal für seinen Redaktionsschreibtisch gekauft hatte.

Du kannst mich mal, sagte er laut und scherte sich nicht darum, dass die Praktikantin ihn schon wieder mit Bambiaugen anstarrte.

Du kannst mich mal. Was heißt hier, die kommen unseretwegen? Wer hat denn die ganze Scheiße überhaupt ins Rollen gebracht? Das waren doch nicht wir.

Dieter Drühmer stand auf, weil ihm danach war, ein bisschen mit den Türen zu knallen. Dann setzte er sich wieder hin. Die Leserbriefe mussten heute fertig werden, sonst geriet er in Verzug.

Ich bin nach der Wende immer misstrauischer geworden. Andauernd wird man über den Tisch gezogen, ohne es zu merken. Und das Angebot der Weinreb-Erben …

Salomon-Weinreb-Straße 1

Wenn du willst, helfe ich dir beim Umzug.

Max Teufel stand am Kühlschrank mit einer Flasche Bier in der Hand, leicht derangierte Klamotten am Leib. Schwarz, was sonst, aber auf dem dünnen Rollkragenpullover prangte ein undefinierbarer Fleck, und die Säume der Hosenbeine waren schmuddelig, als wäre der Mann durch schlammiges Gelände gelaufen.

Aber vielleicht überlegst du es dir noch einmal. Cora hat mir gestern gesagt, sie rechnet damit, in absehbarer Zeit in eine Klinik zu müssen. Und von da wird sie nicht zurückkommen. Sie überlegt noch, ob sie zu einem Freund in Ilmenau geht. Arzt. Mit dem war sie wohl mal zusammen, und der hat angeboten, ihr zu helfen.

Ulrich Sturm schaute ein wenig entgeistert auf Max Teufel, der sich beeilte zu versichern, dass dieses Angebot wohl nichts mit Sterbehilfe, sondern eher mit Sterbebegleitung zu tun habe. Schmerzmittel und so. Ist halt ein guter Freund, und ich habe gelesen, dass diese Krankheit am Ende eben auch mit viel Schmerzen verbunden ist. Hab vergessen, welcher Art, aber es klang nachvollziehbar. Cora mag ja in ihrem unbändigen Willen zu sterben ganz tapfer sein, aber Schmerzen, das hat sie mir gesagt, will sie, wenn möglich, nicht haben. Das mag etwas kalt und sehr pragmatisch klingen, aber wenn das Zimmer dort oben frei wird.

Sag jetzt nicht den Satz, das Leben müsse weitergehen.

Würde mir nie über die Lippen kommen, nicht mal mit drei Promille.

Ulrich Sturm fragte sich, wieso er es in letzter Zeit ständig mit Rückholanträgen zu tun hatte. Jeder Filmstapel war von ihm mindestens fünfmal auf Wiedervorlage gelegt worden. Die Sache mit dem Umzug schien an dem einen Tag klar und am nächsten wieder völlig fragwürdig. Er kam einfach nicht weiter. Und das machte ihn fertig.

Meinst du nicht, sagte Max Teufel jetzt und holte sich eine weitere Flasche Bier aus dem Kühlschrank, dass du mit deinem Projekt hier viel besser aufgehoben bist als in der Stadt?

Nein, das meinte er nicht, selbst wenn ihm hin und wieder der gleiche Gedanke gekommen war.

Gib mir auch ein Bier.

Ulrich Sturm stellte die Bierflasche auf eine hellblaue Karteikarte, die sich aus dem Tribalismusstapel davongemacht haben musste.

Aussterben ist ein natürlicher Vorgang und langfristig gesehen das unausweichliche Schicksal der meisten Populationen und Arten. Allerdings endet nicht bei jeder Art die Lebenszeit durch Aussterben. Manche spalten sich in verschiedene Tochterarten auf, so dass die Ursprungsart verschwindet. Andere vermischen sich mit verwandten Arten, so dass es zur Bildung von hybriden Arten kommt. Wenn eine Art durch Aussterben endet, geht ihre genetische Information verloren.

Warum hatte er sich genau dieses Zitat aufgeschrieben? Er hatte sich auf dieser Karte noch den Begriff Aussterbeschuld notiert, ohne dazuzuschreiben, was der bedeutete.

Wieso glaubst du, dass ich hier mit meinem Projekt gut aufgehoben bin?

Jetzt stellte er doch die Frage, nur aus Neugier, beschwichtigte er sich.

Du hast gesagt, du suchst den Juden. Als wir uns kennenlernten, hast du das gesagt. Du suchst den Juden, und es kotzt dich an, ihn suchen zu müssen. Dann hast du damit aufgehört, aber erst nachdem du ihn gefunden hast. Wenn ich das richtig verstanden habe. Die Leute hier, die hat der Jude gefunden. Und jetzt müssen sie damit klarkommen. Ist doch interessant zuzuschauen, wie sie das meistern. Mit dem ethnologischen Blick des Filmemachers betrachtet, dürfte das eine riesige Chance sein, einen guten Film zu machen. Schmeiß alles über den Haufen, was du da hast, und fang von vorn an. Am Ende werden deine drei Stapel wahrscheinlich mit einfließen.

Ich soll einen Film über Warenberg machen?

Über Warenberg, über dich, über diesen komischen Vogel da, der am Ende den Knast in Celle geleitet hat, das ist doch alles eins. Du bist viel zu befangen.

Ulrich Sturm dachte, dass er noch vor einem Jahr aus dem Koffer gesprungen wäre, hätte ihm so ein Jungspund Ratschläge dieser Größenordnung erteilt. Aber der Teufel rührte in einer offenen Wunde. Denn inzwischen hatte er das Gefühl einer gewaltigen Niederlage. Noch nie hatte er so viel Material zu einem Thema gesammelt und aufbereitet. Und trotzdem war er unfähig, daraus etwas Anständiges zu machen. Mal abgesehen davon, dass seine finanziellen Reserven bald aufgebraucht sein würden, stürzte ihn die ganze Sache in eine veritable Krise.

Bei Geschichten wie denen hier hetzt man doch immer hinterher. Wahrscheinlich wäre ein Film über Warenberg n Schnitt gesichtet hätte.

Glaub doch das nicht. Die drehen sich hier im Kreis,

und obwohl die Kreise von Mal zu Mal ein wenig größer werden, schmoren doch alle nur im eigenen Saft. Das machen die noch nach der Jahrtausendwende, du wirst sehen. Ein Film über Warenberg hätte wirklich eine lange Halbwertzeit.

Und wäre für wen interessant?

Max Teufel zuckte mit den Schultern und trank die halbe Bierflasche in einem Zug aus.

Muss man sich darüber Gedanken machen? Wahrscheinlich für niemanden. Oder für alle. Ist doch egal. Übermorgen werden hier ein paar, die glauben, es besser zu wissen, demonstrieren. Philosemiten, Antiantisemiten, Gutmenschen, ein paar Kluge, die erst hier merken werden, dass sie auch nur für irgendwas herhalten sollen. Lass die alle kommen und in den Straßen Warenbergs skandieren, was sie von den Kleinbürgern hier halten. Ich stell mir das schön vor, so einen Filmanfang. Wie die Demonstranten hier in die Straße einmarschieren und oben im Wendehammer merken, dass sie denselben Weg zurücklaufen müssen. Tolle Sequenz. Du musst dich nur an den Anfang der Weinrebstraße stellen und die Kamera laufen lassen.

Du bist wirklich ein zynischer Hund.

Ulrich Sturm packte alle Stapel vom Küchentisch übereinander. Ein kleiner Turm entstand, der nicht mal zu wackeln schien und genau die Höhe eines Umzugskartons hatte, wie er feststellte, als er den Stapel in einem verschwinden ließ. Er würde die Entscheidung noch einmal um eine Woche vertagen. Warum nicht? Er hatte in einer Bibliothek eine Abhandlung über die Zerschlagung der Gewerkschaften in Celle gefunden. Darin sollten ein paar Gespräche mit Arbeitern dokumentiert sein, die in der

Celler Haftanstalt gewesen waren. Klang nicht uninteressant und betraf genau die Zeit, in der Marloh. Nächste Woche also. Nächste Woche Freitag. Immer gut, wenn man sich klare Vorgaben macht und Fristen setzt.

Ist noch ein Bier im Kühlschrank?

Die Bahnfahrt verlief problemlos. So wie überhaupt manches in letzter Zeit einfacher geworden war. Seit die Panikattacken nur noch selten kamen und auch an Kraft verloren zu haben schienen, machte Johanna Wollweber schöne Erfahrungen. Eine war die fast zur Gewissheit gewordene Erkenntnis, dass in öffentlichen Verkehrsmitteln nichts Schlimmes mehr passieren konnte. Zur Sicherheit hatte sie noch immer eine kleine Plastiktüte in der Tasche, aber die hatte sie nun schon vier Wochen lang nicht gebraucht. Vier Wochen, eine kleine Ewigkeit, ein Geschenk des Himmels, ihr war es egal.

Hedwig Gottwald hatte noch einmal um ein Gespräch gebeten, und Johanna Wollweber hatte es nicht übers Herz gebracht, ihr gleich am Telefon zu sagen, dass es überflüssig sei, erneut miteinander zu reden. Sie hatte sich damit getröstet, dass es zumindest anständig wäre, die Absage persönlich zu geben. Von Angesicht zu Angesicht.

Wie bist du zu dem Entschluss gekommen, hatte ihr Kollege, Freund, Fastfreund gefragt, als sie ihm sagte, dass sie Hedwig Gottwald und die Bürgerinitiative in Warenberg nicht vertreten würde.

Ich war mir, ehrlich gesagt, sicher, du würdest das Mandat annehmen.

Ich auch. Eine Zeitlang. Ich hatte gedacht, dieses Mandat anzunehmen wäre angemessen für eine wie mich.

Der Kollege, Freund hatte nur kurz die Augenbrauen in die Höhe gezogen und nicht weiter gefragt. Und auch ihr war dieser Satz dumm vorgekommen. Er spielte mit den Begriffen Sühne und Buße, beides Worte, mit denen sie nichts anfangen konnte.

Johanna Wollweber war froh, einen Schirm mitgenommen zu haben. Als sie in Warenberg aus der Bahn stieg, regnete es in Strömen. Der Imbisswagen, an dem sie sich beim letzten Mal orientiert hatte, stand nicht mehr da. Wahrscheinlich ist das Geschäft hier doch nicht so gut gelaufen, dachte Johanna Wollweber. Für Dönerkebab war Warenberg noch nicht reif. Oder sie haben den Mann blöd angemacht. Aber das konnte sie sich nicht vorstellen. Die Leute hier mochten zwar voller Vorurteile sein, aber sie traute ihnen nicht zu, einen Ausländer aus dem Ort zu treiben.

Hedwig Gottwald hatte wieder Kaffee gekocht und den Tisch gedeckt. Diesmal im Wohnzimmer.

Schade, Ihnen hat mein Garten ja so gefallen. Aber es sieht nicht so aus, als würde der Regen heute noch mal aufhören.

Das Wohnzimmer machte die Sache schwerer.

Im Garten fiele es mir leichter, abzusagen. Johanna Wollweber konnte sich zwar nicht erklären, warum sie das vermutete, aber ihr Gefühl sagte ihr, dass es stimmt.

Haben Sie Ihren Vater gefunden?

Ein bisschen Smalltalk am Anfang wäre nicht schlecht gewesen. Aber Hedwig Gottwald hielt davon augenscheinlich nicht allzu viel.

Ja und nein. Ich bin ihm auf die Spur gekommen. Und jetzt weiß ich viel über ihn. Er war offensichtlich ein sehr eloquenter Nationalsozialist, der Karriere gemacht hatte. Er hat Menschen umbringen lassen und wahrscheinlich auch selber getötet.

Wir können uns unsere Eltern nicht aussuchen.

Das ist ein Satz fürs Poesiealbum, entfuhr es Johanna Wollweber. Natürlich können wir sie uns nicht aussuchen. Aber wir müssen sie auch nicht ruhen lassen.

Hedwig Gottwald schien keine große Lust zu haben, darüber zu reden. Warum auch? Sie hatte keine Last mit ihren Vorfahren. Alles im grünen Bereich. Johanna Wollweber spürte, dass ihr dieses Desinteresse eine Absage erleichterte. Aber Hedwig Gottwald schien es zu spüren und ihr zuvorkommen zu wollen.

Ich möchte Ihnen etwas mitgeben und Sie bitten, mir heute noch keine Entscheidung zu sagen. Wir sind alle zu dem Schluss gekommen, dass uns die ganze Angelegenheit noch viele Jahre beschäftigen wird. Da kommt es auf ein paar weitere Wochen nicht an. Ein paar von uns haben alles zusammengetragen, was sie über die Geschichte einiger Häuser und ihrer Vorvor- und Vorbesitzer wissen, über den Verkauf damals, achtunddreißig, und den Fortgang der Dinge in den Jahrzehnten danach. Das ist alles ungeordnet und teilweise widersprüchlich. Martin Leber, ein Nachbar, Historiker, hat sich darangemacht, alles zu ordnen und aufzubereiten. Die Widersprüche als solche zu kennzeichnen und die verbürgten Fakten ebenso. Dann haben wir eine gewisse Ordnung. Eine Grundlage für die weitere Arbeit.

Johanna Wollweber fühlte sich überfahren und um einen sauberen Abgang betrogen. Sie war mit einem festen Vorsatz hergefahren. Sie holte tief Luft.

Ich weiß, dass Sie entschieden sind, Frau Wollweber. Ich sehe es Ihnen an. Nehmen Sie das nicht als Versuch, Ihnen in die Parade zu fahren, sondern nur als Bitte um weiteren Aufschub. Oder sagen Sie mir jetzt, dass Sie das

Mandat nicht annehmen, und versprechen Sie mir, diese Entscheidung noch einmal zu überdenken. Wenn das einfacher ist.

Ich glaube nicht, dass solch ein Kindertrick hilft.

Johanna Wollweber fiel der Satz ihrer Mutter ein, den sie immer gesagt hatte, wenn eines der Kinder etwas nicht essen wollte.

Du musst das nicht essen, aber wenigstens kosten musst du. Man kann nichts ablehnen, von dem man nicht mal weiß, wie es schmeckt.

Also hatten sie gekostet, und es war oft passiert, dass sie dann auch aufgegessen hatten. Ein Sieg auf der ganzen Strecke für ihre Mutter. Hedwig Gottwald machte das Gleiche mit ihr. Nur wenige Jahre älter und benahm sich wie ihre Mutter. Das schien Johanna Wollweber absurd und vertraut zugleich. Sie nahm die Mappe, auf der in gestochener Handschrift ihr Name geschrieben stand, und steckte sie in ihre Tasche. Sie zwang sich, nicht in den Papieren zu blättern, um den einen oder anderen Satz zu lesen. Und sie zwang sich zu sagen, sie sei gekommen, um das Mandat abzulehnen.

Hedwig Gottwald nickte und goss Johanna Wollweber noch eine Tasse Kaffee ein.

Wenn es Ihnen nichts ausmacht, rufe ich Sie in drei Wochen noch einmal an.

Warum tun Sie das? Warum überlassen Sie nicht alles den Gerichten? Das wäre doch wenigstens halbwegs sicherer Boden.

Meinen Sie mich persönlich oder uns alle?

Sie alle wohl eher. Die Mappe, die Sie mir gegeben haben. Das sind nicht nur Sie. Schön, wenn sich so viele mit der Geschichte des Hauses befassen, in dem sie leben.

Aber wenn man das tut, um selbst die Beweisaufnahme in die Hand zu nehmen, das ist etwas anderes, als sich auf die Suche nach der Geschichte des Vaters zu machen. Man. Exponiert sich ganz anders. Und Sie haben ja auch schon eine Menge Kritik einstecken müssen.

Wir können nicht aufhören. Glauben Sie mir. Wir können nicht aufhören. Das trifft auf die meisten von uns zu. Wenn wir zu einem Ende kommen, müssen wir eine Entscheidung treffen. Wie Ilse Bock, die den Erben das Geld zahlt, ihr Haus verkauft und fortzieht. Wenn wir aufhören, müssen wir für uns festlegen, ob wir im Recht oder im Unrecht sind. Jeder Einzelne muss das tun. Und glauben Sie mir, Frau Wollweber. Wir sind keine Feiglinge, aber dazu ist dann doch kaum jemand in der Lage. Ilse Bock hat es sich einfach gemacht. In gewisser Weise. Wir machen es uns schwer.

Sie machen es sich einfach. Johanna Wollweber kam zum ersten Mal der Gedanke, dass Hedwig Gottwald und all die anderen in der Bürgerinitiative genau das Gleiche taten wie sie. Graben, graben, graben, ohne eine Haltung zu finden. Eigentlich wissen wir alle genug, dachte Johanna Wollweber. Aber was machen wir damit? Das wissen wir nicht, und deshalb machen wir einfach immer weiter.

Sie stand auf, um sich von Hedwig Gottwald zu verabschieden. Der Regen hatte aufgehört, und Johanna Wollweber beschloss, wenigstens einmal diese komische Straße, die in einem Wendehammer endete, ganz abzulaufen. Die meisten Häuser sahen wirklich unspektakulär aus. Manche zeigten alles, was die Baumärkte zu bieten hatten. Carports, neue Fenster, Türen, Zäune, Briefkästen, die so taten, als lebte man noch im vergangenen Jahrhundert, getrimmter Rasen, gekärcherte Plattenwege, Dächer, auf denen die Ziegel glänzten, als würden sie jeden Tag poliert, Außenkamine und Schuppen, die so groß waren wie früher die Wochenendhäuser der Ostdeutschen, von denen Johanna Wollweber in den vergangenen Jahren eine Menge kennengelernt hatte.

Am Ende der Straße, am Haus mit der Nummer eins, sah Johanna Wollweber einen Menschen. Den ersten auf ihrem Rundgang. Einen Mann, wahrscheinlich ein bisschen jünger als sie, der in der linken Hand ein paar Holzpflöcke trug und etwas unentschlossen über das Grundstück lief, um an der einen oder anderen Stelle einen Pflock in die Erde zu stecken.

Johanna Wollweber bückte sich und schaute auf das Klingelschild am Gartentor, als der Mann ihr gerade den Rücken zuwandte. Sturm, Teufel, Barthel, Anstedt las sie. Das klang nach einer eher ungewöhnlichen Konstellation. Als sie sich aufrichtete, stand der Mann mit den Holzpflöcken vor ihr.

Wollen Sie zu jemandem hier im Haus?

Johanna Wollweber schüttelte den Kopf. Tut mir leid, reine Neugier, weil ich so viele Namen auf dem Klingelschild gesehen habe.

Wohngemeinschaft. Ich glaube einmalig in dieser Straße.

Der Mann nickte und wandte sich ab. Dann drehte er sich noch einmal zu Johanna Wollweber um.

Meinen Sie, es sähe schön aus, stünden hier im Vorgarten ein paar Rhododendren?

Johanna Wollweber nickte, und der Mann steckte zwei Holzpflöcke in die Erde.

Schönen Tag noch.

Ihnen auch.

Salomon Weinreb

Ich habe es mir gedacht. Habe vermutet, dass die Schickse mir das letzte Wort wird geben wollen. Sie wird nicht glauben, dass es irgendetwas Versöhnliches sein könnte. Oder dass ich ein unlösbares Problem löse. Das nicht. Aber es wäre für sie sicher gut, diese Geschichten mit mir enden zu lassen. Der tote Jude zum Schluss. Der, mit dem schließlich alles angefangen hat.

Ich kann sie verstehen, aber ich kann ihr nicht helfen. Das alles ist nicht mein Problem. Und auch nicht das meiner Nachfahren. Hermann sollte sich ebenfalls raushalten. Tut mir leid. Oder sagen wir mal, um das Buch nicht mit einer freundlichen Lüge enden zu lassen. Es tut mir nicht leid.

KATHRIN GERLOF
Alle Zeit
Roman
240 Seiten. Broschur
ISBN 978-3-7466-2679-6
Auch als E-Book erhältlich

»Mit magischer Lakonie erzählt« Berliner Zeitung

Fünf Frauen, die einander sehr viel näherstehen, als sie glauben: Ein traurigschöner Roman über das Altwerden und Neugeborensein, das Erinnern und Vergessen.

Als Juli und Klara einander im winterlichen Park begegnen, ahnen sie nicht, wie ihrer beider Leben miteinander verwoben sind. Die eine ist blutjung, hochschwanger und mutterseelenallein. Die andere, alt und gebrechlich, verliert mehr und mehr den Bezug zur Welt und weiß: Für's Erinnern bleibt nicht mehr viel Zeit. Warum nur fühlt Juli sich der alten Frau so nah? Spürt sie, was Klara und das Kind in ihrem Leib verbindet? Eine zu Herzen gehende Geschichte über das Altwerden, das Neugeborensein und eine Liebe am Ende des Lebens.

Mehr Informationen erhalten Sie unter www.aufbau-verlag.de oder in Ihrer Buchhandlung.

atb aufbau taschenbuch

KATHRIN GERLOF
Teuermanns Schweigen
Roman
192 Seiten. Broschur
ISBN 978-3-7466-2747-2
Auch als E-Book erhältlich

Alles Lüge?

Muss eine Geschichte stimmen, um wahr zu sein?
Welches dunkle Geheimnis verbirgt Teuermann, als er Markov völlig unerwartet mitten auf einer Waldlichtung in der tiefsten Provinz entgegentritt? Was dieser komische Vogel auch erzählt, es klingt wie ein Klischee - der Chef, die Sekretärin, die Ehefrau, Lügen, Hoffnungen, ein Ultimatum und zwei Tote. Wenn aber nur ein Teil von Teuermanns Geschichten stimmt, hat er eine Schuld auf sich geladen, die so groß ist wie ein Verbrechen. Markov, ein Mensch, der sich stets heraushielt, ist abgestoßen und fasziniert zugleich und lädt Teuermann zum folgenreichen Spiel mit der Wahrheit in sein Haus ein. Auf fesselnde Weise hinterfragt Kathrin Gerlof die Grenzen des Erzählens und begeistert den Leser mit ihrer klaren, poetischen Sprache.
Eine faszinierende Entdeckung in der deutschsprachigen Literatur. Geheimnisvoll inszeniert Kathrin Gerlof ihren Roman über die Macht des Erzählens. »Teuermanns Schweigen« ist eines der vielversprechendsten literarischen Debüts der letzten Jahre.

Mehr Informationen erhalten Sie unter www.aufbau-verlag.de oder in Ihrer Buchhandlung.

atb aufbau taschenbuch